Totensonntag

Der Autor

Andreas Föhr, Jahrgang 1958, gelernter Jurist, arbeitete einige Jahre bei der Rundfunkaufsicht und als Anwalt. Seit 1991 verfasst er erfolgreich Drehbücher für das Fernsehen, mit Schwerpunkt im Bereich Krimi. Zusammen mit Thomas Letocha schrieb er u.a. für »SOKO 5113«, »Ein Fall für zwei« und »Der Bulle von Tölz«. Für seinen Debütroman »Der Prinzessinnenmörder« ist Andreas Föhr mit dem begehrten Friedrich-Glauser-Preis ausgezeichnet worden. Mit »Schwarze Piste« stand Föhr monatelang unter den Top 10 der Spiegel-Bestsellerliste. Andreas Föhr lebt bei Wasserburg.

Andreas Föhr

Totensonntag

Kriminalroman

Weltbild

Besuchen Sie uns im Internet:
www.weltbild.de

Genehmigte Lizenzausgabe für Weltbild GmbH & Co. KG,
Steinerne Furt, 86167 Augsburg

Ein Unternehmen der Droemerschen Verlagsanstalt Th. Knaur Nachf. GmbH & Co. KG,
München
Umschlaggestaltung: Alexandra Dohse, München, www.grafikkiosk.de
Umschlagmotiv: plainpicture, Hamburg (© BY); Alexandra Dohse, München
Gesamtherstellung: GGP Media GmbH, Pößneck
Printed in the EU
ISBN 978-3-95569-936-9

2019 2018 2017 2016
Die letzte Jahreszahl gibt die aktuelle Lizenzausgabe an.

Für Leon und Mali

1

1. Mai 1945

Keiner hatte etwas Ähnliches je gehört. Sie saßen in der Stube beim Schein einer Glühbirne und lauschten dem Rumpeln, das von draußen hereindrang. Der Russe, der seit kurzem mit am Tisch sitzen durfte, hatte es zuerst gehört, hatte gemeint, es habe Ähnlichkeit mit dem Geräusch herannahender Panzer. Aber das konnte nicht sein. Die Amerikaner waren noch hinter Tölz. So schnell ging das nicht. Das Geräusch wurde lauter, kam näher. Schließlich stand der Bauer auf, verfolgt von ängstlichen Blicken, ging vor die Tür und schaltete die Leuchte über der Tür an. Nichts war zu sehen. Nur Schneegestöber. Es schneite so gottserbärmlich, wie es noch nie geschneit hatte an einem ersten Mai. Das Rumpeln wurde lauter, dann wieder leiser, je nachdem, wie sich der Wind drehte. Kam er aus Westen, hörte man es ganz deutlich. War das der Untergang, den sie alle erwarteten?

Eine Gestalt im Feldmantel kam hinter der Scheune hervor und ging auf das Haupthaus zu. Es war ein SS-Mann. Den Dienstgrad konnte der Bauer nicht erkennen. Auf den Schulterstücken und Kragenspiegeln hatte sich Schnee angesammelt und machte eine genauere Identifizierung schwer. Der Mann kam wortlos näher und stellte sich vor den Hofbesitzer. Die Männer waren etwa gleich groß. Dennoch kam sich der Bauer sehr viel kleiner vor. Und das lag nicht nur an den Stiefelabsätzen des anderen. Der SS-Hauptscharführer (jetzt, aus der Nähe, konnte der Bauer sehen, dass die Schulterstücke goldumrandet waren) deutete auf den Heustadel. »Den brauchen wir«, sagte er. »Und Essen.«

Der Bauer nickte dienstfertig. »Für wie viele?«

»Achtzig.« Der Bauer wurde bleich. »So viel essen die nicht«, sagte der SS-Mann leise.

Die ganze Familie stand in der Tür. Nur der Russe hielt sich im Hintergrund, er ging uniformierten Deutschen aus dem Weg. Hinter der Scheune war ein weiterer SS-Mann aufgetaucht. Er schwenkte eine Taschenlampe und rief einen Befehl in die Nacht. Das Rumpeln, das kurzzeitig ausgesetzt hatte, begann von neuem. Dann kamen die Ersten um die Scheune. Die meisten waren bis auf die Knochen abgemagert und steckten in gestreiften Häftlingsanzügen. Die Augen lagen tief in den Höhlen. Ob es Männer oder Frauen waren, konnte man in diesem Zustand schwer erkennen. An den Füßen hatten sie Holzpantinen.

Schnee wehte Frieda ins Gesicht, während sie versuchte, sich aufrecht zu halten. Sie standen vor der Scheune. Abendappell. Der Wind biss durch die dünne Jacke, schlimmer noch als beim Marschieren. Wenn man sich bewegte, war es nicht ganz so kalt.

Viel war der SS nicht geblieben. Ihre Gewehre und ihre scharfen Hunde. Und der Appell. Der Westwind trieb hin und wieder den Donner eines amerikanischen Geschützes von weit herüber. Dann schoss ihr Hoffnung ins Herz, die paar Tage zu überleben, bis sie da waren. Es konnte nicht sein, dass sie nach sechs Jahren jetzt schlappmachte. Zwanzig Kilometer vor den Amerikanern, fünf Kilometer bis nach Hause.

Hauptscharführer Kieling betrachtete die achtzig Gestalten, die er aus Gründen, die nicht einmal er selbst kannte, immer noch bewachte und durch das bayerische Voralpenland trieb. Sie stammten aus Nebenlagern des KZ Dachau. Kieling hatte keine Eile. Er war keiner von den Lauten. Keiner, der die Häftlinge zusammenbrüllte und vor versammelter Mannschaft verprügelte oder erschoss. Er sagte wenig. Und was er sagte, war leise. Er sagte »mitkommen« so, dass man es kaum verstehen konnte. Und dann ging er mit einem Häftling hinters Haus oder irgendwohin, wo man ihn nicht sehen konnte. Ein Schuss – und Kieling kam zurück. Allein.

Frieda wusste nicht, ob Kieling sie erkannt hatte. Selbst wenn, hätte er vermutlich nichts gesagt. Sie waren sich sechs Jahre nicht begegnet, und so, wie sie aussah, hätte ihre Mutter sie nicht erkannt. Vor vier Tagen war er plötzlich aufgetaucht, beim Abmarsch aus Allach. Sie waren einige Tausend gewesen und Hunderte von Bewachern. Er war immer in ihrer Nähe geblieben. Das mochte Zufall sein oder weil er für ihren Abschnitt zuständig war. Als sie die russischen Häftlinge zurückgelassen hatten, war er immer noch dageblieben. Und als die anderen beschlossen, vor Waakirchen im Wald zu übernachten, hatte er sich mit seinem Vorgesetzten gestritten und war mit achtzig Frauen weitermarschiert. Sie sollten nach Tirol, hatte einer gesagt. Wozu? Keiner wusste es. Es war auch nicht klar, ob die SS es wusste. Niemand schien in diesen Tagen irgendetwas zu wissen. Das hielt aber niemanden davon ab zu töten. Das war zur Routine geworden und ging wie von selbst immer weiter.

Schneeflocken fielen Frieda in den Kragen und schmolzen. Es war unangenehm, aber nicht zu vermeiden. Denn sie hielt den Kopf gesenkt wie alle. Hoffte wie alle, dass Kieling zu niemandem »mitkommen« sagen würde. Und wenn doch, dass er es zu einer anderen sagte.

Es war still. Nur der Schnee knirschte, als die schwarzen Stiefel kamen. Spät sah Frieda sie, denn sie hatte den Blick auf den Boden geheftet. Einen guten Meter vor ihr blieben sie stehen. Und dann geschah nichts. Die Stiefel waren einfach da, standen im Schnee und warfen Schatten in die Nacht. Frieda spürte, dass er sie ansah. Kieling nahm sich Zeit. Das tat er immer, als denke er sorgfältig über den nächsten Schritt nach. Das konnte eine Exekution sein, oder er verhängte eine mildere Strafe über einen Häftling. Oder es geschah gar nichts und Kieling ging wieder. Er war wie alle SS-Leute unberechenbar. Das gehörte zum System.

Zeit verging, Schneeflocken sanken zu Boden. Niemand rührte sich. Auch Kieling nicht. Es war, als würde er diese stillen Momente genießen. Mit einem Mal tippte die Spitze seiner Reitgerte auf Friedas Schulter. Jetzt musste sie ihn ansehen. Oberscharführer Lohmeier trat neben Kieling und leuchtete mit seiner Taschenlampe in Friedas Gesicht. Sie selbst konnte Kielings Gesicht im Halbschatten nur erahnen, denn die Lampe blendete sie. Die zwei hellen Flecken hinter dem Lichtstrahl mussten seine Augen sein. Es kam ihr vor, als blinzelten sie nicht. Das Herz schlug ihr bis zum Hals. Das würde Kieling nicht entgehen, und vielleicht war es gerade dieser Anblick, der ihn so lange hinsehen ließ. So schnell, wie er gekommen war, schwenkte der Lichtkegel wieder von Frieda weg. Die Spitze der Reitgerte kam erneut auf sie zu, bewegte sich über ihre eingefallene Brust bis hinauf unter das Kinn. Sie spürte einen leichten Druck, die Gerte bog sich nach oben durch. Da war keine Gewalt dabei. Die Berührung hatte den Charakter eines sachten Hinweises. Nachdem sie beide eine Weile in dieser Stellung verharrt waren, drehte sich Kieling weg und murmelte: »Das machen wir morgen.«

Eine Stunde ließ er sie in der kalten Mainacht warten, stand vor ihnen, zupfte an der Spitze seiner Reitgerte und schien nachzudenken. Immer wieder spürte Frieda seinen Blick. Er dachte über sie nach. Wenn er sie erkannte, daran hatte Frieda nicht den geringsten Zweifel, würde er sie erschießen. Am nächsten Tag, so hoffte sie, würden die Amerikaner hier sein.

2

47 Jahre später,
Herbst 1992

Der Föhn blies an diesem Novemberabend, der warm war und hell, denn der Vollmond schien durch die dünne, immer wieder aufreißende Wolkendecke auf den See. Polizeiobermeister Georg Stangel und sein junger Kollege Leonhardt Kreuthner stellten ihr Dienstfahrzeug auf dem Parkplatz vor der Polizeiinspektion Bad Wiessee ab und gingen in das Bürogebäude, um den Wagen an die Kollegen der nächsten Schicht zu übergeben. Sie hatten Feierabend, und Kreuthner war aufgekratzt. An diesem Abend hatte er etwas Besonderes vor, etwas, das es nur alle paar Jahre gab. Wenn überhaupt.

»Und – gehst noch rauf auf'n Berg?«, fragte Stangel den jungen Kollegen, als sie sich umzogen.

»Logisch«, sagte Kreuthner und lächelte mit einem nachgerade verklärten Gesichtsausdruck. Von draußen hörte man Lärm. Irgendetwas war los in den um diese Zeit sonst ruhigen Diensträumen. Ein Mann schrie. Der Schrei klang erbost und nach Schmerzen. »Wen ham s' denn da erwischt?«

Stangel zuckte mit den Schultern. Auch Kreuthner war nicht wirklich interessiert. Vielleicht wäre er es an einem normalen Abend gewesen. Heute hatte er es eilig, wegzukommen. Als Kreuthner gerade seine Uniformhose ausziehen wollte, betrat der Dienststellenleiter die Umkleide. »Kannst gleich anlassen«, sagte er zu Kreuthner. Der blickte seinen Chef verständnislos an. »Du machst heute Nachtschicht.«

»Ich mach was?«

»Geht net anders. Der Sennleitner ist krank.«

»Aber ich ... ich kann heut net. Auf gar keinen Fall. Ich ... ich hab an wichtigen Termin.«

»Du bist der Jüngste und ohne Familie. Die trifft's halt immer. Sorry.«

»Jetzt wart halt mal!« Kreuthner machte den Reißverschluss seiner Hose zu und ging dem Dienststellenleiter nach, der wieder auf dem Weg ins Büro war. »Wieso muss denn heute jemand in der Station sein?« »Wir haben sonst nicht genug Leute hier. Und er ist ja auch noch da.« Kreuthners Vorgesetzter deutete auf einen etwa sechzigjährigen hochgewachsenen, hageren Mann mit Parka und Jeans, der auf einem Stuhl an der Wand saß. Er trug eine aus der Mode geratene Brille mit dicken Gläsern, einer seiner Knöchel war bandagiert, eine Krücke lehnte neben ihm an der Wand. »Ist in Gmund in den Kiosk eingebrochen.«

»Wieder Zigaretten und Schnaps?«

»Und zwanzig Packungen Erdnüsse. Auf der Flucht hat er sich den Knöchel verstaucht.«

»He Dammerl, du Lusche!«, rief Kreuthner dem Mann zu. »Hast es immer noch net raus, wie's geht?«

»Du-du-du«, der Mann stotterte vor Erregung. »Du kannst mir mal an Sch-sch-schuah aufblasen!«

Thomas »Dammerl« Nissl war ein der Polizei leidlich bekannter Mann. Er hatte nur unregelmäßig Arbeit und keinen festen Wohnsitz. Die wärmere Zeit des Jahres verbrachte er draußen, oder er stieg in Bootshäuser ein. Im Herbst und

Winter residierte er in aufgebrochenen Almhütten oder, wenn er es hineinschaffte, auch gern in einem der großen Landhäuser um den Tegernsee, von denen einige monatelang leer standen. Man musste Nissl zugutehalten, dass er seine Häuser – wenn man von den aufgebrochenen Schlössern absah – stets in tadellosem Zustand hinterließ und gelegentlich sogar kleinere Reparaturen ausführte. Trotzdem war es illegal und für die Polizei nicht immer leicht, darüber hinwegzusehen. Aber sie tat es. Anders war es mit den Einbruchdiebstählen. Der Schaden war jedes Mal gering. Aber Nissl hörte nicht auf damit und war bereits fünf Mal zu Bewährungsstrafen verurteilt worden. Jetzt würde er ins Gefängnis gehen. Das jedenfalls hatte ihm die Richterin bei der letzten Urteilsverkündung angedroht. Und deswegen hatten sie bei der Polizei die Anweisung, Nissl beim nächsten Diebstahl festzusetzen. Der Mann hatte auch keine Familie. Es bestand daher nach den allgemeinen Kriterien Fluchtgefahr. Hier im Tal wusste jeder, dass Nissl nicht fliehen würde. Wohin denn? Aber Anweisung war Anweisung.

»Der Nissl bleibt über Nacht in der Arrestzelle«, sagte der Dienststellenleiter.

»Die Zelle kann man doch abschließen. Wozu muss denn einer hierbleiben?«

»Weil der Bursche gegrillt wird, wenn sonst keiner da ist und's Haus abbrennt. Herrschaftszeiten, du kennst die Vorschriften. Was hast denn so Wichtiges vor?«

In Kreuthners Gesicht stand die blanke Verzweiflung. »Heut ist das Austrinken vom Hirschberghaus«, sagte er mit belegter Stimme und sah seinen Chef an, als müsste der nach dieser Offenbarung erschrocken Abbitte tun für das absurde Ansinnen, Kreuthner hierzubehalten. Der Mann aber schien die Tragweite von Kreuthners Worten überhaupt nicht zu erfassen.

»Was ist das denn?«, fragte er.

»Die machen diesen Winter ausnahmsweise zu. Zum Renovieren. Und damit sie nicht die ganzen Getränke nach unten schaffen müssen, ist heute großes Austrinken. Da zahlt jeder zehn Mark ...«

»... und besäuft sich, bis er umfällt? Sei froh, dass dir das erspart bleibt.« Er klopfte Kreuthner väterlich auf die Schulter. »Nicht dass es wieder endet wie bei deinem letzten Rausch.«

»Ich bitte dich!«, winselte Kreuthner. »So eine Gelegenheit kommt vielleicht in zwanzig Jahren wieder. Das kannst mir net antun! Das geht net!«

Doch. Das ging.

Kreuthner saß misslaunig auf einem Bürosessel und sah Nissl dabei zu, wie der die siebte Tasse Kaffee trank. Kaffee bekam er nicht so oft. Die Tür zur Arrestzelle stand offen. Nissl hatte darum gebeten, und mit dem gestauchten Knöchel konnte er sowieso nicht weglaufen. Kreuthner dachte an Sennleitner, den er noch aus der Schule kannte. Und dass auch der das Pech hatte, nicht beim Austrinken dabei zu sein, weil er ausgerechnet heute krank war. Andererseits – wenn er nicht erkrankt wäre, hätte er Dienst schieben müssen. Kreuthner stutzte. Richtig – dann hätte er Dienst gehabt ... Ein finsterer Gedanke bohrte sich in Kreuthners Kopf. Nein, das konnte nicht sein. Oder doch? Zu wie viel Schlechtigkeit war ein Mensch fähig? Kreuthner wollte es wissen und griff zum Telefon.

3

Es ging bereits hoch her auf dem Hirschberghaus, obwohl es erst sechs Uhr war und man für das Austrinken der Getränkevorräte die ganze Nacht angesetzt hatte. Der junge Kriminalkommissar Wallner, erst seit wenigen Monaten bei der Kripo Miesbach, saß mit einer jungen Frau namens Claudia Lukas an einem Tisch mit den Burschen von der Bergwacht. Und zwar deshalb, weil Günther Simoni mit Wallner auf die Schule gegangen war und hier bei seinen Bergwachtkameraden gesessen hatte, als sie hereingekommen waren, und ein »He Clemens, oide Fischhaut! Hock di hera!« gegrölt hatte. Da war Günthers Stimme schon recht ramponiert gewesen, und die Backen hatten ihm geglüht. Jetzt, eine Stunde später, brachte er keinen Ton mehr heraus und konzentrierte sich auf das, weswegen sie hergekommen waren: Alkohol trinken. Einer hatte eine Gitarre dabei, und es wurden alte Fahrtenlieder gesungen, in denen man im Mehltau zu Berge zog (wer *Frühtau* sang, musste einen Obstler trinken) oder Wildgänse durch die Nacht rauschten. Das Witzerepertoire war gediegen und überschaubar. So wurde etwa die Erweiterung des bekannten Gedichts vom Emir und dem Scheich um die Zeilen »Da sprach der Abdul Hamid, 's Tischtuch nehma a mit« mehrfach bemüht, was dem Erfolg der Darbietung aber keinen Abbruch tat. Ein blonder, äußerlich an Rudi Völler erinnernder Kamerad mit Schnauzer lachte sich gerade das dritte Mal unter den Tisch. Dann stießen wieder alle miteinander an, und Claudia rief am lautesten Prost und dass sie die Bergwachtjungs super fände, was allgemein goutiert wurde und Claudia die vielfach geäußerte Versicherung eintrug, ein super Hase zu sein, und dann wurde Claudias Heimat zu Ehren (eigentlich kam sie aus Bad Homburg, doch das war bei dem Lärm falsch verstanden worden) das Lied vom Hamborger Veermaster angestimmt, und bei *to my hoo day, hoo day* mussten alle zwei Mal aufstehen und ihre Bierkrüge aneinanderstoßen.

Nachdem Wallner das dritte Mal mit Bier bespritzt wurde, weil er sitzen geblieben war, verließ er den Tisch und sah sich das närrische Treiben vom Tresen aus an. Er war dreiundzwanzig Jahre alt, groß, schlank, trug Brille und kurzes, dunkles Haar und hatte eine Daunenjacke an, die er als Zugeständnis an die schwüle Hitze im Raum offen trug. Wallner war fast immer kalt. Er trug seine Daunenjacke von September bis in den Mai hinein, dazu dicke Wollschals, damit es nicht von oben hineinzog in die Daunen.

Wallner ließ die Wirtshausszenerie auf sich wirken. Um nichts auf der Welt hätte er aus eigenem Antrieb dieses Irrenhaus aufgesucht. Der Grund, warum er es dennoch getan hatte, war Claudia, die Tochter von Erich Lukas, dem Leiter der Kriminalpolizei Miesbach. Claudia war dreiunddreißig und Staatsanwältin am Landgericht München II und in dieser Eigenschaft seit neuestem auch für den Landkreis Miesbach zuständig. Erich Lukas hatte Wallner gebeten, Claudia durchs Haus zu führen. Dabei waren sie Kreuthner begegnet, dem Claudia gefiel. Und der hatte gesagt, sie müssten heute unbedingt aufs Hirschberghaus kommen. Dort finde die Party des Jahres statt. Das dürfe Claudia unmöglich versäumen. Claudia versäumte – im Gegensatz zu Wallner – ungern Partys. Vor allem keine Party-des-Jahres-Partys. Der exotische Reiz der Veranstaltung lag auch darin, dass man eineinhalb Stunden zu Fuß gehen musste, um an den Ort der Festlichkeit zu gelangen. Wallner fühlte sich irgendwie verpflichtet, sich um Claudia zu kümmern, und versprach mitzukommen.

Auf dem Hirschberghaus fanden sie über fünfzig trinkfeste, zumeist, aber nicht ausschließlich männliche Gäste vor, viele davon Mitglieder der Bergwacht oder des Alpenvereins. Das »Austrinken« war nicht offiziell annonciert worden, eher ein Tipp für Eingeweihte.

Neben Wallner klingelte ein Telefon. Das Hirschberghaus verfügte über einen Festnetzanschluss. Der Wirt spülte gerade Gläser und bat Wallner, den Anruf anzunehmen. »Hirschberghaus, wir haben heute eigentlich geschlossen«, meldete sich Wallner.

»Clemens? Bist du des?«, sagte Kreuthners Stimme aus dem Hörer.

»Wo steckst du denn? Wir warten auf dich!«

»Is a längere G'schicht. Is der Sennleitner zufällig da?« Wallner blickte sich im Raum um. Es gab noch fünf weitere Tische neben dem, an dem Claudia saß. Die anderen Tische hatten in den Shanty eingestimmt und sich den Brauch zu eigen gemacht, bei *to my hoo day* aufzustehen und anzustoßen. Sennleitner, wie er allgemein und unvermeidlich ohne Vornamen genannt wurde, stand mit puterrotem Kopf und Maßkrug auf einer Bank und grölte weit neben der Melodie, aber lautstark den Refrain. »Ja, der steht auf der Bank und singt Shantys.«

»Die Sau!«

»Was ist los? Und wieso bist du noch nicht da?«

»Der Sennleitner ist echt bei euch auf der Hütte?« Kreuthners Stimme bebte vor Zorn.

»Ja. Kommst jetzt endlich?«

»Bin unterwegs.«

4

Kreuthner schwenkte den Schlüssel zur Arrestzelle. »Auf geht's, Dammerl. Zeit zum Schlafen.«

»Hast net noch a Bier? Ich schlaf schlecht ohne.«

»Hier ist die Polizei. Hier gibt's kein Bier. Verzupf dich in die Zelle.«

»Du willst aber net absperren, oder?«

»Quatsch keine Opern und geh rein.«

Zögernd und den Blick besorgt auf den Schlüssel gerichtet, schlurfte Nissl in die Arrestzelle. Kreuthner sagte »Gute Nacht«, steckte den Schlüssel ins Schloss und sperrte ab. Im gleichen Moment kam Nissl an das kleine Sichtfenster in der Tür und schrie Kreuthner mit schreckgeweiteten Augen an. »Du verdammtes Arschloch!«, kam es gedämpft durch die Tür. »Du hast gesagt, du sperrst net ab. Mach die Tür auf!«

»Ich hab gar nichts gesagt. Leg dich hin und gib a Ruah! Ich muss mal kurz weg.«

»Nein!!!« Nissl schlug mit den Fäusten gegen die Stahltür. »Du kannst mich net allein lassen. Kreuthner!!! Bleib da, verflucht!«

Kreuthner beschloss, den Wahnsinnigen zu ignorieren, und machte sich auf den Weg nach draußen. Da hörte er, wie etwas gegen die Zellentür krachte. Es war der Stuhl der Zelleneinrichtung. Als Kreuthner durch das Sichtfenster sehen wollte, verdunkelte es sich. Es polterte gewaltig. Dieses Mal war es der Tisch. »He! Spinn dich aus!«, schrie Kreuthner durch die Tür. »Sonst kriegst Handschellen.«

»Versuch's doch! Ich ... ich häng dich hin. Ich sag's deinem Chef, dass du weg warst. Die feuern dich.« Nissl schleuderte die Reste des Zellenstuhls gegen die Tür. »Mach endlich auf!«

Kreuthner sah ein, dass er es so nicht angehen konnte. Wenn Nissl ihn verriet, gab es Ärger. Viel Ärger. Denn Kreuthner hatte in den letzten vier Jahren bereits einiges an Missetaten auf seinem Konto angesammelt. Er schloss die Zelle auf. Schwitzend und mit zitternden Knien stand Nissl in der Tür. »Geh Dammerl, was regst dich denn so auf? Ich muss a paar Stund weg. Was ist denn dabei?«

Nissl hatte noch ein Stuhlbein in der Hand und den Mund offen, in seinem Gesicht lag ein Ausdruck, als habe er dem Tod ins Auge gesehen. Er schlotterte am ganzen Körper.

»Ich hol dir zwei Bier, okay?«

»Du kannst mich net einsperren und weggehen. Das geht net.«

»Wieso? Wennst a Bier hast?«

»Ich halt das net aus«, sagte Nissl, wischte sich den Schweiß von der Stirn und sah Kreuthner an, als habe er ihm gerade das wichtigste Geheimnis seines Lebens verraten.

Na ja, dachte Kreuthner. Wenn du all die Jahre im Freien lebst, vielleicht wirst du dann so. Aber es gab ihm doch ein Rätsel auf, weshalb Nissl so ausgerastet war. Gleichzeitig war klar, dass er den Mann hier nicht einfach einsperren und weggehen konnte.

»Hast Lust auf an Ausflug? Gibt auch was zu trinken.«

Ein Schatten bewegte sich in dieser föhnigen Novembernacht durch den Bergwald, den gemächlich ansteigenden Forstweg hinauf, der bis zur Talstation der Materialseilbahn führte. Den Vögeln in den Baumkronen mag ein silbernmetallisches Blitzen aufgefallen sein, das ab und an von dem Schatten ausging. Genauer besehen waren das die Speichen eines Rollstuhls, die das Mondlicht reflektierten, manchmal auch der Aluminiumschaft einer Krücke.

Kreuthner schwitzte und fluchte atemlos, schob aber unverdrossen den Rollstuhl den Forstweg hinauf. Zwei Stunden würden sie brauchen, bis sie an der Seilbahn waren. Als glückliche Fügung für Kreuthners Vorhaben erwies sich immerhin, dass bis dort oben kein Schnee lag, was für die Jahreszeit nicht selbstverständlich war.

Da Nissl einem guten Trunk nicht abgeneigt war, hatte es keiner großen Überredung seitens Kreuthner bedurft. Hinderlich war allenfalls Nissls schlechter Zustand, namentlich sein verstauchter Knöchel. Zum Glück fiel Kreuthner der Rollstuhl ein, der seit Jahren im Sanitätsraum der Polizeiinspektion verstaubte. Lediglich beim Bierholen für Betriebsfeiern war er bislang zum Einsatz gekommen.

»Au! Pass a bissl auf die Steine auf«, beschwerte sich Nissl. »Das gibt jedes Mal an Stich im Knöchel.«

»Es ist dunkel, du Hirn. Ich seh keine Steine.« Kreuthner hielt kurz an und verschnaufte. Ein bisschen packte ihn die Angst, dass die da oben schon alles ausgetrunken hätten, wenn sie ankamen. Adrenalin schoss bei diesem Gedanken in seine Adern, und weiter ging es. Jede Minute zählte.

Das letzte Stück zum Hirschberghaus war ein enger und

steiler Bergpfad und für Rollstühle vollkommen ungeeignet. Hier, am Ende der Forststraße, befand sich die Talstation einer kleinen Materialseilbahn, deren Benutzung, wie der Name nahelegte, für den Personentransport strengstens verboten war. Kreuthner hievte Nissl in den Transportbehälter und warf ihm die Krücke hinterher. Dann setzte er sich selbst dazu. Es war ziemlich eng, aber es ging. Den Schlüssel zur Seilbahn hatte Kreuthner vor zwei Jahren bekommen, als er bei der Vorbereitung des jährlichen Berggottesdienstes auf dem Hirschberg mithalf. Da mussten Tausende Gläubige verköstigt werden. Vor der Rückgabe hatte er sich einen Nachschlüssel machen lassen, in der Vorahnung, der könne ihm mal gute Dienste leisten.

Still schwebten sie durch die Nacht, über sich den Sternenhimmel, unten die Lichter um den Tegernsee. Ein warmer Wind kam von Süden, und die Gondel schwankte sanft über dem Abgrund. Kurz bevor das Hirschberghaus hinter der Bergkuppe auftauchte, hörten sie es: diffuse Stimmen, gedämpft, singend, eine Gitarre dazwischen, dann eine vielstimmige Melodie. Aus der Ferne klang das viel sauberer und schöner, als wenn man jetzt da oben in der Gaststube mittendrin säße, musste Kreuthner denken.

»Die Luft filtert alles Hässliche raus«, sagte Nissl, als habe er Kreuthners Gedanken gelesen.

»Ja«, sagte Kreuthner. »Aber ich hab mich immer gefragt, wieso.«

»Weil die Luft rein ist. Deswegen bleibt der Schmutz drin hängen.« Nissl nickte, zufrieden, dass er Kreuthner was hatte erklären können, und deutete mit der Krücke nach oben. »Die Luft ist so rein, dass du die Sterne siehst. Die sind Milliarden Lichtjahre weg. Aber du siehst sie trotzdem. So sauber ist die Luft.«

»Nicht in München.«

»Das stimmt. Wegen dem vielen Lärm.«

Dem war nichts hinzuzufügen. Den Rest der Fahrt ließen sie sich die laue Brise um die Ohren wehen und hingen ihren eigenen Gedanken nach.

5

Der Feuerschein flackerte über das lange Gesicht. Nissl nahm einen Schluck Bier und spürte dem Geschmack nach, als sei es feiner Bordeaux, sein enormes Kinn kreiste, der Mund öffnete sich ein wenig und entließ ein dezentes Schmatzen. Ein Holzfeuer brannte in einer Zinnwanne. Darum herum Nissl, Wallner und Claudia. Sie saßen auf der Terrasse des Hirschberghauses und lauschten dem Lärm aus der Gaststube. Man hörte einen Teil der Gäste singen, den anderen lautstark diskutieren. Zwischendurch immer wieder Kreuthners Stimme, alkoholselig und phasenweise euphorisch. Bei der Ankunft hatte er seinen Kollegen Sennleitner zusammengeschissen, weil der ihm fast den Abend vermasselt hätte. Der war reumütig und schwor, er habe nicht geahnt, dass es ausgerechnet Kreuthner treffen würde, ihn zu ersetzen. Aber was hätte er machen sollen? Der Dienststellenleiter wollte ihm an dem Abend nicht freigeben.

Kreuthner musste zugeben, dass er es, wenn man's genau besah und ehrlich war, nicht anders gehalten hätte. Natürlich nicht. Wie auch? Was soll man machen, wenn einem das Schicksal so hinterkünftig mitspielte. Jetzt war alles im Lot, und Kreuthner und Sennleitner leerten zusammen Bierkrug um Bierkrug, und manchmal sangen sie die *Bergkameraden* mit und mehrfach das Lied, in dem jemand seine Alte in einer Gletscherspalte findet und sich beides wunderbar reimt, und bei *sie hielt den Pickel in der Hand* schwenkte Sennleitner jedes Mal den alten Eispickel, der seinen Platz eigentlich an der Wand der Gaststube hatte, und es war abzusehen, dass irgendwann jemand dadurch zu Schaden kommen würde, wenn Sennleitner nicht aufhörte zu trinken, womit keinesfalls zu rechnen war.

»Wie lange hast du schon keine Wohnung mehr?«, fragte Claudia und betrachtete den sanften Riesen mit dem großen Kinn. Ein Geheimnis umgab ihn. Vielleicht viele Geheimnisse. Nie hatte Claudia einen Menschen wie Nissl getroffen, einen der vollkommen frei war von irdischem Besitz und anscheinend auch von Begierden, wenn man vom Alkohol absah. Er hatte auf das Du bestanden, weil jeder ihn duzte. Es war Claudia schwergefallen. Denn Nissl war dreißig Jahre älter und trotz seines heruntergekommenen Äußeren eine Erscheinung, die den Menschen Ehrfurcht einflößte.

»Seit zweiundsiebzig. Da haben sie mir mein letztes Haus gepfändet.«

»Du hast Häuser gehabt?«

»Ja freilich. In Miesbach haben mir viele Häuser gehört.«

Claudia staunte und blickte zu Wallner. Dessen Miene gab ihr zu verstehen, dass sie nicht alles für bare Münze nehmen sollte, was Nissl erzählte. »Was ist mit den Häusern passiert?«

»Die hab ich alle verloren. Eins nach dem anderen. Aber ich hab a gute Zeit gehabt. Mir ham vielleicht gefeiert damals. Sex and Drugs and Rock 'n' Roll, verstehst? Solche Joints ham mir gebaut.« Er hielt die Hände Schulterbreit auseinander, und seine Augen leuchteten, dass man es ihm fast glauben mochte. Wallner lächelte, als Claudia ihn ansah.

»Und was machst du so?«, wollte Nissl von Claudia wissen.

Die bot ihm eine Zigarette an, die er gerne nahm, und gab ihm und sich selbst Feuer. »Ich bin Staatsanwältin«, sagte sie und blies den Zigarettenrauch ins Feuer. »Ah geh!« Nissl hauchte den Rauch mit spitzem Mund in die föhnige Nachtluft, als genieße er eine exquisite Havanna. »Machst du auch Mord?«

»Bis jetzt hatte ich erst einen. Aber – ja, mach ich.«

»Magst noch an zweiten Mord haben?«

»Wieso? Willst du heute Abend Ärger machen?«

Nissl dachte ein paar Sekunden über Claudias Bemerkung nach, dann prustete er los wie ein kleines Mädchen. »Haha, der war gut.« Nissl kriegte sich kaum ein und musste schließlich husten und sich die Lachtränen aus den Augen wischen. »Ob ich Ärger machen will! Haha. Nein, nein. Ich hab was anderes gemeint.« »Was denn?«

»Kennt's ihr die Leiche in dem Glassarg?«

»Schneewittchen?«

»Nein, die andere. Die in Dürnbach.«

»Ich kenn sie nicht. Hast du davon gehört?« Sie sah Wallner an. Der zuckte nur mit den Schultern.

»Die wo in Dürnbach liegt, die hat natürlich nichts mit Schneewittchen zu tun. Die gibt's ja nur im Märchen. Aber der Sarg schaut so aus. Gläsern eben, aus lauter Edelsteinen.«

»Wo soll das denn sein? Die haben doch gar keinen Friedhof in Dürnbach?«

»Doch. Den Soldatenfriedhof von die Amerikaner. Aber das Grab ist auch net am Friedhof.«

»Sondern?«

»Unter einer Kirch. Ich hab da mal übernachtet. Und da bin ich zufällig draufgestoßen.«

»In dem Edelsteinsarg war tatsächlich eine Leiche?« Claudia zog den Kragen ihrer Jacke über die Ohren und fröstelte.

»Aber ja. Die war mausetot.«

»Na ja«, sagte Wallner. »Unter Kirchen sind ja öfter Gräber.«

»Aber das war geheim. Das hat keiner gekannt. Ich hab herumgefragt. Da hat keiner was gewusst davon. Auch der Gmunder Pfarrer nicht. Und der hätt's wissen müssen, weil die Kirche zu ihm dazugehört.«

»Hast du das Grab der Polizei gemeldet?«

»Polizei? Nein. Bestimmt net.«

»Warum nicht?«

»Ich hab's net so mit der Polizei.« Nissl warf seine Kippe ins Feuer. »Nix gegen euch beide. Gott bewahre. Aber so allgemein. Mir halten a bissl Abstand – die Polizei und ich.«

»Du weißt also nur, dass da irgendwo unter einer Kirche eine Leiche liegt. Aber du weißt nicht, wer das ist?« »Doch. Frieda hat sie geheißen. Und noch irgendwie. Aber das hab ich vergessen. Wenn's euch interessiert, zeig ich sie euch.«

»Klar«, sagte Wallner. »Wenn wir wieder unten sind, fahren wir mal hin.«

»So machen wir's«, sagte Nissl und verabschiedete sich auf die Toilette.

»Glaubst du, da liegt wirklich eine Leiche im Glassarg?«, fragte Claudia.

»Ganz bestimmt nicht«, sagte Wallner, lachte und rückte näher ans Feuer, denn ihm war kalt.

6

2. Mai 1945

Sie hatte die Nacht wach gelegen und die SS-Leute beobachtet. Zu Beginn war es finster gewesen in der Scheune. Schneewolken hatten den Himmel verdeckt. Dann war die Wolkendecke aufgerissen, und durch die Spalten in der Holzverkleidung war Licht hereingedrungen. Das Licht einer hellen Frühlingsnacht. Erst fünf Tage war es her seit Vollmond. Die Scheune lebte und war voller Geräusche. Achtzig Frauen, die sich im Schlaf umdrehten, schnarchten und mit erstickten Schreien hochschreckten. Die SS-Leute hatten sich vom Bauern Schnaps geben lassen und waren im Rausch eingeschlafen. Auch die beiden Wachen, die am Scheunentor auf Stühlen saßen. Die Köpfe waren ihnen auf die Brust gefallen. Beinahe entspannt sahen sie aus. Nur ihre Sturmgewehre ließen sie auch im Schlaf nicht los.

Frieda hatte Angst zu sterben. Die Todesangst war an sich nichts Besonderes mehr, sie begleitete Frieda seit Jahren. Aber heute Nacht war die Todesangst anders als sonst. War sie die letzten Jahren dumpf und zur Gewohnheit geworden, immer öfter begleitet von dem Gedanken, es sei vielleicht besser, wenn endlich Schluss wäre, so war mit einem Mal die Hoffnung zurückgekehrt.

Vor ein paar Tagen hatte sie das erste Mal Geschützlärm gehört und eine Viertelstunde geweint vor Glück. Amerikanische Panzer rückten von Westen heran und würden sie befreien – wenn sie rechtzeitig kämen. Würde Kieling sie töten, noch bevor dieser Krieg zu Ende war? Sie musste den nächsten Tag überleben. Irgendwie. Sie wog ihre Möglichkeiten ab. Floh sie und wurde gefasst, würde sie erschossen. Wenn sie blieb – würde Kieling Rache nehmen? Bleiben oder Flucht – welches Risiko war größer? Sie sah zu den Wachen am Scheunentor. Sie schliefen. Auch die SS-Leute waren von Dachau bis hierher zu Fuß gegangen. Bei besserer Verpflegung und mit wärmerer Kleidung. Dennoch – es hatte sie erschöpft.

Draußen begann es zu dämmern. Es musste kurz nach fünf sein. Ihr blieb nicht mehr viel Zeit, um eine Entscheidung zu treffen. Frieda sah sich vorsichtig um. Neben ihr Greta, eine Frau aus dem jüdischen Teil der Gefangenengruppe. Daneben Sarah, Gretas Tochter, fünfzehn Jahre alt. Nachdem sie noch nicht vollkommen abgemagert waren, konnten sie noch nicht so lange im Lager sein. In Ravensbrück hatte Frieda Greta nicht gesehen. Aber das hatte nichts zu bedeuten. Es waren Tausende in den Lagern und auf den Transporten, die durchs Reich geschickt wurden. Jemand hatte gesagt, Greta und ihre Tochter hätten sich lange auf einem Dachboden versteckt gehalten und seien erst entdeckt worden, als das Haus, in dem sie lebten, von einer Bombe getroffen wurde.

Ein paar Mal hatten sie kurz geredet, nichts von Belang. Ohnehin gab es kaum Gelegenheit zu reden. Immer noch wurde auf die Trennung zwischen »Politischen« und »Juden« geachtet.

Frieda setzte sich vorsichtig auf. In dem Konzert aus Schnarchen und Rascheln im Heu blieb sie unbemerkt. Sie schlang die dünne Wolldecke um sich und nahm ihre Holzschuhe in die Hand. Die würde sie erst draußen anziehen, hier auf dem Holzboden der Scheune waren sie zu laut. Behutsam setzte Frieda Fuß vor Fuß. Die Wachen atmeten gleichmäßig und gaben ab und zu grunzende Laute von sich.

Da hörte Frieda ein Geräusch hinter sich. Es war anders als die Geräusche, die die Schlafenden verursachten. Erschrocken drehte sie sich um. Zwei Augen starrten aus dem Heuhaufen. Es war Greta. Sie hatte Angst. Wenn die SS-Leute jetzt erwachten, konnte das für alle den Tod bedeuten. Und was die Zurückgebliebenen erwartete, wenn morgen beim Appell eine fehlte, war nicht auszudenken. Greta zitterte am ganzen Leib und war unfähig, sich zu rühren.

In der Hoffnung, dass Greta stillhalten würde, ging Frieda weiter. Als sie an der Wache rechts vom Tor vorbeikam, löste sich einer ihrer Fußlappen. Sie bückte sich, um das lose Ende festzustecken. Als sie sich wieder aufrichtete, geriet sie mit den Holzschuhen an ihr Knie. Einer der Schuhe löste sich aus ihrer Hand und fiel hinunter.

Er fiel unnatürlich langsam, die Zeit schien stehenzubleiben. Reflexartig streckte Frieda einen Fuß zu der Stelle, wo der Schuh am Boden aufkommen würde. Er berührte ihren Fuß, wurde kurz gebremst, um dann auf die Holzbretter des Scheunenbodens zu kollern. Frieda hielt den Atem an. Die Wache, vor der sie stand, hob langsam den Kopf. Eine ganze Weile sah der Mann die Frau, die im gestreiften Häftlingsanzug und mit Wolldecke vor ihm stand und nicht atmete, aus halbgeschlossenen Augen an. Dann sagte er mit fränkischer Färbung: »Mudda – zieh die Schürzna aa!«, und ließ den Kopf langsam wieder auf sein Kinn sinken. Frieda wartete zehn Sekunden. Dann wagte sie wieder zu atmen und ihren Holzschuh aufzuheben.

Schritt für Schritt schlich sie weiter in Richtung Tor. Dort angekommen warf sie einen Blick zurück. Aus dem Heu sahen ihr hundert sehnsuchtsvolle Augen zu, wie sie den Eisenstift aus der schlichten Torverriegelung zog, Millimeter für Millimeter, fast lautlos, den Stift schließlich mit beiden Händen vorsichtig auf den Boden legte, in ihre Schuhe schlüpfte und das Tor langsam aufzog. Ein paar Zentimeter, und sie würde, abgemagert wie sie war, hindurchpassen.

Das Tor bewegte sich. Doch plötzlich spürte Frieda einen Widerstand. Das leise Geräusch, das damit einherging, zeigte an, dass der Widerstand von den rostigen Angeln rührte, die lange nicht geschmiert worden waren. Es würde quietschen und knirschen. Konzentriert zog sie das Tor weiter auf, bereit, beim ersten winzigen Geräusch innezuhalten. Schweiß lief ihr die Schläfen hinab, trotz der kalten Morgenluft, die durch den Spalt hereindrang. Draußen lag Schnee auf den blühenden Büschen. Aber es taute.

Ein winziges Stück noch, und sie könnte durch den Spalt schlüpfen. Friedas Atem ging flach, ihr Herz schlug bis zum Hals. Sie spürte einen erneuten Widerstand, dann knirschte es. Sofort hörte sie auf, am Tor zu ziehen, und drehte ihren Kopf langsam zu den Wachen. Sie schienen zu schlafen. Frieda schob ihr rechtes Bein durch den Spalt, dann den Arm und den Oberkörper, machte sich noch dünner, als sie ohnehin war. Ihr mittlerweile dickstes Körperteil, stellte Frieda fest, war ihr Kopf. Zwei Zentimeter fehlten wohl noch. Nicht mehr. Zwei gottverdammte Zentimeter, die sie daran hinderten, frei zu sein.

Sosehr sie sich auch mühte – das Tor war durch sanfte Gewalt nicht dazu zu bewegen, sie hinauszulassen. Tränen der Wut traten ihr in die Augen. Es half nichts. Sie musste dem Tor einen Ruck geben, und das würde man hören. Vielleicht würden die Wachen von dem kurzen Geräusch nicht aus dem Schlaf gerissen. Vielleicht. Vielleicht aber doch. Noch konnte sie zurück ins Heu und abwarten, ob der kommende Tag sie am Leben lassen würde. Aber sie wollte nicht mehr warten. Etwas hatte sich in ihr verändert, seit sie die ersten amerikanischen Kanonen gehört hatte. Nach über zweitausend Tagen der Demütigung und Angst war es ihr mit einem Mal nicht mehr vorstellbar, noch einen weiteren zu überstehen. Frieda drückte ihren knochigen Körper gegen das Tor. Ein Quietschen zerriss die Stille, laut wie ein Schuss, so schien es Frieda und offenbar auch den Mitgefangenen, die atemlos Anteil an ihrem Fluchtversuch nahmen und entsetzt auf die Wachleute starrten. Einer der Männer rührte sich, und das Sturmgewehr fiel ihm aus der Hand. Das Geräusch der zu Boden fallenden Waffe weckte ihn endgültig. Frieda zog den Kopf durch die Tür nach draußen. Das Letzte, was sie sah, war, dass der SS-Mann aufstand.

7

Herbst 1992

Wallners Blick blieb an Claudias rotlackierten Fingernägeln hängen, die eine Bierflasche vor der gestreiften Bluse umfassten. Claudias Jacke war offen, denn das Feuer in der Zinkwanne strahlte eine angenehme Hitze ab. An der Knopfleiste war die Bluse aufgeworfen, und man konnte hineinsehen auf eine Brust von angenehmen Ausmaßen.

Claudias Gesicht war rund, sinnlich, um das Kinn herum sehr weich, von schwarzen, halblangen Haaren umrahmt, mit großen Augen und einer etwas hervorstehenden Unterlippe. Das schwere Parfüm, nach dem sie roch, fügte sich in den Gesamteindruck. Wallner mochte keine Parfüms. Schwere schon gar nicht. Er hatte eine empfindliche Nase, und viele Düfte kratzten ihn im Hals oder verursachten Kopfschmerzen. Claudias Parfüm freilich war anders. Zwar war es mächtig, fast aufdringlich, aber es weckte warme Erinnerungen. Wallner konnte nicht sagen, woran, aber die Erinnerungen waren angenehm, sinnlich. Das Geruchsgedächtnis speicherte Düfte ein Leben lang. Die zugehörigen Bilder mochten im Lauf der Jahre verlorengehen. Aber die Erinnerung an den Geruch blieb.

Sie hatten eine Weile nicht geredet. Claudia sah zum Nachthimmel empor, der Föhn zupfte an ihren schwarzen Haaren. »Schön hier draußen«, sagte sie. »Nur Sterne, Berge und der Wind.«

»Ja, hat was.« Wallner blickte zum Wirtshaus, in dem unvermindert getrunken und gefeiert wurde. »Du kannst gerne wieder reingehen. Ich meine – da drin ist die Party. Und deswegen bist du ja gekommen.«

»Ist nicht so dein Ding, oder?«

»Grölen und Alkohol trinken, bis man keine Stimme mehr hat und in die Ecke kotzt?« Wallner schien einen Augenblick angestrengt nachzudenken. »Stimmt, ist nicht wirklich mein Ding. Ich bin sicher, jede Neandertalerparty war zivilisierter.«

»Oh ja. Den Neandertalern wird oft unrecht getan.« Claudia drehte sich zum lärmenden Wirtshaus. »Es ist wirklich abstoßend, was da drin abgeht. Aber es macht Spaß. Cheers!« Sie blickte Wallner lachend an und hielt ihm ihre Bierflasche hin. Wallner lächelte höflich zurück und stieß mit ihr an.

»Natürlich macht es Spaß«, sagte er. »Sonst würden es nicht so viele Leute tun. Vielleicht komm ich ja noch dahinter.«

Sie setzte die Flasche ab, leckte über ihre Lippen und sagte: »War ich sehr laut ... vorhin?«

»Nun – du warst sicher ... eine der tragenden Stimmungssäulen, wenn ich das mal so sagen darf.«

»Tut mir leid. Das muss sehr irritierend für dich sein. Und dabei warst du so nett, mich herzubringen, obwohl du gar nichts mit dem Besäufnis anfangen kannst.«

»Ich hab meinen Spaß. Es ist schön hier oben auf dem Berg.« Er streckte seine Nase in den Wind. »Ich glaube, der Föhn lässt nach. Wir kriegen bald Schnee.« Er wandte sich wieder Claudia zu. »Aber geh ruhig rein. Okay?«

»Warum? Es ist nett mit dir.« Claudia legte ihre Hand kurz auf die von Wallner. Ihre Hand war weich und warm, mit langen, schön geformten Fingern. »Wohnst du noch bei deinen Eltern?«

Wallner zögerte kurz. »Ich seh so aus, oder wie?«

»Nein, nein. So war das doch nicht gemeint ... ach Mist. Streich die Frage einfach.«

»Ich lebe nicht bei meinen Eltern.«

»Ah! Du hast ein schickes Single-Apartment!«

»Ich wohne bei meinen Großeltern.«

Claudia brauchte ein bisschen, um abzuschätzen, ob Wallner sie auf den Arm nahm. »Echt?«

»Echt.«

»Ist doch okay.«

»Danke. Da fällt mir ein Stein vom Herzen.«

Claudia suchte Wallners Blick. Wallner sah ihr kurz in die Augen, wandte sich schnell ab, schien dann zu überlegen, ob er sich damit eine Blöße gegeben hatte, und sah Claudia wieder an. Sie versuchte, versöhnlich zu lächeln. »Ich weiß. Es gibt Menschen, die fühlen sich durch meine Art ein bisschen in die Enge getrieben. Ich will das gar nicht. Ich will dich nicht in Verlegenheit bringen, okay?«

»Warum nicht? Du machst das gut.«

Sie nahm seine Hand fest in die ihre und sah ihn ernst an. »Ich finde dich einfach nett. Und ausgesprochen süß mit deiner Brille und so korrekt und ein bisschen steif.«

»Wow«, sagte Wallner. »Jetzt ist alle Verlegenheit wie durch einen Zauber von mir abgefallen.«

Sie stieß ihm die Faust gegen die Schulter, dass Wallner fast mit seinem Stuhl umkippte. »Jetzt ist aber Schluss mit dem Mädchengetue. Du wirst dich schon noch an mich gewöhnen. Wir müssen in Zukunft zusammenarbeiten.«

Wallner lachte plötzlich. Er hatte Probleme mit Frauen, die derart dominant auftraten wie Claudia. Frauen, die laut waren und extrovertiert. Es irritierte ihn, vor allem aber beraubte es ihn der Kontrolle über die Situation, und das war ihm zuwider. Claudia aber hatte etwas an sich, das ihn anzog, etwas, das es ihm ermöglichte, ihr die vielen Regelverstöße zu verzeihen. War es ihr Parfüm? War es das Lächeln in ihren dunklen Augen?

»Okay«, sagte Wallner. »Ich versuche es. Unter einer Voraussetzung.«

»Und die wäre?«

»Erwarte nie von mir, locker zu sein.«

»Das kommt auch noch«, sagte Claudia und tätschelte Wallners Knie.

Kreuthner kam auf die Terrasse. »Was geht denn hier ab? Habt's ihr zwei was am Laufen?«

»Äh, nein«, beeilte sich Wallner zu sagen. »Wir haben uns sehr nett mit Herrn Nissl unterhalten.«

»Hat er wieder Geschichten erzählt?«

»Er hat einen Schneewittchensarg gesehen«, sagte Claudia. »In einem geheimen Grab, von dem niemand was weiß.«

»Die Geschichte kenn ich noch gar nicht.« Kreuthner sog mit Inbrunst an der Bierflasche, die er mit auf die Terrasse gebracht hatte, und spähte in die laue Nacht hinaus. »Und?«, sagte er schließlich. »Hab ich zu viel versprochen?« Die Frage war an Claudia gerichtet.

»Toller Abend. Supernette Jungs da drin. Und der Blick

hier oben auf dem Berg. War eine super Idee.« Sie hielt Kreuthner ihre Bierflasche zum Anstoßen hin. »Thomas Nissl erzählt viel Unsinn, oder?«

»Ziemlich viel.« Sie stießen an.

»Er hat erzählt, dass er früher viele Häuser hatte.« Claudia lachte.

»Das stimmt sogar.«

»Echt? Wie ist er an die gekommen?«

»Geerbt. Irgend a reicher Miesbacher hat sie ihm vermacht. Warum, weiß kein Mensch.«

»Und wieso hat er die Häuser nicht mehr?«

»Das war vor meiner Zeit. Aber was man so hört, hat er's recht krachen lassen. Und dann gab's a paar Spezln von ihm, die ham ihm die Häuser abgeschwatzt. Der hat die praktisch verschenkt.«

»Wieso macht der so was?«

Kreuthner zuckte mit den Schultern. »Er wollt halt auch mal Freunde haben.«

Nissl kam aus dem Haus zurückgehumpelt.

»Na, Dammerl?« Kreuthner nahm sich jetzt auch einen Stuhl und rückte ihn ans Feuer. »Letzter Abend in Freiheit. Könnt schlimmer sein, oder?«

»Du hast nette Freunde«, sagte Nissl. »Ich hab ihnen ein Geheimnis verraten.«

»Das mit dem Grab?«

»Da müsst's ihr mal nachschauen. Sauber ist das nicht.«

»Jaja. Wenn mir wieder unten sind. Magst noch a Bier?« Kreuthner deutete an, dass er ins Haus gehen würde.

»Äh …«, Nissl sah Kreuthner an, als würde er angestrengt überlegen, was er auf die Frage antworten sollte. »Sag amal, das mit dem letzten Abend und so … Die sperren mich doch net ein, oder?«

»Hat des die Richterin net g'sagt letztes Mal?«

»Ja, aber …« Nissl sah verständnisheischend zu Kreuthner. »Doch net für a paar Zigaretten.«

»Die können dich net immer wieder auf Bewährung rauslassen. Hast dich halt net bewährt. Frag die Claudia.«

»Wie oft bist du denn schon auf Bewährung verurteilt worden?«

Nissl zählte an den Fingern ab. »Drei Mal.«

»Fünf Mal«, korrigierte Kreuthner.

Claudia verzog das Gesicht. »Dann wird's schwierig. Das kann eigentlich kein Richter mehr begründen.«

»Nein!«, sagte Nissl mit aller Entschiedenheit und laut. »Das geht net. Die können mich net wegen a paar Zigaretten … Das hat's noch nie geben. Die spinnen doch!« Er blickte Kreuthner nahezu erschrocken an.

»Komm, reg dich ab, okay?«

Nissl schwieg und sah sich hektisch um, musterte Claudia und Wallner, dann Kreuthner, die Terrasse, ein Blick zum Haus, aus dem dumpf Gesang dröhnte. »He, bleib ruhig, Alter.« Kreuthner berührte Nissl vorsichtig am Arm. »Du kannst net abhauen. Net mit dem Hax'n. Da kommst net weit.«

»Stimmt. Da komm ich net weit. Magst a Bier?« Nissl lächelte und schien mit einem Mal nüchtern und gefasst. Eine Spur zu nüchtern kam er allen dreien vor, als sie Nissl nachblickten, wie er mit seiner Krücke durch die Tür zur Gastwirtschaft hinkte.

»Wieso hast du den eigentlich mitgebracht?«, fragte Wallner schließlich.

»Dass er auch mal was Schönes erlebt«, sagte Kreuthner und fragte sich insgeheim, ob Nissl ihm wirklich ein Bier mitbringen würde. Schreie aus dem Gastraum rissen ihn aus seinen Gedanken. Andere Schreie als vorher, keine Schreie von betrunkenen Frauen. Schreie des Entsetzens. Auch das Rumpeln von Stühlen war zu hören. Schließlich – ein Schuss ...

8

Es war totenstill. Vorsichtig betraten Kreuthner und Wallner den Gastraum. Eine Fensterscheibe war gesplittert. Alle Anwesenden hatten sich in einer Ecke des Raumes versammelt und starrten geschockt in die Richtung der beiden Polizisten. Die drehten sich langsam um. Wie ein Riese aus einer fremden Welt stand er hinter der Tür, eine Jagdbüchse in der Hand. Nissls blaue Augen waren kalt geworden.

»Rüber!«, sagte er in einem Ton, den Kreuthner noch nie bei ihm gehört hatte.

»Dammerl! Mach kein Scheiß. Was soll denn das werden?«

»Rü-rüber. Zu die a-a-anderen.« Nissl stieß Kreuthner mit der Spitze des Gewehrlaufs an. Kreuthner zuckte zurück und hob beschwichtigend die Hände. »Keep cool. Das kriegen mir alles geregelt, okay?«

»Komm!« Wallner zog Kreuthner von Nissl weg. Draußen, vor der Tür zum Gang, stand Claudia und sah Wallner ängstlich an. Er hatte ihr gesagt, sie solle draußenbleiben. Wallner hatte die Verantwortung für sie und keine Lust, seinem Chef erklären zu müssen, warum sich seine Tochter eine Kugel gefangen hatte. Er stieß die Tür mit dem Fuß zu und ging mit Kreuthner zu den anderen.

Nissl trat jetzt ein paar Schritte auf seine Geiseln zu, dabei behielt er den Raum im Auge, ob sich irgendwo etwas rührte. Alles blieb ruhig. Der Wirt stand, zitternd und bleich, mit allen anderen in der Ecke und wartete, was als

Nächstes passieren würde. Aber es passierte nichts, außer dass Nissl sie wütend anfunkelte. Er war ganz offensichtlich aufs Äußerste erregt. »Wollen wir mal weitermachen?«, sagte Wallner nach einiger Zeit des Schweigens.

»Ha-hal-hal ...« Nissl brachte kein zusammenhängendes Wort hervor. Er war mindestens so aufgeregt wie die, die er in seiner Gewalt hatte.

»Ich soll den Mund halten?«, fragte Wallner.

Nissl nickte.

»Hör zu, ich will nur versuchen, die Dinge hier für alle zu einem guten Ende zu bringen. Und dazu musst du mir sagen, was du willst. Sonst geht hier nichts weiter.« Nissl atmete schwer, schien zu überlegen, öffnete den Mund. Aber es wollte nichts herauskommen.

»Jetzt gebt's ihm halt an Obstler«, schlug Kreuthner vor.

Nissl nickte in Richtung Wirt, der sich hinter den Tresen begab und eine Flasche Schnaps aus der Kühlung holte. Zusammen mit einem Schnapsglas stellte er sie auf ein kleines Tablett, das er Nissl hinschob. Der ignorierte das Glas, setzte die Flasche an und trank in großen Zügen. Sichtlich gestärkt wandte er sich wieder Wallner zu.

»Ich will an Fluchtwagen. Der Leo soll mit seinem Chef telefonieren.«

»Wo soll der Fluchtwagen hin?«, fragte Kreuthner. Nissl schwieg, von der Frage offenbar überrascht. »Hier hochfahren kann er ja net.«

»Der soll zum Lift kommen.«

»Kannst du überhaupt Auto fahren?«

Wieder nahm sich Nissl eine Denkpause. Dann verkündete er: »Du fährst.«

»Ich?« Kreuthner lachte ängstlich auf. »Ich bin gar nimmer fahrtüchtig. Was glaubst, was ich intus hab?« »Aber du bist der Einzige, wo in dem Zustand noch fahren kann«, meldete sich Sennleitner von ganz hinten. Kreuthner hätte ihm gerne eine reingehauen.

»Ruf endlich an!«, sagte Nissl und richtete den Gewehrlauf auf das Telefon hinter dem Tresen.

»In Wiessee is keiner mehr. Das weißt ja selber.« Kreuthner ging um den Tresen herum und nahm den Hörer ab.

»Ruf in Miesbach an«, sagte Wallner. »Da ist um die Zeit noch jemand.«

Kreuthner wusste die Nummer auswendig und tippte sie ein. Kurz darauf meldete sich die Zentrale der Polizeistation. Kreuthner fragte nach dem ranghöchsten im Haus anwesenden Beamten. Das war Lukas. Als Wallner den Namen hörte, rutschte ihm das Herz in die Hose.

9

Kreuthner?«, fragte Lukas am anderen Ende der Leitung. »Was gibt's denn so spät?«

»Ich ruf vom Hirschberghaus an. Und neben mir steht der Herr Nissl. Der hätt ein Anliegen.«

»Nissl? Habt ihr den nicht heute verhaftet?«

»Auch. Ja. Aber jetzt ist er hier und möchte ein Auto.« »Aufs Hirschberghaus?«

»An die Talstation von der Seilbahn. Da, wo der Forstweg aufhört.«

»Kreuthner ...« Lukas klang verärgert. »Haben Sie was getrunken?«

»Nein. Das ist alles wahr, was ich sag.«

»Warum verhaften Sie den Mann dann nicht auf der Stelle?«

»Er hat a Gewehr in der Hand.«

»Herrgott, Kreuthner!« Lukas sprang aus seinem Bürosessel. »Sagen Sie mir endlich, was da los ist. Ist das eine Geiselnahme oder was?!«

»Jetzt tun S' Ihnen nicht beunruhigen. Mir ham alles unter Kontrolle.«

»Du hast gar nix unter Kontrolle«, schrie der Wirt und stürzte zu Kreuthner, um ihm den Hörer aus der Hand zu reißen.

Ein Schuss krachte durch den Raum, gefolgt von einem vielstimmigen Aufschrei, dann Nissls rauhe Stimme: »Weg von dem Telefon!«

Der Wirt lag am Boden und hielt sich seinen rechten Oberschenkel. Die Hose war an der Stelle dunkelrot und feuchtglänzend. Schon lief Blut auf den Boden. »Er hat mich getroffen!«, schrie der Mann. »Ich kann mein Bein nimmer bewegen! Siehst es net? Ich verblute!« Todesangst war in seinen Augen und seiner Stimme.

Lukas, der einiges mitgemacht hatte in seinem Polizistenleben, erstarrte. Er musste ruhig bleiben. Leise und deutlich sprach er in den Hörer. »Ist außer Ihnen noch jemand von der Polizei da oben?«

»Der Sennleitner, aber den können S' vergessen. Der is praktisch volltrunken.«

»I gib dir glei an volltrunken, he!«, lallte Sennleitner und musste aufstoßen.

»Der Wallner ist noch da.«

Es schnürte Lukas den Hals zu, und ihm wurde heiß. Wallner und Claudia wollten heute Abend einen Ausflug machen. Hatten sie den Hirschberg erwähnt? Er konnte sich nicht erinnern. »Geben Sie ihn mir.«

Kreuthner winkte Wallner herbei, der gerade abfragte, wer dem verletzten Wirt helfen könne. Ein Sanitäter meldete sich und machte sich ans Werk. Nissl ließ es geschehen und schien selbst erschrocken über die Wirkung seines Schusses. »Ist Claudia bei Ihnen?«, war Lukas' erste Frage.

»Machen Sie sich keine Sorgen. Die ist nicht hier im Raum. Ich habe sie gebeten, draußen zu warten.«

»Was ist da oben los?«

»Nun – ich denke, dem Herrn Nissl ist klargeworden, dass er diesmal ins Gefängnis muss. Und das scheint er auf keinen Fall zu wollen.«

»Verstehe«, sagte Lukas leise und mehr zu sich selbst. »Was hat Nissl genau getan?«

»Er hat das Jagdgewehr vom Wirt an sich gebracht und uns alle als Geiseln genommen. Ich hab ihn gefragt, was seine Forderungen sind. Er hat gesagt, er will einen Fluchtwagen.«

»Dieser Vollidiot. Wie ist er überhaupt da hochgekommen? Ich dachte, er ist bei der Festnahme verletzt worden.«

»Er hat einen verstauchten Knöchel und kann nur mit Krücke gehen. Ich glaube, er hat die Materialseilbahn benutzt.«

»Aber da muss er doch auch erst mal hinkommen. Und wieso ist er überhaupt da oben, wenn er verhaftet wurde?«

»Ich fürchte, das müssen Sie den Kollegen Kreuthner fragen. Soll ich Ihnen ...«

»Nein, halten Sie mir diesen Chaoten vom Leib. Das klären wir später. Wie ist Ihre Einschätzung der Lage? Brauchen wir ein SEK?«

»Ich würde sagen, schicken Sie den verlangten Wagen. Dann kommen Herr Nissl und der Kollege Kreuthner mit dem Lift runter. Und dann sehen Sie weiter. Die Leute hier oben wären jedenfalls aus dem Spiel. Kreuthner soll übrigens den Wagen fahren.«

»Gut, ich organisiere das. Ich schätze, wir brauchen ein bis zwei Stunden. Und halten Sie um Himmels willen Claudia da raus.«

»Machen Sie sich keine Sorgen.«

»Ist der Kreuthner fahrtüchtig?«, fiel es Lukas noch ein.

»Das kann ich nicht beurteilen. Aber er ist seit über zwei Stunden hier.«

»Alles klar«, sagte Lukas und überlegte, wie er das Dilemma

lösen sollte, falls es tatsächlich so weit kam. Er konnte kaum zulassen, dass sich der betrunkene Kreuthner ans Steuer eines von der Polizei zur Verfügung gestellten Wagens setzte.

Inzwischen war Kreuthner neben Wallner getreten und gab ihm ein Zeichen, den Hörer abzugeben. »Was gibt's?«, fragte Wallner.

»Er möchte, dass ich noch was sage.« Kreuthner deutete auf Nissl, der energisch nickte. Wallner gab den Hörer weiter. »Hier wieder Kreuthner. Ich soll Ihnen vom Herrn Nissl sagen, dass er noch eine andere Forderung hat.«

»Die wäre.«

»Geld.«

»Ja und? Wie viel?«

»Wie viel willst denn?«, rief Kreuthner zu Nissl hinüber.

Der dachte ein paar Sekunden nach und sagte dann: »Tausend Mark.«

»Was willst denn mit tausend Mark?« Kreuthner hielt das Mikrophon des Hörers zu. »Des langt ja hint und vorn net. Da kommst grad amal bis Italien.«

»Ich glaube, es ist nicht dein Job, Herrn Nissl zu beraten«, gab Wallner zu bedenken.

»Aber des is doch a Schmarrn. Das musst zugeben. Den nimmt doch keiner ernst, wenn er tausend Mark will. Also, Dammerl, jetzt amal a vernünftige Forderung.«

Nissl zuckte mit den Schultern. »Was ist denn üblich?«

»Ja, hundert Riesen musst schon verlangen.«

Wallner verdrehte die Augen, Nissl machte eine unbestimmte Geste.

»Hunderttausend will er. Gebrauchte Scheine, nicht nummeriert.«

»Kreuthner! Es gibt keine nicht-nummerierten Scheine.«
»Ich mein halt net durchgängig. Sie wissen schon.«

»Und wo sollen wir das Geld herkriegen mitten in der Nacht?«

»Ah so ...« Das hatte Kreuthner nicht bedacht. Es war auch seine erste Geiselnahme. »Dann halt so viel, wie Sie auftreiben können. Und den Rest ... mei ... vielleicht könnten S' den nachschicken.«

Sie standen vor dem Gasthaus auf der Terrasse. Der Föhn hatte nachgelassen, aber es wehte immer noch ein milder Wind von Süden. Der Vollmond erleuchtete die nächtlichen Berge. Das Gewehr im Anschlag und das linke Bein über den Griff der Krücke gelegt, stand Nissl wie ein Denkmal in der Nacht. Aus seinem Blick war die Aufregung gewichen. Er wirkte gesammelt, ernst und traurig.

»In einer halben Stunde sind sie mit dem Wagen da unten«, sagte Wallner leise zu Kreuthner. Claudia stand in der halboffenen Eingangstür zum Haus. Wallner bedeutete ihr mit einem Kopfschütteln, dass sie weggehen sollte.

»Ich tät sagen, wir fahren runter, wenn die da sind«, sagte Kreuthner und wandte den Blick zu Nissl.

Nissl schüttelte den Kopf. »Wir fahren jetzt.«

Er mochte unbedarft wirken, dachte sich Wallner, aber dumm ist Nissl nicht. Er wollte verhindern, dass die Polizei unten an der Seilbahn irgendwelche Dinge vorbereitete, auf die er nicht gefasst war. Wallner hatte nicht mehr viel Zeit. Er musste etwas unternehmen. »Leo«, sagte er schließlich, so dass es auch Nissl hören konnte. »Wir müssen kurz reden.«

10

Kreuthner war sichtlich irritiert. »Was meinst du damit? Ob ich das noch hinkrieg?«

»Wie viel hast du getrunken?«

»Zwei, drei Bier.«

»In der ersten Viertelstunde vielleicht. Und in den restlichen zwei Stunden?«

»Jetzt mach doch keinen Stress. Ich fahr jeden Abend so. Ich kann das.«

»Du hast mindestens zwei Promille.«

»Letzt Woch hamma nachmittags an Dachdecker rauszogen, der hat drei Komma acht gehabt und praktisch keine Ausfallerscheinungen. Wenn du das jahrelang übst, ist des überhaupts kein Problem.«

»Das ist ein Problem. Ich werd mitgehen. Okay?«

»Wieso denn?« Kreuthner war wütend.

»Wieso willst du's denn unbedingt machen?«

»Weil er mich dabeihaben will.« Kreuthner zeigte auf Nissl.

Der machte eine unbestimmte Bewegung, die vermutlich andeuten sollte, dass es ihm nicht so wichtig war, wer mitkam. In der Hauptsache sollte sein Begleiter Auto fahren können.

»Soll dich wirklich der Leo fahren? Du weißt, was er getrunken hat.«

»Meinst, der fährt uns in den Straßengraben?«

Wallner zuckte mit den Schultern.

»Clemens!« Kreuthners Stimme hatte einen beschwörenden Unterton angenommen. »Ich hab die G'schicht verbockt. Des is meine einzige Chance, dass ich's wiedergutmach!«

»Indem du einen Unfall baust? Und vielleicht noch jemanden umbringst?«

»Hier! Schau her!« Kreuthner stieg auf das die Terrasse umgebende Geländer und balancierte darauf, kam nach zwei Schritten in Schräglage, verfehlte mit dem dritten das Geländer, verbog sich zwei lange Sekunden in hulahooopartigen Verrenkungen und schaffte es, fünf Klappstühle und einen Terrassentisch umzuwerfen, bevor er auf dem Boden aufkam.

»Ich nehm dich!«, sagte Nissl zu Wallner.

Wallner hatte sich noch einmal umgedreht, bevor sie zur Seilbahn gegangen waren. Ob Claudia mitbekommen hatte, dass er sich Nissl als Geisel angeboten hatte? Nicht dass es der Grund gewesen war, warum er es getan hatte. Trotzdem hoffte er, dass es Eindruck auf sie machte. Vielleicht, weil er das Gefühl hatte, dass sie ihn nicht ganz ernst nahm.

Die Ladefläche der Gondel schwebte nahezu lautlos durch die föhnige Nacht.

Nissl klammerte sich an seine Krücke, der Gewehrlauf zeigte auf Wallner.

»Was wollen wir machen, wenn wir im Auto sitzen?«, fragte Wallner.

»Wegfahren. Weit weg. Nach Österreich.«

»Das sind fünfzehn Kilometer. Und dann?«

Nissl schwieg und sah bekümmert aus.

»Bist du viel verreist?«

Nissl schüttelte den Kopf.

»Du warst doch immer unterwegs. Bis wohin bist du gekommen?«

»In Garmisch war ich mal. Und in München. Siebenundsechzig. Da ham s' das Drugstore in Schwabing eröffnet. Das war a Party! Champagner hamma getrunken. Und die Mädels …« Ein Lächeln huschte über Nissls Gesicht.

»Das Drugstore! Kenn ich. Sieht immer noch so aus wie vor fünfundzwanzig Jahren.«

Nissl lachte in sich hinein und schüttelte den Kopf. »Des war a verrückte Zeit. Damals war ich noch reich.« Das Lächeln verschwand wieder. »Is lang her. Sehr lang.«

»Thomas?«

Zwei müde Augen richteten sich auf Wallner.

»Vielleicht kriegst ja noch mal Bewährung. Die Richterin ist doch ganz in Ordnung.«

Nissl schüttelte den Kopf. »Der Leo hat recht. Die muss mich einsperren. Die kann net anders.«

»Ja und? Dann bist du den Winter im Warmen. Ist doch gar nicht so schlecht. Und im Frühjahr kommst wieder raus.«

»Ich geh net ins Gefängnis.« Nissl sagte es so ruhig und bestimmt, dass Wallner unbehaglich wurde. Da war ein Zug an Nissls Wesen, dunkel und unheimlich, der Wallner Angst machte.

»Du hast keine Chance. Sie werden dich kriegen. Ich weiß nicht mal, ob die uns über die österreichische Grenze lassen. Was, wenn die einfach die Schranke nicht hochmachen? Was machst du dann?«

Die untere Seilbahnstation kam näher. Es mochten noch zwei- oder dreihundert Meter sein. Alles lag ruhig im bläulichen Licht des Vollmonds. Unter ihnen tauchten die ersten größeren Bäume nach der Latschenkiefernzone auf.

Nissl hatte lange nachgedacht über Wallners Argumente. »Da hast du wohl recht«, sagte er. »Ich hab keine Chance, oder?«

»Nein. Hast du nicht.« Er streckte eine Hand aus. »Gib mir das Gewehr. Dann sagen wir, es war falscher Alarm. Und dass du da oben aus Versehen geschossen hast.« Wallner sah in die Augen seines Gegenübers. Sie schimmerten im Mondlicht besonders blau. Aus ihnen war jede Hoffnung gewichen. »Nur ein paar Monate, dann bist du wieder draußen.« Wallner hielt weiter die offene Hand ausgestreckt. Nissl überlegte, zögerte, dann gab er Wallner das Gewehr. »Es tut mir leid, dass ich dem Wirt ins Bein geschossen hab. Sagst ihm das bitte.« Wallner nickte und hatte das Gefühl, dass hier jemand Abschied nahm. Es hörte sich an wie letzte Worte. Und im gleichen Augenblick, als Wallner das dachte, stand Nissl auf und ließ sich in die Tiefe fallen.

11

Der Lichtstrahl der Taschenlampe strich lautlos über junge Fichten und den schneebedeckten Waldboden. Nur seinen eigenen Atem hörte Wallner. Er rief nach Nissl, bekam jedoch keine Antwort. Dort oben, vor einem vertrauten Sternbild, spannten sich die schwarzen Seile. Wie weit oben mochten sie sein? Zehn bis fünfzehn Meter, schätzte Wallner. Wenn Nissl noch lebte, war er vermutlich ohnmächtig. Der Schnee hatte seinen Aufprall vielleicht gedämpft, vielleicht war er auch auf einen der Jungbäume gefallen. Wallner hatte von der Gondel aus nichts erkennen können. Nur schwarz war es gewesen, mit helleren Sprenkeln, wo das Mondlicht bis zum Schnee durchdrang.

Wallner hatte sich den Baumstumpf gemerkt, um den herum der Fußweg eine Kehre machte. Die Stelle lag in freierem Gelände neben dem Wald. Wenn er den Fußweg hinaufging und an der Kehre in den Wald abzweigte, musste er Nissl finden. Wallners Herz schlug bis zum Hals, teils vor Anstrengung, teils aus Angst, Nissl tot oder mit zertrümmerten Knochen zu finden. Immer wieder rutschte er auf schneebedeckten Ästen aus, die auf dem Boden lagen. Wallner war jetzt genau unter der Seilbahn. Weit konnte Nissl nicht sein. Der Lichtkegel wischte über eine Ansammlung Jungfichten hinweg und kehrte wieder zu ihnen zurück. Dort war etwas. Ein schwarzes Profil. Eine Stiefelsohle. Wallner rief Nissls Namen – der Stiefel bewegte sich. Nissl lag auf dem Rücken und war bei Bewusstsein. Sein Atem ging schwer, als Wallner neben ihm niederkniete. »Alles in Ordnung?« Wallner selbst klang die Frage seltsam in den Ohren. Nissl war gerade fünfzehn Meter in die Tiefe gestürzt. Trotzdem nickte er. Es war offensichtlich, dass gar nichts in Ordnung war, abgesehen davon, dass er noch lebte. Das rechte Bein der Jeans war auf Kniehöhe dunkelrot gefärbt, und man konnte an der eigenartigen Wölbung des Stoffes sehen, dass darunter ein offener Bruch sein musste. Seitlich unter dem Parka ragten grüne Äste hervor. Nissl war in eine Gruppe junger Fichten gefallen. Das hatte ihm das Leben gerettet.

»Was machst denn für einen Scheiß?«, sagte Wallner, weil er nicht wusste, was er sonst sagen sollte. »Kannst du atmen?«

Nissl nickte und ergriff den Ärmel von Wallners Daunenjacke. »Mir ist kalt«, sagte er, während er Wallner zu sich zog. Der nahm ein Zittern wahr, das so dezent war, dass Wallner es in der ersten Aufregung nicht bemerkt hatte.

»Bleib ruhig. Die sind gleich da. Dann holen wir einen Krankenwagen.« Wallner sah hinunter zu der Stelle, an der der Bergpfad endete und die Forststraße begann. Hier würden in wenigen Minuten einige Fahrzeuge der Polizei eintreffen. Und in einem davon wäre ein Funkgerät, hoffte Wallner, und es kam ihm der Gedanke, dass man alle Polizisten mit Mobiltelefonen ausrüsten sollte. Dann hätte er längst einen Notarzt verständigen können.

»Ich muss dir was sagen«, flüsterte Nissl.

»Beweg dich nicht so viel. Und spar dir den Atem.« Wallner zog seine Daunenjacke aus und deckte sie über Nissl. Der hörte nicht auf zu zittern, und jetzt fing auch

Wallner damit an. Der Föhn hatte nachgelassen, und die Temperaturen bewegten sich langsam auf den Nullpunkt zu.

»Den Sarg aus Glas ... ich ... ich hab den wirklich gesehen.«

»Wenn du wieder gesund bist, dann zeigst du ihn mir. Einverstanden?«

»Bist a anständiger Kerl.« Er nahm Wallners Hand. Nissls Hand war erstaunlich weich und kalt wie der Tod. »Zieh die Jacke wieder an. Ich brauch sie nicht.« »Du brauchst sie«, sagte Wallner und spähte den Berg hinab, ob sich nicht von irgendwo Lichter näherten oder Motorengeräusch zu hören war.

»In dem Sarg liegt eine Frau. Sie ... sie hat ein Loch im Kopf. Von einer Kugel.« Nissl konnte nicht weitersprechen. Er hustete und hielt sich die Hand vor den Mund. Die Hand färbte sich schwarzrot, ebenso Nissls Mund. Wallner versuchte, ihn mit einer Geste zu beschwichtigen.

»Komm, bitte! Halt dich ruhig. Wir gehen zusammen zu deinem Sarg. Wenn das hier vorbei ist. Versprochen.«

»Ich geh nirgends mehr hin«, hauchte Nissl. »Sankt Veit. Hörst du? Der Sarg ist in Sankt Veit, im Keller.« Er starrte Wallner mit aufgerissenen Augen an und quetschte dessen Unterarm mit der blutverschmierten Hand. »Ich hab die Frau auf dem Gewissen!« Das Brummen eines Motors hallte durch den Bergwald.

»Hörst du das? Sie kommen«, sagte Wallner und legte seine freie Hand auf Nissls Brust, um ihn zu beruhigen. Unter der Daunenjacke spürte Wallner etwas Hartes. Er riss die Jacke weg und sah auf den Parka. Vorher war sie ihm nicht aufgefallen – die kleine Erhebung an der Stelle des Brustbeins. Sie sah aus wie ein Zelt mit einer Stange, nur flacher. Er öffnete vorsichtig den Parka und betrachtete, was sich darunter verbarg. Blut, viel Blut, und in der Mitte der rote Stumpf eines kleinen Baumes. Bei seinem Fall auf die jungen Fichten war eine unter Nissls Gewicht gebrochen, und ihr Stumpf hatte ihn durchbohrt. Das Stämmchen hatte das Herz knapp verfehlt, denn es schlug noch, wie Wallner an der pulsierenden Blutung erkennen konnte. In dem Moment, als er daran dachte, die Blutung mit der Hand zu stillen, versiegte sie, und einen Moment später fiel Nissls Hand von Wallners Unterarm ab. Nissl war da, wo er hinwollte. Wallner schloss ihm die Augen, als das Licht mehrerer Fahrzeuge weiter unten um eine Kurve der Forststraße bog.

12

Wallner lauschte dem Rauschen des Föhns und dem aufgewühlten Wasser, das gegen das Seeufer schlug. Eine Weile hielt er die Augen geschlossen und ließ sich den Wind ins Gesicht wehen, die Mütze tief in die Stirn gezogen und die Hände in den Taschen der Daunenjacke. Als er die Augen wieder öffnete, funkelte ihn das Mondlicht an, das sich auf der gekräuselten Wasseroberfläche brach. Der Mond stand über dem Setzberg am Südende des Tegernsees und tauchte die Nacht in ein Märchenlicht. Die schneebedeckten Gipfel rings um den See hoben sich weißlich vor dem Nachthimmel ab, und es war, als erwarte das Gebirge nach diesem letzten Aufbäumen der Wärme die Ankunft eines langen Winters.

Wallner spürte einen Druck auf der Brust, der ihm trotz der frischen Brise kaum Luft zum Atmen ließ. Wieder und wieder stand der riesige Mann vor ihm auf und ließ sich in die Tiefe fallen. Er hätte es verhindern können. Aber er war so überrascht gewesen von Nissls Tat, dass er nicht reagiert hatte. Was schlimmer war – er hatte die Situation vollkommen falsch eingeschätzt. Obwohl Nissls Verzweiflung offensichtlich gewesen war, hatte er nicht eine Sekunde damit gerechnet, dass der Mann sich etwas antun würde. Er hatte alle möglichen Szenarien im Kopf durchgespielt. Doch die hatten alle mit dem Einstieg in das Fluchtauto begonnen. Und einen Moment lang hatte er sogar gedacht, er könnte Nissl zum Aufgeben bewegen. In diesem Augenblick hatte ihn

Nissl mit verklärter Milde angesehen, die Wallner wie tiefe Einsicht vorkam. Es war die Sekunde gewesen, bevor sich Nissl das Leben nahm.

»Hör auf, dir die Schuld zu geben«, sagte Claudias verkratzte Stimme neben ihm, und sie nahm seine Hand. »Du bist an seinem Tod am allerwenigsten schuld.«

»Kann sein«, sagte Wallner. »Aber es fühlt sich nicht so an.«

Es hatte eineinhalb Stunden gedauert, bis man Nissls Leiche geborgen und untersucht hatte. Da er nicht eines natürlichen Todes gestorben war, musste sein Ableben kriminalpolizeilich untersucht werden. Außerdem waren die Geiselnahme und die dem Wirt des Hirschberghauses zugefügte Körperverletzung aufzunehmen und gegebenenfalls zu klären, ob noch jemand anderer sich in dem Zusammenhang strafbar gemacht hatte.

Wallner hatte Lukas eine Zusammenfassung der Ereignisse gegeben und war anschließend orientierungslos zwischen den Autos herumgelaufen, bis Claudia vom Hirschberghaus heruntergekommen war und sich seiner angenommen hatte. Wallner war dankbar gewesen, dass sie ihn wegbrachte. Auf dem Weg nach Miesbach hatten sie in Kaltenbrunn am Nordende des Tegernsees angehalten und waren zum Strandbad hinuntergegangen, das im November verlassen vor sich hin dämmerte.

Seit einer halben Stunde saßen sie auf dem Steg des Freibads und blickten auf den See.

»Komm her«, sagte Claudia und zog Wallner an sich. Ganz nah bei ihr, an ihrem Hals, konnte Wallner wieder ihr

Parfüm riechen, das mittlerweile eine dezentere, wärmere Note hatte.

»Ich sollte mal ins Bett«, sagte Wallner schließlich.

Am nächsten Morgen wachte er um halb sechs auf. Es war noch dunkel. Draußen hatte der Wind nachgelassen. Es schneite. Wallner lag im Bett und konnte die vielen Gedanken nicht verscheuchen, die in seinem Kopf umherschossen. Immer noch war da dieser Druck auf Brust und Magen, wieder und wieder tauchten Bilder von Nissls Gesicht und von sprudelndem Blut vor Wallners innerem Auge auf.

Schließlich verließ er das Bett und duschte. Als er in die Küche kam, fühlte er sich etwas besser. Zu seiner Überraschung traf er dort auf seine Großeltern. Er hatte vergessen, dass sie um sechs frühstückten. Seit mindestens vierzig Jahren.

Wallner, der während der Polizeiausbildung in München gewohnt hatte, war vor drei Monaten, als er die Stelle in Miesbach angetreten hatte, wieder in das Haus seiner Großeltern eingezogen – das Haus seiner Kindheit. 1977 war Wallners Vater nach Venezuela gegangen und nicht zurückgekehrt. Ob ihm etwas zugestoßen war oder ob er nur nichts mehr mit seiner Vergangenheit zu tun haben wollte, wusste niemand. Jedenfalls hörte man nie wieder von ihm. Wallner war zu dieser Zeit acht Jahre alt. Da seine Mutter schon 1971 bei einem Badeunfall im Tegernsee gestorben war, hatten sich die Großeltern seiner angenommen. Sie waren seine eigentlichen Eltern. Sein Großvater Manfred war erst einundsechzig, klein gewachsen und immer noch drahtig. Die Arbeit in der Papierfabrik hatte seinen Körper in Schuss gehalten. In zwei Jahren plante er, in Rente zu gehen. Karin,

Wallners Großmutter, war mit Mitte sechzig immer noch attraktiv, auch wenn ihr fast fünfzig Arbeitsjahre die eine oder andere Falte ins Gesicht gedrückt hatten.

»Ja Bub, was machst denn du so früh da herunten?«, fragte Karin, die an der Arbeitsplatte stand und mit der Zubereitung von Butterbroten für Manfred beschäftigt war. »Da setz dich her. Magst a Ei?«

»Nein danke, ich hab noch keinen Hunger. Einen Kaffee vielleicht.«

Wallner setzte sich zu Manfred an den Tisch und sah ihm beim Verzehr einer Scheibe Graubrot mit Wurstauflage zu. Frische Semmeln gab es um die Uhrzeit noch keine. Karin stellte eine Tasse heißen Kaffee vor Wallner. Der schüttete Milch hinein und beobachtete, wie sie sich mit der braunen Flüssigkeit vermischte. »Ich will ja nicht meckern. Aber kann das sein, dass der Kaffee in der Zeit, in der ich weg war, noch dünner geworden ist?«

»Tja«, sagte Karin und wandte sich wieder den Butterbroten zu.

Manfred machte mit einem Mal einen missgelaunten Eindruck und nahm sogar körperlich, wie Wallner fand, eine Verteidigungshaltung ein. »Der Kaffee is seit zwanzig Jahren der gleiche. Vielleicht machen s' in München so an Herzkaschperl-Kaffee. Hier bei uns is er eben ... bekömmlicher.«

»Jaja«, sagte Karin, stellte einen Teller vor Wallner und ging zur Brotschneidemaschine. Manfred biss mit hochgezogenen Schultern in sein Wurstbrot.

»Hab ich was Falsches gesagt?« Wallner rührte in seinem dünnen Kaffee. »Ich wollte niemanden kritisieren.«

Es folgte Schweigen. Manfred kaute, Karin schnitt Brot.

Und weil das Schweigen auf bedrückende Weise zunahm, sagte Wallner schließlich: »Ist irgendwas?«

»Wieso? Was soll sein?«, fragte Manfred mit vollen Backen.

»Irgendwas ist. Das merk ich doch.«

»Ach! Merkst des?«

»Sag's ihm halt«, meldete sich Karin mit einer gewissen Schärfe in der Stimme von der Brotschneidemaschine.

»Was soll ich denn sagen?«

»Das weißt du ganz genau.«

»Ah geh, Schmarrn! Tut mir leid, aber des is mir echt zu blöd.«

Wallner verfolgte die Auseinandersetzung mit Interesse. Seine Großeltern hatten sich auch früher öfter Reibereien geliefert. Erosionserscheinungen nach einigen Jahrzehnten des Zusammenlebens. Um der Farce ein Ende zu machen, wandte sich Wallner an Karin. »Jetzt sag schon, was los ist.«

»Er holt den Kaffee aus dem Filter. Wahrscheinlich schon seit dreißig Jahren.«

»Er tut was?!«

»Jetzt mach dich halt net gar aso zum Deppen.« Manfred gestikulierte ausladend mit seinem angebissenen Wurstbrot.

»Was heißt: Er holt den Kaffee aus dem Filter?«

»Jeden Morgen setz ich's Wasser auf, dann tu ich den Filter mit dem Kaffeepulver auf die Kanne, und dann geh ich ins Bad. Und er gießt den Kaffee auf, wenn's Wasser kocht. Und ich sag immer: Der Kaffee schmeckt so dünn. Aber dein Opa sagt: Ein Löffel Kaffee pro Tasse. Mehr wär Verschwendung. Und heut hab ich ihn erwischt …«

Wallner sah seinen Großvater an. Der schüttelte den

Kopf. »Mir is was ins Kaffeepulver gefallen. Deswegen hab ich da mit dem Löffel ...«

»Geh, Schmarrn! Ich hab's doch genau gesehen. Du hast zwei Löffel Kaffee wieder raus aus'm Filter und in die Kaffeedose zurück. Und ich wunder mich seit dreißig Jahren, dass bei uns der Kaffee so fad is.«

»Auf einmal tät er fad schmecken. Der Kaffee war immer recht. Grad gern hast ihn getrunken. Jeden Morgen drei Tassen. Jetzt erzähl doch net, dass er net schmeckt.«

»Da musst ja drei Tassen trinken, dass es überhaupts was wirkt, des dünne Supperl.«

»Wieso tust du den Kaffee aus dem Filter raus?« Wallner hatte schon mitbekommen, dass alte Leute manchmal etwas wunderliche Angewohnheiten annahmen. Aber das erstaunte ihn dann doch.

»Hat sie dich jetzt aufgehetzt, ja? Bist jetzt auch gegen mich?«

»Nein, ich versuche nur, es zu verstehen.«

»Ich mach des, weil ... weil des gesünder is. Wennst ständig starken Kaffee trinkst, kriegst irgendwann an Herzinfarkt. Das weiß doch jeder.«

»Wennst gesund leben willst, dann hör's Saufen auf«, maulte Karin, während sie hektisch und aggressiv die Butter aufs Brot strich. »Das ist der reine Geiz. Das ist das Gleiche wie mit dene abgebrannten Streichhölzern.«

»Man muss a Streichholz doch net wegschmeißen, wenn's erst halb abgebrannt ist. Des kannst doch noch mal hernehmen.«

»Okay«, sagte Wallner. »Die Stimmung ist gerade ein bisschen explosiv, wie ich das sehe. Aber es gibt auch positive

Aspekte. Ich meine, wenn das eure schlimmsten Sorgen sind! Andere wären froh, wenn sie die hätten.«

Karin klappte wütend das letzte Butterbrot zusammen. »Wennst amal vierzig Jahre verheiratet bist, wirst anders drüber denken. Ich pack's.« Karin legte ihre Schürze ab und begab sich hinaus in den Flur, um sich fertig zu machen. Denn sie ging heute, wie an zwei weiteren Tagen die Woche, zu einem Herrn Lendtrock, bei dem sie sich als Haushälterin verdingte.

Nachdem Karin gegangen war, packte Manfred die Butterbrote wie jeden Tag in seine braune Lederaktentasche, die nie etwas anderes enthalten hatte als Brote, Wurst und ein Taschenmesser mit Hirschhorngriff, das Manfred zum Schneiden der Wurst diente.

»Wieso streitet ihr euch wegen so einem Käse?«, fragte Wallner und nahm einen Schluck Kaffee, der ihm jetzt noch dünner vorkam als zuvor.

»Was fragst mich? Sie fängt mit so was an. Macht aus jeder Mücke an Elefanten. Na und? Dann is es halt a Löffel Kaffee weniger.«

»Du bist doch genauso.«

»Ich? Ja woher denn? Ich hab mich nie beklagt.«

»Natürlich. Die Zeitung zum Beispiel, dass sie die nicht ordentlich zusammenlegt, wenn sie sie gelesen hat.«

»Aber das ist doch wahr. Die Zeitung schaut aus wie Kraut und Rüben, wenn s' deine Oma in der Reiß'n gehabt hat. Das macht man einfach net.«

»Mich stört's auch. Ich leg sie dann halt selber zusammen. Das dauert genau fünf Sekunden. Aber du, du machst jedes Mal ein Mordsgezeter drum.«

»Mei«, Manfred machte die Schnallen seiner Aktentasche zu. »Wennst gar nix mehr sagen darfst.«

»Darum geht's nicht.«

»Sondern?«

»Ob ihr euch den Rest eures Lebens gegenseitig quälen wollt. Das können noch dreißig lange Jahre werden.«

Manfreds Gesicht bekam mit einem Mal einen nachdenklichen Ausdruck. »Weißt, wir sind jetzt über vierzig Jahre zusammen. Da schaffen wir den Rest auch noch. Wir haben so viel zusammen durchgestanden, da lässt einer den anderen nimmer im Stich.« Er legte seine große, rauhe Arbeiterhand auf Wallners Schulter, was er selten tat. »Wir haben einen Sohn großgezogen, und der ist verschollen. Und dann haben wir unseren Enkel großgezogen. Das war bestimmt das Schönste in unserem Leben. Und das haben wir gemeinsam gemacht.«

»Ihr habt das gut gemacht. Verdammt gut.« Wallner drückte kurz die Hand seines Großvaters. »Aber jetzt bin ich nicht mehr da, und du gehst bald in Rente. Überlegt euch, was ihr mit euerm Leben anstellt.«

Manfred nickte und nahm seine Aktentasche. »Wie war's eigentlich gestern Abend? Bist spät nach Hause gekommen.«

»Der Nissl Thomas ist gestorben«, sagte Wallner.

»Ein ... Unfall.«

»Oh – tut mir leid.«

»Du hast ihn gekannt?«

»Wir sind der gleiche Jahrgang. Haben Fußball zusammen gespielt. Ganz a merkwürdiger Mensch.«

»Ja, irgendwie seltsam.«

»Seit die den damals eingesperrt haben. Da ist er kaputtgegangen dran.« Manfred schien ein wenig in sich versunken.

»Wer hat den Nissl eingesperrt?«

»Keine Ahnung. Polizei, SS, SA. Irgendwer. Das war ganz kurz vorm Kriegsende. Und dann haben sie ihn vergessen.«

»Wie – vergessen?«

»Die haben ihn im Keller vom Sakerer Gütl eingesperrt. Das war a aufgelassenes Bauernhaus, ganz abseits gelegen. Des gibt's auch schon lang nimmer. In den Siebzigern ham s' es abgerissen. Also, wie gesagt, die haben den Nissl da eingesperrt, und dann ist der Amerikaner gekommen. Und in dem Durcheinander haben s' den Nissl einfach vergessen. Seine Eltern haben gedacht, die Amerikaner hätten ihn erschossen. Weil sie ihn kurz zuvor noch zum Volkssturm eingezogen haben. Achtzehn Tage ist er da in dem Keller gesessen, bis ihn endlich einer gefunden hat.«

»Wo war das?«

»In Dürnbach.«

Die Erwähnung des Ortes Dürnbach machte Wallner nachdenklich. »Sag mal – in Dürnbach, gibt's da eine Veits-Kirche?«

»Wüsst net, dass es in Dürnbach überhaupts a Kirch'n gibt.«

»Ah so? Weil der Nissl hat die Kirche kurz vor seinem Tod erwähnt.«

Manfred zuckte mit den Schultern und machte sich auf den Weg.

13

2. Mai 1945

Der Wind wehte frisch über dem verschneiten Land an diesem Morgen. Es würde kein schöner Tag werden, der Himmel war wolkenverhangen und die Temperaturen deutlich zu kalt für die Jahreszeit. Immerhin war es so warm, dass der Schnee von den Dächern schmolz. Ein paar Stunden noch, und es würde vorbei sein.

Ja, dachte auch Hauptscharführer Kieling, noch ein paar Stunden, und die Gestalten, die zum Appell vor ihm standen, würden frei sein, weinen vor Glück, sich den Magen vollschlagen, bis ihnen schlecht war. Und dann, wenn sie wieder zu Kräften gekommen waren, würden sie Rache nehmen an denen, die sie über Jahre erniedrigt hatten. Das jedenfalls würde er an ihrer Stelle machen.

Einen Moment überlegte er, sie alle erschießen zu lassen. Achtzig Zeugen weniger. Andererseits – achtzig tote Frauen, die man ihm anlasten könnte. Und wenn die künftigen Sieger erst da waren, würde sich schon jemand finden, der sich auf Kielings Kosten beliebt machen wollte. Auch hatte er bei Frauen gewisse Hemmungen. Nicht sehr große. Aber doch so, dass es ihm nicht so leicht von der Hand ging wie bei Männern. Kieling führte das auf die Reste bürgerlicher Erziehung zurück, die noch in ihm steckten.

Bis gestern hatte Kieling vorgehabt, mit den Frauen bis zum Ötztal zu marschieren, obwohl auch er keine Ahnung hatte, wozu das gut sein sollte. Die historische Aufgabe der SS hatte sich, wenn man ehrlich war, erledigt, seine Vorgesetzten hatten aufgegeben und warteten bei Waakirchen mit dreitausend Häftlingen auf die Amerikaner. Wobei die meisten wohl eher nicht warteten. Einige SS-Kameraden hatte er vorhin auf einem Lastwagen der Wehrmacht gesehen, der Richtung Osten fuhr. Es waren sicher nicht die Einzigen, die ihren Posten verlassen hatten. Das hatte ihn nachdenklich gemacht. Es war klar gewesen in den letzten Monaten, dass niemand bei der SS das Ende dieses Krieges erleben wollte. Sie würden sich bis zum letzten Blutstropfen dem Feind entgegenwerfen und durch ihren heroischen Tod in die Geschichtsbücher eingehen. Alles andere war unwürdig für einen SS-Mann. Es gab dann aber erstaunlich viele Kameraden, denen Würde und Geschichtsbücher einerlei waren und die sich ein Leben nach dem Krieg offenbar durchaus vorstellen konnten. Kieling schwankte noch. Eine Frauenstimme rief »neunundsiebzig« und riss Kieling aus seinen Gedanken. Sämtliche SS-Leute blickten zu Kieling. Die Häftlinge waren starr vor Angst. Es war klar, was das zu bedeuten hatte. Eine Frau fehlte.

»Noch mal!«, befahl Kieling. Die Prozedur begann von vorn. Kieling war der Einzige auf dem Marsch von Dachau, der noch Appelle abhielt. Den anderen war's egal, ob es ein paar Häftlinge mehr oder weniger gab. Ausfälle gab es jeden Tag. Immer wieder starben welche an Entkräftung, oder es gelang ihnen die Flucht. In Achmühle hatte ein Jesuit in Wehrmachtsuniform dreißig Priester aus dem Etappenlager geschmuggelt. Das war natürlich irgendwann aufgefallen. Aber es interessierte keinen mehr. Eher schon, dass die Jesuiten Schnaps und Zigaretten an die Wachleute verteilt hatten. Mit dieser Einstellung war der Krieg natürlich nicht mehr zu gewinnen.

Auch beim zweiten Durchzählen kam man nur bis neunundsiebzig. »Wer fehlt?« Kieling ließ seinen Blick über die gesenkten Häupter der Frauen schweifen. Ihm war klar, wer fehlte – Frieda. Aufgefallen war sie ihm schon vor ein paar Tagen. Das hohlwangige Gesicht und der kahlgeschorene Schädel hatten kaum Ähnlichkeit mit der Frieda, die er vor sechs Jahren gekannt hatte. Mit dem blumig-frischen achtzehnjährigen Mädchen, das alle verrückt gemacht hatte im Dorf. Die Augen waren es gewesen und die Art, den Kopf ein kleines bisschen zur Seite zu drehen, wenn sie unwillig war. Bei den meisten Häftlingen verflüchtigten sich derlei hochmütige Gesten im Lager schnell. Die gekrümmten Körper verrieten nur noch Angst und das Bewusstsein, dass jeder Augenblick der letzte sein konnte. Frieda hatte sich dieses kleine Stück Würde und Hochmut behalten.

Er winkte Lohmeier zu sich. »Ich glaube, ich weiß, wo sie hin ist.«

»Nach Westen? Waakirchen?« Das wäre naheliegend, denn die Amerikaner konnten nicht mehr weit sein.

»Nein. Nach Dürnbach.« Kieling deutete mit seiner Reitgerte auf die Wiese, auf der gerade der Schnee taute. Die Fußspuren der Flüchtigen waren deutlich zu erkennen.

»War sie es?«, fragte Lohmeier.

»Ich bin mir sicher.« Kieling wandte sich an das restliche Wachpersonal. »Ich werde die Flüchtige verfolgen. Oberscharführer Lohmeier wird mich begleiten. Ansonsten das übliche Verfahren. Kein Häftling rührt sich von der Stelle, bis die Flüchtige wieder da ist.«

Die SS-Leute schwiegen, und manch einer hing seinen eigenen Gedanken nach. Und die galten nicht seiner Aufgabe, sondern den amerikanischen Truppen, die in den nächsten Stunden hier vorbeikommen würden. »Im Falle der Feindberührung ... wünsche ich euch viel Glück. Tut, was ihr für richtig haltet. Wir sehen uns irgendwann wieder.«

Damit war ziemlich klar: Sobald Kieling fort war, würden die verbliebenen Wachleute fliehen. Die Freiheit war zum Greifen nah. Alle Frauen beschäftigte nur ein Gedanke: Die nächsten Minuten durfte nichts mehr schiefgehen. Einigen stiegen vor Glück die Tränen in die Augen, aber sie hielten sie zurück. Noch war es nicht vorbei.

Greta hatte die Augen geschlossen und sandte ein stummes Dankgebet zum Himmel. Dann fiel ihr auf, dass es still wurde. Diese besondere Stille, wenn von achtzig Frauen keine Einzige es wagt, sich zu bewegen. Als sie ihre Augen vorsichtig öffnete, stand Kieling neben ihr. Er sah sie und ihre Tochter Sarah lange an. Dann sagte er: »Mitkommen!«

Hinter der Scheune sah man nach Westen, wo irgendwann im Verlauf des Tages feindliche Panzer auftauchen würden. Kieling war wütend. Wütend darüber, dass sie die Ankunft seiner Feinde herbeisehnten. Wütend darüber, dass die Zeit zu Ende ging, in der allein seine Gegenwart Schrecken verbreitete. Was würde geschehen, wenn alles vorbei war? Würden sie ihn erschießen? Wieder zum Knecht machen? Musste er wieder vor Haltmayer den Hut ziehen und sich von ihm behandeln lassen, wie der seinen Hund nicht behandelte?

Wenige Stunden nur war er noch Herr über Leben und Tod. Und wer immer ihm begegnete, hatte das verdammt noch mal zu respektieren.

»Du hattest die Augen geschlossen«, sagte er leise zu Greta, die halb vor ihrer Tochter stand und mit dunklen Pupillen ins Nichts starrte. »Und du hast die Lippen bewegt. Hast du gebetet?«

»Vielleicht.«

»Vielleicht? Du wirst doch wissen, ob du gebetet hast.«

»Ja, ich habe gebetet.«

»Ich hatte gerade eine Ansprache gehalten. Ist das der richtige Zeitpunkt, um zu beten?«

»Nein. Ich bitte um Entschuldigung.«

Kieling legte die Spitze seiner Reitgerte an Gretas Schulter und drückte sanft, so dass sich die Gerte bog. »Tritt ein wenig zur Seite. Ich sehe deine Tochter gar nicht.«

Greta blieb, wo sie war. »Bitte lassen Sie sie gehen. Sie hat nichts getan.«

»Niemand von euch hat etwas getan. Hat uns das jemals daran gehindert, euch umzubringen?«

Greta begann zu frösteln. Ein kalter Lufthauch zerrte an ihrer Häftlingsjacke.

»Möchtest du mir nicht antworten?«

»Ich weiß es nicht.«

»Ein bisschen mehr Mut. Wer betet, während der Hauptscharführer redet, ist sicher auch sonst nicht auf den Mund gefallen. Also?«

Greta atmete kurz und heftig, das Herz schlug ihr bis zum Hals. Vielleicht gab es ein Wunder und eine amerikanische Granate würde ihren Weg hierher finden. »Nein«, sagte sie.

»Ich weiß knappe Antworten zu schätzen. Aber was heißt *nein* jetzt genau?«

»Nein. Ihr tötet uns, auch wenn wir nichts getan haben.«

»Das klingt, als wären wir die ungerechtesten Hurensöhne, die je einen Fuß auf diesen Planeten gesetzt haben.«

»Das klingt nicht nur so.« Greta erschrak über ihre eigenen Worte und bereute sie noch im gleichen Augenblick.

Kieling zog die Augenbrauen hoch. »Chapeau!« Er legte die Reitgerte weg und zog seine Pistole aus dem Halfter. »Du wolltest einen Schritt zur Seite gehen.«

»Bitte! Tun Sie das nicht!«

»Du sagst mir, was ich tun soll? So weit sind wir noch nicht.« Kieling entsicherte die Waffe. »Was hast du vorhin eigentlich gebetet?«

»Ich ... ich hab Gott gedankt, dass er uns ...«, sie wusste nicht recht weiter.

»Dass er euch gerettet hat? War das nicht etwas vorschnell?«

»Dass er bis jetzt ... seine Hand über uns gehalten hat.«

»Ich war zugegebenermaßen nie besonders gläubig. Und wenn, dann katholisch und nicht jüdisch. Was wohl weniger Unterschied macht, als die Juden oder die Katholiken glauben. Aber erklär mir das: Ihr wart doch jahrelang im KZ. Und wir wissen, wie es da zugeht. So sieht das aus, wenn Gott die Hand über euch hält?«

Greta sagte nichts, was Kieling offenbar auch gar nicht erwartete. »Was macht Gott, wenn er wütend auf euch ist?«

Greta schwieg weiter.

Kieling betrachtete seine Pistole. Greta wollte etwas sagen, brach aber im letzten Moment ab. »Du möchtest nicht, dass deiner Tochter im letzten Moment noch etwas passiert? Ist das so?«

Greta nickte.

»Das heißt, du glaubst, dass es bald vorbei ist und unsere Feinde euch retten?«

»Nein, das habe ich nicht gesagt.«

»Aber das denkst du.« Kieling sah nachdenklich nach Westen und hing ein paar Sekunden anderen Gedanken nach, bevor er sich wieder an Greta wandte. »Du hast gebetet, dass alles gutgeht. Und ihr gerettet werdet, nicht wahr?«

»Ja.«

»Glaubst du, er hat dich gehört?«

»Ich weiß es nicht.«

»Nun gut. Bald werden wir es wissen. Freust du dich auf die Amerikaner?«

»Nein. Nein, ich freu mich nicht«, sagte Greta hastig.

Kieling schien enttäuscht. »Ich finde, du warst heute schon ehrlicher. Ich an deiner Stelle würde mir ein Loch in den Bauch freuen, wenn nach all den Jahren endlich einer kommt und mich aus der Scheiße holt. Warum freust du dich nicht?«

Greta liefen die Tränen über die schmutzigen Wangen. »Ich weiß es nicht. Lassen Sie uns bitte am Leben. Es bringt doch nichts mehr.«

»Es bringt nichts mehr!« Kieling hob die Pistole an Sarahs Stirn. Das Mädchen war starr vor Angst.

Gretas Hand schoss hervor, griff Kielings Arm und zerrte ihn mit aller Kraft, die ihr geblieben war, zu sich. Kieling schoss nicht. Er schien den Vorgang wie ein interessierter Außenstehender zu beobachten, ließ Greta gewähren.

Schließlich setzte sie den Lauf unterhalb ihrer Rippen auf ihren eigenen Körper.

»Lassen Sie sie gehen, um Himmels willen! Sie hat ihr ganzes Leben noch vor sich.«

»Wenn du willst, dass ich dich statt ihrer erschieße, dann wird das so nichts.« Kieling rückte die Mündung der Pistole einige Zentimeter nach rechts. »Da ist das Herz.«

Er drückte ab. Der Knall war nicht sehr laut, denn der Lauf war aufgesetzt. Greta sah Kieling verwundert an und sank nach hinten, die Augen offen und auf Kieling gerichtet. Als sie auf dem Boden lag und die Jacke ihres gestreiften Häftlingsanzugs um die Einschussstelle nass und rot wurde, sah sie Kieling immer noch an. Ihm war, als hätte ihn noch nie eine Tote so angesehen.

Doch dann fiel Kieling ein, dass Frieda geflohen war. Gretas Tochter Sarah starrte auf ihre Mutter, unfähig, sich zu bewegen. Kieling überlegte kurz, schoss dem Mädchen in den Kopf und ging zurück.

14

Herbst 1992

Kreuthner klang verschlafen, als er sich am Telefon meldete. Wallner fragte der Form halber, ob er störe, und kam, ohne Kreuthners vernuschelte Antwort abzuwarten, zur Sache. »Du lebst doch in Dürnbach. Gibt es da eine Kirche?«

»Nein. Mir gehen in Gmund. Also die, wo überhaupts hingehen.«

»Das heißt, ihr habt keine Pfarrkirche. Aber vielleicht irgendeine größere Kapelle? Oder Kirchenruine?«

»Geht's um das Grab vom Nissl?«

»Ja. Er hat kurz vor seinem Tod noch gesagt, dass das Grab in einer Kirche ist, die Sankt Veit heißt.«

»Sankt Veit?« Wallner konnte geradezu hören, wie der Name etwas bei Kreuthner auslöste. »Jetzt wart mal ... Sankt Veit ...«

Wallner und Kreuthner trafen sich an einem Feldweg in Dürnbach, der zu einem heruntergekommenen Bauernhaus führte. Von der soeben aufgegangenen Sonne war nichts zu sehen. Es schneite aus dunklen Wolken, die Temperatur lag um den Gefrierpunkt, und ein Nordwestwind blies durch die Kleider. Wallner war in seiner Daunenjacke einigermaßen geschützt. Aber nur bis knapp unter die Gürtellinie. Von da ab zog es höllisch an den Beinen. Wallner fluchte leise, weil er sich gegen lange Unterhosen entschieden hatte, wo doch abzusehen war, dass er sich längere Zeit im Freien würde aufhalten müssen.

»Ich seh keine Kirche«, sagte Wallner.

»Die ist hinter dem Hof, und da stehen Bäume drum rum.«

»Und die heißt Sankt Veit?«

»In der Kirche ist ein Altar. Und da gibt's ein Bild von dem Veit. Das ist einer der vierzehn Schutzheiligen.«

»Bist ja gut informiert«, wunderte sich Wallner.

»Mir wollten des Altarbild verkaufen damals. Mein Vater und ich. Deswegen hammas uns genauer angeschaut.«

»Ich kann mir nicht vorstellen, dass ihr Eigentümer eines Altarbildes seid?«

»Ich sag amal so: Es hat sich außer uns keiner drum gekümmert, verstehst. Außerdem ist dann eh nix draus geworden. Weil meine Mutter hat gesagt, des wär Sünde, und hat a Mordsgeschrei veranstaltet, weil mir an Heiligen verkaufen wollen.«

»Na, wenigstens ein Katholik in der Familie. Dann ist das Bild noch in der Kapelle?«

»Äh, ja. Mir ham nur das Blattgold vom Rahmen gekratzt. Hat aber net viel gebracht. Das Zeug ist scheißdünn.«

Sie näherten sich zu Fuß dem Hof. Die Hofstelle war von den Besitzern vor siebzig Jahren zugunsten eines Neubaus aufgegeben und seither gegen ein dem geringen Komfort entsprechendes Entgelt vermietet worden – seit ein paar Jahren an Max Pirkel, Kreuthners ledigen Vater.

Zu dem alten Hof gehörte eine Kapelle, die, etwas abseits unter einer Linde gelegen, früher für Familienfeierlichkeiten der Bauersleute genutzt worden war. Jetzt nutzte sie keiner mehr, und die Farbe blätterte von den Wänden.

Auch der Hof machte einen ausgesprochen verwahrlosten Eindruck. Autowracks, Baumaterialien und eine verrostete Egge lagen ungeordnet über das Areal verstreut, dazwischen Hühner und zwei Laufenten, die sich von den Ankömmlingen nicht bei ihren Geschäften stören ließen. Der vordere Teil der Hauswand war mit Eternit verkleidet, das über die Jahrzehnte grau geworden war, soweit die Fliesen nicht gebrochen oder heruntergefallen waren und die Lattenkonstruktion dahinter freilag.

Abgesehen von den Vögeln war es ruhig. Sehr ruhig. Unter der Holzbank vor dem Haus lagen mehrere leere Bierflaschen.

»Hat dein Vater gestern gefeiert?« Wallner deutete auf die Flaschen.

»Die Flaschen sind letztes Mal schon dagelegen.«

»Aha.« Wallner sah sich um. »Klingeln wir jetzt?«

»Schmarrn. Der schläft noch. Mir schauen uns die Kapelle einfach mal an.«

»Sollten wir nicht vorher deinen Vater fragen? Ich meine, wenn man's ganz genau nimmt, begehen wir gerade Hausfriedensbruch.«

»Ha? Das ist das Haus von meinem Vater. Das ist praktisch wie mein eigenes Haus.«

»Okay, okay. War vielleicht ein bisschen übervorsichtig.« Wallner entdeckte ein gelbes Schild mit der Aufschrift: VORSICHT! BISSIGER HUND! »Was ist mit dem Hund?«

»Nix is mit dem Hund. Das Schild hängt da, damit Einbrecher denken, hier gibt's an bissigen Hund.«

»Verstehe. Wer so dumm ist, hier einzubrechen, glaubt das wahrscheinlich auch. Also, gehen wir.«

Wallner stieß versehentlich gegen einen auf dem Boden liegenden Blecheimer, der mit großem Geschepper über den Hof rollte. Darauf erhob sich hinter der Haustür ein Gebell, als habe jemand den Höllenhund selbst aus dem Schlaf geweckt.

Hinter der Milchglasscheibe der Tür sah man zuerst verschwommen die Schnauze des mit überkippender Stimme kläffenden Tiers, dann warf es sich mit seinen Vorderpfoten patschend und rumpelnd dagegen und gebärdete sich wie toll. Wallner trat der Schweiß auf die Stirn.

»Ich denke, es gibt keinen Hund?«

»Hat sich inzwischen wohl einen zugelegt.«

»Meinst du, dein Vater schläft noch?«

»Der ist mit Sicherheit strack wie eine Haubitze. Von so was wacht der net auf.«

»Ich meine nur. Nicht dass er versehentlich die Tür aufmacht und das Vieh ...«

»Kommst endlich?«

Sie gingen am ehemaligen Stall vorbei hinter das Haus. Von dort konnte man eine alte, um die Jahreszeit kahle Linde sehen, und nachdem sie einen kleinen Hang mit Obstbäumen hinaufgegangen waren, kam auch die Kapelle unter der Linde in Sicht. Wallner blieb einen Moment stehen, um das Kirchlein anzusehen. Es war deutlich größer als die üblichen Kapellen, die oft bei Bauernhöfen standen.

Im Hintergrund war weiterhin das Kläffen des Hundes zu hören. Dumpf und furchterregend. In diesem Augenblick meinte Wallner eine Veränderung zu hören, dergestalt, dass es nicht mehr so dumpf klang. Klar und hell hallte das Bellen herüber, und lauter wurde es auch. »Scheiße – was ist das?«

Kreuthner lauschte einen Augenblick konzentriert. »Ich glaub, mein Vater hat die Tür aufgemacht.«

Und ehe sie es recht begriffen, schoss ein riesiges Tier mit schwarzen Haaren und gefletschten Zähnen um die Stallecke auf sie zu.

15

Der kahle Apfelbaum knirschte und schwankte unter dem Gewicht der beiden jungen Männer, die in zwei Metern Höhe im Geäst saßen, gerade so hoch, dass der schwarze Schäferhund, der wie von Sinnen bellte und am Stamm hochsprang, sie nicht zu fassen bekam. Um die Stallecke bog jetzt der Besitzer des Tieres, Max Pirkel, in Jeans und schmutzigem Pullover, mit fettigen, halblangen grauen Haaren. In seinem unrasierten Gesicht steckte eine brennende Zigarette, in der rechten Hand hielt er einen alten Schlagstock, den er beim Gehen gelegentlich in die linke klatschen ließ. »He, ihr Sackgesichter«, sagte er zu Wallner und Kreuthner, als er unter dem Baum angelangt war. »Ihr habt's ja voll den Arsch auf, hier morgens einzubrechen.«

Er legte dem inzwischen schon recht heiser kläffenden Hund eine Leine an. »Schluss jetzt, Kongo!«, schnauzte er das Tier an, und als Kongo im Eifer seiner Aufgabenerfüllung nicht sofort das Bellen einstellte, gab es einen Tritt und die Ermahnung: »Hab ich net was g'sagt?!«

»Servus, Papa. Mir ham dich net wecken wollen. Hast dir an Hund zugelegt?«

»Was glaubst, was des is? A Wellensittich?«

»Kongo heißt er, ha?«

»Ja, weil er so schwarz is.«

»Können mir runterkommen?«

»Nein. Erst will ich wissen, wieso ihr hier einbrecht.«

»Mir brechen doch net ein. Mir wollten nur was nachschauen. Ich mein: einbrechen! Kann man ins Haus von seinem Vater einbrechen?«

»Ich hab's dir schon mal gesagt: Ich bin net dein Vater.«

»Meine Mutter hat aber gesagt, du bist es. Auf dem Sterbebett. Glaubst, die lügt mich an im ... im Angesicht des Todes?«

»Nix gegen deine Mutter, Gott hab sie selig. Aber die hat's krachen lassen, das kannst mir glauben. Und ich glaub nicht, dass die noch an Überblick gehabt hat.«

»Du, Vorsicht! Noch ein Wort gegen meine Mutter, und mir ruckn z'samm.«

Kreuthner starrte wütend auf Max Pirkel hinab, der den knurrenden Kongo kaum halten konnte. Pirkel zog an seiner Zigarette, sah müde und verächtlich zu Kreuthner in den Baum hinauf, während er den Rauch ausblies, und schnippte die Kippe in die Wiese. »Also noch mal: Was wollt ihr hier?«

»Mir wollen uns nur mal die Kapelle anschauen.«

Pirkel deutete auf das Kirchlein. »Bitte, schaut sie euch an. Wenn ich gewusst hätte, dass ihr kommt, hätt ich sie noch gestrichen. Am besten immer vorher anrufen.«

»Wir wollten sie uns eigentlich von innen ansehen«, meldete sich Wallner erstmals zu Wort.

»Das geht net.«

»Nur ganz kurz. Dann hauen wir wieder ab«, sagte Kreuthner.

»Hast du was am Trommelfell? Ich hab gesagt, nein. Und jetzt runter vom Baum.«

Wallner und Kreuthner stiegen vorsichtig von ihrem Hochsitz. Keine drei Meter entfernt stand Pirkel mit dem

Hund an der Leine, dem beim Knurren der Sabber aus den Lefzen lief. Wallner hoffte inständig, dass Pirkel das Tier im Griff hatte.

»Ich hätt gern noch mal dieses Bild gesehen. Von dem heiligen Veit«, versuchte es Kreuthner ein letztes Mal. »Weißt was? Ich glaub, der Hund mag dich net. Lass es net drauf ankommen, okay?«

Kreuthner machte eine beschwichtigende Handbewegung und begab sich mit schnellen Schritten Richtung Auto. Wallner folgte ihm – auch er ein wenig hastig.

Sie parkten am Straßenrand hinter einigen jungen Nadelbäumen, die um die Jahreszeit noch Sichtschutz boten, beobachteten das Haus und warteten.

»Ist er jetzt dein Vater oder nicht?«

»Natürlich ist er mein Vater.«

»Aber er will es nicht anerkennen?«

»Das wechselt. Je nachdem, wie's ihm passt. Wenn er was von mir will, samma wieder verwandt. Dein Vater macht bestimmt net so a G'schiss?«

»Nein. Der ist im Augenblick nicht da.«

»Aha. Wo ist er denn?«

»Südamerika. Vermutlich. Weiß keiner genau.«

»Stimmt. Hat schon mal irgendwer erzählt. Ist auch scheiße, oder? Ich meine, vielleicht ist er da unten reich geworden und will keinem was abgeben.«

Wallner zuckte die Schultern. Er hatte keine Lust, das Thema zu vertiefen. »Worauf warten wir eigentlich?«

»Mein Alter trinkt zum Frühstück zwei Halbe.« Kreuthner zündete sich eine Zigarette an.

»Muss du im Wagen rauchen?«

Kreuthner öffnete den Aschenbecher auf der Mittelkonsole. Er war randvoll mit Kippen. »Tut mir leid. Aber is a Raucherwagen. Ich mach's Fenster auf.«

»Lass es zu, okay?« In der Kälte zu sitzen war die schlimmere Alternative.

Kreuthner sah Wallner verständnislos an. »Okay ... ich sag's nur. Die Luft wär besser.«

»Ich weiß.« Wallner sah wieder zum Hof. »Du sagtest, dein Vater trinkt morgens zwei Halbe?«

»Genau. Das muss man nur abwarten.«

»Was denn?«

Kreuthner deutete zum Hof. »Das da!«

Max Pirkel kam in diesem Moment aus dem Haus, spuckte auf den Boden, schnauzte den bellenden Hund zusammen und ging zu einem der halbverfallenen Wirtschaftsgebäude auf der anderen Seite. Bereits im Gehen knöpfte er seinen Hosenschlitz auf. Sein Ziel war eine Holztür mit herzförmigem Loch.

»Wow«, sagte Wallner. »Habt ihr noch Plumpsklo?«

»Was glaubst, was a Kanalanschluss kostet?« Kreuthner ließ den Motor an und fuhr wieder auf den Feldweg, der zum Hof führte.

»Was wird denn das? Der bleibt doch nicht ewig da drin. Außerdem hört er uns, wenn du noch näher ranfährst.«

»Der bleibt da länger drin, glaub's mir.«

Zu Wallners Erstaunen fuhr Kreuthner zielstrebig auf die Toilettentür zu. Erst kurz davor drosselte er das Tempo und rollte den letzten Meter langsam bis zum Anschlag. Die Stoßstange des Wagens war jetzt eins mit dem Türholz. Aus dem Herzloch hörte man einen lauten Protestschrei. Die Polizisten stiegen aus dem Wagen.

»Ihr verdammten Arschlöcher! Fahrts den Wagen da weg!« Pirkels feucht-roter Mund mit der unrasierten Haut um die Lippen wurde im Herzloch sichtbar.

»Gleich, Papa. Mir machen nur schnell a Kirchenbesichtigung.«

»Einen Scheißdreck macht's ihr! Ich zeig euch an.«

»Putz dir den Arsch ab und lies Zeitung. Mir ham's gleich.«

Wallner zog Kreuthner zur Seite. »Er hat natürlich recht. Das ist Hausfriedensbruch und Freiheitsberaubung. Mal ganz streng genommen können die uns dafür einbuchten.«

»Jetzt mach dir net ins Hemd. Des is mein Vater. Ich hab des im Griff.« Kreuthner warf dem schwarzen Hund, der böse kläffend an der Kette riss, eine offene Tüte Kartoffelchips zu, die er auf dem Rücksitz des Wagens gefunden hatte. Der Hund stellte das Gebell ein und fing an, sich über die verstreuten Chips herzumachen. »Gemma«, sagte Kreuthner und machte sich auf in Richtung Kapelle.

Die Kapelle unter der Linde war 1870 von dem damaligen Hofbesitzer in einem Anflug von Großmannssucht in ungewöhnlich prächtigen Dimensionen errichtet worden. Zur Rechtfertigung hatte sicher der Gedanke herhalten müssen, dass man sich für viele Generationen die Friedhofskosten sparen würde. Doch es kam anders. Im Jahr 1921 wurde die Hofstelle verlegt, und der weniger fromme Enkel des Bauherrn ließ die Kapelle verkommen. Ab 1933 wurde sie als Heustadel genutzt.

Mit diesem blasphemischen Treiben hatte es 1945 zwar ein Ende, da es jedoch mit dem Wohlstand der Bauersfamilie bergab ging, wurden nur noch die nötigsten Erhaltungsmaßnahmen getroffen. Als Lösung bot sich an, die Kapelle zusammen mit dem alten Hof zu vermieten und dem Mieter die Instandhaltung aufzubürden. In diesem Fall hatte es Max Pirkel getroffen, der freilich nur das Allernotwendigste tat, und auch das eigentlich nicht.

Der beklagenswerte Zustand des Gebäudes erstreckte sich sogar auf das Schloss der Eingangstür. Der alte Schlüssel lag, von Kreuthner rasch entdeckt, unter einem Stein neben der Tür. Allerdings hatte Pirkel ein zusätzliches Vorhängeschloss angebracht. Kreuthner konnte sich nicht erklären, was seinen Vater zu dieser augenscheinlich sinnlosen Ausgabe veranlasst hatte.

»Tja – das war's wohl«, sagte Wallner.

Kreuthner wuchtete den mehrere Kilo wiegenden Stein, unter dem der Schlüssel gelegen hatte, über seinen Kopf.

»He, he! Moment mal!« Wallner hielt Kreuthner seine Handflächen entgegen. »Jetzt gehst du zu weit. Das ist schwerer Einbruch. So, wie dein Vater drauf ist, zeigt der uns noch an.«

»Mein Vater is a Verbrecher. Was will denn der bei der Polizei? Geh mal auf die Seite.«

Wallner trat einen Schritt zurück, und Kreuthner ließ den Stein auf das Vorhängeschloss niederfahren. Nach drei Hieben waren die Schrauben aus dem morschen Türholz gerissen, und das Schloss hing nur noch lose am Stock. Vom Hof her schrie eine heisere Stimme: »Ihr elendigen Dreckhammeln! Wenn ich hier rauskomm, könnt's euer Testament machen!« Kreuthner ließ sich davon nicht irritieren und betrat die Kapelle. Im Inneren der Kirche erwartete die Polizisten ein grandioser, wenn auch unerwarteter Anblick: Glas. Vom Boden bis zur Decke Glasflaschen, Weißglas, durchsichtig, mit einer klaren Flüssigkeit darin. Hunderte von Flaschen in billigen Regalen. Kreuthner öffnete eine und roch daran. »Obstler. Wahrscheinlich von meinem Onkel Simon. Hab mich immer schon gefragt, wo er das Zeug bunkert.«

»Schwarzbrand?«

»Siehst du irgendwo a Steuerbanderole?«

Wallner schritt durch den Kirchenraum und verschwand hinter dem Altar. Dort ging es eine steile Wendeltreppe hinunter in die Krypta. Er winkte Kreuthner. Ihre Augen gewöhnten sich langsam an die Dunkelheit. Alte Heureste zeugten von der ehemaligen Nutzung. Es roch nach Moder und Schimmel. Auf dem Boden war eine erhabene Marmorplatte im Stil der Neorenaissance angebracht, auf der die Namen des ersten Bauern und seiner Frau standen sowie sechs weitere Namen, vermutlich Familienangehörige. Der letzte Eintrag war ein junger Mann, gefallen 1916 bei Verdun.

Kreuthner zündete sein Feuerzeug an und sah sich um. Dabei fiel ihm etwas auf. Was sie auf den ersten Blick für einen Schatten gehalten hatten, war ein Loch, das jemand in die Wand gebrochen hatte. Kreuthner musste sich bücken, um durch das Loch zu gehen.

»Was ist da drin?«, fragte Wallner.

»Das glaubst du nicht!«, kam es aus dem Loch zurück.

16

Wallner war einigermaßen erregt, als sie zum Hof zurückgingen. Die Dinge liefen nicht so, wie er sich das vorstellte. Der Grund dafür war, wenn er es recht bedachte, dass die Initiative bei Kreuthner lag. Und wenn einer wie Kreuthner den Ablauf bestimmte, konnte das nur im Chaos enden.

»Die Sache ist von vornherein verkorkst. Wir sind da auf illegale Weise draufgestoßen. Wenn wir Pech haben, können wir nichts von dem verwerten, was wir entdeckt haben.«

»Wieso? Wir haben es gesehen, und es ist da. Wo ist das Problem?«

»Das Problem ist, dass wir es nicht hätten sehen dürfen. Wir sind da gegen den ausdrücklichen Protest deines Vaters reingegangen. Jedenfalls habe ich die Worte *ihr Dreckhammel* und *ich zeig euch an* so interpretiert.«

»Also dir wär's lieber, wir hätten seine Zustimmung?«

»Natürlich wär's mir lieber. Vielleicht, wenn ich mal mit ihm rede?«

»Nein, nein. Dich versteht er net. Ich mach das.«

Die Toilettentür hatte sich als robust erwiesen. Sie war vier Zentimeter dick. Eine Schreinertür, die Pirkel vor Jahren aus einem Abbruchhaus gestohlen hatte. Als sich die jungen Polizisten dem Außenklo näherten, tauchte Pirkels unrasierter Mund wieder im Herzloch auf. »Fahr endlich die Scheißkarre von der Tür weg!« Kreuthner setzte sich auf die Motorhaube und zündete sich eine Zigarette an. »Magst eine?«, fragte er und hielt die Schachtel, aus der eine Zigarette hervorschaute, vor das Loch. Zwei klobige Finger spitzten heraus und zogen die Zigarette nach innen.

»Feuer?«

»Hab ich selber«, kam es aus dem Klo. Kurz darauf stieg blauer Rauch aus dem Herz.

»Hast ja ganz schön viele Flaschen in der Kapelle.«

»Geht dich des was an?«

»Ich bin Polizist.«

»Wir werden um eine Anzeige nicht herumkommen«, mischte sich Wallner in das Gespräch.

»Ihr seids solche Arschlöcher!« Pirkel lachte sarkastisch und fassungslos. »Mein eigen Fleisch und Blut. Du hinterkünftige, kleine Qualle tätst mich anzeigen!«

»Freut mich, dass mir wieder verwandt sind«, sagte Kreuthner. »Is wirklich a blöde G'schicht. Hast den Brand vom Onkel Simmerl?« Er wartete vergeblich auf eine Antwort. Spezln verpfeifen kam für Pirkel nicht in Frage, wenn er nicht einen konkreten Vorteil davon hatte. Im Augenblick war keiner erkennbar. »Mal was anderes: Im Keller von der Kapelle – was ist denn das?«

»A Grab. Hast doch gesehen.«

»Wann hast du das entdeckt?«

»Weiß net – is drei oder vier Jahre her.«

»Du müsstest jetzt mal die Polizei anrufen und denen erzählen, dass da eine unbekannte Leiche liegt.«

»Du spinnst ja wohl! Ich ruf doch net die Polizei an.«

»Tät sich aber besser machen.«

»Was hab ich davon?«

»Sie verhalten sich gesetzestreu«, warf Wallner ein.

»Man muss nicht immer einen Vorteil haben, wenn man

etwas macht. Man kann auch einfach mal was machen, weil es richtig ist.«

»Sag deinem Spezl, er soll sein g'schissenes Maul halten.« Pirkel blies eine dicke Rauchwolke aus dem Herzloch und pfurzte derart herzhaft, dass sich Wallner fragte, ob ein Mensch so viel schlechte Luft auf so wenig Raum überleben konnte. »Also – was hab ich davon?«

»Mir geben dir a halbe Stund. Dann hast den Sprit aus der Kirche geschafft, und mir ham nie was gesehen. Der Polizei kannst sagen, dass du das Loch in der Kellerwand erst jetzt entdeckt hast.« Wallner wollte protestieren. Aber Kreuthner scheuchte ihn mit einer Handbewegung weg.

»Nur wenn ihr mir mit dem Obstler helfts.«

Wallner trat zu Kreuthner und sagte leise: »So weit kommt's noch, dass wir Beihilfe leisten. Vergiss es. Never ever!«

»Is okay!«, sagte Kreuthner zur Klotür.

Zwei Stunden später stand der Chef der Kripo Miesbach, Erich Lukas, in der Gruft und ließ seinen Blick schweifen. Starke Lampen leuchteten den Raum aus. Zwei mannshohe Spiegel standen an den Wänden, vergoldet und mit glitzernden Steinen verziert. Ebenso ein Kreuz. Es war mit Goldfolie überzogen, wie man sie für selbstgebastelte Weihnachtssterne verwendete, und reichte vom Boden bis zur Decke. Eine Art Altar mit Kandelaber und dunkelroter Samtdecke mit Brokatrand befand sich gegenüber dem Loch in der Mauer.

In der Mitte des Raumes aber war der eigentliche Anlass für das Polizeiaufgebot: eine Holzkiste, etwa einen Meter achtzig lang, sechzig Zentimeter breit und vierzig hoch.

Auch sie war ursprünglich wohl komplett mit Glasedelsteinen verziert gewesen, wovon aber etliche herausgebrochen waren. Zwei Beamte der Spurensicherung hatten den Deckel der Kiste abgenommen.

Lukas winkte Wallner und Pirkel, die jenseits des Mauerdurchbruchs in der dunklen Krypta warteten, zu sich. »Also, Herr Pirkel, Sie haben das hier heute entdeckt?«

»Das ist richtig. Mein Sohn, der Leonhardt, ist mit dem Herrn Wallner gekommen und hat die Kirche sehen wollen. Und dann sind mir hier runter. Ich war ja noch nie da herunten. Vielleicht höchstens einmal, dass ich hier hereingeschaut habe. Und da war alles dunkel und uninteressant. Aber die jungen Leute haben in den Keller wollen. Ja, und da haben mir uns das Ganze a bissl gründlicher angeschaut. Und ich sag: Da ist doch was an der Mauer. Und was glauben S'? Wie mir gegen die Mauer klopfen, fällt die z'samm. Rums. Na ja, und das hier war dahinter.«

Lukas sah zu Wallner. Der wich dem Blick aus und besah sich interessiert die Raumausstattung. »Können Sie das so bestätigen, was der Herr Pirkel sagt?«

»Äh ... also im Prinzip ... ja. Mehr oder weniger.«

»Was heißt mehr oder weniger?«

Wallner hasste es zu lügen, aber er hatte versprochen, Pirkel nicht in Schwierigkeiten zu bringen. »Jaja, es war schon so, wie der Herr Pirkel sagt.«

Lukas war sichtlich skeptisch. »Von dem Sarg hier hat der Nissl Ihnen erzählt?«

»Korrekt.«

»Wenn die Mauer heute erst eingestürzt ist, dann kann er den Sarg doch gar nicht gesehen haben.«

»Korrekt«, sagte Wallner erneut und räusperte sich.

»Was jetzt?«

»Na ja, das Loch war schon vorher in der Mauer. Herr Pirkel hat das ein bisschen ... ausgeschmückt.«

Lukas schien leicht genervt und betrachtete die offene Kiste. Darin lag ein menschliches Skelett. »Sieht aus wie ein Grab. Ist ja nicht so ungewöhnlich unter einer Kirche. Wieso holen Sie die ganze Truppe her?«

»Nebenan, das ist eine normale Krypta. Da liegen die Mitglieder der Bauernfamilie. Aber das hier, das wollte jemand geheim halten. Von dieser Grabkammer weiß vielleicht kein Mensch – außer dem, der sie gebaut hat. Und Thomas Nissl eben. Aber der lebt ja nicht mehr.«

»Vielleicht ein älteres Grab, das schon vor der Kapelle da war.«

»Nein. Ich glaube, die Kammer hier wurde nachträglich gebaut.«

»Wie kommen Sie da drauf?«

Wallner hob mit einem Papiertaschentuch einen geschliffenen Stein auf, den Pirkel einst hatte liegen lassen, und zeigte ihn Lukas. »Das ist Kunststoff, kein Glas. Ich bezweifle, dass es das um achtzehnhundertsiebzig gab.«

Lukas wandte den Blick zu den Spurensicherern. »Er hat recht«, sagte einer der Beamten. »Das sind zum Teil Kunststoffsteine. Ich würde sagen, so was gibt es in der Form seit den fünfziger oder sechziger Jahren.«

»Sie meinen, das ist in dieser Zeit gebaut worden?«

»Ich sage nur, dass einiges hier vermutlich frühestens aus der Zeit stammt. Wenn jemand diese Grabkammer alleine angelegt hat, dann hat er vielleicht viele Jahre gebraucht.«

»Das muss man doch rausfinden können.«

»Möglicherweise dendrochronologisch anhand der Holzkiste.« Der Mann von der Spurensicherung wandte sich an Wallner. »Das ist eine Methode, bei der das Alter eines Holzes aufgrund der charakteristischen Muster der Jahresringe bestimmt wird.«

»Hab schon davon gehört. Wie genau sind solche Ergebnisse?«, fragte Wallner.

»Na ja – nicht besonders genau. Wir wissen dann zwar, wann der Baum für die Kiste gefällt worden ist, aber net, wann das Holz verarbeitet wurde.«

»Immerhin haben wir dann einen frühestmöglichen Zeitpunkt. Ist ja ein Unterschied, ob das Holz zehn oder fünfzig Jahre alt ist.«

»Seh ich auch so. Wir schicken das Teil mal zum LKA. Falls wir überhaupt eine Ermittlung einleiten.« Lukas trat näher an die Kiste heran und betrachtete die menschlichen Überreste. »Hat jemand das Skelett bewegt?«

»Nein«, sagte der Spurensicherer. »Mir ham net gewusst, ob Sie da extra den Gerichtsmediziner aus München kommen lassen. In dem Fall wär's besser, wenn mir nix anfassen.«

»Was meinen Sie – Gewaltverbrechen?«

Der Spurensicherungsbeamte zuckte die Schultern. »Schwer zu sagen. Man müsste erst mal rausfinden, wer der oder die Tote ist. Vielleicht hat einer die Leiche nur aus ihrem Grab geholt, weil er ... keine Ahnung. Die Leut ticken ja oft net richtig, wenn's um Tote geht.«

Lukas sah zu Wallner. »Was glauben Sie? Ist das einer aus der Familie, der die Kapelle gehört?«

»Unwahrscheinlich. Den hätte man in der Krypta bestattet.«

»Vielleicht jemand, der bei der Familie in Ungnade gefallen war.«

Auch Wallner beugte sich nun über die Kiste, und gemeinsam betrachteten sie das Skelett in seinem Sarg. Der Körper war mit einer Art Totenhemd verhüllt, das ursprünglich wohl weiß gewesen war, im Lauf der Jahre jedoch eine fleckig-bräunliche Farbe angenommen hatte. Um den Hals hing ein Medaillon.

»Frau oder Mann?«

»Frau«, sagte Wallner.

»Aha?«

»Erstens die Größe – eher klein, würde ich sagen. Kann natürlich auch ein Kind oder ein Jugendlicher gewesen sein. Zweitens die Schädelform, der steile Stirnknochen. Drittens das Medaillon. Ich denke, so was tragen hauptsächlich Frauen. Und viertens ...« Wallner zögerte.

»Viertens?«, hakte Lukas nach.

»Nissl sagte, es wäre eine Frau.«

»Woher wusste der das?«

»Keine Ahnung. Er wusste offenbar mehr über diese Leiche als wir. Und mehr, als er mir verraten hat. Er sagte übrigens auch, er sei für ihren Tod verantwortlich.«

»Er hat sie umgebracht?«

»Seine Worte waren: Ich hab sie auf dem Gewissen. Sie können sich aussuchen, was er damit gemeint hat. Und ob das bei ihm überhaupt was zu bedeuten hat.« Aus dem Hintergrund meldete sich einer der Spurensicherer. »Wir haben was gefunden.« Sein Kollege hielt den Sargdeckel, der auf der Seitenkante stand. Der Beamte leuchtete mit einer Taschenlampe auf die Innenseite des Deckels, an der eine korrodierte Messingplatte angebracht war. Auf der Platte war eine Gravur. In schlichter Antiqua-Schrift stand dort:

FRIEDA JONAS
24.3.1921 – 2.5.1945

Kreuthner, als gebürtiger Dürnbacher, wurde gefragt, ob ihm der Name Jonas etwas sagte. Aber Kreuthner wusste von niemandem, der so hieß.

»Das klären wir schon noch. Die Frage ist eher: Haben wir es mit einem Gewaltdelikt zu tun?« Lukas winkte einen der Spurensicherungsbeamten heran. »Schaut das nach äußerer Gewalteinwirkung aus?« Lukas deutete auf das Skelett.

»Nicht, soweit man sehen kann.« Der Schädel schien unversehrt. Keine Trümmerbrüche am Hinterkopf, keine Frakturen an den Knochen, die nicht vom Totenhemd bedeckt waren. »Aber das heißt ja nichts.«

»Das ist zwar richtig«, sagte Lukas. »Nur – wir müssen jetzt entscheiden, ob wir wen aus München kommen lassen. Bis wir herausgefunden haben, wer die Leiche ist und ob sie ordnungsgemäß gestorben ist – das kann Wochen dauern.«

Wallner betrachtete nachdenklich das Skelett in seinem ungewöhnlichen Sarg. Schließlich bückte er sich und hob unter Zuhilfenahme eines Papiertaschentuchs eine Spiegelscherbe auf, die auf dem Boden lag. Anscheinend hatte es früher einen weiteren Spiegel gegeben, der zu Bruch gegangen war.

»Was wird das?«, wollte Lukas wissen.

Wallner rückte eine der Lampen näher an den Sarg, so dass er vollständig ausgeleuchtet wurde. Dann beugte er sich über die Kiste und hielt die Spiegelscherbe vor die Stirn des Totenschädels, die nur wenige Zentimeter von der Kistenwand entfernt war. Dadurch konnte man erkennen, wie es auf der linken, im Schatten gelegenen Schädelseite aussah. Mit erstaunlichen Ergebnissen: In der Spiegelscherbe wurde ein Loch sichtbar, kreisrund und etwa zwei Zentimeter im Durchmesser. »Was sagt der interessierte Laie?«, wandte sich Lukas an den Spurensicherer.

»Tja – bin kein Arzt. Aber schaut aus wie a Einschuss.«

»Herr Wallner – wir brauchen einen Gerichtsmediziner.«

17

Die Tasse klingelte aggressiv, als Erich Lukas seinen Kaffee umrührte. Er leckte den Löffel ab und warf ihn auf den Schreibtisch, wo er auf einem Stapel Unterschriftsmappen neben dem vollen Aschenbecher zu liegen kam.

Der Leiter der Kripo Miesbach war groß, hager, die grauen Haare wirr, die Augen tief in den Höhlen. Der fleischige Mund ließ keine Zweifel aufkommen, dass er mit Claudia verwandt war. Er blickte auf die beiden Männer vor sich und sagte: »Bevor wir zu unserem Leichenfund kommen, erst mal was anderes: Was ist da gestern passiert?«

Wallner versenkte zwei Stückchen Zucker in seiner Tasse, so dass der Tee beinahe über den Rand schwappte. Er überlegte, ob er umrühren sollte, ließ es dann und sah zu Kreuthner.

»Im Prinzip war des a unglückliche Verkettung von Umständen«, begann Kreuthner seine Rechtfertigung. Lukas klopfte sich eine filterlose Zigarette auf einem Aktendeckel zurecht und steckte sie zwischen die Lippen. »Ich bin gespannt.« Das Klicken des Benzinfeuerzeugs, eine kleine Stichflamme, blauer Rauch quoll aus dem großen Mund. Ein zweites Klicken, als der Feuerzeugdeckel zuklappte.

»Der Mann hat an gestauchten Knöchel gehabt. Der war fluchtunfähig. Normal wär der nie von dem Berg runtergekommen.«

»Wieso um alles in der Welt haben Sie den Mann überhaupt auf den Hirschberg geschleppt und gegen jede Vorschrift Ihren Dienstposten verlassen?«

»Ich hab mir denkt, dass wenn ich mit dem Tatverdächtigen in einem – wie sagt man – in so am Umfeld bin, also entspannt praktisch, net? Alkohol halt. Also wenn mir was trinken, dass er Informationen zum Tathergang, äh, preisgibt.«

»Lassen wir mal außer Acht, dass ich noch nie im Leben so einen Schwachsinn gehört habe: Wäre es nicht einfacher gewesen, ein paar Flaschen Bier zu holen?«

»Nein. Das wär nicht einfacher gewesen. Erstens ist ja in der PI kein Alkohol erlaubt. Und zweitens aus Kostengründen.«

»Kostengründe?«

»Bis der geredet hätte, da hätt ich zwanzig Mark Minimum investieren müssen. Auf'm Hirschberg ham s' gestern Abend a Pauschale gehabt. Zehn Mark, all you can drink. Man muss schon auch an den Steuerzahler denken.«

»Wenn Sie das bei der Buchhaltung einreichen, sperr ich Sie eigenhändig ein.« Rauch quoll Lukas aus Mund und Nase. »Den Unsinn können Sie Ihrem Vorgesetzten erzählen. Ich rate Ihnen aber, es nicht zu tun. Er könnte den Eindruck gewinnen, Sie wollten ihn verarschen. Tatsache ist: Sie sind mit einem Inhaftierten zum Saufen gefahren. Bei der Aktion hat der Mann fünfzig Menschen als Geiseln genommen und einen davon schwer verletzt, um anschließend aus einer Materialseilbahn zu Tode zu stürzen. Mehr Scheiße, Kreuthner, kann man nicht bauen. Mehr hab ich jedenfalls in fast vierzig Jahren Polizeidienst nicht gesehen. Geht mich, wie gesagt, disziplinarisch nichts an. Was wir allerdings ermitteln müssen, ist: Wieso ist Nissl aus der Seilbahn gestürzt?«

»Er ist rausgesprungen.« Wallner trank ein wenig von dem mittlerweile etwas abgekühlten Tee.

»Sie meinen, er wollte fliehen?«

»Ich meine, er wollte sich umbringen.«

»Aus welchem Grund?«

»Ich hatte den Eindruck, er wollte unter keinen Umständen ins Gefängnis.«

Lukas schwieg dazu. Es schien, als sei er nicht besonders überrascht von dieser Nachricht.

»Mein Großvater sagt, Nissl wurde im Krieg mal eingesperrt und achtzehn Tage lang vergessen.«

»Hab auch davon gehört«, sagte Lukas leise. »Tragisch ... sehr tragisch.« Er drückte seine Zigarette aus und massierte sich die Nasenwurzel. »Gut. Kommen wir zu der Leiche.«

Zwei Minuten später war Kriminalhauptkommissar Thomas Höhn zu der Runde gestoßen, ein vierundsechzig Jahre alter Kripobeamter, der dem Tag entgegenfieberte, an dem der Staat ihn in Pension schicken und er sich nur noch um seine Forellenzucht kümmern würde.

»Schwierig«, sagte Höhn. »Wenn die Frau am zweiten Mai gestorben ist – vielleicht hat sie bei den Kämpfen eine Kugel abbekommen. Ich meine, es war Krieg. Da sind Millionen umgekommen.«

»Aber wir wissen es nicht. Vielleicht war es auch Mord«, wandte Wallner ein. »Müssten wir dann nicht ermitteln?«

»Natürlich müssten wir ermitteln«, verteidigte sich Höhn. »Das verjährt ja nicht. Aber wir können doch net a Soko mit dreißig Mann auf den Fall ansetzen. Die Chance, dass da was rauskommt, liegt bei null. Wir wissen ja net amal genau, wer das überhaupt is. Aus der Familie, der die Kapelle gehört, ist sie jedenfalls nicht. Das haben wir schon abgefragt. Die wissen nichts von dem Grab.«

»Ich frage mich halt: Wieso macht sich jemand die Mühe, heimlich diese Gruft zu bauen? Und wer hat die Gruft gebaut? Irgendwas stimmt doch da nicht.«

»Mei, nach dem Krieg ist viel durcheinandergegangen. Irgendein Spinner?«

»Wir warten jetzt erst mal ab«, schloss Lukas die Sitzung, »was die Leute vom LKA und der Gerichtsmediziner zu dem Fund sagen. Sie werden inzwischen schauen, ob Sie mehr über Frieda Jonas herausfinden.«

18

2. Mai 1945

Die gut zwei Dutzend Einwohner von Dürnbach, die an diesem Morgen zusammengekommen waren, um zu beraten, was zu tun war, saßen in einem Nebenraum der Wirtsstube.

Das, was zu bereden war, sollte keinem Außenstehenden zu Ohren kommen. Es wurde leise gesprochen in dem kleinen, holzgetäfelten Raum des Wirtshauses Semmelwein, und die Fenster waren sorgsam geschlossen.

»Weißt du des g'wiss, dass des die Düsseldorferin war, wo du g'sehen hast?«, wandte sich der Hansing Bauer an Elisabeth Muhrtaler.

»G'wiss war s' es. Ich hab die Stimm kennt. Sie hat mich gefragt, ob es den Haltmayerbauern noch gibt. Mich hat s' nimmer kennt, die hochnäsige Madame.«

»Des is net ungefährlich. Da san noch jede Menge SS-ler unterwegs. Wenn die merken, dass mir eine aus'm KZ verstecken, dann räumen die auf«, gab der Bürgermeister zu bedenken.

»Die ham doch was Besseres zu tun, als nach der zu suchen«, sagte die Frau vom Apotheker. »Oder willst es der SS melden? Des san doch Mörder allesamt!«

»Jetzt tu amal a bissl langsam, gell! Noch is es net vorbei. Ich, als Bürgermeister, hab a Verantwortung, dass mir hier alle lebend rauskommen. Ich möchte net, dass am End noch wer aus der Gemeinde zu Schaden kommt.«

»Is sie keine aus der Gemeinde?«, warf die Apothekersfrau ein.

»So weit kommt's noch, dass die zu uns g'hört!«, quiekte Elisabeth Muhrtaler.

»Ich hab auch keine Lust, dass ich wegen so einer derschossen werd«, sagte der Hansing Bauer.

Kaplan Wiesinger gab ein Handzeichen und erhob sich von seinem Wirtshausstuhl, um, alter Gewohnheit folgend, im Stehen zu reden. »Mein Vorschlag ist: Wir beten dafür, dass der Herr den Kelch an uns vorübergehen lässt und niemand nach der Frau sucht. Jedes Menschenleben ist wertvoll vor Gott.« Er sah in die Runde, wie er das auch in der Kirche tat, und es fielen ihm etliche skeptische Gesichter auf. »Außerdem sollten wir bedenken«, er senkte die Stimme, »dass in Kürze andere hier das Sagen haben werden. Und denen wird es nicht gefallen, wenn unser Dorf eine halbverhungerte Frau an die SS ausgeliefert hat.« Die skeptischen Gesichter wurden nachdenklich. Der eine oder andere nickte gar.

»Ich find des sehr gut, was der Herr Kaplan gesagt hat. Und das mach 'ma jetzt so. Erst beten, dann geht jeder heim und schaut, dass er der SS aus dem Weg geht«, sagte der Bürgermeister. Es folgte zustimmendes Gemurmel.

»Lasset uns beten«, sagte der Kaplan und faltete die Hände.

Doch bevor er den Herrn ansprechen konnte, wurde die Tür aufgerissen. Ein leichter Windhauch ging durch den Raum, und man spürte die Temperatur um einige Grade fallen. Im Türrahmen stand ein Mann in SS-Uniform. Den Gemeindebürgern fuhr der Schreck in die Knochen, ihre

Herzen hämmerten. Es war ihnen wie ein Zeichen der Hölle, dass die Tür just in diesem Moment aufgerissen wurde.

»Stör ich?«, sagte Hauptscharführer Kieling.

Die Versammelten glotzten stumm auf den Ankömmling. Hinter ihm wurde ein weiterer SS-Mann sichtbar. Als Erste fand Elisabeth Muhrtaler die Sprache wieder. »Der Albert!«, entfuhr es ihr, und ihr Blick wurde wehmütig.

Kieling beachtete sie nicht.

»Heil Hitler, Herr Hauptscharführer. Oder dürfen mir noch Albert sagen?«, versuchte es der Bürgermeister mit einem Lächeln.

Kieling trat in den Raum und sah die anwesenden Dörfler an, wie er es mit seinen Häftlingen beim Appell tat – einen nach dem anderen und ohne Hast. Als präge er sich das Gesicht eines jeden sorgsam ein, um bei passender Gelegenheit Gebrauch von seinem Wissen zu machen. »Was gibt's denn zu bereden?«

»Die Landwirtschaft. Nix wie Probleme. Die Maul- und Klauenseuche grassiert wieder.«

»Tatsächlich.« Er sah in die Runde, und es war nicht auszumachen, ob sein leicht verzogener Mund von Spott, Verachtung oder den Strapazen des Krieges herrührte. »Ich hab schon befürchtet, ihr seid's das Empfangskomitee für die Amerikaner.«

Keiner wagte, etwas zu sagen. Stumm bohrten sich ihre Blicke in den Tisch oder die Holzdielen des Fußbodens. Es war wie beim Appell, musste Kieling denken. Und er dachte auch daran, dass einige von ihnen vor sechs Jahren mit Verachtung auf ihn herabgeblickt hatten, weil er ein Bankert war, ein Habenichts, einer, dem sie ungestraft in den Arsch treten durften.

»Der Ami«, sagte der Bürgermeister schließlich, »der is noch weit weg. Und ob der überhaupts bis Dürnbach kommt … ich mein, die Gegenoffensive steht ja kurz bevor. Also da bin ich jedenfalls überzeugt. Dene amerikanischen Affen, dene zeigen mir noch, wo's langgeht, oder?« Er versuchte ein Lachen, und einige im Saal sekundierten mit zustimmendem Gemurmel.

»Ja dann – ab zum Volkssturm! Worauf wartet ihr noch?« Kieling sah wieder nur gesenkte Köpfe. »Ich sag euch was: In ein paar Stunden ist der Amerikaner da. Aber bis dahin werd ich mit euch noch Schlitten fahren, wenn ihr glaubt, ihr könnt frech werden. Ist das klar?«

Die Stille lag wie Blei über dem Raum.

»Und jetzt herhören: Heute Morgen ist ein weiblicher Häftling entflohen. Frieda Jonas ist ihr Name. Sie ist wahrscheinlich in Dürnbach. Hat jemand sie gesehen?« Wieder blickte er in die Runde gesenkter Köpfe.

Es kam Unruhe in die Menge. Elisabeth Muhrtaler sah zum Kaplan, der sie versteinert anstarrte, dann ein kurzer Blick zu Kieling, was ihm signalisierte, dass sie unsicher war, wie sie sich verhalten sollte.

Kieling konnte sie herausholen. Vielleicht würde sie ihm etwas sagen, wahrscheinlich sogar. Aber er wollte nicht, dass die anderen so einfach davonkamen. Der Krieg würde in ein paar Stunden in Dürnbach vorbei sein. Und alle, die hier saßen, hatten ihn prächtig überlebt. Er wollte ihnen eine gemeinsame Erinnerung hinterlassen.

»Ich lass euch jetzt fünf Minuten alleine«, sagte Kieling,

wippte mit seiner Reitgerte und schlug die Tür hinter sich zu.

Als er weg war, kontrollierten sie noch einmal, ob die Fenster verschlossen waren. Und auch danach redeten sie nur im Flüsterton.

»Tut's euch nicht versündigen«, mahnte der Kaplan.

»Die knallen uns ab«, sagte einer.

»Genickschuss. Da machen die kurzen Prozess«, sagte ein anderer.

»Wegen der hergelaufenen Schlampe lass ich mich net umbringen«, eine Dritte.

»Habt's ihr denn gar kein Herz?«, sagte die Frau vom Apotheker.

Der Bürgermeister sagte lange nichts und hörte mit ernstem Gesicht zu. »Wir müssen gemeinsam a Entscheidung treffen«, verkündete er schließlich.

Draußen rauchte Kieling eine Zigarette. Es war seine letzte Packung.

»Die dürften reichen, bis uns der Ami am Arsch kriegt«, sagte Oberscharführer Kurt Lohmeier.

Kieling sagte nichts. Er sah die Straße hinab, die Richtung Miesbach führte. In der Ferne bewegte sich etwas. »Was machen wir, wenn wir sie haben?«, wollte Lohmeier wissen.

»Das kannst du mir überlassen. Danach geht's nach Süden. Ich hab gehört, einige Kameraden wollen sich am Wallberg verschanzen.«

»Hört sich gut an«, sagte Lohmeier ohne echte Überzeugung.

Sie schwiegen und rauchten eine Weile. Inzwischen konnte man erkennen, was sich da aus Miesbach auf sie zubewegte. Es war eine Gruppe von Menschen, ein paar alte Männer und einige Jugendliche. Sie trugen Gewehre bei sich, bunt zusammengewürfelt aus Wehrmachts- und Beutebeständen. Und sie hatten Armbinden mit der Aufschrift DEUTSCHER VOLKSSTURM WEHRMACHT.

»Ach du Scheiße«, sagte Lohmeier. »Die wollen sich doch nicht von den Amis abknallen lassen?«

»Sieht so aus.« Kieling warf seine Kippe auf den Boden. »Vielleicht gar nicht so schlecht, dass die vorbeikommen. Die können sich auch nützlich machen.« Lohmeier sah seinen Vorgesetzten fragend an. »Halt sie auf«, sagte Kieling und ging wieder ins Wirtshaus.

Sie hatten die Köpfe immer noch unten, als Kieling den Raum betrat. Nur der Bürgermeister sah ihm in die Augen. Er hatte Angst. Seine Stimme schwankte. Er schluckte und sah zum Kaplan, der den Eindruck machte, als laste alles Elend dieser Welt – und das war nicht wenig in diesen Tagen – auf seinen Schultern.

»Also?«, fragte Kieling und lehnte sich gegen den Türstock.

»Wir haben mal herumgefragt, ob wer was weiß von der Frau«, begann der Bürgermeister zögernd. Der SS-Mann blickte ihm starr in die Augen. »Und es ist so, dass jemand gesehen hat, dass sie auf der Straße in Richtung Festenbach gegangen ist. Zum Haltmayerhof.«

»Die ist nicht so dumm, sich da zu verstecken.« Kieling ging auf den Bürgermeister zu, blieb einen Meter vor ihm stehen und tippte ihm mit der Reitgerte auf die Schulter. »Wo – ist – sie?!«

Der Bürgermeister begann zu zittern und sah zu Elisabeth Muhrtaler. Die räusperte sich und sprach dann mit fester Stimme: »Die ist vor zwei Stund wirklich auf den Haltmayerhof. Ich bin ihr mit dem Radl nachgefahren. A halbe Stund später ist sie mit dem alten Haltmayer aus dem Hof raus und hinters Haus gegangen. Dann weiß ich nimmer, wo die hin sind. Aber sie hat a Kleid angehabt und a Strickjack'n und a Wollmütz'n. Ich glaub, der Haltmayer hat sie irgendwo am Hof oder in der Nähe versteckt.«

Kieling nickte anerkennend. »Na also, es geht doch.«

19

Herbst 1992

Nach den beim LKA vorgenommenen Untersuchungen war das Holz des Sarges um das Jahr 1940 geschlagen worden, während die falschen Edelsteine aus den fünfziger Jahren stammten. Bei dem Skelett handelte es sich um die Leiche einer Frau im Alter zwischen zwanzig und dreißig Jahren, was mit den Lebensdaten auf der Plakette übereinstimmte. Sie war durch einen Schuss in den Kopf getötet worden. Die Kugel befand sich noch im Schädel und hatte das Kaliber 7,92 × 57. Munition dieser Art war Standard bei der Wehrmacht, wurde aber auch später noch als Jagdmunition verwendet. Dass das Projektil nicht wieder ausgetreten war, führten die Techniker darauf zurück, dass es wahrscheinlich durch eine Wollmütze gebremst worden war, die das Opfer zum Zeitpunkt des Todes trug. Am Einschussloch ließen sich Faserreste nachweisen.

In den amtlichen Sterberegistern in Gmund, in das Dürnbach Anfang der siebziger Jahre eingemeindet worden war, fand sich kein Eintrag für eine Frau mit dem Namen Frieda Jonas. Auch eine Familie dieses Namens war dort nicht ansässig. Im Landkreis Miesbach und in den angrenzenden Landkreisen waren mehrere Personen unter dem Namen Jonas gemeldet, die meisten davon jedoch erst nach dem Krieg zugezogen; die Übrigen konnten sich an keine Verwandte namens Frieda erinnern.

Es war kalt an diesem Novemberabend. Zwei Grad über null, Nieselregen, nasses Laub auf dem Parkplatz vor dem Gasthaus. Es lag an der Bundesstraße, die vom Tegernsee nach München führte. Wallner sog die kalte Luft ein, die nach modrigen Blättern roch. Es standen nicht viele Autos auf dem Parkplatz.

Wallners Brille beschlug, als er die verrauchte Wirtsstube betrat. Der Geruch von Schweinsbraten und Fritteusenfett hing in der Luft.

Nachdem er seine Brille geputzt hatte, erkannte Wallner hinter dem Tresen eine junge Frau in Jeans und T-Shirt: schwarze Haare mit einer blauen Strähne, blaue Augen, weiße Haut und Sommersprossen. Letzteres ließ Wallner vermuten, dass sie bei der Haarfarbe nachgeholfen hatte. Die junge Frau füllte ein Weißbier aus einer Flasche in ein Glas, was eine gewisse Handfertigkeit erforderte. Als das Glas voll war, schwenkte sie die Flasche, schüttete die Hefe ins Glas, ließ die Flasche unter dem Tresen verschwinden und nahm einen Zug aus einer Zigarette, die in einem großen braunen Wirtshausaschenbecher vor sich hin rauchte.

»Servus, wie geht's?«, sagte Wallner, als er sich an den Tresen setzte.

»Gut.«

»Freut mich. Nicht viel los heute?«

»Bist zum Quatschen da oder magst auch was trinken?« Die junge Frau stellte das Weißbierglas auf ein rundes Tablett, auf dem sich bereits drei Obstler befanden, und verschwand in Richtung Stammtisch.

»Ein Helles wär recht«, rief ihr Wallner nach.

Zurück hinterm Tresen zapfte die junge Frau mehrere helle Bier. Wallner stellte sich vor.

»Clemens? Seltener Name. Ich hab noch nie an Clemens getroffen.«

»Ja, wir Clemense gehen nicht oft unter Leute. Wie heißt du?«

»Ich bin die Nicole. Mit e hinten.«

»Ah ja, mit e.« Nicole stellte ein Bier vor Wallner. »Also, Nicole, ich suche jemanden.«

»Wen?«

»Das weiß ich noch nicht genau. Vielleicht kannst du mir helfen. Früher muss hier in Dürnbach mal eine Frau mit dem Namen Frieda Jonas gelebt haben.«

»Die suchst du?«

»Nein. Die ist seit über vierzig Jahren tot. Ich will wissen, wer sie war. Gibt es hier Leute, die mir weiterhelfen können? Jemand, der schon lange hier lebt.«

»Meine Großmutter«, sagte Nicole und deutete auf eine Frau, die allein an einem Tisch saß, rauchte und Bier trank. Die Frau mochte um die siebzig sein. Dass sie einst gut ausgesehen hatte, war noch zu erkennen. Gleichzeitig machte sie einen etwas verwirrten Eindruck, sah kurz zu Wallner und wich seinem Blick aus, als er sie ebenfalls ansah. »Aber ich glaube, das bringt nichts. Ihr Gedächtnis funktioniert nicht mehr.« »Manchmal können sich alte Leute trotzdem an Dinge aus ihrer Jugend erinnern.«

Nicole ging zur Großmutter und tippte ihr auf die Schulter. Die alte Dame sah ihre Enkelin nur flüchtig an. »Oma, kennst du eine Frau von früher? Die heißt ...« Nicole drehte sich zu Wallner. »Wie war der Name?«

»Frieda Jonas.«

»Frieda Jonas. Kennst du die?«

Die alte Frau schüttelte heftig den Kopf und wandte sich von Nicole ab.

»Versuch's mal beim Ruperti.« Nicole deutete auf einen Tisch in der Ecke, den ein schmiedeeisernes Schild als Stammtisch auswies. »Da, der ganz Alte. War in der Steinzeit mal Bürgermeister in Dürnbach.« Gemeint war ein hagerer, faltiger Mann in den Achtzigern. Mit am Tisch saßen zwei weitere Männer, etwas jünger und rüstiger.

»Grüß Gott, mein Name ist Wallner. Sie sind der Herr Ruperti?«

Der Angesprochene sah Wallner verwundert an, seine braunen Augen lagen tief in den Höhlen und waren von eigenartiger Ausdruckslosigkeit.

»Ja. Was gibt's?«

»Ich hätte ein paar Fragen. Es geht um Dinge hier in Dürnbach, die schon eine Weile her sind. Die Nicole sagte, Sie könnten mir vielleicht helfen.«

Rupertis Blick wanderte zu den anderen. Die nickten. Wallner setzte sich. Einer der beiden Männer stellte sich als Sebastian Haltmayer vor, der andere als Albert Kieling.

»Ich war lang Bürgermeister. A bissl kenn ich mich schon aus«, sagte Ruperti.

»Gab es hier im Dorf mal eine Frau mit dem Namen Frieda Jonas?«

Ruperti schien nachzudenken, sein Blick wurde unruhig. Wallner bemerkte, dass Kieling den Alten gespannt ansah. Ebenso Haltmayer. »Wüsst ich jetzt net. Wann soll die hier gewesen sein?«

»Auf alle Fälle gegen Kriegsende. Vielleicht auch schon vorher.«

Ruperti verzog den Mund und schüttelte den Kopf. »Kennt's ihr die?«, wandte er sich an seine Stammtischgenossen. »Wie war der Name?«

»Frieda Jonas«, sagte Wallner und beobachtete die Mimik der Männer. Haltmayer schien nachzudenken, ob ihm der Name nicht doch etwas sagte.

Wallner hatte den Eindruck, als hätte er etwas ausgelöst. Eine unbehagliche Stimmung legte sich über den Tisch. Nur Kieling wirkte relativ entspannt.

»Ich kann dazu nichts sagen. Ich war zu der Zeit nicht hier. Aber wenn die Frau hier gelebt hat«, Kieling legte seine Hand auf Wallners Arm und senkte verschwörerisch die Stimme, »dann wüsste das der Ruperti. Der ist nämlich jeder nachgestiegen.« Heiterkeit breitete sich aus. Auch Haltmayer lachte und gab Kieling recht. Ruperti tat empört, schien die Bemerkung aber eher als Kompliment zu betrachten.

Kieling spielte mit seinem Bierdeckel. »Wer sagt denn, dass die hier gewesen ist?«

»Wir haben ihre Leiche in einem versteckten Grab gefunden. Entschuldigung, das hatte ich noch nicht gesagt: Ich bin bei der Kripo Miesbach. Wir ermitteln in der Sache.«

»Ach, die ist des?!«, piepste Ruperti. »Die aus der Veits-Kapelle?«

»Ja. Auf dem Sarg war ein Schild. Daher wissen wir, dass sie am zweiten Mai fünfundvierzig gestorben ist.«

»Und wieso interessiert sich die Kripo dafür?«, fragte Haltmayer.

»Weil der Schädel ein Einschussloch hat. Die Frau wurde erschossen.«

»O mei, o mei! Damals san so viele erschossen worden. Damals war Krieg, junger Mann.« Ruperti winkte Nicole mit seinem Bierkrug, der einen Zinndeckel hatte und eine Aufschrift in Fraktur, die Wallner nicht entziffern konnte. Offenbar sollte er frisch gefüllt werden. »Mai fünfundvierzig – da ist der Amerikaner gekommen. Da hat sich so manche Kugel verirrt.«

»In dem Fall war es eine deutsche Kugel.«

»Auch das ist vorgekommen, dass da jemand von den eigenen Leuten getroffen wurde. Das waren ja keine ausgebildeten Soldaten mehr, die da verteidigt haben. Das war das letzte Aufgebot. Die haben doch auf zehn Meter kein Scheunentor getroffen.« Kieling warf den Bierdeckel wieder auf den Stoß mit den anderen Bierdeckeln und nahm einen Schluck aus seinem Glas.

»Kann sein. Aber wir wissen nicht, wer es war und warum die Frau erschossen wurde, geschweige denn unter welchen Umständen. Es ist allerdings merkwürdig, dass sie hier in Dürnbach begraben ist, aber niemand sie kennt.« Wallner sah Ruperti an. »Ich meine, wenn Sie als Bürgermeister und Frauenkenner sie nicht gekannt haben ...«

»Es is ja net g'sagt, dass sie von hier war, wenn sie hier begraben ist«, wandte Haltmayer ein.

»Irgendeinen Bezug zu Dürnbach muss es ja geben. Ich denke, zumindest der, der sie begraben hat, war von hier.«

»Das war doch die Kapelle vom Kreuzbauern«, sagte Ruperti. »Wahrscheinlich einer aus der Familie.«

»Bei denen kann sich aber keiner erinnern. Außerdem

war der alte Hof mit der Kapelle die meiste Zeit vermietet.«

Nicole kam, um Rupertis Krug zu holen. »Das müssen die doch wissen, an wen sie den Hof vermietet haben«, sagte sie im Vorbeigehen.

»Ganz so einfach ist das nicht«, klärte Wallner die Runde auf. »Von damals lebt nur noch die Bäuerin. Und die sagt, sie hätte mit den Geschäften ihres Mannes nichts zu tun gehabt. Und Unterlagen gibt es auch keine. Weil der Alte den Hof immer nur gegen Barzahlung vermietet hat, wegen der Steuer. Bis in die sechziger Jahre hat jedenfalls keiner dort gewohnt. Ende der Sechziger, sagt die Bäuerin, ist jemand eingezogen. Möglicherweise hatte der alte Bauer schon vorher vermietet. An jemand, der den Hof zum Unterstellen von Geräten oder zum Lagern von Heu genutzt hat. Aber das weiß sie nicht genau. Haben Sie eine Ahnung?«

»Also mir haben den Hof mit der Kapelle jedenfalls nicht gemietet«, sagte der Haltmayer und gab ein brummendes Geräusch von sich.

»Frieda hat s' geheißen, oder?«, rief mit einem Mal Nicoles Großmutter.

»Is schon recht, Lisbeth«, rief Ruperti zurück. »Trink dein Bier.«

»Doch, doch!«, rief Elisabeth Muhrtaler und zündete sich eine neue Zigarette an. »Die gibt's hier. Frieda! Ein böses Weib!«

Alle am Stammtisch starrten zu der alten Dame.

»Sie können sich an die Frau erinnern?«, fragte Wallner nach.

»Ja, ja. Ich hab das Gesicht vor mir. Hat schon was hergemacht, des Madel. Oder, Albert?«

Kieling fühlte sich angesprochen. »Tut mir leid. Ich weiß net, wen du meinst.«

»Ich glaub, du weißt es schon. Frieda!« Elisabeth Muhrtaler blies mit spitzem Mund den Rauch in Richtung Decke. »Manchmal steht sie nachts bei mir im Garten. He, he!« Sie schüttelte amüsiert den Kopf. »Aber ich lass sie einfach stehen. Die kommt mir nicht ins Haus.« »Oma – magst net ins Bett gehen?« Nicole war zu ihrer Großmutter an den Tisch getreten. Sie schickte einen um Verständnis bittenden Blick zu Wallner. Die anderen am Stammtisch wandten sich wieder ihren Biergläsern zu.

»Jetzt fangt s' wieder das Spinnen an«, murmelte Ruperti.

Wallner stand auf und ging zu Elisabeth Muhrtaler hinüber.

»Woher kennen Sie Frieda Jonas?«, fragte er, während sich die alte Frau langsam und mit Nicoles Hilfe erhob.

»Sie kennt sie gar nicht«, sagte Nicole leise. »Sie bringt manchmal Sachen durcheinander.«

»Sie hat recht«, sagte Elisabeth Muhrtaler. »In meinem Kopf geht alles durcheinander. Da können Sie sich auf nichts verlassen. Das müssen S' entschuldigen.«

»Nein, nein. Sie müssen entschuldigen, wenn ich so penetrant frage. Aber denken Sie noch mal drüber nach. Auch wenn man Dinge durcheinanderbringt, erinnert man sich ja oft an etwas, das es wirklich gegeben hat.«

»Ja freilich. Ich werd die Einzige sein, die sich erinnert. Ausgerechnet ich. Gute Nacht. Ich muss ins Bett. Tu die Finger weg, ich kann allein hatschen.« Sie entwand ihren Arm dem Griff der Enkelin.

»Versuch's doch mal beim Beck Uwe«, sagte Nicole, als

ihre Großmutter weg war. Sie sagte es leise und sah kurz zum Stammtisch hinüber.

»Meinst, die haben mir nicht alles erzählt?«, flüsterte Wallner.

»Kann schon sein. Als die Sache mit der Leiche in der Zeitung war, hat meine Oma gesagt: Oje – jetzt ham sie s' gefunden! Ich glaube, die wusste, wer das war. Zumindest in dem Augenblick.«

»Warum hast du dann gesagt, sie kennt sie nicht?«

»Weil das die Kerle am Stammtisch nichts angeht. Komm ein andermal wieder. Dann ist sie vielleicht klarer im Kopf.«

Wallner nickte. »Und wieso sollte der Beck was wissen?«

»Der ist ein bisschen komisch. Da musst du vorsichtig sein. Aber ich glaube, der weiß alles über die Leute hier im Dorf.«

»Warum machst du das? Du kriegst noch Ärger mit deinen Stammgästen.« Wallner sah zum Stammtisch. Dort hatte man offenbar mitbekommen, dass am Tresen getuschelt wurde.

»Weil die alten Säcke mir ständig auf'n Arsch schauen und nie Trinkgeld geben. Sag Bescheid, wennst was rausgefunden hast.«

20

Wallner kam gegen acht zurück zum Häuschen seiner Großeltern. Als er aus dem Wagen stieg, meinte er, ein Lachen zu hören, das Lachen seines Großvaters. Er lauschte in die Nacht hinein. Aber es wiederholte sich nicht. Wallner ging ins Haus.

Der Anblick war irritierend. Zwei Sektgläser standen auf dem Küchentisch, dazu eine Flasche billiger deutscher Schaumwein. Manfred redete – beherzt und mit Leidenschaft und großen Gesten. Er lachte, und die Frau ihm gegenüber lachte ebenfalls – es war Claudia. Seit der Nacht von Nissls Tod vor zwei Wochen hatte Wallner sie nicht mehr gesehen. Die Erinnerung an sie war schon ein wenig verblasst.

»Guten Abend«, sagte Wallner, als er die Küche betrat. »Das ist ja eine Überraschung.«

»Ich bin gerade bei meinem Vater zu Besuch«, sagte Claudia. »Und da hab ich gedacht, ich schau mal bei dir vorbei. Manfred hat mich netterweise eingeladen, hier auf dich zu warten. Und er hat mich ausgezeichnet unterhalten.«

»Ja, hat den Anschein.« Beim Vornamen sind sie auch schon, dachte Wallner. Wahrscheinlich hat Manfred sie gezwungen, mit ihm Bruderschaft zu trinken, wie in einem Film aus den fünfziger Jahren. Wallner nahm die Sektflasche zur Hand und betrachtete das Etikett. Es war der Sekt für 2,95 Mark aus dem Supermarkt. »Da haben wir uns ja in Unkosten gestürzt«, sagte er, an Manfred gerichtet.

»Ich kann doch eine so bezaubernde Dame nicht auf dem Trockenen sitzen lassen.« Manfred lachte und prostete Claudia zu. »Auch an Schluck?«

»Nein danke.« Wallner setzte sich dazu. »Was führt dich her?«

»Du hast einen Mordfall«, sagte Claudia. »Ich bin die zuständige Staatsanwältin und wollte mal wissen, wie es läuft.«

»Geht so. Ich versuche herauszufinden, wer die Tote ist. Bist du morgen noch da?«

»Ja. Warum?«

»Ich hab einen Tipp bekommen, wer es wissen könnte. Wenn du willst, kannst du zur Vernehmung mitkommen.«

»Ja, machen wir einen Ausflug!« Claudia strahlte Wallner an und legte ihre Hand auf seinen Arm.

Wallner verkrampfte ein bisschen. Claudia wandte sich an Manfred. »Er ist manchmal so schüchtern. Ganz süß.«

»Von mir hat er das nicht«, sagte Manfred.

»Das glaube ich Ihnen sofort.« Wallner meinte gesehen zu haben, dass Claudia Manfred zuzwinkerte. »Dein Opa ist ein echter Charmeur.«

»Tatsächlich? Ist mir noch gar nicht aufgefallen. Schön, wenn jemand einen in diesem Alter noch überraschen kann. Wo ist eigentlich die Oma?«

Manfred wurde kurzzeitig das Lächeln aus dem Gesicht geblasen. »Äh ... die is bei der Arbeit. Noch a Schluckerl?«, wandte er sich an Claudia.

»Sie füllen mich ganz schön ab. Was haben Sie vor mit mir?«

»Das werden S' dann schon sehen. Erst mal trinken!

Prost!« Manfred kicherte wie ein Teenager, und Claudia fand es amüsant. Wallner wand sich vor Peinlichkeit.

»Kann ich dich kurz sprechen, Manfred?« Wallner deutete mit dem Kopf nach draußen, stand auf und legte seine Hand auf Claudias Schulter. »Dauert nur fünf Minuten.«

Im Wohnzimmer bat Wallner Manfred, auf der Couch Platz zu nehmen. »Darf ich fragen, was das soll?«

»Was denn?«

»Du trinkst mit einer wildfremden Frau Sekt und baggerst sie an, dass mir die Schamesröte ins Gesicht steigt.«

»Entschuldige! Die is wegen dir gekommen. Ich bin nur höflich. Soll ich sie im Flur warten lassen?«

»Kaffee hätte völlig gereicht. Wieso Sekt?«

»Abends Kaffee! Bist deppert? Da kann ich nachts net schlafen.«

»Ach, das ist der Grund! Ich lach später. Und die schlüpfrigen Bemerkungen? Kannst du nicht schlafen, wenn du dich normal unterhältst?«

»Mir ham a bissl a Gaudi gemacht. Des is fei a Lustige. Und wenn wer schlüpfrig is, dann die. Mein lieber Herr Gesangsverein! Großartige Frau. Und wenn ich dir an Rat geben darf: Die will was von dir!«

»Sie ist eine Arbeitskollegin. Und zehn Jahre älter als ich.«

»Bei der kannst wenigstens was lernen. Ich sage dir – reife Frauen, des san die schärfsten! Net die ganz jungen Dinger. Vergiss die Zwanzigjährigen. Klar, mit dreißig hängt's schon a bissl an manchen Stellen. Man kann net alles haben.«

»Aha ... und mit dreiundsechzig? Hängt's da nicht auch ein bissl?«

»Bei Männern is des was anderes. Da is es wichtig, dass

was ganz Bestimmtes net hängt. Wennst verstehst, was ich mein.« Manfred gackerte wieder anzüglich. »Du – wennst es net haben willst … ich hab mich bis jetzt zurückgehalten. Tu mir den Gefallen und sag's, wennst kein Interesse hast.«

»Ja geht's noch? Du bist verheiratet!«

Manfred trommelte mit den Fingern auf dem Leder der Couchlehne und sah an Wallner vorbei. »Mei, was immer das heißt.«

»Es heißt nach meinem Verständnis, dass man keine anderen Frauen hat. Mal abgesehen davon, dass du dich gerade komplett lächerlich machst.«

Manfred nahm den Kopf nach hinten, und ein Ausdruck der Empörung zeigte sich auf seinem Gesicht. »Was willst damit sagen?«

»Die Claudia will dir nix. Verstehst? Mach dich nicht zum Deppen.«

»Weil grad du des beurteilen kannst! Weißt, was dein Problem is? Du hast keine Ahnung von Frauen.«

»Aber du.«

»Oh ja. Bei aller Bescheidenheit – ich habe Ahnung von Frauen. Da kannst du nur von träumen.«

»Du hast die Oma geheiratet, da warst du neunzehn.«

»Und?«

»Ich frag mich, wann du deine ganzen Erfahrungen mit Frauen gesammelt hast.«

»Erstens hab ich früh angefangen. Zweitens bin ich … von Natur aus charmant. Und drittens müssen mir langsam mal zurück. Sonst wird's unhöflich.«

»Meinetwegen. Aber wenn ich mitkrieg, dass du der Claudia weiter nachsteigst, red ich mal mit der Oma.« Manfred setzte eine Miene allerhöchsten Bedauerns auf und fügte sich in sein bitteres Schicksal. »Aber die Hand darf ich ihr schon noch geben zum Abschied?«

Wallner brachte Claudia zu ihrem Wagen, nachdem sich Manfred mit mehreren Küsschen und inniger Umarmung verabschiedet hatte. »Es tut mir leid wegen meinem Großvater. Ich hoffe, er ist nicht zu aufdringlich geworden.«

»Gar nicht. Er ist lustig und charmant. Und locker.«

»Genau das meine ich.«

Sie strich Wallner mit dem Handrücken über die Wange. »Was ist gegen locker zu sagen? Versuch's doch auch mal.«

»Ich – ich bin mir nicht sicher, was du mir sagen willst.« Wallner vergrub seine Hände in den Hosentaschen.

»Dass ich mich auf unseren kleinen Ausflug freue.« Sie gab ihm einen Kuss auf die Wange. »Wir sehen uns morgen früh im Büro.«

Wallner sah dem Wagen nach, und die Nachtkälte kroch unter seine Daunenjacke. Claudia verwirrte ihn. War es nur ihre Art, oder war sie an ihm interessiert? Und wenn ja – war er an ihr interessiert? Wallners Gedanken drehten sich ergebnislos im Kreis. Wenn diese Frau etwas konnte, dann Männer verunsichern.

21

Ein dezenter Parfümgeruch schwebte im Wagen. Wallner fragte sich, wo er herkam. Von ihrem Hals? Von den Schläfen? Unter dem Wintermantel trug Claudia ein graues, eng sitzendes Kostüm mit weißer Bluse. An der Bluse waren zwei Knöpfe offen, und man konnte eine Perlenkette auf sonnenbankgebräunter Haut sehen.

»Wie findet es dein Vater, dass du für den Fall zuständig bist?«

»Gar nicht gut. Familie und Beruf muss man auseinanderhalten, sagt er.«

»Ich glaube, er ist sehr stolz auf dich.«

»Glaubst du?« Claudia wirkte in diesem Moment erfreuter, als es ihr offenbar lieb war, und zuckte mit den Schultern, um den Schaden zu begrenzen.

»Ich wusste gar nicht, dass er Kinder hat. Ich dachte immer, er ist eingefleischter Single.«

»Meine Eltern haben sich scheiden lassen, als ich zwölf war. Ich bin mit meiner Mutter nach Bad Homburg gezogen. Ab da hab ich meinen Vater nur noch zweimal im Jahr gesehen.«

»Warum haben sich deine Eltern scheiden lassen?« Wallner sah, dass sich Claudia nachdenklich auf die Unterlippe biss. »Wenn das nicht zu privat ist.«

»Sei nicht immer so rücksichtsvoll. Ich finde es gut, dass du dich für mein Leben interessierst. Wenn's zu privat wird, sag ich es schon.«

»Daran habe ich keinen Zweifel.«

»Gut«, sagte Claudia und sah Wallner mit einem undurchsichtigen Lächeln von der Seite an. »Tja – Scheidungsgrund: Mein Vater hat nur gearbeitet. Da hat sich meine Mutter in den Arzt verliebt, der ihr den Blinddarm rausgenommen hat. Manchmal denke ich, Papa hat die Scheidung gar nicht mitbekommen. Aber da tue ich ihm unrecht. Ich glaube, er hat ziemlich drunter gelitten.«

Sie hauchte gegen die Seitenscheibe und drückte einen Kussmund auf die beschlagene Fläche. »Schau«, sagte sie zu Wallner. »Wehe, du wischst ihn ab.«

Wallner lachte kurz und verlegen.

»Was ist mit deinen Eltern? Sind die noch zusammen?«

»Nein. Meine Mutter ist ertrunken, mein Vater in Südamerika verschollen. An meine Mutter kann ich mich nicht mehr erinnern. An meinen Vater nur vage.«

»Was würdest du fühlen, wenn er plötzlich vor der Tür stünde?«

»Wenn er nicht eine verdammt gute Erklärung hätte, würde ich ihm einen Tritt geben. Auch am Orinoco gibt es Telefone und Briefmarken. Ich sag's mal so: Wenn er noch lebt und die letzten fünfzehn Jahre nicht entführt oder im Koma war, kann er bleiben, wo der Pfeffer wächst.«

Wallner bog in eine Seitenstraße ein. Sie waren nicht weit vom Kreuzhof entfernt, dem Haus, in dem Kreuthners Vater wohnte. An der Straße lagen fünf Grundstücke. Das letzte war von einer Mauer umgeben. Auf der Mauer blitzten kleine einbetonierte Glasscherben, das Einfahrtstor aus rotem Stahlblech war mit einer Kamera gesichert. Davor stand eine Säule mit Gegensprechanlage, die ebenfalls über eine Kamera verfügte. Hausnummer und Namensschild gab es nicht.

Noch bevor Wallner auf den Klingelknopf gedrückt hatte, knackte es im Lautsprecher, dann folgte ein wenig herzliches »Ja?!«.

Wallner hielt seinen Polizeiausweis vor die Kamera. »Kriminalkommissar Wallner. Kripo Miesbach. Neben mir sitzt Frau Staatsanwältin Lukas. Wir hätten ein paar Fragen an Sie. Keine Sorge, es liegt nichts gegen Sie vor. Es geht nur um Auskünfte.«

»Was soll gegen mich vorliegen? Ich arbeite für die Polizei.«

»Ah ja? Wusste ich gar nicht.«

»Indirekt. Ich baue Alarmanlagen.«

»Verstehe. Wären Sie so nett, das Tor zu öffnen?«

»Ich will nicht mit Ihnen reden.«

»Es geht nur um ein paar Informationen über Ereignisse, die sehr lange zurückliegen. Jemand meinte, Sie könnten uns weiterhelfen.« Er sah genervt zu Claudia, die sich gerade im Spiegel der Sonnenblende betrachtete und den Lippenstift nachzog.

»Ich rede mit niemandem. Muss ich auch nicht. Ich kenne meine Rechte.«

»Sie müssen nicht mit der Polizei reden. Mit der Staatsanwältin schon.«

»Nur, wenn ich vorgeladen werde.«

»Tja«, sagte Claudia. »Er kennt seine Rechte.«

Sie klappte die Sonnenblende hoch, stieg aus dem Wagen und baute sich vor der Kamera auf. »Hallo, Herr Beck!« Sie winkte in die Kamera, lächelte und verschränkte die Arme dergestalt vor ihrer Brust, dass ihr Busen nach oben geschoben wurde und sich im Ausschnitt der Bluse ein üppiger Anblick bot. »Sehr imposant, was Sie hier aufgebaut haben. Das haben Sie doch gebaut?«

»Äh ... jaja«, kam es aus dem Lautsprecher. Becks Stimme klang etwas weniger harsch.

»Ich bin ja gewissermaßen auch im Sicherheitsgewerbe«, sagte Claudia. »Sie können mir bestimmt einiges erzählen.«

»Also ich will net unbescheiden sein. Aber da finden Sie wenige, die sich auskennen wie ich.«

»Ja, das haben mir schon die Kollegen in München gesagt.«

»Ehrlich? In München?«

»Sie haben einen Ruf, Herr Beck. Und soll ich Ihnen was gestehen?« Sie blickte mit Raubkatzenaugen in die Kameralinse. »Ich wollte Sie schon immer mal kennenlernen.«

»Echt jetzt?« Ein unsicheres Lachen kam aus dem Lautsprecher. »Na ja, ich lass nur ungern jemand ins Haus. Aber wie Sie sagen – mir san ja sozusagen im gleichen Geschäft tätig.«

Wallner sah zu Claudia und schüttelte fassungslos den Kopf. Sie zwinkerte ihm zu.

»Wenn das Tor aufgeht, haben S' genau zehn Sekunden, dann geht's wieder zu. Also net trödeln.«

Mit einem Rucken bewegte sich das Einfahrtstor zur Seite.

Die Sicherheitsvorkehrungen hätten einen Palast hinter der Glasscherbenmauer vermuten lassen. Stattdessen verbarg sich ein kleines Landarbeiterhaus hinter dem Tor, das durch einige

Anbauten im Lauf der Jahrzehnte erweitert worden war und einen verschachtelten Eindruck bot. Die Fenster im Parterre waren vergittert. Die Freifläche vor dem Haus bestand aus Kies. Nur am Rand der Mauer gab es schmale Beete. Offenbar war dem Hausherrn an einem freien Sichtfeld gelegen. Ein Kleinlaster mit der Aufschrift BECK SECURITY GMBH stand vor dem Haus. Kameras waren hier nicht zu sehen. Wallner aber war sicher, dass sie irgendwo lauerten, wo man sie nicht auf den ersten Blick entdeckte.

Als sie das Auto abgestellt hatten und sich der Haustür näherten, ertönte aggressives Hundebellen. Ein Hund war jedoch nicht zu entdecken. Auch kein Zwinger.

Uwe Beck öffnete die Tür unaufgefordert. Er trug eine braune Cordhose, ein gelbes Hemd, sein grünkarierter Pullunder hatte Essensflecken. Wallner schätzte ihn auf etwa fünfzig. Das Haar war blond, kräftig, mit grauen Strähnen. An den Füßen trug Beck Hauspantoffeln.

»Kommen Sie rein. Extra aufgeräumt hab ich natürlich nicht. Wusste ja nicht, dass Sie kommen.« Er schlurfte voraus in eine Art Wohnzimmer, in dem sich bis unter die Ecke Kameras, Bildschirme, Computerbauteile und anderes elektronisches Gerät stapelte, teils auseinandergebaut, teils noch in der Originalverpackung. All das aber war sorgsam geordnet und mit System abgelegt.

Neben einem Kopiergerät lümmelte ein zotteliger Hund auf einer verhaarten Decke und betrachtete die Besucher mit einer Mischung aus Neugier und Sorge. Claudia beugte sich zu dem Hund hinunter. »Hast du gerade so gebellt?«

»Nein«, sagte Beck. »Der Hund draußen kommt vom Tonband. Nehmen Sie Platz.«

Er ging zu einer Couch und räumte mit hastigen Griffen ein Brotzeitbrettchen beiseite. Die zu Boden fallenden Wurstreste lockten den Hund herbei, der unvermutet hurtig aufsprang und sich die Extraportion einverleibte. Beck setzte sich auf einen Hocker, von dem er zuvor einen Drucker wegräumte. Wallner und Claudia nahmen auf dem Sofa Platz und hielten achtsam Ausschau nach organischem Material.

»Womit kann ich Ihnen dienen?« Beck hatte die Ellbogen auf seinen Knien und glotzte Claudia in die Bluse. »Wir suchen eine Frau namens Frieda Jonas. Sie ist vermutlich am zweiten Mai fünfundvierzig gestorben und wurde hier in Dürnbach bestattet. Heimlich.«

»Die Leiche aus der Kapelle?« Beck deutete mit dem Kopf in die entsprechende Richtung.

»Genau«, sagte Wallner. »Sagt Ihnen der Name etwas?«

»Vielleicht, vielleicht auch nicht«, sagte Beck und lächelte, um eine geheimnisvolle Aura bemüht, in Richtung Claudia.

»Sie sind so der undurchsichtige Typ, stimmt's?« Claudia hob anerkennend die Augenbrauen. Beck zuckte neckisch mit den Schultern. »So ein James-Bond-Typ. Unnahbar, lassen sich nicht in die Karten schauen.«

»Na ja, ich hab mich immer mehr als Q gesehen. Der geniale Konstrukteur, Sie verstehen.« Beck sandte einen Blick zu den technischen Geräten.

»Oh ja, natürlich. Nur, dafür sehen Sie – wenn ich so offen sein darf – ein bisschen zu gut aus.«

»Nein, Sie übertreiben.«

Wallner mühte sich, seine Gesichtszüge nicht entgleisen zu lassen. Eigentlich unmöglich, dass dieser blasse Kretin in Claudias Worten irgendetwas anderes als Ironie erblickte.

Wallner dachte daran, wie ihn sein Großvater nach der Firmung mit ins Wirtshaus genommen hatte, um dem Buben seinen ersten Rausch zu spendieren. Dabei hatte er ihm auch einige Geheimnisse im Umgang mit Frauen verraten. Unter anderem, so erinnerte sich Wallner jetzt, dass man bei Komplimenten nicht übertreiben könne. Je dicker man auftrage, desto besser. Wallner registrierte mit Interesse, dass das bei Männern nicht anders war.

»Aber jetzt rücken Sie mal raus mit der Wahrheit: Frieda Jonas – schon mal gehört?«

»Nein. Nie gehört. Neunzehnhundertfünfundvierzig war ich drei Jahre alt.«

»Schade«, sagte Claudia. »Sehr schade. Ich dachte, Sie könnten uns helfen.«

»Jetzt warten Sie erst mal.« Beck machte einen hektischen Eindruck. »Ich habe hier ein ... ein großes Archiv mit Beobachtungsmaterial. Das hat schon mein Vater angelegt. Wissen Sie, das liegt in der Familie, dass wir die Dinge um uns herum beobachten und aufzeichnen und fotografieren. In letzter Zeit natürlich auch Videoaufnahmen. Ich habe das Material schon oft der Polizei angeboten. Aber man legt ja keinen Wert auf meine Hilfe.« Ein vorwurfsvoller Blick traf Wallner.

»Tut mir leid. Ich bin noch nicht so lange bei der Kripo. Ich habe gehört, dass Sie gelegentlich tätig werden. Aber bis jetzt konnten – wie soll ich sagen – die Straftaten, die Sie dokumentiert haben, leider nicht nachgewiesen werden.«

»Jaja. Wenn man nicht ermittelt, kann man auch nichts rausfinden. Na gut, lassen wir das.« Er wandte sich wieder Claudia zu. »Wie kann ich Ihnen helfen? Hat diese Frau, die

Sie suchen, irgendwelche Verbindungen zu Dürnbach? Sie haben sicher schon bei den Eigentümern der Kapelle nachgefragt.«

»Haben wir. Da wusste keiner von dem Grab oder wer die Frau ist. Der Hof mit der Kapelle war fünfundvierzig vielleicht vermietet. Aber genau weiß das keiner mehr. Können Sie uns da weiterhelfen?«

»Wissen tu ich das natürlich auch nicht. Aber ich könnt's vielleicht rausfinden.«

»Würden Sie das für uns tun?« Claudia berührte Becks Arm, und er schmolz dahin.

»Also, ja, ich denk schon.« Seine Stirn wurde rot, und er begann zu schwitzen. »Wenn Sie kurz warten möchten.« Er stand auf. Auch Claudia erhob sich.

»Ich hol mal meinen Notizblock aus dem Wagen. Ich habe das Gefühl, jetzt wird es interessant«, sagte Claudia und ging nach draußen, nicht ohne Beck dabei über den Rücken zu streicheln.

Beck blieb elektrisiert stehen, dann sah er zu Wallner. »Sie fasst mich ständig an. Ist das ... normal?«

»Also bei mir macht sie es nicht. Ich denke, das ist so ein spezielles Ding zwischen Ihnen beiden.« Wallner wusste auch nicht, welcher Teufel ihn ritt. Aber irgendwie hatte er Lust, bei Claudias Sozialexperiment mitzumachen.

»Wie meinen Sie – *zwischen uns beiden?*«

»So blind können Sie nicht sein, oder?«

Beck sah Wallner hoffnungsfroh an.

»Die Frau steht auf Sie. Das sieht ein Blinder. Ich meine, ich will mich da nicht einmischen. Aber wenn ich Sie wäre ...«

»Aber wieso? Was findet sie an mir? Okay, ich seh nicht ganz abstoßend aus, aber ...?«

Oje, dachte Wallner, jetzt erwartet er auch noch Komplimente. Er deutete auf die elektronischen Geräte. »Die steht auf den ganzen technischen Kram. Sie wissen doch: Das finden Frauen faszinierend. Das ist eine Welt, die sie nicht begreifen. Und deswegen total – männlich. Verstehen Sie?«

»Ja, klar. So hab ich's noch gar nicht gesehen. Aber, klar ...«

Wallner hatte den Eindruck, dass irgendetwas hinter Becks Stirn vor sich ging.

»Ich schau mal, was ich im Archiv hab«, sagte der und ging zu einer Stahltür, die sich am hinteren Ende des Raumes befand. Sie war mit zwei Schlössern gesichert. Beck zückte einen Bund mit einem guten Dutzend Schlüsseln und sperrte die Tür auf. »Ich muss Sie bitten, draußen zu bleiben. Das ist der Sicherheitsbereich.«

Mit diesen Worten verschwand er und zog die Tür hinter sich zu.

»Wo ist er hin?«, fragte Claudia, als sie wieder ins Zimmer kam.

»Ins Archiv«, sagte Wallner und deutete auf die Stahltür. »Beck ist ja sehr kooperativ geworden. Hoffen wir mal, dass er dein Verhalten nicht falsch versteht.«

»Ich hab's im Griff.« Sie zupfte einen Fussel von Wallners Pullover.

Wallner ging zur Stahltür und klopfte. »Nur so zu unserer Information: Wie lange werden Sie noch brauchen?«

»Weiß noch net. Aber die Frau Staatsanwältin darf gern reinkommen«, kam es durch die Tür.

Wallner war erstaunt. Claudia nicht. Sie schritt siegesgewiss an Wallner vorbei und drückte die Türklinke. »Sei vorsichtig!«, flüsterte Wallner ihr zu. Sie lachte nur und betrat Becks Archiv.

Der Raum besaß keine Außenfenster und war mit Neonröhren beleuchtet. Claudia sah sich um, konnte Beck aber zunächst nicht zwischen den Aktenregalen ausmachen. Dann hörte sie ein Geräusch hinter der Tür und drehte sich um. Der Anblick war bizarr.

22

Uwe Beck hatte einen Aktenordner in den Händen. Neben ihm stand ein Stuhl, über dessen Lehne sehr ordentlich Cordhose, Hemd und Pullunder hingen, darunter die Pantoffeln mit der Feinrippunterhose darauf. Beck trug nichts außer seinen verwaschen-grauen Socken. Den Ordner hielt er sich vor die Körpermitte.

»Oh«, sagte Claudia. »Sie haben gar nichts an?«

»Nein«, sagte Beck und schluckte.

»Warum haben Sie Ihre Sachen ausgezogen?«

»Ja, ich ... he, he«, Beck sah verlegen an seinem bleichen, haarlosen Oberkörper hinab. »Ich hatte so ein Gefühl, dass wir uns gegenseitig nicht unsympathisch sind. Und da ...« Er gestikulierte hilflos mit einer Hand in der Luft. »Betrachten Sie es einfach als Angebot. Es verpflichtet zu nichts. Ich möchte Sie nicht in Verlegenheit bringen, verstehen Sie?«

»Sie sind ein wahrer Gentleman.«

»Ich bitte Sie. Andererseits ... wie gesagt, wenn Sie Interesse hätten. Ich bin zugegebenermaßen ein bisschen aus der Übung. Aber ganz verlernt man's ja nicht.«

Er lachte bemüht und machte eine entschuldigende Geste, wodurch sich der Aktenordner kurz von seiner Körpermitte entfernte. Ein Büschel roter Haare mit ein bisschen Fleisch in der Mitte wurde sichtbar, allerdings sofort wieder bedeckt, als Beck sich seiner übertriebenen Freizügigkeit bewusst wurde.

»Interessante Location«, sagte Claudia und meinte das Archiv.

»Na ja, das ist jetzt kein Luxushotel in der Karibik oder so. Aber da hinten habe ich einen kleinen Kühlschrank. Es müssten noch zwei Piccolo drin sein. Manchmal, wenn ich einen gut dotierten Auftrag bekomme, dann schenk ich mir schon mal ein Gläschen ein.«

»Ach, tatsächlich?«

»Ich sag immer: Man muss die Feste feiern, wie sie fallen. Tja ...« Beck schluckte. »Wie ... wie machen wir jetzt weiter? Also es hängt, wie gesagt, ganz von Ihnen ab. Ich für meinen Teil, ich bin zu jeder Schandtat bereit.« Beck lachte. »Oder vielleicht sollten wir zuerst einen Piccolo trinken. Das lockert etwas auf.«

»Herr Beck, ich weiß Ihr Angebot wirklich zu schätzen. Aber ...«

»Aber?« Beck wirkte ein bisschen enttäuscht.

»Halten Sie mich für spießig – ich bin im Dienst. Ich kann nicht einfach tun, wonach mir der Sinn steht. Wenn das jeder machen würde ... und ich werde immerhin von Steuergeldern bezahlt.«

»Oh ja. Das ist ganz klar ein Argument. Sie sind natürlich im Dienst, und da wären bestimmte Dinge ... unprofessionell. Da haben Sie vollkommen recht.«

»Ja, leider. Unter anderen Umständen ...«

»Tja, schlechtes Timing. Aber wer weiß, was die Zukunft noch bringt.«

Claudia lächelte und gab Beck mit einer Geste zu verstehen, dass sie ganz einer Meinung waren.

»Wenn Sie vielleicht ... Ich würde mich gern anziehen, bevor ich rauskomme.«

Kurze Zeit später kam Beck vollständig bekleidet ins

Wohnzimmer, und alle taten, als sei nichts passiert, wenngleich die Atmosphäre peinlich angespannt war. Beck hatte den Aktenordner dabei. Auf dessen Rücken stand mit dickem Filzstift »1945« geschrieben. Das Innenleben war mittels Trennblättern thematisch gegliedert.

»Alter Kreuzhof«, sagte Beck und schlug die Rubrik auf, achtete aber darauf, dass man ihm nicht über die Schulter sah. Nachdem er die Notizen kurz überflogen hatte, nahm er zwei Blätter heraus und klappte den Ordner zu.

»Mein Vater hat damals Folgendes geschrieben: *4. Mai: Kreuzbauer und Haltmayer besichtigen alten Kreuzhof. Gebaren undurchsichtig. Was hat Haltmayer mit Hof zu schaffen?* Dann: *3. Juni: Haltmayer öfter auf Hof. Kreuz gar nicht mehr. Gehört Hof jetzt Haltmayer? 7. Juni: Kreuz beiläufig gefragt. Sagt, er hat Hof an Haltmayer vermietet. Auf Frage, was der mit dem Hof will, versetzt Kreuz: Geht mich nix an und ist mir wurscht. 12. Juli: Haltmayer macht sich hauptsächlich an Kapelle zu schaffen. Beweis: Untenstehende Photographie. Hat Schlösser an Kapelle angebracht. Wieso?*«

Beck ließ seine Gäste auf das Blatt schauen, auf dem der letzte Vermerk stand. Ein Schwarzweißfoto war dort eingeklebt, das einen etwa fünfzigjährigen Mann zeigte, der gerade dabei war, die Kapellentür abzuschließen. Das Bild war, wie es den Anschein hatte, aus größerer Entfernung gemacht worden.

»Was sagt uns das jetzt?«

»Der Hof mit der Kapelle ist damals vermutlich vom Haltmayerbauern gemietet worden. Dem alten Ägidius Haltmayer. Aber gewohnt hat der weiterhin auf seinem eigenen Hof.«

»Das Ganze ist ein bisschen eigenartig«, sagte Wallner. »Ich hab mit einem von den Haltmayers gesprochen, und der sagt, sie hätten den Hof bestimmt nicht gemietet.«

»Das weiß der wahrscheinlich gar nicht. Das ist nämlich nicht mehr die ursprüngliche Familie.«

»Sondern?«

»Der jetzige Haltmayer, der Sebastian, das ist ein Neffe vom Ägidius.« Beck tippte auf das Foto. »Der Ägidius ist Ende der sechziger Jahre gestorben, seine Frau war lange vor ihm tot, und die haben keine Verwandten hinterlassen. Also jedenfalls keine, die näher verwandt waren wie der Sebastian. Und deswegen hat der geerbt.«

»Das heißt«, resümierte Claudia, »dass vermutlich der alte Haltmayer die Leiche begraben hat. Das ist doch schon mal ein Anhaltspunkt.«

»Ich könnte mir denken, dass in dem Ordner noch andere Hinweise auf die Leiche sind. Man müsste ihn mal gründlich durcharbeiten.« Wallner streckte seine Hand zum Ordner aus, der von Beck sofort aus der Gefahrenzone gezogen wurde.

»Tut mir leid. Das ist vertrauliches Material. Außerdem ist da nichts mehr drin, was Ihnen helfen könnte.«

»Wie können Sie das so schnell sagen? Da braucht man wahrscheinlich Stunden, um das auszuwerten.« »Ich kenne alle Aufzeichnungen.« Beck sah auf seine Armbanduhr. »Ich mach Ihnen eine Kopie der zwei Seiten. Dann muss ich wieder arbeiten.« Becks Körperhaltung versteifte sich, den Ordner klemmte er unter die Achsel. Der Termin war beendet.

Als Claudia und Wallner durch das Schiebetor nach draußen fuhren, sahen sie drei ältere Männer scheinbar müßig an der Straße stehen. Wallner erkannte sie wieder. Er hatte sie gestern Abend in der Wirtschaft getroffen: Sebastian Haltmayer, der frühere Bürgermeister Ruperti und Albert Kieling. Sie nickten, als der Wagen vorbeifuhr. Dann schauten sie zum Beckschen Anwesen und berieten sich.

»Schade«, sagte Wallner. »Ich glaube, du warst nicht entgegenkommend genug. Sonst hätten wir mehr von Beck erfahren. Der hat da was in seinem Ordner, jede Wette.«

»Wahrscheinlich.« Claudia schüttelte den Kopf und lachte. »Der Kerl hatte auf einmal nichts mehr an außer diesem Aktenordner.« Sie wurde nachdenklich. »Da ist mir schon ein bisschen anders geworden.«

»Hat sich wahrscheinlich gedacht: jetzt oder nie.«

»Das hätt ich ihm nicht zugetraut.«

»Tja«, sagte Wallner und lächelte in sich hinein. »Irgendwas hat ihm wohl Mut gemacht.«

Währenddessen stand Uwe Beck in seinem Archiv und heftete die Blätter wieder in den Ordner. Dann schlug er eine andere Rubrik auf. Er blätterte so lange, bis er die Seite fand, die er gesucht hatte. Auch hier war ein altes Foto eingeklebt, daneben ein handgeschriebener Text. Beck starrte das Foto lange an.

Eigentlich ärgerte er sich, dass er seinen Besuchern überhaupt etwas gegeben hatte, obwohl ihn die Frau mit ihrem anzüglichen Verhalten in diese peinliche Situation gebracht hatte.

Nun ja – mit der Information würden sie ohnehin nicht weit kommen. Das Foto hier, das war die heiße Spur. Er musste nur herausfinden, wer darauf zu sehen war. Der

Mann war heute siebenundvierzig Jahre älter und würde deutlich anders aussehen. Aber Becks Vater hatte genug Material hinterlassen. Darin würde er Hinweise finden. Und dann würde man sehen, was sich aus diesem exklusiven Wissen machen ließ.

23

Leonhardt Kreuthner hatte wie viele in seiner Familie einen gewundenen Lebenslauf. Recht deutlich lag bei den Kreuthners ein Hang zum Kriminellen im Erbgut. Tatsächlich waren die meisten kleine Ganoven, Betrüger und Rosstäuscher. Da gab es nichts zu beschönigen. Die andere Variante waren diejenigen, die die Nähe zum Verbrechen im Polizeidienst suchten. So hatte Kreuthners Urgroßvater in den dreißiger und vierziger Jahren das Amt des Dorfpolizisten in Dürnbach versehen. Ein entfernterer Onkel hatte eine bescheidene Karriere als V-Mann beim Verfassungsschutz gemacht.

Kreuthner selbst war ein intelligenter Junge, wenn auch unstet und ohne rechtes Ziel im Leben. Das Gymnasium brach er in der zehnten Klasse ab und verdingte sich zunächst als ungelernter Arbeiter in der Papierfabrik.

In dieser Zeit geriet er in die Gesellschaft von Autodieben, ein Geschäft, das sich als profitabler erwies als die Arbeit in der Fabrik. Nach einigen kleineren Diebstählen war eines Tages der Einbruch in ein Autohaus geplant. Doch an dem Tag starb Kreuthners Mutter an einer Blutvergiftung, und er sagte seine Teilnahme an dem Einbruch ab. Alle anderen wurden auf frischer Tat gefasst und zu erheblichen Haftstrafen verurteilt. Besonders gläubig war Kreuthner nicht. Aber dass so etwas ein Zeichen von oben war, das konnte selbst der Verstockteste nicht in Abrede stellen. Und so beschloss Kreuthner, seine kriminelle Karriere zu beenden und in den Polizeidienst zu gehen.

Es liegt auf der Hand, dass Kreuthner sein unsolides Wesen bei der Berufsausübung gelegentlich im Weg stand, wie die unglückliche Geschichte um Thomas Nissl belegte. Jetzt drohte ein Disziplinarverfahren. Kreuthners Vorgesetzter, der Leiter der Miesbacher Schutzpolizei, konnte die Sache nicht einfach unter den Teppich kehren, denn es gab, wie bei jedem unnatürlichen Todesfall, eine offizielle Ermittlung. Nach Wallners Aussage konnte man zwar von Selbstmord ausgehen. Wie es allerdings dazu kommen konnte, dass Wallner und Nissl mitten in der Nacht verbotenerweise zusammen in einem Materiallift saßen (und Nissl zuvor eine ganze Hüttenbesatzung als Geiseln genommen hatte) – das musste irgendwie erklärt werden. Da kam zwangsläufig Kreuthners Beteiligung an der Sache ins Spiel.

Aus diesem Grund war Kreuthner sehr daran gelegen, zum Ausgleich in dem aktuellen Mordfall ein paar Meriten zu sammeln. Er passte Wallner abends vor dem Revier ab. »Und? Wie schaut's aus? Weißt schon, wer die Leiche is?«

»Nein.« Wallner schien nicht auf ein längeres Gespräch aus zu sein.

»Du warst gestern Abend in Dürnbach? Beim Semmelwein?«

»Ja. Aber da sagt keiner was. Ich hab den Eindruck, die mauern. Wir haben noch andere ältere Bewohner gefragt. Da können sich zwar einige vage erinnern, dass mal für kurze Zeit eine junge Frau in Dürnbach war. Aber die sagen übereinstimmend, das wär vor dem Krieg gewesen.«

»Was ist mit dem Beck? Der spioniert doch alle aus. Was sagt der denn?«

»Jedenfalls hat er nicht gesagt, woher die Tote kam.«

»Was denn dann? Lass dir halt net alles aus der Nase ziehen! Oder willst mich aus der Sache raushalten?«

»Ich sag mal so: Es wäre besser, wenn du in nächster Zeit ein bisschen aus der Schusslinie bleibst. Du weißt, warum.«

»Gerade darum wär's gut, wenn ich mich einbringe.«

»Versteh's nicht falsch, aber ... wenn du dich einbringst, endet das meistens in einer Katastrophe.«

»Ach?! Wer hat denn die Leiche gefunden? War des vielleicht a Katastrophe?«

»Das erkennt ja auch jeder an. Aber deine Ermittlungsmethoden und meine, die passen nicht zusammen.«

»Schade«, sagte Kreuthner und schien durchaus beleidigt. »Ich hätt nämlich an Informanten. Der könnte mir sicher interessante Sachen erzählen.«

»Und wer soll das sein? Ja wohl nicht dein Vater.«

»Nein. Mein Großvater.«

»Wie alt ist der?«

»Vierundsechzig. Der war siebzehn bei Kriegsende. Irgendwas wird der schon wissen. Aber der wohnt nimmer in Dürnbach.«

»Okay. Gib mir die Adresse, dann schau ich morgen mal hin.«

»Vergiss es. Der redt net mit dir.«

»Ist das so ein Typ wie dein Vater?«

Kreuthner zuckte mit den Schultern.

»Gut. Wir fahren morgen zusammen hin.«

»Wir fahren jetzt hin. Weil tagsüber schläft er. Und auf dem Weg erzählst mir, was der Beck erzählt hat.«

Das Bauernhaus lag zwischen Gmund und Hausham. Es stammte aus dem siebzehnten Jahrhundert, war niedrig und geduckt, das flachwinklige Dach mit Wackersteinen beschwert. Das untere Stockwerk hatte man gemauert und verputzt, das obere in Holz ausgeführt. Um das Haus herum lagen von Baumaterial bis zum Bettenrost alle möglichen Dinge ungeordnet herum, soweit Wallner das im Scheinwerferlicht erkennen konnte. Im ehemaligen Stall brannte Licht.

»Kruzifix, machts die Scheißtür zu!«, begrüßte Kreuthners Onkel Simon, der Besitzer des Anwesens, die beiden Besucher. Der kleine, sehnige Mann war beim Ansetzen der Maische, die neben verfaultem Obst auch ein gerüttelt Maß an Zucker und Hefe enthielt. Simon achtete peinlich genau auf eine Raumtemperatur von achtzehneinhalb Grad während des Gärvorgangs.

Kreuthner und Wallner beeilten sich, die Stalltür zu schließen. In einem dunklen Winkel des Raumes schüttete ein älterer Mann Zucker in ein Plastikfass. In dem Fass befand sich Obstmaische, wie Kreuthner Wallner erklärte. Der Mann mit dem Zucker war Kreuthners Großvater Otto. Simon war dessen jüngerer Bruder und damit Kreuthners Großonkel.

»Was willst denn?«, blaffte Simon seinen Neffen an und steckte sich eine selbstgedrehte Zigarette in den Mund.

»Mit dem Opa reden.«

Simon deutete nur stumm auf den Mann mit dem Zucker. Dann blickte er abschätzig Wallner an. »Wer is'n er da?«

»Ich bin Clemens Wallner. Ein Kollege vom Leo. Ich hatte schon das Vergnügen, einige Ihrer Produkte aus einer Kirche zu schleppen.«

»Ach du Scheiße! Wieso bringst denn den her?«

»Reg dich net auf. Wir wollen nur was vom Opa wissen. Deine Schwarzbrennerei lassen mir ein andermal hochgehen.«

Simon schüttelte fassungslos den Kopf.

»Sauberne Verwandtschaft! Des is alles deine Schuld!«, schrie er seinem Bruder Otto zu. »Hättst besser auf deine Tochter achtgeben, wär des alles net passiert.«

»Was wär net passiert?« Otto kam aus seinem dunklen Eck hervor.

»Dass die sich a Kind machen lässt von dem Penner.« »Da hab ich ja nix dafürkönnen.«

»Ach, da hast du nix dafürkönnen? Du hast es doch zulassen, dass sie mit vierzehn schon des Saufen angefangen hat. Was hätt denn da aus ihr werden sollen außer a Dorfschlamp'n.«

»Da redt der Richtige. Wie alt war der Leo, wie du ihm das Schwarzbrennen beigebracht hast?« Otto blickte zu Kreuthner. »Elf?«

Kreuthner zuckte in einer vage bejahenden Geste mit den Schultern.

»Des is ja was anderes. Da lernt er den verantwortungsvollen Umgang mit Alkohol. Ich hab auch immer auf die Gefahren hingewiesen, wenn mir den Brand verkostet ham.«

»Oh ja, den Umgang mit'm Alkohol hat er gelernt, der Bua. Im ganzen Oberland findst net noch amal a so a versuffenes Waagscheitl wie eahm da.«

»So schlimm is es auch net«, wehrte sich Kreuthner.

»Ich stör nur ungern bei der Aufarbeitung eurer Familiengeschichte. Aber wir wollten uns eigentlich über was anderes unterhalten.«

»Gut. Reden mir.« Otto musterte seinen Enkel ein wenig misstrauisch. »Gemma raus.«

»Die Scheißtür bleibt zu, zefix!«, schrie Simon. »Ihr könnt's euch hier unterhalten.«

Otto bat Kreuthner und Wallner an einen Tisch. Die zwei fleckigen Stühle bot er den Gästen an. Er selbst nahm auf einer leeren Plastiktonne Platz und zündete sich eine filterlose Zigarette an. Wallner wedelte den Qualm aus seinem Gesicht.

»Pass auf«, sagte Kreuthner. »Du kennst doch noch den alten Haltmayer. Net den Sebastian, der wo jetzt auf'm Hof sitzt – den davor. Den Ägidius Haltmayer.« »Der Herr Großbauer. Logisch kenn ich den. Der hat uns immer behandelt wie Scheiße, wie er noch was zu sagen gehabt hat. Meine Mutter hat sich bei dem als Melkerin verdingen müssen und zum Heumachen.«

»Jedenfalls hat der kurz nach dem Krieg den alten Kreuzhof mit der Kapelle gepachtet, und in der Kapelle hat er wen vergraben.«

»Was heißt vergraben?«

»Der hat da im Keller a richtiges Grab reingebaut. Und da hat er eine Frau beerdigt. Die war vierundzwanzig Jahre alt und ist in den Kopf geschossen worden.«

»Echt? Wer war die Frau?«

»Geheißen hat sie Frieda Jonas. Aber angeblich weiß kein Mensch, wer des war.«

»Frieda ...« Otto machte einen Rauchkringel und sah ihm nach, wie er zur Decke stieg.

»Die schöne Frieda?«, kam es aus Simons Richtung. »Da hat's doch eine gegeben.«

»Wer hat dich denn g'fragt? Du bist sechs gewesen, wie der Krieg vorbei war.«

»Na und? Aber ich erinner mich, dass mal wer was erzählt hat von einer Frieda im Dorf.«

»Mit anderen Worten: Du hast keine Ahnung. Und jetzt halt dich raus. Des is mein G'schäft.«

Wallner war nicht ganz sicher, was Otto mit *Geschäft* meinte, bekam aber bald Klarheit.

»Is es recht wichtig für euch, dass ihr wisst's, wer des war?«, zischelte Otto und sah mit verkniffenen Augen durch den Qualm seiner Zigarette.

Kreuthner verschränkte die Arme. Die Frage war ersichtlich rhetorisch.

Otto senkte die Stimme und streckte den Kopf verschwörerisch nach vorn. »Irgendeine schwache Erinnerung tät da vielleicht hochkommen bei mir. Helft's mir a bissl.«

»Wie können wir dir denn helfen?« Auch Kreuthner sprach jetzt leiser.

»Wie's der Zufall will, hat mich heut irgendwer von deinen Kollegen geblitzt.«

»Schlimm?«

»Ich hab net auf'n Tacho g'schaut. Aber ich fürchte, des san wieder drei Punkte. Und dann is der Lappen weg.«

»Was fahrst auch immer so schnell in deinem Alter!«

»Mei ...«

»Ich kann da keinen Zusammenhang mit Ihrem Erinnerungsvermögen sehen«, sagte Wallner und trommelte mit den Fingern auf der Tischplatte.

»Dann erklär ich's dir.« Otto fasste die Zigarette so, dass die Glut nach innen zur Handfläche zeigte und der Rauch zwischen seinen Fingern hervortrat. »Es is die Sorge um meinen Führerschein, verstehst? Des blockiert mich, da kann ich an nix anders denken.«

Wallner sah zu Kreuthner. »Sind die alle so in deiner Familie?«

»Ja. Natürlich«, sagte Kreuthner in einem Ton, als habe Wallner eine sehr einfältige Frage gestellt.

»Okay. Aber du wirst ihm nichts versprechen, was du nicht auf legalem Weg halten kannst!«

»Ich kümmer mich um die G'schicht«, sagte Kreuthner zu seinem Großvater. »Und jetzt rück raus – was ist mit dieser Frieda Jonas, und was hat die mit dem Haltmayer zu tun?«

Otto Kreuthner machte die Zigarette aus, fuhr mit der Hand nachdenklich über seinen Mund und sammelte sich.

»Das wird neununddreißig gewesen sein. Der Sommer, in dem der Krieg angefangen hat. Der Haltmayer war mal der reichste Bauer in Dürnbach. Der hat über fünfzig Stück Vieh gehabt. Das was unglaublich viel damals. Wie ich fünf Jahre alt war, da hat mein Vater, dein Uropa, immer den Hut gezogen, wenn der Haltmayer vorbeigegangen ist. Aber wie ich zehn war, da war mein Vater in der SA, und den Hut hat er nicht mehr gezogen. Da war der Haltmayer keine Respektsperson mehr. Den musste man nicht mehr grüßen. Geld und Vieh hat er noch gehabt. Aber jeder hat gewusst: Der steht auf der Abschussliste.«

»Wieso?«, fragte Wallner. »Als reicher bayerischer Bauer hat der doch bestimmt keine Probleme mit den Nazis gehabt.«

»Oh doch. Des war a Unbelehrbarer. Katholisch war er und Monarchist. Die SA, das war für den der Pöbel. Die waren gegen die gottgewollte Ordnung. Gesindel und G'schwerl hat er sie geheißen. Vor '33 – und danach auch. Das hat ihm Feinde gemacht.«

»Interessant«, sagte Wallner. »Aber was war mit Frieda Jonas?«

»Die schöne Frieda ...« Otto lächelte melancholisch und drehte sich eine neue Zigarette. »Das war a ganz a geheimnisvolle G'schicht. Eines Tages war sie da. Auf dem Haltmayerhof. Sie ist aber nie im Dorf vorgestellt worden. Die erste Zeit war sie immer nur am Hof. Und die Knechte und Mägde vom Haltmayer durften auch net drüber reden. Aber man hat's natürlich trotzdem mitgekriegt. Mir Buben ham uns mit dem Feldstecher im Gebüsch versteckt und sie beobachtet. Des war a Sensation.«

»Dass da eine junge Frau auf dem Hof war?«

»Was die gemacht hat. Die hat an Badeanzug gehabt. Und mit dem hat sie sich in die Sonne gelegt. Das hat im Dorf nie einer gemacht. Vielleicht a paar Touristen am Tegernsee. Aber wozu sich in die Sonne legen? Im Sommer hast geschaut, dass du in den Schatten kommst. Dafür hat die nix gearbeitet. Mir ham schon gedacht, der Haltmayer nimmt jetzt Sommerfrischler. Aber später ist die auch mal auf a Dorffest gegangen. Da hat's dann geheißen, die wär mit dem Haltmayer verwandt. A Nichte oder so. Und die hat auch anders g'redt. Das hast du gehört, dass die aus der Stadt war. Aus München wär sie, hat einer gesagt. Aber eigentlich war sie von Düsseldorf. Daher die komische Sprache.«

»Wie alt war die Frau?«

»Achtzehn, zwanzig, schätz ich mal.«

»Kann hinkommen. Sie ist vermutlich 1921 geboren.

Dann war die 1939 achtzehn«, rechnete Wallner nach. »Wie lange war die im Dorf?«

»Ich weiß es nimmer. Das ist so lang her. Aber wart amal ...« Otto befeuchtete die Gummierung des Zigarettenpapiers mit seiner Zunge. »Bei Kriegsausbruch war die nimmer da. Das weiß ich noch, weil mir Buben sind im ganzen Dorf herumgelaufen und haben jedem erzählt, dass jetzt Krieg ist. Es hat aber jeder schon gewusst. Die anderen haben ja auch a Radio gehabt. Und der alte Haltmayer ist vor seinem Haus auf der Bank gesessen am frühen Morgen und hat ganz bös geschaut und hat uns Buben gesagt: Ihr werdt's euch noch umschauen. Das ist der Untergang!« Otto betrachtete die frisch gedrehte Zigarette in seiner klobigen Hand. »Und da war die nimmer da.«

»Weiß man denn, wo sie hingegangen ist?«

»Nein. Eines Tages war sie weg. Jemand hat gesagt: Die haben sie abgeholt.«

»Wer ist *die*?«

Otto zuckte die Schultern. »Gestapo? Keine Ahnung. Wahrscheinlich hat's auch keiner gesehen. Die sind ja meistens nachts gekommen.«

»Das war also Sommer '39. Kriegsausbruch war am ersten September.«

»Richtig.«

»Ist die Frau noch mal zurückgekommen?«

»Ich kann mich nicht erinnern. Aber ich war bei Kriegsende nicht in Dürnbach. Mich ham s' noch kurz vor Schluss eingezogen, weil ich schon siebzehn war.« »Und? War's schlimm?«

»Mir san irgendwo im Fränkischen gelegen und hätten a

Dorf verteidigen sollen. Und wie der Amerikaner gekommen ist und unser Ufz gesagt hat: *Jetzt gilt's! Zeigt's den Amis, was ein deutscher Soldat ist,* da hamma ihm eins über'n Schädel gegeben und die weiße Flagge gehisst. A Viertelstund, und der Krieg war vorbei.«

»Samma jetzt schlauer?«, fragte Kreuthner Wallner.

»Wir wissen, dass sie ursprünglich aus Düsseldorf war.«

24

Durch den Hinweis auf Düsseldorf haben sich uns neue Möglichkeiten eröffnet.« Wallner saß zusammen mit Claudia und Kriminalhauptkommissar Höhn in Lukas' Büro am Konferenztisch. Lukas, Claudia und Höhn rauchten, was das Zeug hielt, und Wallner fror. Denn das Fenster stand wegen der Rauchentwicklung auf Kippe, und draußen war es winterlich kalt. Wenn Wallner hier mal was zu sagen hätte, würde er andere Seiten aufziehen. Dann könnten sie draußen qualmen, und das Fenster bliebe zu. Er schlug den Kragen seines Jacketts hoch, versuchte, beim Vortrag nicht zu zittern, und starrte in eine Akte mit Schriftstücken und Fotos.

»Wir haben das Medaillon, das die Tote um den Hals trug, allen Juwelieren im Landkreis und einigen alteingesessenen Häusern in München gezeigt. Ohne Ergebnis. Vor drei Tagen haben wir die Kollegen in Düsseldorf gebeten, die ortsansässigen Juweliere, die schon vor dem Krieg tätig waren, zu dem Medaillon zu befragen. Tatsächlich gab es eine Rückmeldung. Die Firma Wilhelm Körner und Söhne hat das Stück mit alten Mustern verglichen. Die haben dort ein sehr gut gepflegtes Archiv, das den Krieg überlebt hat. Dort ist unter anderem festgehalten, welcher Kunde wann welches Schmuckstück bekommen hat. Das diente zum Beispiel als Nachweis bei Reklamationen. Das Medaillon ist kein Einzelstück und war auch nicht übermäßig teuer, aber das Design ist eine Kreation des Hauses Körner. Es wurde vor dem Krieg über fünfzig Mal verkauft. Unter anderem im August 1920 an eine Edith Jonas, möglicherweise die Mutter von Frieda Jonas. Weiter sind wir nicht. Insbesondere ist noch nicht bekannt, wie sie zu Ägidius Haltmayer in Beziehung stand.«

Höhn nahm gemächlich einen Schluck Kaffee aus seinem Bayern-München-Becher. »Wir können die Kollegen in Düsseldorf gern noch a bissl arbeiten lassen. Vielleicht kriegen die ja raus, wie die Zusammenhänge sind. Aber selbst wenn, sind wir Lichtjahre davon entfernt, dass wir den Täter finden. Also meine Ansicht is: Entweder wir geben jetzt amal Gas und gehen richtig rein in die G'schicht, oder wir lassen's ganz bleiben, weil wahrscheinlich eh nichts rauskommt. Ich selber bin für Variante zwei.«

»So schnell will ich die Flinte nicht ins Korn werfen. Einiges haben wir ja schon rausgefunden«, sagte Claudia.

»Das ist natürlich Ihre Entscheidung, Frau Staatsanwältin«, sagte Höhn.

Im Grunde war ihm egal, was sie ihm in seinen letzten Monaten hier zu tun gaben.

»Sag mal: Frierst du?« Claudia sah Wallner besorgt an. Der hatte mittlerweile sein Jackett zugeknöpft und bemühte sich, das Zittern zu unterdrücken.

»Kein Problem. Geht schon.« Wallner versuchte zu lächeln.

»Wir können das Fenster auch zumachen. Wenn du möchtest.«

»Wenn's euch nichts ausmacht …«

»Also bittschön, dann steht ja der Qualm da herinnen«, sagte Lukas und zündete sich eine neue Zigarette an.

»Ein bisschen frische Luft hat noch keinem geschadet.« Damit war das Thema bei den Akten.

»Na gut«, sagte Claudia. »Wir werden abwarten, was die in Düsseldorf über Edith Jonas herausfinden. Inzwischen würde ich gerne Uwe Beck auf den Zahn fühlen. Der verheimlicht uns was.«

»Was heißt auf den Zahn fühlen?«, fragte Lukas.

»Durchsuchungsbeschluss. Der hat ein ganzes Archiv mit Akten zu jedem Jahrgang seit ... keine Ahnung, aber mindestens seit den dreißiger Jahren. Und in dem Ordner von 1945 war noch mehr drin über Frieda Jonas. Da bin ich mir sicher.«

»Der Beck ist kein Verdächtiger«, wandte Lukas ein. »Und du kannst nicht mal sagen, was du da an Beweismitteln zu finden hoffst. Wie willst du es formulieren?«

»Dass ich aus persönlicher Anschauung den Eindruck habe, dass Beck Beweismittel unterdrückt.«

»Und woher rührt dein Eindruck?«

»Na ja, das ist natürlich mehr so ein Bauchgefühl.«

»Und du glaubst, der Foidl gibt dir für dein Bauchgefühl an Durchsuchungsbeschluss?«

Dr. Foidl war der zuständige Ermittlungsrichter. Ein alter Kauz mit pädagogischen Ambitionen. Foidl war der Ansicht, dass die heutigen Juristen nicht mehr in der Lage seien, klar, logisch und sauber formulierte Anträge zu schreiben, und dass er von einer höheren Macht, die er vermutlich selbst war, dazu berufen sei, diesem Missstand abzuhelfen. Wenn er Muße hatte, dann beließ er es nicht dabei, die Schriftstücke – egal ob von Staatsanwalt oder Verteidiger – juristisch zu zerpflücken, sondern strich auch die Grammatik- und Rechtschreibfehler mit rotem Filzstift an. Bei Staatsanwälten ging eine Kopie an den Oberstaatsanwalt und eine ans Justizministerium. Ein Antrag, wie er Claudia vorschwebte, hätte Foidl vermutlich ein vergnügliches Wochenende bereitet.

»Du meinst, Foidl findet das nicht so überzeugend?«

»Lass es. Oder bring irgendwas Handfestes gegen Beck.«

Claudia seufzte und sah zu Wallner. Der zuckte mit den Schultern. Er konnte ihr auch nicht helfen.

»Ich hab noch was zum Thema Beck.« Lukas suchte etwas auf seinem Schreibtisch, fand es aber nicht und gab auf. »Der war gestern hier.«

»Hier im Büro?«

»Richtig. Hier in meinem Büro. Er wollte unbedingt mit dem Leiter der Kripo Miesbach reden. Normal hätte ich gesagt, er soll mit wem anders reden oder verschwinden. Wir kennen den Beck ja inzwischen. Aber er hat gesagt, es wäre wegen der Leiche in der Kapelle. Da hab ich mir gedacht, das kann ich mir ja mal anhören.«

»Ich sag doch, der weiß was.« Claudia hatte die Hoffnung auf einen Durchsuchungsbeschluss noch nicht aufgegeben. »Ja und? Was erzählt er?«

»Den üblichen Käse. Dass er Material hat zu Frieda Jonas. Aber das gibt er nur heraus, wenn er an den Ermittlungen beteiligt wird.«

»Da haben wir's! Das können wir doch in dem Antrag als Argument bringen. Er sagt es selber.«

»Claudia! Der Foidl kennt den Beck und weiß, was der für Beweise anbringt. Dafür kriegst keinen Beschluss.« Claudia schmollte.

»Gestern gab's allerdings mal was Neues: Er fühlt sich bedroht, hat der Beck gesagt. In Dürnbach würde ihm jemand nach dem Leben trachten. Und Polizeischutz wollte er haben. Hat dafür natürlich nicht den geringsten Beleg. Außer, dass irgendwelche Leute an seinem Haus vorbeigehen.«

»Hat er wen Bestimmten in Verdacht?«, wollte Wallner wissen.

»Albert Kieling hat er genannt. Sie kennen den von Ihrem Besuch in der Wirtschaft. Aber vergessen S' das schnell wieder. Das ist alles haltloses Geschwätz. Der Beck will das, was er immer will: sich wichtig machen.«

»Wenn wir konkret nachweisen könnten, dass Beck uns Beweise vorenthält, hätten wir dann Chancen auf einen Durchsuchungsbeschluss?«, fragte Wallner.

»Klar. Wenn Sie was finden.« Lukas drückte seine Zigarette aus. »Und jetzt mach ma Schluss für heute.«

»Schön«, sagte Wallner und freute sich auf ein warmes Büro mit sauberer Luft.

25

In den nächsten Tagen versuchten Wallner und Claudia, Uwe Beck zu erreichen. Claudia wollte ihren weiblichen Charme zum Einsatz bringen, um Beck zu überreden, seine Archivunterlagen freiwillig herauszugeben. Immer wieder versuchten sie es telefonisch. Aber es meldete sich nur der Anrufbeantworter.

Claudia hatte ihren Vater besucht und beschloss, mit Wallner und Kreuthner abends ins »Kistler« zu gehen, von dem Kreuthner sagte, da müsse man hin, wenn man im Tal Leute treffen wolle und es gerade keine Berghütte zum Austrinken gebe.

Das Kistler war eine seltsame Einrichtung. Man musste außerhalb von Rottach ein Stück den Berg hinauffahren oder, wenn es verschneit war, zu Fuß hinaufgehen. Zu ebener Erde war es ein braves Gasthaus mit gutbürgerlicher Küche, bekannt für Rouladen und Schnitzel, die man mit der Gabel zerdrücken konnte.

Ging man jedoch an der Eingangstür vorbei um das Haus herum und einige Stufen den Hang hinunter mit Blick auf die Lichter von Rottach-Egern, dann war da noch eine Tür.

Die war in Schwarz gehalten, mit einem Guckloch ohne besondere Funktion. Vor der Tür hörte man leise Musik. Hinter der Tür erwartete einen Dunkelheit bei um die hundertzehn Dezibel. Wände und Böden waren durchgehend in Schwarz gehalten. Im Vorraum hingen Automaten mit den gängigen Videospielen. Hier gab es Stehtische, und man konnte sich, anders als im Hauptraum mit der kleinen Tanzfläche, einigermaßen verständigen.

Claudia verströmte einen verschwenderischen Duft von Maiglöckchen, Patschuli, Pfirsich, Sandelholz und Zimt, auch ein Hauch von Moschus, Vanille und Weihrauch schwebte im Raum. Sie trug einen grauen, engen Rollkragenpullover aus Merinowolle, dessen Züchtigkeit durch kurze Ärmel gemildert wurde und der ihren Busen auf das Attraktivste zur Geltung brachte. Mit den Zehn-Zentimeter-Highheels, die sie trotz des nasskalten Wetters angezogen hatte, war sie nicht viel kleiner als Wallner, der am Stehtisch zu ihrer Linken stand, und einige Zentimeter größer als Kreuthner zu ihrer Rechten. Kreuthner trank Bier, Claudia Rotwein und Wallner Mineralwasser.

»Ich war heut bei Foidl und hab ihn gefragt, wie er die Sache mit Beck einschätzt«, sagte Claudia.

»Und?«

»Keine Chance. Wir müssen ihm mehr anbieten als nur so ein Gefühl, dass Beck etwas weiß.«

»Wir haben ihn ja nicht mal ans Telefon gekriegt. Womöglich hat der sich abgesetzt«, sagte Wallner.

»Würd mich zwar wundern. Weil der war noch nie weiter weg wie bis Bozen. Aber wo er schon mal weg is, könnt man sich doch in aller Ruhe umschauen in seinem Archiv.«

Wallner sah Kreuthner verständnislos an. »Du hast doch gehört, dass wir keinen Durchsuchungsbeschluss kriegen.«

Kreuthner sah Claudia mit gespielter Verzweiflung an. Claudia wiederum klimperte Wallner mit ihren schwarzen Wimpern an. »Ich glaube, der Leo meint was anderes.«

»Ach so! War ich wieder begriffsstutzig.« Er wandte sich

an Claudia. »Du hast offenbar sofort verstanden, dass hier von Einbruch die Rede ist. Was ich ein wenig vermisse, ist der empörte Ausdruck in deinem Gesicht.«

»Den hab ich im Auto gelassen.« Sie blickte Wallner für seinen Geschmack eine Spur zu amüsiert an. »Aber wir sollten morgen wirklich zu Beck fahren. Nur so zum Schauen. Vielleicht hat er die Tür aufgelassen.«

»Ja. Wahrscheinlich sogar. Der baut zwanzig Kameras und fünfzehn Schlösser ein, um dann die Tür offen zu lassen, der zerstreute Schlamper.«

Claudia zuckte mit den Schultern, als wollte sie sagen: Alles schon passiert.

»Ich fasse es nicht! Es ist strafbar, selbst wenn die Tür sperrangelweit offen steht. Du bist ein Organ der Rechtspflege. Du solltest so was verhindern.«

»Weißt du, was ich an dir besonders attraktiv finde?«, sagte sie und lächelte Wallner mit ihrem roten Mund an. »Du bist so ein Aufrechter. Ein Mann mit Prinzipien.«

»Schön, dass mein Beispiel wenigstens zu deiner Erheiterung beiträgt, wenn es dich schon nicht zum Umdenken veranlasst.«

»Vielleicht kannst du mich ja noch überzeugen.« Sie nahm seine Hand. »Gehen wir tanzen?«

Kreuthner sah den beiden wehmütig nach. Es ging bereits auf Mitternacht zu, und jemand legte *Wind of Change* auf.

Claudia schlang ihre Arme um Wallners Hals und zog ihn an sich. Er spürte ihre Wärme, ihre Haare und ihr Gesicht an seinem Hals, roch die süße Schwere, die sie verströmte, und erwiderte den Druck ihrer Hände. Am Ende des Liedes küssten sie sich lange. Dann sagte sie: »Ich muss zurück nach München.«

Kreuthner blieb noch. Er hatte die Hundsgeiger Michaela entdeckt, auf die er schon in der Schule scharf gewesen war, und wollte sein Glück versuchen.

An Claudias Wagen sahen sie und Wallner sich eine Weile in die Augen. Dann wich Claudia Wallners Blick aus.

»Was willst du?«, fragte er.

»Wenn ich das immer wüsste.« Claudia nestelte an Wallners Daunenjacke herum und wischte ein paar Schneeflocken weg, die sich dort angesammelt hatten. »Mach dir nicht so viele Gedanken. Ich mag dich. Das Leben wird irgendwie entscheiden, wie es weitergeht.«

»Ich hab's lieber, wenn ich selber entscheide«, sagte Wallner.

Claudia gab ihm einen Abschiedskuss und wischte den Lippenstift von seiner Wange. »Ich weiß.«

Wallner stand noch eine Weile allein auf dem Parkplatz. Schneeflocken sanken aus dem schwarzen Himmel herab.

26

Wallner hatte sich unter der Daunenjacke einen Schal um den Hals gelegt. Morgens fror er am meisten. Claudia sah ungewohnt blass aus. Die Kälte hatte das Blut aus ihrem Gesicht getrieben. Der geschminkte Mund wirkte um so schneewittchenhafter. »Keiner da«, stellte Kreuthner fest, nachdem er mehrfach auf die Klingel gedrückt hatte. Sie standen zu dritt vor dem metallenen Schiebetor, das den Hof des Beckschen Anwesens vom öffentlichen Grund trennte. Kreuthner wirkte mit dieser Feststellung sehr zufrieden, ging zu seinem Golf GTI Baujahr 1981 und kam mit einer Leiter und einem Rucksack wieder.

»Ihr wollt da nicht wirklich einbrechen?« Wallner machte sich langsam ernsthafte Sorgen.

»Jetzt mach dich mal locker, du Hasenfuß.« Claudia streichelte Wallners Wange und gab Kreuthner ein Zeichen, dass er anfangen solle. »Da ist Gefahr im Verzug. Ich hab im Haus Lärm gehört. Da muss was passiert sein. Weil ja keiner aufmacht.«

»Die Nachbarn sagen, Beck ist in Urlaub.«

»Ah ja? Hat Beck zu irgendwem tatsächlich gesagt, dass er in Urlaub fährt?«

»Nein. Die Nachbarn haben es auch nur von irgendwoher.«

»Mir kommt das verdächtig vor«, sagte Claudia. »Gefahr im Verzug. Oder, Leo?«

»Ich hab da auch was gehört im Haus.« Kreuthner lehnte

die Leiter an die Mauer und begann, daran hochzusteigen. »Da stimmt was net. Des is eindeutig. Am End mach ma uns noch wegen unterlassener Hilfeleistung strafbar. Dann schaun mir aber blöd aus der Wäsche.«

Wallner sah ein, dass die Diskussion aussichtslos war. »Pass wenigstens auf. Auf der Mauer sind Glasscherben.«

»Aaau! Kruzitürken!« Kreuthner hatte sich auf die Mauer gekniet. Dabei hatten sich die Glasscherben in seine Knie gebohrt. »Aaaah!« Kreuthner hatte sich reflexartig mit den Händen abgestützt. »Scheiße!« Kreuthner hatte das Gleichgewicht verloren und war im Begriff, von der Mauer zu fallen. Wallner und Claudia fingen ihn auf und wurden dabei zu Boden gerissen.

»Bist ja ein echter Einbrecherkönig.« Wallner klopfte seine Daunenjacke ab. »Ich sag doch, da sind Glasscherben.«

Zehn Minuten später waren Kreuthners Wunden provisorisch versorgt, denn Wallner hatte vorschriftsmäßig einen neuen Verbandskasten im Auto. Beim zweiten Versuch war Kreuthner gewitzter und überwand die Mauer unbeschadet.

Es ertönte kein Alarm, und Claudia folgte Kreuthner. Wallner überlegte kurz und kam dann auch auf die andere Seite, nachdem er von oben die Leiter heruntergereicht hatte.

Aus seinem Rucksack förderte Kreuthner einen Satz Dietriche zutage. »Gibt's die im freien Handel?«, wollte Wallner wissen.

»Keine Ahnung. Die hab ich aus der Asservatenkammer.«

Wallner blickte gen Himmel, während Kreuthner an dem Sicherheitsschloss hantierte.

»Wie schaut's aus?«, fragte Wallner nach einer Weile. Der Gedanke, dass ein Nachbar die Polizei verständigen könnte, machte ihn nervös.

»Der hat die neuesten Schlösser eingebaut, der Dreckhammel, der elendige.« In diesem Moment brach Kreuthners Dietrich ab. Er besah mit verkniffener Miene das kurze Stückchen Stahl, das er in der bandagierten Hand hielt.

»Und jetzt?«

»Dietrich hat sich erledigt. Der Rest vom Dietrich steckt im Schloss.«

»Das sehe ich. Die Frage ging eher dahin, ob du einen Plan B hast oder ob wir zurück über die Mauer steigen.« Kreuthner lachte. »Plan B? C? D? Alles dabei. Gibst mir mal den Rucksack?«

»Was brauchst du denn?« Wallner hatte den Rucksack vom Boden aufgehoben.

»Da is a Batterie drin und a kleine Rolle mit Elektrodraht. Und a Plastikbeutel mit so einer Knetmasse.«

Wallner holte alles aus dem Rucksack und gab es Kreuthner. Bei dem Plastikbeutel zögerte er. Darin befand sich etwa ein Kilogramm einer schmutzig-weißen Substanz, deren Konsistenz an Plastilin erinnerte.

»Was ist das?«

»Wir müssen a bissl sprengen. Geht net anders.«

»Ist das C4?«

»Schaut so aus, ha?« Kreuthner keckerte lustvoll.

»Bist du völlig bescheuert? Du willst die Tür aufsprengen?«

»Hast a bessere Idee?«

»Ja. Wir verschwinden.«

»Dann tschüss«, sagte Claudia. »Ich will jetzt verdammt noch mal wissen, was da in dem Haus ist.«

»Lieber Herrgott!«, flehte Wallner. »Schmeiß Hirn vom Himmel! Ihr seid doch von allen guten Geistern verlassen! Wo ist das Zeug überhaupt her? Der Besitz ist illegal.«

»Deswegen war's wohl auch in der Asservatenkammer.«

»Sprengstoff? In der Asservatenkammer?«

»Auch bei der Polizei gibt's Idioten.«

»Claudia, bitte! Bremse diesen Wahnsinnigen!«

»Leo!« Claudia sah Kreuthner tief in die Augen.

»Also nicht – oder wie?«

»Leo, ich weise dich hiermit dienstlich an, die Tür gewaltsam zu öffnen.«

»Gewaltsam heißt: sprengen?«

»Alles, was nötig ist.« Claudia packte die Masse aus dem Beutel und knetete sie vorsichtig. »Reißt es mir jetzt gleich die Hand weg?«

»Nein. Da kann gar nix passieren. Das Zeug reagiert net auf Druck. Schau ...« Kreuthner nahm Claudia die Masse aus der Hand und schleuderte sie auf die Eingangstür. Wallner zuckte zusammen und drehte sich weg, und auch durch Claudia ging ein Zucken. Aber der weißgraue Batzen klebte nur kurz am Türblatt und tropfte dann auf den Boden. Kreuthner hob ihn auf und drückte die Masse an das Türschloss.

»Ist das nicht ein bisschen viel?« Wallner machte einen letzten Versuch, der Vernunft eine Bresche zu schlagen.

Kreuthner sah ihn nachsichtig an. »Keine Ahnung von Sprengstoff, oder?«

»Wir hatten das mal auf der Polizeischule. Es kommt mir

irgendwie viel vor. Nicht dass hier überall die Scheiben rausfliegen.«

Kreuthner steckte zwei Drähte in die C4-Masse und spulte die Rolle ab. »Des is doch keine Fliegerbombe. Das macht kurz plop, und die Tür ist offen.«

»Wie oft hast du so was schon gemacht?«

»He, Mann. Hast du noch nie Fernsehen geschaut? In jedem zweiten Krimi machen die das.«

»Mein Frage war: Wie oft hast *du* das schon gemacht?«

»Ich war mal mit meinem Onkel Simon beim Dynamitfischen. Ich kenn mich aus mit Sprengstoff.«

»Dir ist klar, dass Dynamitfischen gleich mehrere Straftatbestände erfüllt? Unter anderem das Herbeiführen einer Sprengstoffexplosion, Wilderei und Verstoß gegen das Verbot des Kriegswaffenbesitzes.«

»Da kann mir keiner was am Zeug flicken. Ich war damals erst sechs. Oder?«

»Nein«, sagte Claudia. »Mit sechs darfst du das.«

»Gut, ich halte mal fest: Du hast noch nie eine Sprengung mit C4 gemacht.«

»Jetzt lass mich doch mal in Ruhe.« Kreuthner hatte die Batterie hervorgeholt und schloss einen der Drähte an.

»Er hat es noch nie gemacht!«, wandte sich Wallner an Claudia. »Ich bin so arschfroh, dass sie keine Atomwaffen in der Asservatenkammer lagern.« Er legte Kreuthner, der soeben letzte Vorkehrungen traf, die Hand auf die Schulter. »Würdest du kurz warten, bis ich ein paar Schritte auf die Seite gegangen bin. Claudia, bitte komm hierher.«

Claudia lachte erheitert, als sie Wallner hinter die Hausecke folgte. »Du musst jetzt schützend den Arm um mich legen.«

»Stell dich einfach hinter mich. Umherfliegende Splitter werden durch meine Eingeweide gebremst.«

Claudia tat, wie Wallner ihr geheißen hatte, und schob ihre Hände zuerst unter seine Daunenjacke, dann von oben in seine Hose.

»Claudia, wir sind im Dienst.«

»Deswegen schütze ich deine sensiblen Körperstellen«, sagte Claudia und senkte ihre Hand noch tiefer in Wallners Hose. Wallner stockte kurz der Atem. Er wollte etwas sagen, war aber so verwirrt, dass ihm nichts einfiel, was auch nur im mindesten souverän geklungen hätte.

»Sprengung in minus zehn Sekunden!«, rief Kreuthner und hielt den zweiten Draht in die Nähe des freien Batteriepols.

Wallner überlegte immer noch, was er zu Claudias Händen sagen sollte, und hatte gleichzeitig den beunruhigenden Eindruck, dass Kreuthner nervös war.

»Minus fünf Sekunden!«, rief Kreuthner. Da er stark zitterte, geriet der Draht in seiner Hand an das Metall der Batterie und löste die Explosion aus.

Der Anblick war so gewaltig wie der Knall. Ein Feuerball schoss von der Haustür zur gegenüberliegenden Grundstücksmauer und riss ein fünf Meter breites Loch hinein. Die Steine der Mauer wurden über die Straße in einen Apfelbaum geblasen, den das Bombardement auf der Stelle entwurzelte. Ein Stück der Mauerkrone mit den einbetonierten Glassplittern schlug in einen Traktorreifen ein und blieb dort stecken.

In zwanzig Metern Höhe sah Wallner die Aluminiumleiter, mit der sie die Mauer überwunden hatten, durch die Luft wirbeln. Er schrie eine Warnung in Richtung Kreuthner, den es durch die Luft gehoben hatte und der jetzt mit schwarzem Gesicht am Boden hockte und anscheinend orientierungslos war. Doch Kreuthner hörte Wallner nicht. Wallner hörte sich selbst nicht. Er war taub. Die Leiter schlug stumm und unmittelbar neben Kreuthner auf dem Boden auf. Kreuthner merkte es nicht einmal.

Nachdem alles, was in die Luft geschleudert worden war, sich wieder auf dem Erdboden befand, sah sich Wallner nach Claudia um, die hinter ihm stand. Auch sie hatte etwas Ruß im Gesicht, ihre Mütze war weggeflogen und ein Teil ihrer Haare versengt. Sie starrte Wallner an und sagte etwas, das Wallner nicht hören konnte. Er deutete auf seine Ohren. Dann ging er zu Kreuthner und half ihm auf. Es gehe ihm gut, deutete Kreuthner durch einen aus Daumen und Zeigefinger geformten Ring an und humpelte in Richtung Haus.

Die Tür war nicht mehr da, und nicht nur die. Fenster, Fensterläden und ein Teil der Frontmauer fehlten.

Immer noch war alles still um Wallner herum. Daher begriff er nicht, weshalb Claudia ihn plötzlich vom Haus wegzog. Unmittelbar darauf stürzte ein Teil der Fassade auf den Hof. Aus einem Zimmer im ersten Stock, dem nun die Außenwand fehlte, schaute Becks Hund müde auf die drei Besucher herab. Er hatte geschlafen.

27

Lukas stand inmitten der Trümmer und betrachtete mit offenem Mund das Haus mit der fehlenden Außenmauer. Die Feuerwehr war inzwischen wieder abgezogen, weil nichts gebrannt hatte und auch keine weiteren Sprengsätze zu entschärfen waren. Auf der Straße waren mehrere Streifenwagen geparkt, Blaulicht zuckte über die Szenerie. Im Augenblick wartete man auf die Sprengstoffexperten aus München. An einem Notarztwagen wurden Kreuthners Knie und Hände verbunden. Der Notarzt zog eine Tetanusspritze auf.

»Und warum habt ihr das Haus in die Luft gesprengt?«, wandte sich Lukas irritiert und ungläubig an seine Tochter.

»Es hat keiner geöffnet. Wir hörten aber Geräusche aus dem Haus. Wir ... wir haben uns Sorgen gemacht, dass was passiert ist, und wollten reingehen.«

»Und da gab es keine weniger drastische Möglichkeit?« Claudia und Wallner schwiegen betreten.

»Du hast das angeordnet?«

Claudia nickte.

»Bei Claudia wundert mich so was ja nicht mehr. Aber Sie, Wallner? Was ist in Sie gefahren?«

»Er hat damit nichts zu tun«, sagte Claudia.

»Doch, doch. Wir haben das gemeinsam ausgeheckt. Die Ladung ist leider ein bisschen stark ausgefallen.«

»Was war das für ein Zeug?«

»C4«, murmelte Wallner.

»Wie bitte?« Lukas suchte den Blick der beiden Missetäter. Aber die wichen ihm aus. »Woher hat Kreuthner C4?«

»Ich hatte das dabei«, sagte Claudia.

Wallner war höchst erstaunt. Lukas auch.

»Erzähl keinen Unsinn, Spatz. Woher willst du C4 haben?«

»Muss ich nicht sagen. Es wird ein Verfahren gegen mich geben.«

»Wenn ich euch helfen soll, muss ich wissen, was los war.«

Claudia machte keine Anstalten zu reden.

»Wallner, wer hat den Sprengstoff besorgt?«

»Tut mir leid. Aber dazu kann ich mich nicht äußern. Ich würde mich vielleicht selbst belasten.«

Lukas gab den beiden ein Zeichen, und sie folgten ihm zum Haus. Kreuthner sah besorgt zu ihnen herüber. Wallner gab ihm per Handzeichen zu verstehen, dass er ruhig bleiben solle.

»So, jetzt mal ganz unter uns«, sagte Lukas, als sie im unbeschädigten Wohnzimmer des Hauses angekommen waren und niemand sie sehen noch hören konnte. »Was wolltet ihr hier?«

»Das weißt du.« Claudia hatte sich auf die Couch gesetzt, nachdem sie zwei Computerplatinen und diverse Zeitschriften weggeräumt hatte. Der Hund kam herein, setzte sich vor sie hin und legte seine Schnauze auf ihre Oberschenkel. »Wir brauchen Beweise.«

»Außerdem stimmt hier irgendwas nicht«, sekundierte Wallner. »Die Nachbarn sagen, Beck ist verreist. Aber wir haben Geräusche im Haus gehört. War wahrscheinlich der

Hund. Aber wieso ist der Hund hier, wenn Beck verreist ist?«

»Da war eine ganze Wanne voll Wasser und mehrere Schüsseln mit Trockenfutter. Wie es aussieht, wollte Beck, dass der Hund für einige Zeit versorgt ist. Das passt doch zusammen.«

»Nicht wirklich. Der Hund hat hier überall sein Geschäft verrichtet. Der konnte nicht raus. Das tut man doch seinem Tier nicht an.«

»Das Futter reicht vielleicht für ein paar Tage.« Claudia kraulte dem Hund den Kopf. »Aber wenn Beck wirklich Angst hat, dass ihn jemand umbringt, dann würde er doch länger wegfahren und seinen Hund mitnehmen.«

»Die Frage bleibt: Wo ist Beck?«

»Wo ist dein Herrchen?«, fragte Claudia den Hund.

Wallner reichte ihr eine schmutzige Baseballkappe, die zwischen zwei Tastaturen lag.

»Lass ihn mal dran riechen.«

Der Hund wedelte aufgeregt mit dem Schwanz, als ihm die Kappe vor die Nase gehalten wurde. Claudia stand auf. »Na komm, Kleiner. Such!«

»Glaubst du, das macht Sinn?«

»Schauen wir einfach mal.«

Der Hund machte einen unschlüssigen Eindruck. Einerseits war er aufgeregt und nervös, andererseits war ihm anscheinend nicht klar, was er tun sollte. Er war alles andere als ein ausgebildeter Spürhund. Claudia ging daher voran, der Hund folgte ihr.

»Was hast du vor?«, fragte Lukas.

»Ich geh mit ihm durchs Haus, vielleicht findet er eine Spur.«

»Wehe, du nimmst irgendwelche Sachen mit!«, rief Lukas.

Claudia ging zum Archiv.

»Vor allem nicht aus dem Archiv!«

Sie wollte die Türklinke zum Archivraum drücken.

»Und zieh dir bitte Handschuhe an, wenn du was anfasst.« Lukas gab Claudia seine eigenen Plastikhandschuhe.

Als die Tür offen war, zeigte der Hund keinerlei Interesse an dem Raum. Stattdessen ergriff er die Initiative und trottete in eine andere Richtung. Claudia folgte ihm. Wallner und Lukas gingen hinterher. Vor einer unscheinbaren Tür blieb der Hund stehen. Sie war, anders als so manch andere Tür im Haus, nicht besonders gesichert. Eine ganz normale Tür mit Klinke.

Der dahinterliegende Raum besaß keine Fenster, so dass Claudia Licht machen musste. Berge von Wäsche, gewaschen und schmutzig, lagen auf dem Boden. Bügelbrett, Bügeleisen, abermals etlicher Elektroschrott und eine Gefriertruhe. Der Hund stellte sich vor die Gefriertruhe und bellte zwei Mal. Claudia sah zu Wallner und ihrem Vater, die in der Tür stehen geblieben waren. Nach kurzem Zögern öffnete sie den Deckel, blickte in die Truhe und wich einen Schritt zurück.

28

Auf den ersten Blick sah Uwe Beck aus, als habe er Jahre im ewigen Eis verbracht. So mochten sie Robert Scott nach seinem tragischen Ende in der Antarktis gefunden haben. Die Augen geschlossen, die Unterarme auf den Knien. Er hockte auf den Tiefkühlpizzas. Nur der Kopf hing etwas zur Seite, sonst hätte der Deckel nicht geschlossen.

Man entschied, die Leiche in der Truhe zu lassen, bis der Gerichtsmediziner aus München eintraf. Das bot die beste Gewähr dafür, dass sie nicht kontaminiert wurde. Lukas forderte allerdings einen der Spurensicherungsleute auf, vorsichtig zu untersuchen, ob die Leiche Wunden hatte. Der Beamte entdeckte nichts.

Der Leichenfund rechtfertigte im Nachhinein das Eindringen in das Gebäude durch Polizei und Staatsanwaltschaft. Natürlich nicht die unverhältnismäßig brutale Art und Weise, mit der man vorgegangen war. Aber immerhin rückte die Sprengung ein wenig in den Hintergrund, zumal sich vorerst niemand darüber beschwerte. Der Hauseigentümer zumindest konnte es nicht mehr.

Claudia, als Staatsanwältin Herrin des Ermittlungsverfahrens, ordnete an, sämtliches im sogenannten Archiv befindliche Material zu sichern und nach Miesbach zu bringen. Seit 1928 gab es aus jedem Jahr mindestens einen Aktenordner mit Fotos und Dokumenten sowie handschriftlichen Notizen zu Ereignissen, die den Becks in Dürnbach verdächtig vorgekommen waren. Bis 1972 wurden die Akten von Gerhard Beck geführt, ab da von seinem Sohn Uwe. Seit 1987 waren die Aktenvermerke auf dem Computer geschrieben und ausgedruckt.

Uwe Beck hatte offenbar ab Ende der siebziger Jahre auch mit der Videokamera gearbeitet. Anfangs noch auf Betamax, später auf VHS. An die zweihundert Kassetten standen ordentlich beschriftet in einem Blechregal. Schließlich gab es noch die Videoüberwachungsanlage. Die drei Recorder enthielten Kassetten mit einer Laufzeit von acht Stunden, sie waren voll bespielt.

Was merkwürdigerweise fehlte, war der Aktenordner für das Jahr 1945.

Der Gerichtsmediziner fluchte ein bisschen, als er den Zustand der Leiche sah. Offenbar hatte ihm niemand gesagt, dass sie sich bei minus achtzehn Grad in einer Tiefkühltruhe befand. Sonst hätte er darum gebeten, sie ihm nach München zu schicken. Die Fahrt an den Tegernsee hätte er sich jedenfalls sparen können, denn an dem Eisklumpen gab es nichts zu obduzieren.

Die Leichenschau erfolgte am nächsten Morgen in Anwesenheit von Claudia. Ein Vertreter der Staatsanwaltschaft musste von Gesetzes wegen bei der Obduktion zugegen sein. Auch zwei Beamte der Spurensicherung Miesbach waren dabei sowie Höhn, Wallner und Lukas. Wallner, weil er die Leiche gefunden hatte und an dem Fall mitarbeiten würde, und Lukas, der offenbar eine persönliche Verantwortung fühlte, weil Beck kurz zuvor bei ihm gewesen war und Polizeischutz verlangt hatte.

Zwar war es nicht Wallners erste Leichenschau, große Erfahrung hatte er auf dem Gebiet allerdings noch nicht gesammelt. Und so bereitete es ihm ein leicht flaues Gefühl im Magen, als die elektrische Säge angeworfen wurde, um den Brustkasten aufzuschneiden.

Uwe Beck gehörte nicht zu den schauerlich zugerichteten Leichen, wie man sie zwischen S-Bahn-Gleisen aufsammelte oder aus abgebrannten Häusern holte. Bleich war er schon im Leben gewesen. Viel Unterschied war daher nicht zu sehen, die Totenflecken ausgenommen. Am Hinterkopf war eine Platzwunde. Davon abgesehen zeigte sein Körper keine äußeren Verletzungen. Die nähere Untersuchung ergab, dass sich Beck das Genick gebrochen hatte.

»Möglicherweise ist er einfach gestolpert«, meinte der Gerichtsmediziner.

»Kann man mit gebrochenem Genick noch in eine Tiefkühltruhe steigen?«, fragte Lukas.

»Nur mit fremder Hilfe«, gab der Obduzent zu.

Der Mageninhalt – während dieses Teils der Leichenschau widmete sich Wallner seinen Notizen, um nicht hinsehen zu müssen – bestand aus einer stinkenden Masse, vermutlich Teig, vermengt mit Teilen, die der erfahrene Obduzent als Salami und Peperoni identifizierte. Das stimmte mit der Verpackung der Tiefkühlpizza überein, die man in Becks Küche gefunden hatte.

Bei der Untersuchung des Kopfes fiel Lukas ein dunkles Haar auf, dass sich in den blonden Schopf der Leiche verirrt hatte. Lukas war selbst gelernter Spurensicherer, und den erfahrenen Blick hatte er nach all den Jahren Büroarbeit noch nicht verloren. Das Haar wurde in ein Plastiktütchen gesteckt, um es beim LKA mittels der seit einiger Zeit verfügbaren DNA-Analyse untersuchen zu lassen.

»Und? Haben wir es mit dem Opfer eines Gewaltdeliktes zu tun?«, fragte Lukas den Gerichtsmediziner, als man den Leichnam wieder zunähte.

»Kann sein, dass er von jemandem gestoßen wurde und sich beim Sturz das Genick gebrochen hat. Dafür spricht, dass jemand die Leiche in die Kühltruhe gesteckt hat. Vermutlich der Täter.«

»Und ich denke, Becks Tod hat etwas mit dem Mord an Frieda Jonas zu tun«, sagte Wallner.

»Weil?«

»Erst vor ein paar Tagen war ich in Dürnbach und habe nach der toten Frieda Jonas gefragt. Am nächsten Tag war ich mit der Staatsanwältin bei Uwe Beck. Und als wir von seinem Haus wegfuhren, standen da die drei Herren, die mir am Abend vorher nichts zu der Toten sagen wollten.« Er hielt kurz inne. »Oder konnten. Ist ja nur ein Bauchgefühl von mir. Die drei waren der ehemalige Bürgermeister Ruppert.«

»Ruperti.«

»Ruperti. Genau. Dann Sebastian Haltmayer. Und ein Herr Kieling. Die drei haben uns beobachtet, wie wir bei Beck waren. Tags drauf kommt er zu Ihnen und sagt, es will ihn wer umbringen. Und jetzt ist er tot. Und es fehlt der Ordner aus dem Jahr 1945. Sieht doch so aus, als habe der Täter den Ordner mitgenommen, um Beweise zu beseitigen.«

»Beweise für den Mord an Frieda Jonas im Mai 1945?«, fragte Lukas mehr rhetorisch.

»Wir sollten uns nicht zu schnell festlegen, sonst ermitteln wir unter Umständen in die falsche Richtung«, sagte Höhn. »Wir müssen die Aufzeichnungen der Überwachungskameras und die Videos auswerten, die wir bei Beck im Haus gefunden haben. Der Bursche hat ja anscheinend jeden einzelnen Dürnbacher ausspioniert. Vielleicht hat er was ganz anderes rausbekommen. Vielleicht hat er sogar jemanden erpresst.«

»Das ist unglaublich viel Material.«

»Richtig. Allein aus dem Grund brauchen wir eine Soko.«

»Hab ich schon veranlasst. Was dagegen, wenn der junge Kollege die Auswertung koordiniert?« Lukas deutete auf Wallner.

»Überhaupts net. Wer weiß, ob die G'schicht aufgeklärt is, bevor ich in Rente geh. Nein, nein, das macht der Herr Wallner. Da kann er sich gleich mal die Hörner abstoßen.«

»Gut«, sagte Lukas. »Dann sehen wir uns morgen früh. Um neun ist Soko-Besprechung. Ich hoffe, dass die Kollegen aus Rosenheim und München dann schon dabei sind.«

29

Lukas begrüßte am nächsten Morgen pünktlich um neun die vollständige Sonderkommission. Da die Kripo Miesbach selbst nur aus siebzehn Beamten bestand, waren Kollegen aus München und Rosenheim entsandt worden, damit man auf eine den Aufgaben angemessene Personalstärke von knapp dreißig Männern und Frauen kam.

Lukas stellte den Polizisten die Staatsanwältin vor, die die Ermittlungen leiten würde, und verheimlichte nicht, dass sie seine Tochter war. Probleme habe er damit nicht. Er nehme, seit sie auf der Welt sei, Anweisungen von Claudia entgegen. Anschließend brachte er die Beamten kurz auf den Stand der Ermittlungen.

Dann kam Wallner an die Reihe, dem die Sichtung der zahlreichen Videos und schriftlichen Unterlagen oblag. Er wurde gebeten, kurz darzulegen, wie er vorgehen wollte.

»Die Überwachungsvideos aus dem möglichen Tatzeitraum haben wir bereits gesichtet. Leider ohne Ergebnis. Allerdings fehlt das Video vom Einfahrtstor. Vermutlich hat es der Täter mitgenommen. Im Übrigen konzentrieren wir uns zunächst auf die neueren Aufzeichnungen und Videos. Uwe Beck war ein Sonderling und hat offenbar seine gesamte Nachbarschaft ausspioniert und über alle möglichen Ereignisse in Dürnbach Aufzeichnungen angefertigt. Bei den Videos gibt es zwei Sorten: Da sind die Überwachungsvideos, die er einen Monat lang aufbewahrt hat. Einen Teil haben wir, wie gesagt, schon gesichtet. Wir müssen uns aber auch den Rest ansehen. Wir reden hier immer noch von siebenundzwanzig mal vierundzwanzig Stunden und das Ganze mal drei Kameras. Das meiste kann man natürlich im Schnelldurchlauf anschauen. Ist trotzdem nicht gerade vergnügungssteuerpflichtig. Bei den anderen Videos gehen wir chronologisch rückwärts vor. Es ist natürlich schwer zu sagen, wonach wir eigentlich suchen. Aber wenn Beck eine Straftat gefilmt hat oder Leute beim Liebesspiel, die anderweitig verheiratet sind, dann liefert das möglicherweise ein Mordmotiv. Dazu gibt es zwei Theorien: Beck hat jemanden erpresst, oder der Täter hat irgendwie herausbekommen, dass Beck was über ihn wusste. Zweite Möglichkeit: Wir ermitteln gerade wegen eines Mordes aus dem Jahr 1945. Beck besaß darüber offenbar Informationen, die er uns vorenthalten hat. Sie bekommen nachher die Fotos von drei Männern aus Dürnbach, die wir in Verdacht haben, dass sie uns ebenfalls etwas in dieser Sache verheimlichen. Wenn einer dieser Männer in den schriftlichen Aufzeichnungen, Fotos oder Videos auftaucht, dann müssen wir uns das in jedem Fall näher ansehen.«

Ein Münchner Kollege wollte wissen, ob andere Mordmotive als die von Wallner genannten ausgeschlossen würden.

»Alles ist möglich«, sagte Lukas. »Nur haben wir für andere Motive keine Anhaltspunkte. Beck hatte kaum Kontakt mit anderen Leuten. Deswegen sind die von Herrn Wallner genannten Motive einfach die wahrscheinlichsten. Verwandte konnten übrigens auch noch nicht ausfindig gemacht werden. Also wegen der Erbschaft war's ziemlich sicher auch nicht. Zumal Beck hauptsächlich Schulden hinterlassen hat.«

»Stimmt das, dass ihr das Haus in die Luft gesprengt habts?«, wollte ein Ermittler aus Rosenheim wissen.

Claudia wollte antworten, aber Lukas deutete an, dass er das übernehmen würde. »Es war Gefahr im Verzug, und es war keine Zeit, den Schlosser zu holen. Es stimmt, die Tür wurde beschädigt.«

Es herrschte kurz Schweigen im Saal. Dann prustete ein Beamter der Spurensicherung los, der am Tatort gewesen war.

»Ja, es wurden auch Teile der Wand beschädigt. Aber das Verfahren läuft noch. Deswegen hier und jetzt keine weiteren Auskünfte. An die Arbeit.« Stühle wurden gerückt, Gespräche begannen, die Mitarbeiter machten sich auf den Weg nach draußen.

»Ach, eins noch«, meldete sich Wallner. Die Soko-Beamten hielten inne. »Von den Aktenordnern, die wir im Archiv des Opfers gefunden haben, fehlt einer – der aus dem Jahr 1945. Wir hatten gehofft, durch Filmnegative wenigstens die Fotos aus dieser Zeit sichten zu können. Nur haben wir keine Negative gefunden – was uns wundert. Man sollte meinen, dass Beck so etwas aufgehoben hätte. Falls also jemand in den Unterlagen einen Hinweis auf den Verbleib der Negative entdeckt, bitte sofort Bescheid sagen.«

Man hatte fünf Videorecorder beschafft, auf denen die Beamten gleichzeitig die Bänder ansehen konnten – darunter auch Wallner selbst. Außerdem hatte Wallner Kreuthner angefordert, weil er in Dürnbach aufgewachsen war und Leute und Örtlichkeiten kannte. Um die anderen Soko-Mitarbeiter nicht zu stören, wurden die fünf Recorder in einem separaten kleinen Besprechungsraum untergebracht. Die Verhältnisse waren beengt, aber man musste ja nur fernsehen und Notizen machen.

Die meisten Aufnahmen waren unspektakulär und ermüdend. Alltagsszenen, in die Beck geheimnisvolle Verbrechen hineininterpretierte. Aber es war offenkundig, dass fast das gesamte Material belanglos war. Auf dem zweiten Videoband, das er einlegte, kam Wallner zu seiner Überraschung selbst vor. Dort war zu sehen, wie er zusammen mit Kreuthner die Obstlerflaschen aus der Kapelle zum Hof von Kreuthners Vater trug.

Gegen Mittag kam Kreuthner mit seinem Bürosessel zu Wallner gerollt und sagte: »Schau dir das mal an.« Er deutete auf das Standbild eines Überwachungsvideos, das die Einfahrt des Beckschen Hauses zeigte. Wallner starrte auf den Time Code.

»Das ist doch das fehlende Video! Wo hast du das her?« Wallner war sichtlich aufgeregt.

»Das hab ich gleich sichergestellt, wie wir in das Haus gegangen sind.«

»Ja und? Wieso war's dann weg?«

»Weil ... weil mich der Arzt nach Hause geschickt hat.«

Wallner fehlten die Worte.

»Was hast denn? Jetzt ist es doch da. Schau's dir wenigstens an.«

Lange war nur das Einfahrtstor zu sehen. Nachts. Links unten der Time Code. Irgendeine Lampe spendete spärliches Licht. Schließlich kam Bewegung ins Bild. Erst ein Schatten, dann Beine in Gummistiefeln, soweit man das bei der

Bildqualität sagen konnte. Ein Mann erschien vor der Kamera. Er hatte eine Halbglatze und schütteres Haar, keine Kopfbedeckung. Der Mann klingelte. Nach einer Weile hob er den Kopf und blickte in die Kamera. Jetzt konnte man sehen, dass es Sebastian Haltmayer war. Offenbar hatte Beck etwas durch die Gegensprechanlage gesagt. Darauf antwortete Haltmayer. Sein Gesichtsausdruck wurde im Verlauf des Gesprächs finsterer, eine senkrechte Falte zeigte sich zwischen den Augenbrauen. Das Tor wurde freilich nicht geöffnet. Ohne Zweifel wollte Beck ihn nicht hereinlassen. Am Ende der Sequenz schrie Haltmayer, drohte mit der Faust in die Kamera, drehte sich um und verschwand mit eiligen Schritten.

»Der war ganz schön zünftig«, meinte Kreuthner.

Wallner blickte sinnierend auf den Bildschirm, der jetzt wieder ein nächtliches Stillleben vor dem Haus zeigte. »Wäre gut, wenn wir wüssten, was Haltmayer gesagt hat. Wir brauchen einen Lippenleser.«

»A Cousin von mir is taubstumm. Der kann so was.«

»Danke, ich such mir lieber selber einen Lippenleser. Bei deiner Verwandtschaft weiß man nie, was die für komische Forderungen stellen.«

»Na ja – ich glaub, der is auch gar net richtig taubstumm. Das macht er nur wegen der Sozialhilfe.«

»Dann kann er auch nicht Lippen lesen.«

»Doch, du kannst mit dem fast normal reden. Das liest er alles von den Lippen ab.«

»Ja, weil er's hören kann.«

»Ach so ...« Kreuthner wurde nachdenklich. »Der Sauhund.«

Am übernächsten Tag fand eine Besprechung im kleinen Kreis statt, um die bisherigen Ergebnisse zu sichten. Lukas berichtete zunächst von den Ergebnissen der Spurensicherung. Man hatte einige Fingerabdrücke im Haus des Opfers gefunden. Von besonderem Interesse war eine benutzte Kaffeetasse. Die Fingerabdrücke darauf waren zum größten Teil nicht von Beck. Vielleicht hatte Beck seinem späteren Mörder einen Kaffee angeboten.

Als Todeszeitpunkt wurde ein Zeitraum angenommen, der vom Abend des Tages, an dem Beck bei Lukas war, bis zum nächsten Mittag reichte. Da hatte Wallner versucht, Beck anzurufen. Und seit dem Tag war er von niemandem mehr gesehen worden. Die Autopsie erbrachte in dem Punkt keine Resultate, da bei der tiefgekühlten Leiche die üblichen Verwesungsprozesse nicht in Gang gekommen waren.

In Becks Akten waren mehrere Fotos aufgetaucht, die Wallners Aufmerksamkeit erregt hatten. Sie zeigten Kieling in seinem Garten. Auf den Bildern war eine weitere Person zu sehen, ein Mann, etwas älter als Kieling. Die Fotos klebten auf einem Blatt Papier, das mit Anmerkungen versehen war.

»Was steht da?«, wollte Lukas wissen.

»Verdächtiger Besuch«, las Wallner vor. »Der Mann ist bei Nacht gekommen und bei Nacht gefahren. Kieling ist nicht sauber. Aber das wissen wir ja schon lange. Plant er wieder Schweinereien?«

»Von wann ist das?«

»Ist ein gutes Jahr her. Juli 1991. Hier gibt es noch ein paar Nachtaufnahmen.«

Wallner legte weitere Fotos auf den Tisch. Sie zeigten einen Wagen, der bei Dunkelheit aus einer Grundstückseinfahrt fuhr. Den Kommentar dazu verlas Wallner ebenfalls: »Er fährt wieder. Nacht- und Nebelaktion. War ja klar. Der Kerl scheut das Tageslicht. Kennzeichen: SHG – H 755. Irgendwann wird es die Polizei interessieren. Aber das kostet dann. Oh, wird das teuer!«

»Das ist doch das übliche Geschwätz vom Beck. Der sieht halt in jedem nächtlichen Besucher gleich einen KGB-Agenten«, tat Höhn die Sache ab.

»Dachte ich auch erst«, sagte Wallner. »Aber irgendwie hatte ich ein komisches Gefühl und hab das Kennzeichen abgefragt.«

»Und? Auf den KGB zugelassen?«

»Sie haben es erraten!«

»Nein, des gibt's net. Echt?« Höhn war vollkommen konsterniert.

»Nein. Natürlich nicht. Der Wagen gehört einer Mietwagenfirma. In dem fraglichen Zeitraum hatte den Wagen ein Carlo Eberswalde gemietet. Die Person gibt es nicht. Jedenfalls war sie nie unter der angegebenen Adresse gemeldet. Das Konto der Kreditkarte wurde pünktlich ausgeglichen, existiert aber nicht mehr. Ich habe gebeten, uns mitzuteilen, von welchem Bankkonto die Kreditkartenfirma das Geld abgebucht hat. Ich fürchte, da wird auch nicht viel rauskommen. Herr Eberswalde will unerkannt bleiben und macht das ziemlich professionell.«

»Klingt irgendwie nach Geheimdienst. Fragt sich, was der brave Herr Kieling damit zu tun hat.« Lukas steckte sich eine Zigarette an. Höhn folgte auf dem Fuß. »Ob das was mit dem Mord zu tun hat, ist natürlich eine andere Sache. Aber vielleicht hat er Kieling ja damit erpresst.«

»Oder wir haben es wirklich mit einem Geheimdienst zu tun. Die fackeln auch nicht lang«, meinte Claudia. »Wir sollten der Sache auf jeden Fall nachgehen«, entschied Lukas und wedelte seinen eigenen Zigarettenrauch weg. »Ach, Wallner, machen Sie doch mal das Fenster auf. Man kommt ja um hier drin.«

Wallner trottete widerwillig zum Fenster. »Wie wär's denn, wenn man zum Rauchen rausgehen würde? Nur mal so als Denkanstoß. In Amerika zum Beispiel machen die das.«

»Wir müssen ja nicht jeden Mist nachmachen. Außerdem ist dann ständig die Hälfte der Leute draußen. Wie stellen Sie sich das vor?«

Wallner sah, dass die Zeit noch nicht reif war für seine Ideen.

»Hatten Sie nicht eine Aufnahme, die Sie uns zeigen wollten?«

Wallner legte das Video ein.

»Wer ist das?«, wollte Lukas wissen.

»Sebastian Haltmayer, einer der Männer vom Stammtisch in Dürnbach. Das Video ist von dem Tag, an dem Beck hier in Miesbach bei Ihnen war. Wenn der Time Code stimmt, dann hat er um neunzehn Uhr noch gelebt. Offenbar redet er mit Haltmayer über die Gegensprechanlage.«

»Moment. Reden wir hier von dem verschwundenen Video?«

»Es ist wieder aufgetaucht. Hatte wohl jemand falsch abgelegt.«

»Aha.« Lukas sah Wallner argwöhnisch an. »Wieso weiß ich nichts davon?«

»Ich wollte es erst einem Lippenleser zeigen. Das LKA hat mir einen empfohlen.«

Lukas nickte, schien aber nicht wirklich zufrieden. »Und?«

»Das mit der Lippenleserei ist so eine Sache. Ich hab mir, offen gesagt, mehr davon versprochen. Es ist wohl so, dass ein erfahrener Lippenleser nur etwa dreißig Prozent wirklich eindeutig ablesen kann. Die Quote erhöht sich, wenn man das Gesagte mehrfach ansehen kann, wie bei einem Video. In unserem Fall kam allerdings erschwerend hinzu, dass der Sprecher starken Dialekt spricht und eine undeutliche Aussprache hat. Der Kollege Kreuthner und ich können das aus eigener Erfahrung bestätigen. Um's kurz zu machen: Am Anfang war so etwas wie *Mach auf, ich muss mit dir reden.* Dann folgten Sätze, die nicht zu entschlüsseln waren. Mimik und Körpersprache deuten aber darauf hin, dass Haltmayer einfach geflucht hat, was das Zeug hält. Gegen Ende kam der Satz: *Ich lass mich nicht erpressen von dir.*«

»Interessant. Was ist noch auf dem Video?«

»Es endet zwanzig Minuten später. Der Rest wurde gelöscht. Vermutlich vom Täter.«

»Macht das Sinn?«, fragte Höhn. »Warum nimmt er das Video nicht gleich mit?«

Wallner zuckte mit den Schultern. »Es sieht fast so aus, als wollte uns der Täter einen Hinweis auf den Tatzeitpunkt geben.«

»Macht das mehr Sinn?«

»Das werden wir wissen, wenn der Fall gelöst ist.«

»Jetzt mal zurück zu Haltmayer und dieser möglichen Erpressung«, mahnte Lukas. »Wie wollen Sie weiter vorgehen?«

»Wir werden Haltmayer dazu natürlich vernehmen und seine Fingerabdrücke und eine DNA-Probe nehmen. Aber vorher wäre es ganz interessant, wenn wir ein paar mehr Hinweise hätten. Wir schauen bei der Auswertung der Unterlagen jetzt besonders auf Einträge, die mit Haltmayer zu tun haben. Außerdem warten wir auf die Auswertung der Anrufliste.«

»Damit kann ich dienen«, sagte Höhn. »Beck hat an dem Nachmittag, bevor das Video aufgenommen wurde, mit Haltmayer telefoniert. Davor hatte er noch mit jemand anderem telefoniert. Erst hat er die internationale Telefonauskunft angerufen. Dann eine Nummer in Sankt Moritz. Und raten Sie mal, wen?«

»Keine Ahnung. Kennen wir den?«

»Nein. Aber der Name wird Ihnen bekannt vorkommen.«

Wallner und die anderen Kollegen warteten gespannt darauf, dass Höhn seine Kunstpause beendete.

»Der Mann heißt Dietmar Jonas.«

30

Dietmar Jonas war erstaunt darüber, zum zweiten Mal innerhalb von drei Tagen einen Anruf aus Oberbayern zu erhalten. Er hatte eine angenehme Stimme mit vornehm schweizerischer Färbung und fragte Wallner, nachdem der sich vorgestellt hatte, womit er dienen könne.

»Vor ein paar Tagen hat Sie ein Mann namens Uwe Beck aus Dürnbach angerufen.«

»Ist das eine Feststellung oder eine Frage?«

»Es ist eine Feststellung. Wir haben Becks Telefondaten. Natürlich wissen wir nicht, ob er mit Ihnen persönlich telefoniert hat. Aber er hat Ihre Nummer angerufen.«

»Was wollen Sie von mir wissen?«

»Uwe Beck wurde kurz nach dem Telefonat mit Ihnen ermordet. Wir wüssten gerne, warum er Sie angerufen hat.«

»Ermordet? Um Himmels willen. Nun, unser Telefonat war eher privater Natur. Sagen Sie mir, warum vermuten Sie, dass ausgerechnet ich Ihnen weiterhelfen kann? Herr Beck wird sicher auch mit anderen Menschen telefoniert haben.«

»Ihr Name ist uns aufgefallen.«

»Wie das? Ich glaube nicht, dass ich Verbindungen in Ihre Gegend habe.«

»Ihre Mutter war Edith Jonas?«

Am Ende der Leitung herrschte Stille.

»Das war jetzt eine Frage.«

»Das ist sehr seltsam, dass Sie das fragen.« Jonas räusperte sich. Er war hörbar konsterniert. »Es weiß eigentlich niemand etwas über meine Mutter. Ich bin nicht bei ihr aufgewachsen. Wie haben Sie das herausbekommen?«

»Wir haben es nicht herausbekommen. Wir haben es nur vermutet. Der Name Edith Jonas tauchte bei unseren Ermittlungen in einem anderen Mordfall auf, in dem Uwe Beck eine Rolle spielt. Da dachten wir, es ist vielleicht kein Zufall, dass er Sie angerufen hat.«

»Darf ich fragen, was für eine Rolle meine Mutter in einem Mordfall spielt?«

»Wir vermuten, sie ist die Mutter des Opfers. Frieda Jonas. Ist das Ihre Schwester?«

Wieder brauchte Jonas eine Weile, um zu antworten. »Ja, es ... es gab eine Schwester. Das ist lange her. Wir wurden vor dem Krieg getrennt. Sie war um einiges älter als ich. Ich habe nie wieder etwas von ihr gehört.«

»Es tut mir leid für Sie. Aber ich fürchte, sie ist tot. Sie starb vermutlich 1945.«

»Wie ist sie gestorben?«

»Sie wurde erschossen. Über die näheren Umstände wissen wir noch nicht viel. Wir dachten, vielleicht könnten Sie uns helfen. Zunächst einmal würde uns interessieren, was Beck mit Ihnen zu bereden hatte.«

»Das war sehr seltsam. Er hat mir angeboten, dass er mir viel Geld verschaffen kann, wenn ich ihm eine Provision dafür gebe. Ich hatte noch nie von ihm gehört.« Es folgte eine kurze Pause. »Sagen Sie – wo hat dieser Herr Beck gelebt?«

»Ein Dorf namens Dürnbach. In der Nähe des Tegernsees.«

»Jetzt im Zusammenhang – ja, der Name sagt mir etwas.

Ich habe auch noch einiges an Material über meine Mutter. Briefe, alte Fotos. Da ist bestimmt irgendwo meine Schwester drauf. Ich hab es lang nicht mehr angeschaut. Wenn Sie das interessiert, können Sie es sich ansehen.«

»Das wäre wunderbar. Ich kann zu Ihnen nach Sankt Moritz kommen, wenn Ihnen das recht ist.«

»Das wäre wohl das Beste. Dann können wir den Rest in Ruhe besprechen. Ich muss nämlich wieder in den Laden.«

Wallner brach noch am gleichen Tag mit dem Dienstwagen in die Schweiz auf. Es herrschten winterliche Wetterverhältnisse, und die Fahrt dauerte über sieben Stunden, denn es gab zwei Unfälle auf der Strecke. Wallner hatte also viel Zeit zum Nachdenken. Von einer Raststätte aus rief er Höhn in Miesbach an.

»Mir ist auf der Fahrt was eingefallen«, sagte Wallner. »Und zwar: Dem alten Ägidius Haltmayer scheint Frieda Jonas viel bedeutet zu haben. Sonst baut man nicht so ein Grab. Vielleicht war sie ja in irgendeiner Weise mit ihm verwandt. Oder vielleicht hat er ein Testament zu ihren Gunsten gemacht. Wie könnte man so etwas herausbekommen?«

»Da müsste man mal in die Amtsgerichtsakten schauen. Vielleicht findet sich da was aus der Zeit. Aber fünfundvierzig?«

»Ich würde mal sagen, eher 1939. Das war die Zeit, als sie das erste Mal in Dürnbach war.«

»Vielleicht keine schlechte Idee. Ich schick jemanden hin.«

Das Hotel, das man für Wallner gebucht hatte, besaß den Charme einer Jugendherberge aus den sechziger Jahren und hatte nichts gemein mit den Hotelpalästen, die man mit

Sankt Moritz für gewöhnlich in Verbindung bringt. Trotzdem kostete das Zimmer nach Wallners Begriffen ein Vermögen.

Da es schon auf neun zuging, als Wallner eincheckte, überlegte er, wo er zu Abend essen konnte. Sollte er sich die Blöße geben und die Frau an der Rezeption nach einem preiswerten Restaurant fragen? Oder lieber nach einer Pizzeria? Nicht einmal in der Schweiz würde eine einfache Pizza allzu teuer sein. Aber wer weiß, vielleicht taten sie hier Hummer drauf. Mitten in diese Gedanken hinein läutete Wallners Zimmertelefon. Es war eine weibliche Stimme, die ihn mit Clemens ansprach. Es brauchte eine Weile, bis Wallner begriff, dass Claudia am anderen Ende der Leitung war.

»Woher hast du meine Nummer?«

»Ich bin die Staatsanwältin. Ein Anruf in Miesbach, und ich hatte sie.«

»Ja klar. Was kann ich für dich tun?«

»Wollen wir essen gehen?«

»Tut mir leid. Ich bin in Sankt Moritz. Aber das weißt du ja.«

»Ich bin auch in Sankt Moritz.«

»Du bist ... hier in der Stadt?«

»Ja. Ich hab einen Termin mit einem Schweizer Kollegen. Aber erst morgen. Ist doch ein witziger Zufall, oder?«

»Absolut. Also ... von mir aus. Ich wollte gerade eine Pizza essen.«

»Ich lad dich ein. Ins Badrutt's Palace. Da isst man sehr gut.«

»Palace hört sich exklusiv an.«

»Mach dir keine Gedanken und komm. Sonst macht die Küche zu.«

Das Badrutt's Palace sah von außen aus wie eine mittelalterliche Burg, mit spitzen Türmen und Naturstein an der Fassade. Der Eindruck ließ auch im Inneren kaum nach. Wuchtige antike Sessel, Spitzbögen und Kamine mit Zinnkrügen sorgten für ein Gefühl herrschaftlicher Behaglichkeit. Im Gegensatz zu echten Burgen mit ihren rheumafördernden Steinfliesen hatte der Architekt jeden Quadratzentimeter des Hotels mit Teppichböden auslegen lassen, meist in kleinteiligem Blumenmuster, so dass Schmutz, wenn er sich denn in dieses edle Ambiente verirrte, kaum zu sehen war. Im Restaurant war der Grundton Blau.

Wallner fühlte sich nicht wirklich wohl. Das Hotel schüchterte ihn ein, und er fiel auf unter den Gästen, die sich hier bewegten. Ihre Kleidung war teuer und weniger abgetragen als Wallners Jackett mit Bundfaltenhose, und man sah den Leuten an, dass sie es gewohnt waren, in Luxushotels zu wohnen.

Die Tische waren angenehm weit voneinander entfernt, denn das Restaurant hatte die Ausmaße einer Turnhalle, und Wallner brauchte eine Weile, um Claudia zu entdecken. Sie trug ein enganliegendes rotes Kleid, das auf raffinierte Weise zu Blicken auf ihr Dekolleté einlud. In der fremden Umgebung sah sie irgendwie anders aus. Ihre Augen funkelten wie dunkle Diamanten. Die kurzen schwarzen Haare und die etwas hervorstehende Unterlippe erinnerten Wallner an Liza Minnelli in *Cabaret.* Und dann war da wieder Claudias Parfüm, viel zu schwer und doch so anziehend. Wallner spürte ein Kribbeln im Bauch, als sie aufstand und ihn mit einem Kuss auf die Wange begrüßte.

Sie sprachen zunächst über das winterliche Wetter und

die Fahrt nach Sankt Moritz. Claudia war von München aus gefahren, hatte aber auch sieben Stunden gebraucht. Dann erklärte ihr Wallner den Zweck seines Aufenthalts und brachte sie auf den neuesten Stand der Ermittlungen.

Irgendwann nach der Vorspeise sagte Claudia: »Ich hab jetzt genug Dienstliches gehört. Erzähl mir was über dich.«

»Was willst du wissen?«

»Hast du eine Freundin?«

»Nein. Im Augenblick nicht.«

»Es ist noch nicht so lange her, dass du eine Beziehung hattest, stimmt's?«

Wallner blickte sie leicht irritiert an. »Woher willst du das wissen?«

»Das spürt man. In bestimmten Situationen wirst du auf einmal nachdenklich. Ich habe das Gefühl, dass du an eine Frau denkst.«

Wallner lächelte. Es war ein anerkennendes Lächeln für eine Fähigkeit, die er selbst nicht besaß. »Wir waren drei Jahre zusammen«, sagte er schließlich. »Sie heißt Susanne.«

»Warum ist es auseinandergegangen?«

Der Kellner brachte den Hauptgang. Claudia hatte Seeteufel bestellt, Wallner Hirschbraten. Die Gerichte waren auf vorgewärmten Tellern phantasievoll angerichtet und schmeckten so köstlich, wie sie aussahen. Jedenfalls konnte sich Wallner nicht erinnern, jemals einen ähnlich zarten Hirsch gegessen zu haben.

»Das wird für dich jetzt ein bisschen seltsam klingen«, sagte er nach ein paar Bissen.

»Was denn?«

»Warum es auseinandergegangen ist.«

»Klingt spannend.« Claudias Augen blitzten neugierig zwischen den schwarzen Wimpern.

»Nein. Es ist überhaupt nicht spannend. Es war einfach so, dass ... na ja, ich wollte Susanne heiraten und Kinder mit ihr.«

»Wie alt bist du?«

»Dreiundzwanzig. Alt genug für Kinder. Mein Vater und mein Großvater waren jünger.«

»Unglaublich.« Claudia ließ ihr Besteck sinken und sah Wallner verträumt an. »Welche Frau sagt da nein?«

»Susanne.«

Claudia nickte und widmete sich wieder ihrem Fisch. »Sie sei noch nicht so weit, und sie wolle noch was sehen von der Welt und vom Leben. Also das übliche Zeug, das Männer sonst reden. Ich glaube, ich habe sie verängstigt. Oder sie hat mich nicht geliebt.« Wallner hörte kurz auf zu kauen und sah zur Decke. »Wahrscheinlich war es das. Sie war sich die ganze Zeit unsicher, wenn ich das von jetzt aus betrachte. Und dann frage ich sie, ob sie Kinder mit mir will. Das war wahrscheinlich das Zeichen, die Sache zu beenden.«

»Du wolltest mit ihr alt werden?«

Wallner nickte verträumt. »Ich konnte mir nichts Schöneres vorstellen. Was so weh tut, ist ...«, Wallner stocherte auf seinem Teller herum und sah an Claudia vorbei in eine weite Ferne, »... dass es nicht ihre Vorstellung war. Sie wollte nicht mit mir alt werden. Aber was hat sie sich dann erwartet, als sie drei Jahre mit mir zusammen war?«

»Du bist ein echter Romantiker.«

»Ist man Romantiker, wenn man Kinder will?«

»Mit dreiundzwanzig? Ja.«

Wallner zuckte mit den Schultern und lächelte.

»Willst du gar nichts über mich wissen?«, fragte Claudia.

»Doch. Vieles. Aber meine Fragen wären sehr privat.«

»Ich kann mir doch aussuchen, ob ich sie beantworte, oder?«

»Wenn ich erst mal frage, will ich auch Antworten.«

»Okay. Das ist fair. Frag!«

Wallner nahm einen Schluck von dem Dôle, den ihm der Kellner zu seinem Hirsch empfohlen hatte, setzte das Glas ab und sah Claudia an, als ob die Frage in ihrem Gesicht geschrieben stünde. »Du bist verheiratet?«, fragte er schließlich.

»Ja. Woher weißt du das? Von meinem Vater?«

»Du wechselst ständig die Ringe an deiner Hand. Nur einen nicht. Er ist zwar auch mit Steinen besetzt. Aber ich nehme an, das ist dein Ehering.«

»Ist er.«

»Wie läuft's in deiner Ehe?«

»Schlecht.« Claudias Miene erstarrte ein wenig.

»Dachte ich mir.«

»Wir sind seit zwölf Jahren verheiratet. Karl ist fast zwanzig Jahre älter und gerade in der Midlife-Crisis.«

»Das heißt, er hat eine Freundin, die jünger ist als du?«

»Sie ist ein Jahr älter als ich und seine Heilpraktikerin. Das tut doppelt weh. Ich meine, er betrachtet mich, als wäre ich fünfzig. Er gibt mir das Gefühl, er müsste mich austauschen, um noch mal was zu erleben und was weiß ich ... Kinder mit einer Jüngeren zu bekommen.«

»Ihr habt keine Kinder?«

»Eine zwölfjährige Tochter.«

»Oh – schön. Wie heißt sie?«

»Simone. Ein ausgesprochen erwachsenes Mädchen, das die Kindereien seiner Eltern ertragen muss. Ihr würdet euch gut verstehen.«

»Vielleicht lerne ich sie ja mal kennen.«

»Wer weiß.« Claudia tupfte sich die Lippen mit der Serviette ab, legte die Hände in den Schoß und dachte einen Augenblick nach. Dann lehnte sie sich in den Sessel zurück. »Du siehst – Kinder mit Anfang zwanzig, das geht. Aber deswegen muss man nicht zusammen alt werden.«

»Liebst du ihn noch?«

Claudia presste de Lippen aufeinander, was bei ihrem großen Mund immer noch sehr erotisch aussah. »Ja. Denke schon. Oder?« Sie atmete tief durch. »Kann man einen Menschen lieben, der einen nicht will?«

»Liebe fragt nicht. Sie erträgt alles, sie glaubt alles, sie hofft alles, sie duldet alles.«

»Ist das so?«

»Keine Ahnung. Stammt nicht von mir.«

Ein Schatten flog über Claudias Gesicht und ließ die Gedanken erahnen, die ihr durch den Kopf gingen. »Nein. Ich glaube, ich liebe ihn nicht mehr. Liebe ist keine Einbahnstraße. Oder?«

»Weiß nicht. Manchmal schon. Sind das nicht die Augenblicke, in denen die Liebe am tiefsten ist? Wenn du den andern nicht bekommen kannst? Oder wenn er gegangen ist?«

»Vielleicht ist es auch nur Trauer und Wut darüber, dass man jemanden nicht besitzen kann.«

»Das sehe ich als Romantiker natürlich anders.«

»Ja«, sagte Claudia und lächelte Wallner mit ihren schwarzen Augen an. »Das ist schön. Du liebst sie noch immer.« Sie fuhr sich mit der Zunge über die Lippen und schien nachzudenken. »Was ist mit uns? Was wollen wir voneinander?«

Wallner blickte von oben in sein Glas Dôle und sog das Bouquet ein. »Müssen wir das jetzt schon festlegen?«

»Was spricht dagegen?«

»Es besteht die Gefahr, dass ich dir einen Heiratsantrag mache. Du hast vielleicht schon mitbekommen, dass ich in Dingen des Herzens rigoros bin.«

Sie streichelte seine Hand. »Das wäre sehr romantisch.«

»Ich denke, wir sollten uns erst mal kennenlernen und dann entscheiden, was wir voneinander wollen.« Wallner nahm einen Schluck Wein und stellte bedächtig das Glas ab. »Und ob das überhaupt vernünftig ist – ich meine, als Kollegen.«

»Das wäre vollkommen bescheuert.« Sie nahm jetzt beide Hände von Wallner in die ihren und küsste seine Finger, die sich danach feucht anfühlten. »Kommst du mit hoch und hilfst mir mit der Minibar?«

Am Ende des Essens bat Claudia, den Betrag auf ihr Zimmer zu schreiben. Doch der Kellner teilte ihr mit, dass die Rechnung bereits beglichen war. Das hatte Wallner erledigt, während Claudia auf der Toilette war. »Du verdammter kleiner Spießer«, sagte sie zu Wallner. »Das hat dich bestimmt ruiniert.«

»Kein Problem. Die Minibar geht auf dich.«

Sie waren vor der Tür zu Claudias Suite. Schon im Aufzug hatten sie sich geküsst, nachdem die anderen Passagiere im ersten Stock ausgestiegen waren. Jetzt stand Claudia mit dem Schlüssel in der Hand da. Aber sie machte nichts und war wie erstarrt.

»Was ist?«, fragte Wallner.

Claudias Make-up war verschmiert, Tränen liefen durch das Kajal und malten kleine Straßen auf ihre Wangen, als sie Wallner ansah. Sie biss sich auf die Unterlippe. »Tut mir leid«, sagte sie. »Es kommen da gerade ein paar Dinge hoch. Es hat nichts mit dir zu tun. Aber ...«, ihre Augen verengten sich, noch mehr Tränen ergossen sich über Claudias Gesicht, »... du solltest jetzt gehen.«

Zwanzig Minuten später legte sich Wallner auf das Bett in seinem kargen Zimmer und sah zur Decke. Er war verwirrt. Was war geschehen? Das Revers seines Jacketts roch nach ihr. Sandelholz und Patschuli. Und etwas, das sie selbst war. Es verursachte ihm einen Stich im Magen. Er wollte diesen Geruch wiederhaben. Das Telefon klingelte.

»Clemens?«, sagte Claudias Stimme. Sie klang sanfter als sonst.

»Wie geht's dir?«

»Gut. Ich hab bis vor fünf Minuten geheult. Es tut mir leid. Da ist irgend so ein sensibles kleines Mädchen in mir durchgebrochen. Aber das war nicht ich. Es tut mir wirklich leid.«

»Bist du sicher, dass das nicht du warst?«

»Doch. Schon. Ziemlich.«

»Ich nicht. Aber ich komm jetzt zurück. Okay?«

»Das wäre schön.«

31

Wallner hatte Kopfschmerzen und eine volle Blase. Sie hatten gestern Nacht noch die Minibar dezimiert. Er wollte aufstehen, aber Claudia schlang ihren weichen Arm um seinen Bauch und ein Bein um seine Hüfte, gab einen grunzenden, zufriedenen Laut von sich, und es schien, als lächle sie. Sie sah friedlich aus und schön. Und es fühlte sich gut an, wenn sich ihr Bauch beim Einatmen an seine Rippen drückte.

Wallner legte die freie Hand unter seinen Kopf, sah zur Decke und lauschte auf die Geräusche, die von draußen kamen. Es dämmerte, und man hörte von weit weg Straßenlärm. Claudias Kopf regte sich auf seiner Brust. Sie öffnete halb die Augen, stützte sich mit einer Hand auf seiner Brust ab, richtete sich auf, strich eine schwarze Haarsträhne aus ihrem Gesicht, realisierte, wo sie war, und lächelte Wallner verschlafen an.

Sie ließen sich das Frühstück aufs Zimmer kommen, aßen Müsli, Knäckebrot und Lachs, tranken Kaffee und krümelten das Bett voll. Und immer wieder fassten sie sich an, als hätten sie Angst, der andere könnte davonfliegen.

Claudias Suite war groß und mit Blick auf den See, der in der Morgensonne lag, dahinter Berge wie frisch mit Puderzucker bestreut. Die Einrichtung war gediegen, feudal, aber nicht ungemütlich und zeugte davon, dass die Gäste des Hauses nichts von Designspielereien hielten.

»Warum gehst du ausgerechnet hierher?« Wallner pellte sorgsam sein Frühstücksei ab.

»Weiß nicht. Ist eigentlich nicht mein Stil. Aber ich bin mit Karl und Simone immer hier abgestiegen. Ich muss nicht bezahlen. Das wird am Monatsende von Karls Konto abgebucht.«

»Macht es dir nichts aus? Ich meine, die Leute hier kennen dich und wissen, dass du verheiratet bist.«

»Es macht mir was aus, dass er sich hier mit seiner Heilpraktikerschlampe die Seele aus dem Leib vögelt. Hatten wahrscheinlich Tantrasex. Ich hab mir übrigens ein anderes Zimmer geben lassen als das, was wir sonst haben, wenn es dich beruhigt.«

Wallner sah sich um. »Ja, doch. Du weißt, ich neige zu Spießigkeit. Sag mal ...« Das Ei war innen fast flüssig. Das mochte Wallner nicht. »Dein Mann scheint richtig Geld zu haben.«

»Tut zumindest so. Er macht irgendwelche undurchsichtigen Geschäfte in der Karibik. Sollte mich nicht wundern, wenn sich bei der Scheidung rausstellt, dass er pleite ist. Also genieß das Frühstück.«

Wallner aß sein flüssiges Ei trotzdem, nachdem er es nun schon mal gepellt hatte. Hätte er es stehen lassen, wäre ihm den ganzen Tag ein ungutes Gefühl nachgegangen, dass etwas nicht erledigt war. »Du hast gar keinen Termin in Sankt Moritz, stimmt's?«

»Nein. Ich bin wegen dir da.« Sie gab ihm einen Kuss und beschmierte ihn dabei mit Erdbeermarmelade.

»Dann kannst du ja zu Herrn Jonas mitkommen.«

Dietmar Jonas war Inhaber eines Geschäftes, in dem ausschließlich antike Dinge aus Leder verkauft wurden. Von der Couch über den Koffer bis zum Medizinball. Der Laden öffnete um elf, an manchen Tagen erst am Nachmittag. Nicht nur der Verkaufsraum, auch das Hinterzimmer roch angenehm nach Leder und diversen Pflegemitteln. Hier saßen Claudia, Wallner und Dietmar Jonas zusammen und tranken Kaffee, den Jonas vom Italiener gegenüber geholt hatte.

Auf dem Tisch lagen drei Fotoalben und einige lose Dokumente. Darunter war die Geburtsurkunde von Edith Jonas, geboren am 3. Juni 1899 in Bad Godesberg. Der Vater Heinrich Jonas war ausweislich der Urkunde Kaufmann.

»Eine Sterbeurkunde gibt es nicht?«

»Doch. Aber die habe ich nicht mehr gefunden.«

»Wann ist Ihre Mutter gestorben?«

»Ich glaube, es war vierundvierzig. Ich war neun Jahre alt. Aber sie war da schon nicht mehr bei mir.«

»Vielleicht erzählen Sie einfach der Reihe nach, was Sie noch aus der Zeit wissen. Über Ihre Mutter, Ihre Schwester und sich selbst.«

»Ich bin vierunddreißig geboren worden. Wir haben in Düsseldorf gelebt.«

»Ihre Mutter war nicht verheiratet?«

»Nein. Sie hat uns alleine aufgezogen. Das war ziemlich schwer damals. Ich glaube, sie hat aber nie wirklich gearbeitet. Also in einem Beruf, wo man Geld verdient.«

»Wo kam das Geld dann her?«

»Es gab immer irgendwelche *Herren,* wie sie sagte. Die haben ihr Geld gegeben. Sie war keine Prostituierte. Aber sie hat sich wohl von ihren Freunden aushalten lassen.«

»Da waren auch verheiratete Männer dabei?«

»Die Mehrzahl, würde ich sagen.«

»1939 lebten Sie also zusammen mit Ihrer Mutter und Ihrer Schwester Frieda in Düsseldorf?«

»Nein. Da nicht mehr. Wir sind 1938 nach München gezogen.«

»Aha. Und wissen Sie noch, was 1939 passiert ist?«

»Soweit ich mich erinnern kann oder aus Erzählungen weiß, hat sich Folgendes zugetragen: Meine Mutter kam eines Tages im Sommer und hat gesagt, wir müssten weg. Ins Ausland. Warum, hat sie nicht gesagt. Ich vermute, es war wegen ihrer jüdischen Herkunft. Jedenfalls mussten wir weg aus Deutschland. Frieda könnte aber nicht mitkommen, hat sie gesagt. Sie würde aufs Land gehen zu einem Onkel.«

»Waren Sie verwandt mit den Haltmayers?«

»Unwahrscheinlich. Ich glaube, Ägidius Haltmayer war einer der *Herren,* mit denen meine Mutter verkehrte. Ich hatte ihn ein paar Mal in München gesehen. Aber Genaueres kann ich Ihnen darüber nicht sagen. Jedenfalls musste Frieda aufs Land. Ich weiß, dass sie sehr geweint hat beim Abschied. Das war schlimm für sie. Und für mich auch. Ich hatte meine große Schwester bis dahin nie weinen sehen.«

»Warum durfte Ihre Schwester nicht mit ins Ausland?«

»Ich glaube, aus rein finanziellen Gründen. Meine Mutter hatte ja fast kein Geld. Und ob man zwei oder drei durchfüttern muss, das macht einen Unterschied.« »Sie sind mit Ihrer Mutter in die Schweiz gezogen?«

»Nein. Wir sind erst nach Paris. Dort kannte meine Mutter jemanden. Es war ein Deutscher, der geschäftlich in Paris zu tun hatte. Ich glaube, ihm gefiel nicht, dass seine Geliebte ein Kind hatte. Meine Mutter sagte eines Tages zu mir: Paris, das ist keine Stadt für Kinder. Warum das so sein sollte, war mir nicht klar. Und dann hat sie mich in die Schweiz gebracht, zu Verwandten. Meine Mutter hatte jüdische Wurzeln. Und da hat man immer irgendwo Verwandte. Damals jedenfalls. Meine Pflegeeltern hießen Cantor und lebten in Luzern.«

»Und bei denen haben Sie den Rest Ihrer Kindheit verbracht?«

»Ja. Für mich sind sie meine eigentlichen Eltern. Im Herbst vierundvierzig kam dann ein Koffer mit der Post. Darin waren Schmuckstücke, Unterlagen und Fotos meiner Mutter. Und ein Begleitschreiben, aus dem hervorging, dass sie an Tuberkulose gestorben war. Das war das letzte Mal, dass ich von ihr gehört habe. Sie wurde in Frankreich begraben. Ich konnte natürlich nicht zur Beerdigung fahren. Es war ja Krieg.«

»Haben Ihre Pflegeeltern nicht darüber nachgedacht, Sie zu adoptieren? Ich vermute, das ist nicht geschehen. Sonst würden Sie nicht Jonas heißen.«

»Ich glaube, sie haben darüber nachgedacht. Aber meine leibliche Mutter war nicht sonderlich beliebt in der Familie. Man hat sie wegen ihres Lebenswandels verachtet. Gar nicht so sehr meine Pflegeeltern. Aber eine jüdische Familie ist groß, und da redet jeder mit. Ich denke, der Rest der Verwandtschaft war strikt dagegen, dass der uneheliche Sohn von Edith Jonas irgendwann einmal Anteile an der Cantorschen Möbelfabrik erbt. Deswegen heiße ich immer noch Jonas. Mein Pflegevater hat mir aber testamentarisch einiges an Bargeld vermacht und seine Sammlung von Ledermöbeln. Das hat mich auf den Gedanken mit dem Laden gebracht.«

»Haben Sie später noch mal von Ihrer Schwester gehört?«

»Nein. Bis vor ein paar Tagen dieser Herr Beck aus Dürnbach anrief.«

»Was genau wollte er von Ihnen?«

»Er hat mich zuerst gefragt, ob ich eine Frieda Jonas kenne. Ich habe ja gesagt und dass das meine Schwester sei, ich aber seit fünfzig Jahren nichts von ihr gehört hätte. Daraufhin hat er mir ein Geschäft vorgeschlagen. Ich könnte an einen Bauernhof kommen, hat er gesagt, der sicher weit über eine Million Mark wert sei. Er wollte mir erklären, was ich machen müsste. Ich müsste mich zuvor aber schriftlich verpflichten, ihm ein Viertel des Grundstückwertes zu bezahlen. Im Erfolgsfall. Es sei also vollkommen risikolos für mich.« »Um welchen Hof es sich handelt, hat er nicht gesagt?«

»Nein. Die Details sollte ich erfahren, wenn ich das Papier unterschrieben hätte.«

»Was haben Sie gesagt?«

»Ich hab gesagt, ich sei an solch dubiosen Geschäften nicht interessiert, müsste das aber noch mit meiner Frau besprechen. Und habe mir seine Telefonnummer geben lassen.«

»Wie ist er eigentlich an Ihre Adresse gekommen?«

»Sein verstorbener Vater habe gewusst, dass Frieda einen Bruder namens Dietmar hatte. Angeblich hätte sein Vater das irgendwo aufgeschrieben. Das kam mir schon etwas verdächtig vor. Wieso sollte der Mann so etwas aufgeschrieben haben?«

»Der Mann *hat* solche Sachen aufgeschrieben.«

»Tatsächlich?« Jonas nahm einen Schluck Kaffee und schüttelte verwundert den Kopf. »Nun – Beck wusste wohl auch, dass meine Mutter Verwandte in der Schweiz hatte, und hat auf gut Glück bei der Telefonauskunft angerufen. Anscheinend bin ich der einzige Dietmar Jonas in der Schweiz.«

Wallner sah Claudia an, die nachdenklich wirkte. »Was meinst du?«, fragte er. »Vielleicht hat der alte Haltmayer Frieda Jonas den Hof vererbt?«

»Ägidius Haltmayer ist nach Frieda Jonas gestorben, oder?«

»Ja.«

»Erben kann nur, wer zur Zeit des Erbfalls lebt.«

»Und dass jemand anderer ihr was vererbt hat? Vor ihrem Tod?«

»Das Problem ist die Zeit«, sagte Claudia und sah dabei Jonas an. »Wenn Ihre Schwester tatsächlich einen Hof geerbt hätte, dann muss das über vierzig Jahre her sein. Die Leute, die stattdessen zu Unrecht für die Erben gehalten wurden, hätten den Hof inzwischen ersessen. Das heißt, sie haben endgültig das Eigentum daran erworben. Dazu müssen sie nicht einmal gutgläubig gewesen sein.«

»Vielleicht wusste Beck das nicht«, wandte Wallner ein.

»Das kann gut sein.« Claudia deutete auf die Fotoalben. »Haben Sie Fotos von Ihrer Schwester?«

»Nicht viele. Hier, schauen Sie.« Jonas hatte bereits einige Seiten mit Einmerkern versehen und schlug sie jetzt auf. Das erste Foto zeigte Edith Jonas mit einem Baby auf dem Arm in einem Garten. Neben ihr ein etwa dreißig Jahre alter Mann. »Das Bild ist von 1921.« »Wissen Sie, wer der Mann ist?«

»Nein. Tut mir leid. Vielleicht der Vater. Aber ich weiß es nicht. Das war über zehn Jahre vor meiner Geburt.« Es folgten weitere Bilder aus den zwanziger Jahren, die dokumentierten, wie Frieda Jonas zu einem hübschen Mädchen heranwuchs. Die meisten Fotografien zeigten sie allein oder mit ihrer Mutter. Manchmal waren auch Männer auf den Fotos. Der Mann vom ersten Foto tauchte jedoch nicht mehr auf.

1934: Frieda war dreizehn und hatte einen Säugling auf dem Arm – Dietmar. Daneben die Mutter, die in der Zeit kaum gealtert und eher schöner geworden war. Aus dem Mädchen Frieda wurde schließlich eine hübsche junge Frau mit einer selbstbewussten, kindlichfrechen Ausstrahlung. Selbst die vergilbten Fotos ließen erahnen, dass es ihr an Verehrern nicht gefehlt haben dürfte.

»Das ist das letzte«, sagte Jonas und blätterte noch einmal um. »Ich denke, sie hat es meiner Mutter nach Frankreich geschickt.« Das Foto zeigte mehrere Menschen vor einem Bauernhof in Oberbayern. Darunter Frieda Jonas im Dirndl, neben ihr ein blonder Hüne in Lederhosen und weißem Trachtenhemd, auf der anderen Seite ein stattlicher Mann von vielleicht fünfzig Jahren mit Trachtenjanker und einer Zigarre im Mund.

»Der Mann mit der Zigarre ist vermutlich der Bauer.

Ägidius Haltmayer«, sagte Wallner. »Können wir noch mal das allererste Foto sehen? Zum Vergleich?«

Jonas nahm das Foto heraus und hielt es neben das letzte. »Der Mann sieht überhaupt nicht aus wie Haltmayer«, befand Claudia. »Gut, da liegen achtzehn Jahre dazwischen. Aber das ist er nicht.«

»Hast recht. Und der Vorzeigearier daneben hat 1921

wahrscheinlich noch in die Lederhosen gemacht.« Wallner nahm das erste Foto in die Hand und betrachtete es. »Schade. War so eine Hoffnung, dass Haltmayer Friedas Vater war.«

»Nein. Das glaube ich nicht. Meine Mutter lebte Anfang der zwanziger Jahre ja noch in Düsseldorf. Kurze Zeit wohl auch in Heidelberg. Ich vermute, sie hat Haltmayer erst in der Münchner Zeit kennengelernt.« Wallner bat Jonas, ihm die Fotos zu leihen, um sich in einem Fotogeschäft Kopien machen zu lassen. Die Negative hatte Jonas nicht. Aber ein professioneller Fotograf konnte die Bilder abfotografieren und auf die Weise neue Abzüge herstellen.

Zum Abschluss ihres Aufenthalts in der Schweiz besuchten Claudia und Wallner das Café Hanselmann. Claudia bestand darauf, zu bezahlen. Wallner war's recht. Denn die Preise der außergewöhnlich schmackhaften Kuchen und Torten bewegten sich in einer Region, dass manch ein in Fremdwährung bezahlender Tourist annahm, die Bedienung habe sich böse beim Umrechnen vertan.

»Wie kriegen wir das alles zusammen?«, fragte Claudia und war wieder ganz die geschäftsmäßige Staatsanwältin.

»Hypothese: Beck ruft Jonas an, weil er meint, Jonas habe Erbansprüche auf den Hof von Sebastian Haltmayer. Jonas reagiert nicht gerade begeistert. Also überlegt Beck, das Spiel andersherum zu spielen. Er sagt zu Haltmayer: Wenn du nicht zahlst, ist dein Hof weg. Sebastian Haltmayer reagiert wütend, geht zu Beck. Der lässt ihn nicht rein. Haltmayer überlegt, was er tun kann. Seine Existenz und die seiner Familie stehen auf dem Spiel. Also geht er am nächsten Tag noch einmal zu Beck und sagt, er hätte es sich anders überlegt. Beck lässt Haltmayer ins Haus, es kommt zum Streit, zu Handgreiflichkeiten. Beck stürzt und stirbt.« »Aber warum fehlt der Ordner aus dem Jahr 1945? Das kann kein Zufall sein. Den hat Becks Mörder mitgenommen, um irgendetwas zu vertuschen, das mit dem Mord an Frieda Jonas zu tun hat.«

»Vielleicht hat Beck den Ordner irgendwo in Sicherheit gebracht, weil er ahnte, dass jemand ihn sucht. Das muss nicht notwendig etwas mit Haltmayer zu tun haben. Andererseits – vielleicht hat er Haltmayer auch nicht mit dem Hof erpresst, sondern weil ... na ja, vielleicht hat Sebastian Haltmayer Frieda Jonas umgebracht, und das ergibt sich irgendwie aus den Unterlagen in dem Ordner.«

»Welches Motiv hätte Haltmayer für den Mord gehabt?«

»Um an den Hof seines Onkels zu kommen. Vielleicht gab es ein Testament zugunsten von Frieda, das Haltmayer nach dem Tod seines Onkels Ägidius hat verschwinden lassen.«

»Wenn ich das richtig in Erinnerung habe, ist der alte Haltmayer Ende der sechziger Jahre gestorben. Dass jemand einen potenziellen Erben ermordet und dann über zwanzig Jahre wartet, bis der Erblasser stirbt, wäre schon ungewöhnlich.«

Wallner spießte das letzte Stück seiner Engadiner Nusstorte auf die Kuchengabel. »Aber denkbar.«

32

Wallner schaffte die Fahrt zurück nach Miesbach in fünf Stunden. Zeit genug, um über Claudia nachzudenken. Irgendwie passten sie nicht recht zusammen. Sie war zehn Jahre älter, verheiratet, Luxus gewöhnt und hatte eine zwölfjährige Tochter. Wallner hatte noch ihren Geruch in der Nase, der an seinen Kleidern haftete. Er sah ihre schwarz funkelnden Augen und ihren vollen Mund vor sich und spürte den üppigen, weichen Körper an seiner Seite, sah die Haarsträhne, die ihr ins müde Gesicht fiel, und wie sie lachend die Krümel vom Bett wischte.

Wallner war flau im Magen, das Herz drückte und war ihm schwer, und zur gleichen Zeit fühlte er sich unglaublich leicht, wie er durch die verschneiten Berge nach Norden fuhr. Der Tag war düster und grau und wolkenverhangen, Schneeflocken stoben über die Autobahn. Und alles, was er in dieser grauen Winterwelt sah, machte ihn seltsam glücklich. Kein Zweifel, er war verliebt.

Obwohl es erst kurz nach vier war, als Wallner in Miesbach eintraf, dämmerte es schon, und in allen Zimmern brannten die Lichter. In den Gängen roch es nach eingebrannten Kafferesten. Lukas befand sich im Soko-Raum, schüttelte Hände, klopfte auf Schultern und fragte, wie die Arbeit voranging. Als er Wallner sah, nahm er ihn sofort mit in sein Büro und bedeutete Höhn, ebenfalls mitzukommen.

Das Foto lag auf dem Papierchaos ganz oben. Es zeigte einen Mann in Uniform, neben ihm zwei ältere Männer und einen sehr jungen Mann, alle in Zivil, aber alle mit Gewehren und den Volkssturmarmbinden.

»Wer ist das?«, fragte Wallner.

»Drehen Sie's um.«

Auf der Rückseite stand in ordentlicher Handschrift der Vermerk:

SA-Rottenführer Sebastian Haltmayer mit Volkssturm auf der Jagd nach entlaufenen Häftlingen 2. Mai 1945

»Der Uniformierte ist unser Sebastian Haltmayer? Der, der jetzt den Hof hat?«

»Ja. Damals war er Mitte zwanzig. Offenbar hat man ihm einen Trupp des Volkssturms anvertraut.«

»Volkssturm – was war das genau?«

»Das war das letzte Aufgebot. Männer, die für den Wehrdienst schon zu alt waren, oder Buben, die zu jung waren, wurden da eingezogen, bekamen eine minimale Ausbildung und sollten sich dem Feind entgegenstellen. Das war natürlich ein Selbstmordkommando. Die hatten Beutegewehre und oft noch nicht einmal die passende Munition dazu.«

»Wo ist das Bild aufgetaucht? Ich dachte, der Ordner für das Jahr 1945 ist verschwunden.«

»Ist er auch. Das Foto war in einem neueren Ordner. Ist da wohl mal versehentlich reingeraten.«

»Das bei Beck. Passt eigentlich nicht zu ihm.«

»Hab mich auch gewundert. Aber jeder macht mal Fehler«, sagte Höhn. »Fällt Ihnen an dem Datum etwas auf?«

»Zweiter Mai … War das der Tag, an dem …?«

»Das war der Todestag von Frieda Jonas. Wenn das, was Otto Kreuthner Ihnen erzählt hat, stimmt, war das Mädchen 1939 eine Weile in Dürnbach und ist dann von der Bildfläche verschwunden.«

»Das stimmt auch mit dem überein, was ich in Sankt Moritz erfahren habe. Was schließen Sie daraus?«

»Vielleicht war sie inhaftiert. In irgendeinem Lager. Haben Sie mal was von den Todesmärschen am Ende des Krieges gehört?«

»Die von den KZs ausgingen?«

»Ja. So einer ging auch von Dachau weg Richtung Süden. Das Würmtal entlang. Dann nach Osten bis zum Tegernsee. Vielleicht ist Frieda Jonas auf die Weise nach Dürnbach zurückgekommen.«

»Vielleicht gibt es dann sogar Zeugen – irgendwo auf der Welt. Mithäftlinge. Wo könnte man so etwas herausbekommen?«

»Rufen Sie mal in Yad Vashem an.«

»Das ist dieses Dokumentationszentrum in Israel?«

»Ja. Könnte sein, dass sie dort Adressen von Überlebenden aus den Lagern haben. Einfach mal versuchen.« Lukas ließ seine Hand über dem Papierberg auf dem Schreibtisch kreisen. »Wo hab ich das jetzt hin, was Sie mir vorhin …?«

»Da, der gelbe Aktendeckel«, assistierte Höhn.

»Ah, danke!« Lukas reichte Wallner die Akte. »Schauen Sie mal rein. Wir haben jemand ins Archiv des Amtsgerichts geschickt. Das hat er ausgegraben. War eine gute Idee von Ihnen.«

Wallner überflog den Inhalt des Aktendeckels und sah Lukas und Höhn an. »Dann sollten wir wohl mal mit Herrn Haltmayer reden.«

»Das sollten wir definitiv tun.«

33

Sebastian Haltmayer war zeit seines Lebens hinter dem Geld her gewesen. Mit zweiundsiebzig hatte er seinen Hof immer noch nicht übergeben, und wenn sich die Kassiererin im Supermarkt um ein paar Pfennige zu seinen Gunsten vertat, dann konnte Haltmayers gute Laune einen ganzen Tag halten. In Anbetracht seiner Geldgier war es erstaunlich, dass er es die längste Zeit seines Lebens zu nichts gebracht hatte. Erst im Jahr 1967 wurde ihm das Glück zuteil, von seinem Onkel Ägidius einen großen Bauernhof in Dürnbach zu erben. Ägidius war kinderlos geblieben und Sebastian sein nächster Verwandter. Den Beruf des Bauern hatte Sebastian Haltmayer durchaus erlernt, denn er hatte lange Jahre für geringen Lohn bei seinem Onkel gearbeitet, der ihn freilich nicht besser als den niedersten Knecht behandelte. Achtundvierzig Jahre musste Sebastian Haltmayer werden, um endlich das Leben eines freien, finanziell unabhängigen Mannes führen zu können.

Jetzt saß er im Vernehmungsraum, zusammen mit Lukas, Wallner und Höhn. Er hatte für den besonderen Anlass einen zwanzig Jahre alten Anzug mit breiter Krawatte und Schlaghose angezogen. Lukas und Höhn hatten bereits glimmende Zigaretten im Mund. Man bot Haltmayer eine an.

»Ich und rauchen? Schau ich aus, wie wenn ich mein Geld zum Fenster rausschmeiß?«

»Wäre ja in dem Fall umsonst«, gab Lukas zu bedenken. Das ließ Haltmayer kurz innehalten, bevor er endgültig ablehnte.

»Wir hätten von Ihnen gern ein paar Auskünfte zu Ereignissen, die einige Zeit zurückliegen und möglicherweise mit Ihrem verstorbenen Onkel Ägidius zusammenhängen.« Lukas schob das Foto, das man in den Beckschen Unterlagen gefunden hatte, zu Haltmayer über den Tisch. »Das sind Sie?«

Haltmayer betrachtete das Foto mit Interesse und einem gewissen Erstaunen. »Wann is des gemacht worden?«

»Zweiter Mai fünfundvierzig. Wie alt waren Sie da?«

»Sechsundzwanzig.«

»Sie waren Mitglied der SA?«

»War nix Besonderes zu der Zeit. Is des strafbar?«

»Ich trage nur die Fakten zusammen. Also noch mal: Sie waren in der SA?«

»Das sieht man doch.« Haltmayer deutete auf das Foto.

»Hat es das Verhältnis zu Ihrem Onkel Ägidius beeinträchtigt?«, fragte Wallner. »Der hatte ja Probleme mit den Nazis, wie man hört.«

»Nein. Der hat mich vorher und nachher net leiden können.«

»Immerhin hat er Ihnen den Hof vererbt.«

»Kann man so net sagen. Er hat einfach kein Testament gemacht.«

»Was war das für ein Dienstgrad?«, übernahm Lukas wieder das Gespräch.

»Rottenführer. Das entspricht dem Obergefreiten beim Heer.«

»Und in dieser Funktion haben Sie diesen Haufen des Volkssturms befehligt?«

»Die ham mir die Leute gerade erst zugewiesen gehabt. Das war praktisch unmöglich, mit denen einen Kampfeinsatz zu machen. Die ham ja keine Ausbildung gehabt. Nur so a bissl wie man ein Gewehr abschießt. Da waren Waffen aus dem neunzehnten Jahrhundert dabei. Und die meisten haben gar keine Munition gehabt. Ich hab dann irgendwann gesagt: Leut, geht's nach Haus. Der Krieg ist vorbei.«

»Zumal die Amerikaner ja kurz vor Dürnbach standen.«

»Zweiter Mai? Kann sein.«

»Die amerikanischen Truppen sind am zweiten Mai ins Tegernseer Tal gekommen. Sonst haben Sie nichts gemacht mit Ihren Volkssturmleuten?«

»Wie gesagt, mit dene hast ja nichts anfangen können. Des wär Selbstmord gewesen, wenn mir versucht hätten, dass mir den Amerikaner aufhalten.«

»Dann will ich Ihrem Gedächtnis nachhelfen: Sie sollten entlaufene Häftlinge aufspüren.«

Haltmayer machte ein erstauntes Gesicht und schien nachzudenken. Wallner vermutete, dass er seine Optionen abwog. Von den jüngeren Mitgliedern des Volkssturmtrupps dürften die meisten noch leben. Es war also möglich, dass einer von ihnen der Polizei etwas erzählt hatte.

»Sie – das war keine Frage«, sagte Lukas und lehnte sich zu Haltmayer über den Tisch. »Wir wollen wissen, was da abgelaufen ist und wie es dazu kam. Sozusagen Ihre Version der Geschichte.«

Haltmayer nickte und räusperte sich. »Da sind zwei SS-Leute gekommen und haben gesagt, dass Häftlinge geflohen sind. Und wir hätten die suchen sollen.«

»Was für Häftlinge?«

»Eigentlich nur einer. Eine Frau. Die war bei einem Transport weggelaufen.«

»War die Frau Frieda Jonas?«

»Frieda Jonas? Nein. Die war schon Jahre vorher aus Dürnbach weggegangen.«

»Interessant«, sagte Wallner. »Mir haben Sie letzt erzählt, Sie kennen keine Frieda Jonas.«

»Ich hab mich da nicht mehr an die Frau erinnern können. Das ist ja doch schon lang her, und die war auch net lang im Dorf. Aber wie Sie weg sind, hamma noch mal drüber geredet. Und dann hamma uns erinnert, dass da mal eine war, die so geheißen hat. Sommer neununddreißig muss das gewesen sein.«

»Das ist absolut richtig. Und am zweiten Mai 1945 ist sie in Dürnbach gestorben. Und jetzt kommen Sie ins Spiel. Wir vermuten, dass Frieda Jonas all die Jahre in einem Lager war und sich Ende April, Anfang Mai auf einem der Todesmärsche befand, der sie bis nach Dürnbach geführt hat.«

Haltmayer zuckte die Schultern. »Ich weiß davon nichts.«

»Wie ist die Sache denn ausgegangen?«, fragte Höhn.

»Mei, ich hab gesagt, schwärmt's im Ort aus. Und das ist dann auch gemacht worden. Aber mir haben sie nicht gefunden. Ich hab die Leute dann, wie schon gesagt, heimgeschickt.«

»Sie selber haben diese Gefangene nie gesehen?«

»Nein. Der Krieg war aus. Die hat mich nicht mehr interessiert. Wieso auch?«

»Schauen Sie mal.« Lukas gab Wallner ein Zeichen. Der schaltete den Videorecorder ein. Auf dem Bildschirm des Fernsehers erschien das Überwachungsvideo, das man bei Beck sichergestellt hatte. Haltmayer schrie tonlos in die Kamera. »Ich lass mich von dir nicht erpressen, sagen Sie da.«

Haltmayer wollte protestieren. Aber Lukas brachte ihn mit einer Geste zum Schweigen.

»Das haben Sie gesagt. Es gibt professionelle Lippenleser. Mit was hat Sie denn der Herr Beck erpresst?«

Haltmayer schwieg.

»Sie wären Ihren Hof los, wenn Sie nicht zahlen, was er verlangt, stimmt's?«

Haltmayer sagte weiterhin nichts.

»Oder hat er damit gedroht, Sie ins Gefängnis zu bringen? Becks Vater hat einiges an unschönen Dingen zusammengetragen über die Jahre. Er wusste auch, dass Ihr Onkel Ägidius Haltmayer im August 1939 einen Adoptionsantrag gestellt hatte.«

Lukas öffnete den gelben Aktendeckel mit den Unterlagen aus dem Amtsgericht und ließ Haltmayer einen Blick darauf werfen. »Er wollte Frieda Jonas an Kindes statt annehmen. Die Papiere waren schon fertig. Mit den Unterschriften Ihres Onkels und der Mutter von Frieda Jonas. Der alte Gerhard Beck wusste das offenbar. Sein Schwager war Rechtspfleger am Amtsgericht und hat den Antrag bearbeitet. Nachdem Frieda Jonas verschwunden war, stockte die Sache. Erst nach dem Krieg wurde dem Antrag stattgegeben. Da wusste niemand, dass sie schon tot war. Bis auf den, der sie erschossen hat.«

»Sie glauben doch net, dass ich das war?«

»Ich denke, Sie wussten von den Adoptionsabsichten. Sie waren an dem Tag, an dem Frieda Jonas erschossen wurde, in Dürnbach. Sie wussten, dass sie als flüchtiger Häftling gesucht wurde. Sie hatten ein Gewehr dabei. Und Sie konnten relativ unauffällig die Frau loswerden, die später den Hof erben würde, auf den Sie so sehnsüchtig warteten.«

»Nein. Das stimmt net.«

»Und vor ein paar Tagen«, schaltete sich Höhn ein, »kommt Uwe Beck und erpresst Sie. Weil er Beweise für den Mord hat. Oder weil er den Bruder der Toten ausfindig gemacht hat und droht, dass der Ihren schönen Hof kriegt, wenn Beck ihm alles erzählt.«

»Was zwar aus verschiedenen Gründen nicht der Fall ist«, stellte Lukas klar. »Aber das wussten Beck und Sie offenbar nicht. Sie sind ja keine Juristen.«

»Ich hab die Frau net erschossen. Und den Beck auch net.«

»Wer war's dann?«

»Ich weiß es nicht.«

»Wer war der SS-Mann, der Ihnen damals den Auftrag gegeben hat, Frieda Jonas zu suchen?«

»Keine Ahnung. Irgendein SS-Mann. Die waren alle auf dem Rückzug. Des is drunter und drüber gegangen. Und wenn dir einer von der SS was angeschafft hat, dann hast es besser gemacht. Die ham net lang gefackelt.«

»Schade, dass Sie sich nicht mehr erinnern können«, sagte Lukas. »Aber wir haben noch Hoffnung. Die Erinnerung an Frieda Jonas ist ja auch wiedergekommen.«

Haltmayer breitete die Arme als Geste des guten Willens aus. »Ich denk drüber nach. Vielleicht fällt's mir noch ein.« Er blickte auf seine Uhr. »Ich muss zurück auf'n Hof.«

»Daraus wird leider nichts. Sie werden erst mal bei uns bleiben. Da lenkt Sie auch nichts vom Nachdenken ab.«

34

2. Mai 1945

Der hochgewachsene Junge war nervös und fing an zu zittern. Der Schuss löste sich, doch die Flasche auf dem Zaunpfosten bliebt unversehrt. Stattdessen zersplitterte eine Fensterscheibe des leerstehenden Bauernhofs.

SA-Rottenführer Sebastian Haltmayer war fassungslos. »Du hirnloser Lulatsch! Willst so gegen den Ami kämpfen? Wennst Glück hast, lacht der sich tot.«

Er ging zu dem Jungen, nahm ihm das Gewehr aus der Hand und gab es einem anderen Burschen, der die Flasche im Handumdrehen erledigte. Sebastian Haltmayer klopfte ihm auf die Schulter. Aus den Augenwinkeln nahm er im oberen Stockwerk des Hofes eine Bewegung wahr. Hinter dem dritten Fenster von rechts. Vielleicht ein Tier, dass sich in dem leerstehenden Haus eingenistet hatte, vielleicht irgendein Streuner. Im Augenblick war es einerlei. Er hatte sich um anderes zu kümmern.

Vor ein paar Stunden hatten sie ihm diesen Haufen Greise und Kinder übergeben. Alte Männer, sechzehnjährige Schüler aus dem ganzen Landkreis, die der Wehrmacht und der SS beistehen sollten, um das Tegernseer Tal zu verteidigen. Das Tal hatte hohen symbolischen Wert für das Dritte Reich. Bad Wiessee war eine wichtige Stätte der Bewegung, seit Hitler dort persönlich in letzter Minute den Röhm-Putsch verhindert hatte. Außerdem wohnte Himmler in

Gmund. Natürlich nicht jetzt. Jetzt stand er dem Führer in Berlin in seiner schwersten Stunde zur Seite. Angeblich. Es gab nämlich Gerüchte, dass Hitler bereits den Heldentod gestorben war. Hoffentlich, dachte Haltmayer. Lang genug hat's gedauert. Und jetzt sollte er – wo sich der Führer bereits verpisst hatte – den Kopf hinhalten und in seiner SA-Uniform gegen die Amerikaner kämpfen. Seine Mitgliedschaft in der SA hatte ihm bislang zwar den Frontdienst erspart. Wenn sie ihn gefangen nahmen, hätte er allerdings lieber die Wehrmachtsuniform angehabt.

Haltmayer war mit seinem Haufen erst einmal zum Sakerer Gütl, einem aufgelassenen, einsam gelegenen Bauernhof, marschiert, um dort Schießübungen abzuhalten. Er hatte die Hoffnung, dass in der Zwischenzeit die Amerikaner eintrafen und die Geschichte sich erledigen würde. Die GIs brauchten allerdings länger als gehofft. Und irgendwann musste er sich in Gmund blicken lassen. Man erwartete ihn.

Sebastian Haltmayer beschloss, die Schießübung zu beenden und weiterzumarschieren. Er gab dem langen Jungen das Gewehr und ließ ein letztes Mal eine Flasche aufstellen. Der junge Kerl war so nervös, dass sich der Schuss schon löste, bevor er überhaupt anlegen konnte. Die Kugel hätte fast einen vierundsechzigjährigen Lehrer ins Bein getroffen.

»Name?«, fauchte Haltmayer den Jungen an.

»Nissl, Thomas«, sagte der Angesprochene leise.

»Der Mann ist untragbar für die Truppe«, wandte sich Haltmayer an die anderen. »Du verschwendest Munition und gefährdest deine Kameraden. Des is Subversion und Sabotage. Eigentlich müsste ich dich erschießen lassen. Aber ich bin kein Unmensch.« Diese Worte würden ihm nach dem Krieg vielleicht nützlich sein, hoffte Haltmayer. »Wie gesagt, ich bin kein Unmensch«, wiederholte er, damit sich jeder der Anwesenden seine Worte merken und gegebenenfalls vor irgendeinem amerikanischen Offizier wiederholen konnte. »Sperrts ihn in den Keller.«

Im Keller des Sakerer Gütls befand sich ein Raum mit schwerer, intakter Holztür, daran ein eiserner Riegel. Die Kellerfenster waren vergittert. Als sie ihn in sein Gefängnis steckten, waren einige durchaus neidisch auf Nissl. Dem würden jedenfalls nicht die Granaten um die Ohren fliegen. Und wenn einer von ihnen in letzter Minute ins Gras biss – Nissl würde es nicht sein. Man wünschte sich gegenseitig viel Glück und kündigte an, Nissl nach dem Krieg rauszuholen. Also heute Nachmittag, wie einer nur halb im Scherz bemerkte.

Die Gewehre waren ordentlich geschultert, und der Trupp marschierte im Gleichschritt. Es erfüllte Sebastian Haltmayer dann doch ein wenig mit Stolz, dass er diese Waschlappen wenigstens so weit gedrillt hatte. Er wollte zunächst über Dürnbach Richtung Gmund marschieren, bis sie auf reguläre Einheiten trafen. Dort würde man sie vielleicht bei Schanzarbeiten einsetzen. Oder sie würden den Haufen gleich nach Hause schicken, damit sie nicht im Weg herumstünden.

In Dürnbach am Gasthof Semmelwein standen mit einem Mal zwei SS-Leute vor Haltmayer und seiner Meute.

»Das gibt's ja net! Der Albert!«, sagte Haltmayer und ging auf Kieling zu.

Kieling sah Haltmayer ungerührt an. »Für dich immer

noch Hauptscharführer«, sagte er leise. »Noch sind wir am Drücker.«

»Zu Befehl – Hauptscharführer!« Sebastian Haltmayer knallte die Hacken zusammen und riss den rechten Arm hoch.

»Was willst du denn mit dem Haufen?«

»Wir suchen den nächstgelegenen Wehrmachtsverband, schließen uns dem an und werden uns dem Feind entgegenstellen. Noch ist nichts entschieden.«

»Tatsächlich?« Kieling nickte und zog die Augenbrauen hoch. »Ihr macht jetzt erst mal was anderes. Ein weiblicher Häftling ist entlaufen und versteckt sich hier in Dürnbach. Womöglich auf dem Haltmayerhof.« »Bei meinem Onkel? Wieso das denn?« Haltmayer konnte sich keinen Reim darauf machen.

»Frieda Jonas heißt die Frau.«

»Scheiße! Des is die Schlamp'n aus Düsseldorf! Des gibt's ja net. Ich hab gedacht, die ist tot.

»Wie auch immer. Wir«, Kieling deutete auf sich und Haltmayer, »gehen mit sechs von deinen Leuten zu deinem Onkel. Den Rest teilst du in Suchtrupps. Die sollen jeden Stein in Dürnbach umdrehen.«

Haltmayer knallte die Hacken, schrie »zu Befehl, Hauptscharführer!« und teilte seine Leute in Suchtrupps ein, wobei er darauf achtete, dass in jedem Trupp, soweit möglich, ein Ortskundiger war. Jeder bekam ein Gebiet in Dürnbach zugeteilt. Uhrenvergleich. Dann wurde ausgeschwärmt.

35

Sie war quer über die verschneiten Wiesen gelaufen, und es war ihr wie ein Fluch vorgekommen, dass es ausgerechnet an diesem Maimorgen eine geschlossene Schneedecke gab. Es bedeutete, dass sie Spuren für ihre Verfolger hinterließ. Die größeren Straßen waren zwar schneefrei. Aber das Risiko, in einem Häftlingsanzug mitten durch eine bewohnte Ortschaft zu laufen, war zu groß. SS und Denunzianten lauerten immer noch überall.

Ihre Beine waren kraftlos, die Füße wund, und die Holzschuhe behinderten sie zusätzlich beim Laufen. Eineinhalb Stunden brauchte sie für die Strecke zum Haltmayerhof. Kieling musste inzwischen gemerkt haben, dass sie weg war, und würde sie vermutlich suchen. Er würde zu Fuß nicht so lange brauchen. Noch schneller ging es, wenn er ein Fahrzeug requirieren konnte. Aber das war schwierig in diesen Zeiten.

Ägidius Haltmayer war sprachlos, als Frieda nach sechs Jahren wieder vor ihm stand. Er brauchte einige Zeit, um sie zu erkennen, schmutzig, abgemagert und kahl, wie sie war.

Als er sie in den Arm nahm, konnte er die Tränen nicht mehr halten. Frieda weinte nicht. Sie wusste, dass es noch nicht vorbei war.

Während sie sich wusch, suchte ihr Haltmayer ein Kleid von früher heraus, das jetzt viel zu groß war, außerdem eine kurze wollene Strickjacke. Es war empfindlich kalt draußen.

Frieda hatte ihm erzählt, dass Kieling sie suchte. Den

Haltmayerhof würde er naturgemäß zuerst aufsuchen. Zwar war der Hof groß, und Verstecke gab es genug. Bis sie alles auf den Kopf gestellt hatten, war der Krieg womöglich vorbei. Andererseits – Kieling hatte Jahre auf dem Hof gelebt und kannte jeden Winkel.

»Was ist mit dem Kreuzhof? Der ist doch nicht weit weg, und da ist nie einer. Vielleicht in der Kapelle«, schlug Frieda vor.

Ägidius Haltmayer und Frieda waren aus dem Haus getreten. Etwa zweihundert Meter entfernt stand Elisabeth Muhrtaler hinter einer alten Linde und äugte zum Hof.

»Gemma hinters Haus, da können uns nicht so viele Leut sehen«, sagte Haltmayer. »Das mit der Kapelle ist keine gute Idee. Die werden die ganze Umgebung durchsuchen. Es müsst was sein, was weiter weg ist.« Der alte Bauer schaute sich um. Alles war ruhig. Nur auf einem weit entfernten Hof wurden die Kühe auf die Weide getrieben, was Haltmayer wegen des Schnees auf den Wiesen wunderte. »Das Sakerer Gütl«, sagte er schließlich. »Das steht seit vier Jahren leer. Aber das weiß der Albert nicht. Das war nach seiner Zeit. Und es ist weit weg. Bis die da suchen, kann's Stunden dauern.«

An diesem Morgen war auch ein rothaariger Mann namens Gerhard Beck auf den Beinen. Er bewegte sich unauffällig, hatte ein waches Auge und eine Kamera mit Teleobjektiv um den Hals. Wenn an diesem Tag, wie zu vermuten war, der Krieg in Dürnbach zu Ende ging, gab es möglicherweise interessante Ereignisse zu fotografieren. Das wollte sich Beck nicht entgehen lassen.

Vor einer Viertelstunde war er am Haltmayerhof vorbeigekommen, und sofort war ihm aufgefallen, dass die Muhrtalerin hinter einem Baum stand und zum Haus glotzte. Das musste einen Grund haben. Er ging um den Hof auf die Seite, die die Muhrtalerin nicht einsehen konnte. Er musste nicht lange warten, und der alte Haltmayer kam mit einer abgemagerten Frau, die Beck noch nie gesehen hatte, ums Haus, holte sein Motorrad mit Beiwagen aus der Remise und fuhr mit der Frau weg. Kurz bevor die beiden losfuhren, war Beck unbemerkt so nah herangekommen, dass er ein paar Fetzen ihrer Unterhaltung verstehen konnte. Bei längerem Hinsehen kam ihm die Frau durchaus bekannt vor.

36

Herbst 1992

Im Fall Beck war Sebastian Haltmayer der Hauptverdächtige. Motiv, Gelegenheit, kein Alibi, und er war zur Tatzeit am Tatort – alles sprach gegen ihn. Nur ein Geständnis fehlte noch. Da traf eine Meldung ein, die das Interesse der Polizei auf Albert Kieling lenkte.

»Gestern Abend ist das hier aus Ludwigsburg gekommen«, sagte Lukas und reichte Höhn ein auf Thermopapier ausgedrucktes Fax, das der erst entrollen musste, um es zu lesen.

»Da schau her! Der brave Herr Kieling. Nicht schlecht!« Höhn gab das Fax an Wallner weiter.

»Aribert Heim?«

»Ja. Das war Kielings geheimnisvoller Besucher, den Beck nachts beobachtet hat. Alias Carlo Eberswalde.« »Wir haben ein paar Erkundigungen über Kieling eingeholt«, sagte Claudia, die offenbar schon im Bilde war, und schaute auf ein Blatt Papier, das sie aus ihrer Aktenmappe hervorgeholt hatte. »Geboren am dritten Februar 1920 in Hundham. Die Eltern waren Tagelöhner. Als Kieling zehn war, hat man ihn weggegeben – so erzählen es die alten Leute in Hundham. An einen reichen Bauern in Dürnbach. Vermutlich an Ägidius Haltmayer.«

Wallner setzte eine erstaunte Miene auf.

»Das hat man damals offenbar gemacht, um einen Esser

weniger am Tisch zu haben. Dann gibt es ein großes Loch in Kielings Lebenslauf. Ab 1946 war er in Brasilien und dort als Spediteur in einer Kleinstadt im Süden tätig. 1957 ist er nach Deutschland zurückgegangen, hat in Dürnbach wieder eine Spedition aufgebaut und sie vor zwei Jahren an seinen Sohn übergeben. Seitdem ist er Rentner.«

»Klingt, als hätte er Dreck am Stecken«, sagte Wallner. »Jemand mit Nazivergangenheit. Ein riesiges Loch im Lebenslauf und nach dem Krieg zehn Jahre in Südamerika. Das kommt einem doch bekannt vor.«

»Ist nur die Frage, was das alles mit unserem Fall zu tun hat«, gab Höhn zu bedenken.

»Das würde ich gerne herausfinden.« Wallner holte eine Klarsichthülle mit mehreren Fotos aus seiner Aktentasche. »Ich habe mir das Foto von Dietmar Jonas einmal genauer angesehen. Das Bild mit Frieda Jonas und dem alten Haltmayer vom Sommer neununddreißig.« Er nahm ein Bild heraus, das nur einen Kopf zeigte und etwas unscharf war. »Das ist der Bursche, der neben Frieda Jonas steht. Etwas vergrößert. Und das hier ...«, Wallner holte ein weiteres Porträtfoto aus der Hülle, »das ist ein neueres Foto von Albert Kieling.« Lukas, Claudia und Höhn betrachteten interessiert die beiden Bilder.

»Ich würde sagen, das ist er, oder?«, sagte Lukas.

»Die Augen, die Nase, das Kinn ...« Claudia hielt die Fotos nebeneinander. »Wenn Kieling als Kind auf den Haltmayerhof gegeben wurde und da aufgewachsen ist, muss es doch jemanden geben, der uns das bestätigen kann.«

»Ich wüsste jemanden«, sagte Wallner und packte seine Sachen zusammen.

Schon kurz nachdem er Miesbach verlassen hatte, überkam Wallner das Gefühl, verfolgt zu werden. Der Golf GTI tauchte immer wieder im Rückspiegel auf und verschwand, um kurz darauf wieder hinter ihm zu sein. Alles in allem konnte man das geschickter machen, dachte sich Wallner. Schließlich fiel ihm auch ein, wo er das Fahrzeug schon mal gesehen hatte. Auf dem Parkplatz vor dem Wirtshaus blieb Wallner im Wagen sitzen und wartete, bis Kreuthner seinen Golf ebenfalls geparkt hatte. Dann stieg er aus und winkte Kreuthner zu sich.

»Was soll das?«, wollte Wallner wissen.

»Ich hab heut frei und hab wissen wollen, wo du hinfährst.« Kreuthner trug Lederjacke und Sonnenbrille. Letztere schob er jetzt nach oben in seinen Vokuhila-Schopf.

»Gut. Jetzt weißt du's.« Wallner schloss seinen Wagen ab und begab sich in Richtung Gasthaus. Kreuthner folgte ihm. Wallner stoppte. »Was ist noch?«

»Du willst die Muhrtalerin befragen, stimmt's?«

»Hatte ich vor. Was machst *du* so an deinem freien Tag?«

»Hab noch nix vor. Ich kann dich begleiten.«

»Danke. Das wird nicht nötig sein.«

»Ich kenn die Frau schon ewig. Ich bin hier aufgewachsen.«

»Ich bin nicht sicher, ob das ein Vorteil ist, wenn die dich kennt.«

»Jetzt sei halt net so. Du weißt genau, dass da viel für mich dranhängt.«

Wallner machte ein genervtes Gesicht. »Meinetwegen. Komm mit. Aber halt dich zurück. Die Vernehmung mach ich. Ist das klar?«

»Ja logisch. Du bist der Chef. Ist doch selbstverständlich.«

Auf dem Parkplatz standen nur die beiden Autos der Polizisten. Auf der anderen Seite der Bundesstraße war jedoch ein Fahrzeug, dessen Fahrer interessiert beobachtete, wie Wallner und Kreuthner das Wirtshaus betraten. Es war Albert Kieling.

Es war gegen halb sechs, und Nicole traf Vorbereitungen für das Abendgeschäft. »Grüß Gott«, sagte Kreuthner, der die Sonnenbrille wieder auf der Nase hatte und sie beim Betreten des Gastraumes effektvoll abnahm. »Kreuthner, Kripo Miesbach.« Er hielt seinen Polizeiausweis kurz in die Luft. »Das ist mein Kollege, Kriminalkommissar Wallner.«

Wallner war sichtlich irritiert über Kreuthners Auftreten.

»Sind Sie sein Chef?«, fragte Nicole Kreuthner und sah dabei zu Wallner.

»Sei'n Sie so gut und lassen S' uns die Fragen stellen.« Kreuthner setzte sich lässig auf einen Tisch und stellte einen seiner Cowboystiefel auf einen Stuhl. »Es geht hier um Mord, okay? Das is koa Spaß.«

»Nein, nein.« Nicole wirkte etwas eingeschüchtert. »Wollte ich auch gar nicht behaupten.«

»Schön. Kommen wir zur Sache«, griff Wallner ein. »Können wir mit deiner Großmutter reden?«

»Ihr könnt es versuchen. Sie ist heute nicht gut drauf. Im Kopf, meine ich.«

»Wir versuchen es«, entschied Wallner.

Elisabeth Muhrtaler sah Wallner unsicher an. Es war offensichtlich, dass sie sich unwohl fühlte in seiner Gegenwart.

»Das ist der Clemens Wallner«, sagte Nicole.

»Aha.« Die alte Frau zerknickte einen Bierdeckel. »Ist er … ist er auch ein Enkel von mir?«

»Nein. Der Clemens ist von der Kripo. Der war vor einiger Zeit schon mal da. Da erinnerst du dich wahrscheinlich nicht dran.«

Elisabeth Muhrtaler schüttelte ihren Kopf, wandte sich von Wallner ab und wollte aufstehen. Nicole hielt sie zurück. »Jetzt warte doch mal, Oma. Die Herren wollen dich was fragen.«

»Ich weiß doch nichts mehr. Du weißt, ich kann mich an nichts erinnern.«

»Es sind Dinge von früher. Die wissen Sie vielleicht noch«, versuchte es Wallner. »Ich habe Ihnen ein Foto mitgebracht.«

Er zog das Foto aus seiner Aktentasche und schob es der alten Dame über den Tisch. Die beachtete es überhaupt nicht und machte wieder Anstalten aufzustehen. »Ich will nach oben. Der Mann soll mich in Ruhe lassen. Hast du gesagt, er ist ein Enkel von mir?«

»Nein, er ist von der Polizei.«

Elisabeth Muhrtaler wurde zusehends nervöser und zitterte auch ein wenig. Nicole sah Wallner um Verständnis bittend an. »Tut mir leid. Wie gesagt, sie is heut net so gut drauf.« Wallner nickte.

Da kam Kreuthner mit einem kleinen ovalen Getränketablett und setzte sich dazu. Auf dem Tablett waren zwei volle Schnapsgläser und eine Flasche Obstler. »So, Frau Muhrtaler. Jetzt mach ma's uns erst mal gemütlich. So ganz trocken redt sich's ja schlecht.« Er setzte ihr eins der Schnapsgläser vor. Nicole nahm es weg und stellte es auf das Tablett zurück.

»Sie soll nicht so viel trinken.«

»Wenn's ihr besser damit geht?«

Frau Muhrtaler starrte begehrlich auf den Schnaps und wollte nicht mehr nach oben.

Kreuthner nahm das Glas und stellte es wieder vor die alte Frau. »Prost!«

Elisabeth Muhrtaler stieß mit Kreuthner an. Auf dem Weg zum Mund verschüttete sie ein wenig Obstler. Aber nachdem sie das Glas geleert hatte, zeigte sich ein Lächeln in ihrem Gesicht, und Kreuthner musste ihr nachschenken.

»Das ist ein Netter«, sagte sie zu Nicole. »Ist der auch kein Enkel?«

»Nein. Er ist auch von der Polizei. Das ist jetzt aber der letzte Obstler.«

Wallner sah ein, dass Kreuthner bei Elisabeth Muhrtaler einen Sympathiebonus hatte, und gab ihm das Foto. Der schob es vor die alte Dame. »Das Foto ist von vor dem Krieg. Kennen Sie da jemanden, der wo drauf is?«

Lange betrachtete sie das Foto. Der desorientierte Ausdruck verschwand aus ihrem Gesicht. Das Bild hatte sie in eine Welt versetzt, in der sie zu Hause war, in der sie die Menschen kannte. Das wirkte einerseits beruhigend auf sie. Gleichzeitig aber schien das Foto sie stark aufzuwühlen. Die unterschiedlichsten Emotionen spiegelten sich in ihrer Miene. Zunächst zeigte sich ein wehmütiges Lächeln. Dann Traurigkeit. Ihr Mund verzog sich nach unten, die Lippen bebten. Mit einem Schlag aber war die Trauer fort, und senkrechte Falten zeigten sich zwischen ihren Augenbrauen. Etwas trieb ihr den Hass ins Gesicht.

»Was ist?«, fragte Kreuthner vorsichtig.

»Wie er sie ansieht«, sagte Elisabeth Muhrtaler, und die Tränen stiegen ihr in die Augen.

»Wer sieht wen an?«

Sie deutete auf den blonden, großgewachsenen jungen Mann, der Frieda Jonas mit leuchtenden Augen anstarrte. »Hörig war er ihr. Hörig. Dieses Mistvieh.«

Nicole nahm die Hand ihrer Großmutter und streichelte sie. »Von wem redest du? Wer sind die Leute auf dem Foto?«

37

Sommer 1939

Der Sommer war heiß, und in der Hauptstadt herrschte nervöser Betrieb. Das Deutsche Reich hatte sich in den letzten fünfzehn Monaten Österreich und die Tschechei einverleibt und war insgeheim mit Stalin übereingekommen, dass man sich Osteuropa untereinander aufteilte. Am Ende des Sommers würde es Krieg geben.

Wesentlich beschaulicher verging der Sommer im bayerischen Voralpenland. Doch auch hier gab es Verwerfungen. Anfang Juli fuhr der wohlhabende Bauer Ägidius Haltmayer aus Dürnbach wie jeden Dienstag nach München, um sich dort mit seiner Geliebten Edith Jonas zu treffen. An diesem Dienstag aber gab sich Edith wortkarg und niedergeschlagen, was nicht ihre Art war.

Auf Nachfrage von Haltmayer sagte sie: »Ägidius – ich muss fort. Ins Ausland.«

»Warum?«, fragte Haltmayer. »Ich sorge hier für dich. Du musst nicht weg.«

»Man hat mir nahegelegt, Deutschland zu verlassen.«

»Elende Saubande«, sagte Haltmayer.

»Ich habe eine große Bitte«, fuhr Edith fort. »Ich kann Frieda nicht mitnehmen. Kann sie bei dir bleiben?«

Haltmayer zögerte kurz. Er musste an seine Frau denken. Doch er sagte zu, und schon in der Woche darauf kam die achtzehnjährige Frieda Jonas nach Dürnbach auf den Hof.

Sie gefiel Ägidius Haltmayer, denn sie war hübsch und selbstbewusst mit einem Hang zur Hochnäsigkeit. Er mochte Menschen, die sich nicht verbiegen ließen. Auch der Gedanke, den Nazis ein Schnippchen zu schlagen, erfüllte Haltmayer mit Genugtuung.

Seiner Frau sagte Haltmayer, das Mädchen sei eine entfernte Nichte. Es interessierte Frau Haltmayer nicht. Sie wusste, dass ihr Mann sie betrog, und hatte sich damit abgefunden. Sie spielte mit, um wenigstens kein Gerede im Dorf zu haben.

Nach kürzester Zeit hatte Frieda Haltmayers Herz erobert, und er trug sich mit dem Gedanken, sie zu adoptieren. Seine Frau hatte ihm keine Kinder geschenkt, und er wünschte sich einen Erben.

Nicht nur Ägidius Haltmayers Herz hatte Frieda erobert. Auch einer der Knechte des Hofes, Albert Kieling, verliebte sich in die schöne junge Frau, sehr zum Verdruss der Wirtstochter Elisabeth Muhrtaler, die sich Hoffnungen auf den attraktiven Burschen gemacht und ihn sogar schon geküsst hatte. Albert war an sich weit unter ihrem Stand. Seine Eltern waren Tagelöhner und hatten ihn als Kind weggegeben. Aber er war ein Prachtstück von einem Mann, groß, gut gebaut, und er war nicht dumm, sondern im Gegenteil von so scharfem Verstand, dass er es zum Lieblingsknecht des Haltmayerbauern und zu dessen rechter Hand gebracht hatte. Und deswegen fühlte sich nicht nur Elisabeth Muhrtaler, sondern auch Frieda zu Kieling hingezogen. In einer warmen Nacht im August klopfte jemand an die Fensterscheibe von Friedas Kammer. Es war Albert Kieling, der Einlass begehrte. Frieda öffnete nach nicht allzu langem Zögern dem feschen Knecht ihr Kammerfenster.

Die jungen Leute gaben sich ihrem Verlangen hin und konnten wohl nicht ganz verhindern, dass ihr Liebesspiel in dem nächtlichen Bauernhof Geräusche machte. Mit einem Mal wurde die Kammertür aufgerissen. Ägidius Haltmayer stand im Zimmer und bebte vor Zorn.

»Du elendiglicher Lump!«, schrie er Kieling an. »Wie einen Sohn hab ich dich aufgenommen. Und das ist der Dank! Dass du dieses Kind schändest!«

Kieling stand sprachlos da, knöpfte seine Hose zu und wartete, dass Frieda etwas sagte.

»Hat er dir Gewalt angetan?«, fragte sie der Bauer. »Hab keine Angst, der wird dir nichts mehr tun.«

Frieda spürte den Zorn des Bauern, und sie hatte Angst. Denn außer Haltmayer hatte sie niemanden mehr auf der Welt. Und als Haltmayer noch einmal fragte: »Hat er dir Gewalt angetan?«, da nickte Frieda und weinte.

Kieling wurde vom Hof gejagt, und nur der Umstand, dass Haltmayer bei den Nazi-Autoritäten nicht gut gelitten war, bewahrte ihn vor einer Anzeige wegen Vergewaltigung.

Der geplante Einmarsch in Polen rückte näher, und die Nervosität stieg in Berlin. Jetzt kam die Zeit der Bewährung. Und die Zeit, in der man sich beim Führer und in der Partei in Stellung bringen musste. Daher kam es für einen der ehrgeizigen Abteilungsleiter im Reichssicherheitshauptamt ausgesprochen ungelegen, als sein Bruder, der bei der Gestapo arbeitete, ihm hinterbrachte, es gebe ein delikates Problem. Ein SS-Anwärter namens Albert Kieling habe gemeldet, in einem oberbayerischen Dorf namens Dürnbach halte sich eine junge Frau auf, deren Herkunft verdächtig sei. Man habe Nachforschungen angestellt und herausgefunden, dass es sich um die Tochter von Edith Jonas handele. Die Mutter selbst sei zwar – wie angeordnet – ins Ausland gegangen, habe aber offenbar ihre Tochter in Deutschland gelassen.

Die Angelegenheit war für den Abteilungsleiter nicht ungefährlich. Seine kurze Affäre mit Edith Jonas Anfang der zwanziger Jahre war bislang unter Verschluss geblieben, und er hatte gehofft, dass mit ihrer Emigration die Sache endgültig vom Tisch war. Sollte ausgerechnet jetzt publik werden, dass er mit einer Jüdin eine Tochter gezeugt hatte, wäre das eine Katastrophe ersten Ranges und würde seinen Neidern auf fatale Weise in die Hände spielen. Das Reichssicherheitshauptamt war eine Schlangengrube.

Nach kurzer Beratung mit dem Gestapo-Bruder wurde beschlossen, die junge Frau möglichst geräuschlos aus dem Verkehr zu ziehen. Die Gestapo wusste, dass sie bei einem Bauern lebte, der politisch inopportune Ansichten vertrat. Auch Frieda Jonas verfüge über ein loses Mundwerk und habe sich despektierlich über Führer und Partei geäußert. Man kam überein, die jüdische Herkunft der jungen Frau möglichst außen vor zu lassen und sie wegen subversiver Tätigkeit in Schutzhaft zu nehmen. Sie sollte in ein Konzentrationslager überführt werden.

Ende August 1939 erschienen um halb fünf Uhr morgens zwei Beamte der Gestapo auf dem Haltmayerhof, verhafteten Frieda Jonas und überstellten sie in das Frauenlager Ravensbrück.

38

Herbst 1992

Es hatte zu regnen aufgehört, und mildere Luft kam von Süden über die Berge, als Wallner zu Fuß nach Hause ging. Er hatte den Wagen an der Polizeistation stehen lassen, denn er wollte nachdenken. Über das, was Elisabeth Muhrtaler erzählt hatte. Dass Albert Kieling fortgejagt worden war wegen einer Vergewaltigung, die er nicht begangen hatte. Dass sein Zorn auf Frieda Jonas groß gewesen war. Und dass er es war – und da hatte sich die alte Frau sehr klar und detailreich in ihrer Erinnerung gezeigt –, der am zweiten Mai 1945 in SS-Uniform in Dürnbach auftauchte und nach der flüchtigen Frieda Jonas suchen ließ. War man mit Sebastian Haltmayer wirklich auf der richtigen Spur?

Feuchtes Laub lag auf den spärlich beleuchteten Straßen und trocknete im Föhn. Etwa hundert Meter waren es noch bis zu seinen Großeltern, als Wallner am Haus der Familie Höbermann vorbeikam. Mit den Höbermann-Zwillingen hatte er schon im Sandkasten gespielt, und sie waren gemeinsam zur Volksschule gegangen. Resi Höbermann, die Mutter der Zwillinge, war zeitlebens Hausfrau gewesen und sah mit ihren fünfzig Jahren recht attraktiv aus. Aus dem Haus hörte Wallner ziemlich eindeutige Geräusche, die darauf hindeuteten, dass die Höbermanns noch immer ein aktives Intimleben praktizierten. Es war freilich im ganzen Haus kein Licht zu sehen. Wallner fragte sich, ob die Ursache dafür Prüderie war oder die Freude an der Heimlichkeit. Die Geräusche, die an sein Ohr drangen, sprachen eher gegen die Prüderievariante.

Mit einem Lächeln ging Wallner weiter. Das Lächeln wich ihm allerdings schlagartig aus dem Gesicht, als Resi Höbermann in Extase »Oh Manfred« stöhnte. Herr Höbermann hieß nämlich nicht Manfred, sondern Peter. Sollte es ein geschmackloser Zufall sein, dass Resi Höbermann beim Fremdgehen ausgerechnet den Vornamen seines Großvaters in die Novembernacht hinausröhrte?

Ein halbe Stunde später kam Manfred gut gelaunt und *Geh aus, mein Herz, und suche Freud* vor sich hin summend aus dem Höbermannschen Anwesen und schlenderte mit seiner Aktentasche die Straße entlang. »Hallo«, sagte Wallner, der plötzlich hinter seinem Großvater auftauchte.

Manfred entfuhr ein kurzer Schrei, und er stolperte fast vor Schreck.

»Entschuldige«, sagte Wallner. »Was bist denn so schreckhaft?«

»Ja wennst dich mitten in der Nacht von hinten anschleichst! Ich hätt fast an Herzkaschper kriegt.«

»Tut mir leid. Aber da hat wohl auch das schlechte Gewissen mitgespielt, was?«

Manfred sah seinen Neffen konsterniert an. »Schlechtes Gewissen? Wie ... wieso sollt ich a schlechtes Gewissen haben?«

»Ich meine nur, weil es schon so spät ist und du bist immer noch nicht zu Hause.«

»Ach so!« Manfred fiel offenbar ein recht großer Felsbrocken vom Herzen. »Ich hab noch Überstunden machen müssen. Mir ersticken ja in Aufträgen.«

»Ich hoffe, es war nicht zu unangenehm bei deinen Überstunden.«

»Ach, ein, zwei Stunden mehr oder weniger, das ist auch schon egal.«

»Hauptsache, man hat unterhaltsame Gesellschaft, nicht wahr?«, sagte Wallner etwas spitz.

»Was meinst jetzt damit?« Manfred war verunsichert. »Ach so, die Kollegen! Jaja. Alle sehr nett. Wirklich nett.«

Karin Wallner hatte das Abendessen schon auf dem Tisch, als Ehemann und Enkel eintrafen.

»Tut mir leid, dass es so spät geworden ist.« Manfred gab ihr einen Kuss. »Aber ich hab Überstunden machen müssen.«

»So, so. Überstunden.«

»Ja. Hab ich doch heut Morgen gesagt. Da ist ein Riesenauftrag hereingekommen.«

»Aha.« Karin sah ihren Mann mit einer gewissen Schärfe an. »Vorhin haben die von der Papierfabrik angerufen. Du hast deine Lesebrille vergessen. Sie wollten es dir nur sagen, damit du weißt, wo sie ist.«

»Ach, da ist die! Ja, danke.« Manfred setzte sich an den Tisch. »So, jetzt essen mir mal.« Er wollte sich über die Kohlrouladen hermachen. Aber Karin war noch nicht fertig.

»Ich hab mich natürlich gewundert, weil ich hab gedacht, du bist noch in der Fabrik. Du hast ja gesagt, du machst Überstunden. Aber du warst nimmer da.«

»Äh ... ja, das ist richtig.« Manfred lud sich eine Roulade auf den Teller.

»Wo warst du dann?«

»Ja, ich geb's zu.« Manfred nahm Karins Hand. Karin sah ihren Mann gespannt an. »Ich ... ich war mit dem Clemens noch a Bier trinken.« Unter dem Tisch trat Manfred Wallner gegen das Schienbein. »Ich hab gedacht, es is a bissl blöd, wenn mir ohne dich was trinken gehen. Und deshalb hab ich gesagt, Überstunden. Wir wollten einfach mal a Männergespräch führen.« Manfred hob entschuldigend die Hände.

»Wir waren ein Bier trinken?« Wallner sah seinen Großvater übertrieben erstaunt an.

»Ja-ha«, presste Manfred hervor und trat Wallner noch einmal gegen das Schienbein. »Um a bissl zu reden.«

»Ich glaub, ich werde alt. Ich kann mich überhaupt nicht dran erinnern.«

»Du kannst dich nicht daran erinnern, dass du mit dem Opa heute Abend ein Bier getrunken hast? Wie gibt's das denn?«

»Ja, das frage ich mich auch«, sagte Wallner und blickte Manfred mit hochgezogenen Augenbrauen an.

»Weil ... na ja ... des is, weil ...«, stotterte Manfred. »Weil mir waren ja net wirklich a Bier trinken.«

»Jetzt wird's interessant.« Karin stützte das Kinn auf ihre Hände.

»Weil ihr mich nie ausreden lassts. Mir waren Dings ... verabredet, verstehst? Verabredet zum Biertrinken. Aber der Clemens ist nicht gekommen.«

»Wir waren verabredet? Seltsam. Da kann ich mich auch nicht dran erinnern.«

»Ja, logisch. Sonst wärst ja gekommen. Du hast es vergessen. Oder net g'scheit zugehört. Und deswegen ... hab ich halt allein a Bier trinken müssen.«

»Jetzt versteh ich's!«, sagte Wallner.

Karin verdrehte die Augen.

Wallner schnupperte an Manfred. »Was war denn das für ein Bier? Man riecht gar nichts.«

»Des ... des hat net viel Alkohol gehabt. Ich hab auch nur an Schluck getrunken.«

»Zwei Stunden lang nur einen Schluck Bier?« Karin schüttelte mitleidig den Kopf. »Des muss a fader Abend gewesen sein.«

Manfred zuckte lachend mit den Schultern.

Wallner schnüffelte erneut. »Das Bier riecht irgendwie nach Seife. Oder wart mal ... *du* riechst nach Seife.«

»Ich hab halt geduscht nach der Arbeit.«

»Du duschst doch immer hier«, wunderte sich Karin.
»Heut eben nicht. Man muss ja auch mal was Neues ausprobieren. Net nur die alte Leier immer wieder rauf und runter. Heut hat's mich halt gefreut, dass ich mal direkt nach der Arbeit dusch. Aber gut, wenn das nicht gewünscht wird, dann ... dann dusch ich in Zukunft wieder zu Hause.«

Ein Anruf von Herrn Lendtrock entspannte die Situation ein wenig. Er hatte versehentlich ein Fenster offen gelassen, und der Föhn hatte ihm sämtliche Unterlagen in seinem Büro durcheinandergeblasen. Nun brauchte er Karins Hilfe beim Aufräumen.

»Er ist in diesen Dingen a bissl hilflos«, sagte Karin zur Entschuldigung und machte sich auf den Weg.

»Was war denn das für eine Nummer?«

Wallner war ernsthaft erbost über das Verhalten seines Großvaters.

»Auf die Schnelle is mir nix anderes eingefallen. Hättst mir auch a bissl helfen können.«

»Ich weiß ja nicht einmal, wobei.« Wallner setzte einen erwartungsvollen Blick auf.

»Also gut. Die G'schicht is die: Ich hab noch kurz bei der Frau Höbermann vorbeigeschaut.«

»Ach, tatsächlich. Bei der Höbermann Resi. Und?«

»Na ja – deine Oma war da immer schon a bissl eifersüchtig. Wie Frauen halt so sind. Aber ich seh net ein, wieso ich mit der Höbermann nimmer reden soll. Sie is a alte Bekannte.«

»Ich hab übrigens unfreiwillig einen Teil eures Gesprächs mitbekommen. Der Teil lautete: Oh Manfred! Es klang irgendwie geröchelt. Hat Frau Höbermann Atemprobleme?«

Manfred schwieg zunächst betreten, dann begann sein Mund sich lautlos zu bewegen. Offenbar fiel ihm die Suche nach einer Rechtfertigung nicht ganz leicht.

»Des is halt so«, sagte er schließlich. »Nach über vierzig Jahren Ehe, da läuft zu Hause nimmer so viel. Frauen brauchen das auch net. Dene langt's, wenn s' amal Blumen kriegen oder a nettes Wort.«

»Seit wann verschenkst du Blumen?«

»Jeden Hochzeitstag. Is auch wurscht. Ich will ja nur sagen, als Mann, da musst halt anderweitig auf die Pirsch gehen.«

»Findest du das nicht ein bisschen – unmoralisch?«

»Unmoralisch! Du bist fei spießig. Ihr Jungen habt's doch die sexuelle Revolution erfunden! Die Achtundsechziger.«

»1968 war ich noch gar nicht geboren.«

»Aber deswegen war des trotzdem mal was Vernünftiges,

was die da gemacht haben. Freie Sexualität! Des war a Zeit damals. Weißt, was mir im Kino g'schaut haben? In der Lederhose wird gejodelt. Des war a Sensation damals. Und lustig war's auch.«

»Auch noch lustig.«

»Ja. Des war Fortschritt. Sollen mir jetzt wieder zurück ins Mittelalter?«

»Mach, was du willst«, sagte Wallner schließlich. »Aber rechne nicht damit, dass ich dir dabei helfe.«

Manfred schüttelte den Kopf. »Ich versteh's net, wie des hat passieren können, dass mir so einen verklemmten Spießer großzogen ham. Clemens! Klingt schon so verklemmt.« Resigniert wandte er sich den Kohlrouladen zu.

39

Es war ein sonniger Novembertag, die Temperaturen für die Jahreszeit mild, und es zog nur geringfügig durch das gekippte Fenster des Vernehmungsraumes. Albert Kieling rauchte nicht, nahm aber gerne das Angebot an, eine Tasse Kaffee zu trinken. Schwarz, ohne Zucker.

»Sie heißen?«, begann Höhn die Befragung.

»Albert Kieling.«

»Geboren?«

»Dritter Zwoter zwanzig in Hundham, Landkreis Miesbach.«

»Familienstand?«

»Verheiratet. Ein erwachsener Sohn.«

»Schulabschluss?«

»Volksschule bis zur achten Klasse.« Kieling antwortete ohne Ungeduld, obwohl er wusste, dass diese Fakten der Polizei bekannt waren.

»Was haben Sie nach der Volksschule gemacht?«

»Bis 1939 war ich als Knecht in der Landwirtschaft tätig. Danach Wehrmacht bis fünfundvierzig. Zuletzt als Feldwebel.«

»Wehrmacht? Wo?«

»Ostfront. Hauptsächlich im Baltikum.«

»Ich nehme an«, schaltete sich Lukas ein, »es gibt keine Nachweise mehr für Ihre Zeit bei der Wehrmacht.« »Nein. Die Akten wurden wohl bei Luftangriffen vernichtet. Ich kann Ihnen natürlich meine Einheit nennen.«

»Daran habe ich keinen Zweifel. Und wahrscheinlich auch Ihre Vorgesetzten bis rauf zum General. Und ich fürchte, es handelt sich um eine Einheit, bei der außer Ihnen nicht viele überlebt haben.«

»Das kann ich nicht genau beziffern. Aber wir hatten in der Tat hohe Verluste bei den Rückzugskämpfen.«

»Wir können den ganzen Quatsch auch lassen und mal Ihre Arme untersuchen. Was würden wir da finden?«

Kieling schwieg.

»Vielleicht eine Tätowierung mit Ihrer Blutgruppe?«

»Besorgen Sie sich einen Beschluss.«

»Wenn Sie Ihre Mitgliedschaft in der SS weiter in Abrede stellen, werden wir das natürlich tun müssen. Wir könnten aber auch ein bisschen Zeit sparen.«

»Nehmen wir an, ich war bei der SS. Und? Ist ja nicht per se strafbar.«

Lukas gab Wallner ein Zeichen. Wallner holte einige Fotos hervor, die er zu Lukas über den Tisch schob. »Schauen wir uns doch mal zusammen diese Bilder an.«

Lukas breitete die Fotografien auf dem Tisch aus. Sie zeigten Kieling in seinem Garten zusammen mit dem geheimnisvollen Fremden.

»Wer ist der Mann?«, fragte Lukas.

»Eine Urlaubsbekanntschaft. Er heißt Carlo Eberswalde. Meine Frau und ich haben ihn mal in Mexiko kennengelernt.«

»Auf einem Treffen mit alten Kameraden?«

»In einem Hotel in Cancún. Er kam einmal zu Besuch nach Dürnbach. Kurz nur. Er war in der Gegend, rief an und fragte, ob er vorbeikommen könne. Ich weiß nicht viel über ihn, außer dass er Rentner ist und früher als Arzt gearbeitet hat.«

»Ja. Unter anderem in Sachsenhausen, Buchenwald und Mauthausen. Der Mann heißt in Wirklichkeit Aribert Heim und steht ganz oben auf der Liste der meistgesuchten Naziverbrecher. Auch bekannt als *Schlächter von Mauthausen*.«

Kieling nahm einen Schluck Kaffee und schüttelte sachte den Kopf. »Tatsächlich? Das habe ich nicht gewusst. Er machte einen ausgesprochen netten Eindruck. Wer weiß, ob das auch immer stimmt, was von den Leuten behauptet wird.«

»Tja, gerade über die SS wird ja viel erzählt, was angeblich gar nicht wahr ist. Sie haben von irgendwelchen SS-Verbrechen während Ihrer aktiven Zeit nichts mitbekommen?«

»Ich habe nicht gesagt, dass ich bei der SS war. Aber ich habe gehört, dass es immer wieder SS-Leute gab, die sich nicht korrekt verhalten haben. Die Nervenanspannung haben wohl einige nicht ausgehalten. Und es waren sicher auch Sadisten darunter. Aber das kann man in einer Organisation von mehreren hunderttausend Menschen nicht verhindern. Gibt es bei der Polizei keine Sadisten? Bei der Bundeswehr? Beim Gefängnispersonal?«

»Sie können sich denken, dass Ihre Urlaubsbekanntschaft ein Gericht nicht eben für Sie einnehmen wird.« Lukas machte sich eine kurze Notiz. »Kommen wir zu dem, was wir gerade im Zusammenhang mit Ihrer Person ermitteln. Wo waren Sie am zweiten Mai 1945?«

»In Berlin. Wir waren in heftige Straßenkämpfe mit der Roten Armee verwickelt.«

»Die sehr verlustreich endeten. Schon klar. Jetzt mal im

Ernst: Es gibt genug Leute, die Sie gesehen haben. Und zwar in Dürnbach, in der Uniform eines SS-Hauptscharführers. Sie waren auf der Suche nach einer entflohenen Gefangenen.«

»Wen meinen Sie mit *genug Leute?* Die Muhrtalerin? Viel Spaß, wenn Sie die als Hauptbelastungszeugin vor Gericht schicken. Die kann sich ja kaum erinnern, wie sie heißt.«

»Lassen Sie die Zeugen mal unsere Sorge sein«, übernahm Höhn wieder die Leitung des Gesprächs. »Sie haben in Begleitung eines anderen SS-Mannes an dem Tag einen SA-Rottenführer mit einem Trupp Volksstürmern angewiesen, die flüchtige Frau zu suchen. Sie hieß Frieda Jonas.«

»Ich kann mich daran nicht erinnern. Das muss eine Verwechslung sein. Wer sagt denn so was?«

»Haben Sie die Frau gefunden?«

»Wie gesagt – ich kann mich nicht daran erinnern, dass ich sie gesucht hätte.«

»Jetzt hören Sie endlich auf, uns anzulügen!« Höhn wurde laut. »Frieda Jonas hat damals, vor dem Krieg, gesagt, Sie hätten sie vergewaltigt. Sie hatten allen Grund, sie zu töten. Deswegen waren Sie hinter ihr her!«

»Auf die Gefahr hin, mich zu wiederholen – ich weiß nicht, wovon Sie reden.«

Höhn war mit seinem Latein am Ende und sah hilfesuchend zu Lukas.

»Auf der Klingel von Uwe Becks Haus haben wir diverse Fingerabdrücke gefunden, ebenso im Haus«, begann Lukas. »Wir werden Sie nachher um Ihre Fingerabdrücke bitten. Ebenso um eine DNA-Probe. Das ist eine neue Methode, von der Sie vielleicht schon gehört haben. Tut nicht weh. Wir brauchen nur ein Haar.«

»Was hat meine angebliche SS-Vergangenheit mit dem Tod von Uwe Beck zu tun?«

»Wir konnten in der Zwischenzeit einen Zeugen auftreiben, der Ihren Wagen vor dem Haus von Beck gesehen hat. Das war an dem Abend, an dem Beck vermutlich ermordet wurde.«

»Ich weiß nicht mehr, an welchem Tag es war. Aber Beck hatte bei uns angerufen und meiner Frau gesagt, er hätte eine interessante Information für mich. Ich habe versucht, ihn zurückzurufen. Aber er hat nicht abgehoben. Er war ja sehr seltsam in diesen Dingen. Ich wusste nicht, was er mir sagen wollte. Aber ich war neugierig und bin hingefahren.«

»Vielleicht wollte er Geld dafür, dass er die Fotos mit Aribert Heim nicht an die Polizei schickt?«

»Oh ja, klar. Ich bringe den Mann um, lasse aber die Fotos da, damit die Polizei sie neben der Leiche findet – oder wo immer sie waren.«

»Täter tun oft die unsinnigsten Dinge. Vielleicht wollte er sie auch mit etwas anderem erpressen. Nämlich mit Beweisen für den Mord an Frieda Jonas.«

»Abgesehen davon, dass es solche Beweise nicht geben kann – also jedenfalls keine, die mich belasten –, abgesehen davon scheinen diese Beweise verschwunden zu sein. Sonst hätten Sie sie mir längst vorgelegt.« »Das haben Sie richtig erkannt. Es gab einen Ordner mit Fotos und Dokumenten aus dem Jahr 1945. Und dieser Ordner ist verschwunden.«

»Das ist bestimmt sehr bedauerlich aus Ihrer Sicht. Aber dann würde ich mal nach dem Ordner suchen. Und wenn Sie was gegen mich finden – was nicht der Fall sein wird –, dann können wir ja weiterreden. Ich würde jetzt gerne gehen.«

»Danke, dass Sie uns Ihre Zeit geopfert haben.«

»Es war mir Pflicht und Vergnügen.«

Kieling gab ohne größere Umstände seine Fingerabdrücke und eine DNA-Probe ab. Dann wurde er entlassen. Anschließend saßen die drei Kommissare eine Weile schweigend beisammen. Schließlich sagte Wallner: »Sind wir jetzt irgendwie weiter?«

Lukas hatte eine Zigarette im Mund und spielte mit dem Feuerzeug, ohne die Zigarette anzuzünden. Schließlich kam er zu einer Erkenntnis, nahm die kalte Zigarette aus dem Mund und sagte: »Wir müssen noch mal mit dem Haltmayer reden.«

40

Die SS hatte im Krieg unvorstellbare Verbrechen begangen, und die meisten Beteiligten rechneten damit, dass die Sieger sie nach dem Ende des Tausendjährigen Reiches zur Rechenschaft ziehen und hinrichten würden. Was dann tatsächlich geschah, dürfte die ehemaligen SS-Angehörigen wohl am meisten überrascht haben. Die Hauptverantwortlichen wurden, soweit sie noch am Leben und auffindbar waren, ohne großes Engagement abgeurteilt und einige von ihnen hingerichtet. Das Gros der SS-Leute jedoch wurde nie zur Rechenschaft gezogen und lebte im Nachkriegsdeutschland ein bürgerliches Leben.

Während nun Juristen, Mediziner und andere SS-Leute mit guter Ausbildung nach dem Krieg wieder erfolgreich in ihren alten Berufen arbeiteten, gab es bei dem einen oder anderen Angehörigen der Unterschicht die Bestrebung, alte Pfade zu verlassen. In der Zeit bei der SS hatten sich viele Fähigkeiten angeeignet, die auch in gewissen Bereichen des zivilen Leben nutzbar waren – etwa im Rotlichtmilieu.

Max Endorfer hatte noch im Jahr 1945 angefangen, seine Freundin in München auf den Strich zu schicken. Die GIs zahlten gut, oft in Zigaretten, manchmal auch in Dollars. Drei Jahre später hatte Endorfer schon vier Freundinnen, die für ihn arbeiteten, und hatte außerdem den ersten Zuhälterkollegen erschossen, der der Ansicht war, Endorfers Mädels hätten in seiner Straße nichts zu suchen. Das verschaffte ihm den nötigen Respekt in der Szene und seinen

Geldgebern die Gewissheit, dass ihre Investition bei Endorfer in guten Händen war. Anfang der fünfziger Jahre folgte das erste Bordell, dann Nachtclubs und in den sechziger Jahren ein Studio für Kraftsport. Aus dem Bordellgeschäft zog sich Endorfer in den achtziger Jahren zurück und setzte auf Peepshows und nach deren Verbot auf Pornokabinen. Jetzt war er neunundsechzig Jahre alt und Mitinhaber zweier Nachtclubs im Münchner Bahnhofsviertel.

Es war früher Nachmittag, als Max Endorfer an der Bar des mäßig besuchten Cabaret Beverley einen Anruf bekam. Er konnte die Stimme nicht zuordnen, und auch der Name Albert sagte ihm zunächst nichts. Erst als der Anrufer auf eine gemeinsame Zeit in Polen anspielte, begriff Endorfer, wen er am Apparat hatte.

»He Albert, oide Schäs'n! Des gibt's ja net. Was treibst denn immer?« Endorfer hatte sich im Gegensatz zu Kieling das Bairisch erhalten. In seinem Metier wurde Bodenständigkeit goutiert.

Nach einigem Smalltalk kam Kieling zur Sache. »Ich steck ein bisschen in Schwierigkeiten. Es gibt da Leute bei der Polizei, dir mir was anhängen wollen. Eine Geschichte von damals, kurz vor Kriegsende. Ich hab damit überhaupt nichts zu tun.«

»Verdammte Sauerei, des gibt's ja net!« Endorfer war es vollkommen einerlei, ob Kieling etwas verbrochen hatte oder nicht. Und Kieling wusste das natürlich auch. Aber ebenso klar war, dass man nicht wusste, ob jemand mithörte. Das musste nichts mit Kieling zu tun haben. Es gab viele Gründe, das Telefon eines Lokals im Rotlichtviertel abzuhören.

»Tät vorschlagen, wir treffen uns mal.«

»Ich fürchte, es muss bald sein.« Kieling klang beunruhigt. Das fand Endorfer erstaunlich. Kieling war der kälteste Drecksack, den er je kennengelernt hatte.

»Ich bin Rentner. Ich hab Zeit. Willst vorbeikommen?«

»Nein. Lieber in der Kirche.«

»Ist in Ordnung. Heute Abend?«

»Neunzehn Uhr?«

Endorfer stimmte zu. Die Kirche war die Bezeichnung für eine bestimmte Stelle an der Isar in der Nähe der Tierparkbrücke. Der Weg war nachts beleuchtet, und man konnte sich im Gehen unterhalten, was ein Abhören so gut wie unmöglich machte.

Endorfer hatte wenig Lust, sich mit der Polizei anzulegen. Bis auf kleinere Strafen wegen Körperverletzung war er der Justiz bis jetzt entgangen, und auf seine alten Tage noch einzufahren war das Letzte, was er wollte. Andererseits – *Meine Ehre heißt Treue.* Der SS-Dolch mit der Inschrift lag noch immer in einer Kiste im Keller. Nicht, dass er die Wiederkehr des Nationalsozialismus herbeisehnte. Aber die alte Kameradschaft schweißte zusammen. Max Endorfer hatte mit Albert Kieling im Warschauer Ghetto gekämpft, als sich die Juden plötzlich in hinterhältige Partisanen verwandelt hatten. Da gab es einige Momente, in denen ihr Leben in Gefahr gewesen war. Und sie hatten sie gemeinsam überstanden. Nein – einen alten Kameraden ließ er nicht hängen. Abgesehen davon hielt sich das Risiko in Grenzen. Denn es dürfte der Polizei schwerfallen, eine Verbindung zwischen ihm und Kieling herzustellen. Sie hatten sich über zehn Jahre nicht gesehen und weder gemeinsame Freunde noch sonstige Verbindungen.

Die Nacht war kalt und die Pfützen auf dem Weg an der Isar gefroren. Man musste aufpassen, vor allem, wenn man nicht mehr der Jüngste war. Den beiden älteren Herren, die im Schein der Laternen hier spazieren gingen, sah man trotz ihres Alters immer noch eine gewisse Körperspannung an. Der eine der beiden war kräftig gebaut, und manch Jüngerer hätte sich wohl ungern mit ihm angelegt.

»Ich weiß, das ist keine Kleinigkeit, die ich von dir erbitte«, sagte Kieling. »Und wenn es dir zu riskant ist, dann sag es. Ich hätte Verständnis.«

»Geh, red keinen Schmarrn. Ist mir irgendwas amal zu riskant gewesen?«

Kieling lachte. »Nein. Bestimmt nicht.«

»Ich denk, mir werden mit den zwei Burschen plus meine Wenigkeit auskommen. Zu viele Mitwisser kannst da net brauchen.«

»Ja. Es müssen Leute sein, denen du wirklich vertraust. Da gibt es wahrscheinlich nicht so viele.«

»Des is ja des Elend. Die meisten von dene jungen Burschen san Schlägertypen. Die kannst als Türsteher einsetzen, net bei so was. Aber der Makis, des is a ganz a Fitter.«

Kieling nickte zustimmend. »Die Griechen, das waren immer gute Kämpfer. Die besten Partisanen, die ich gesehen habe.«

Endorfer blieb stehen und zündete sich eine Zigarette an. »Wann warst denn du in Griechenland?«

»Nach der Warschauer Zeit. Als die Italiener umgefallen sind, haben sie uns hingeschickt.«

»Hab ich gar net gewusst.« Sie gingen weiter die Isar entlang in Richtung Großhesseloher Brücke. »Wie wär's, wenn mir die Aktion in München durchziehen? Irgendein altes Fabrikgelände. Wir sagen, jemand hätt da eine Leiche gefunden und dass die Staatsanwältin kommen muss …«

»Nein, nein. Für München ist die gar nicht zuständig. Nur für die umliegenden Landkreise. Das hab ich alles schon recherchiert. Ich sag dir jetzt mal, wie ich mir das vorstelle …«

41

Sebastian Haltmayer wurde morgens von einem uniformierten Beamten zum Vernehmungsraum geführt. Der Flur war nicht so lang wie in großstädtischen Polizeipräsidien, aber karg und freudlos. Durch die großen Fenster fiel wenig Licht von draußen herein. Der November war trüb an diesem Tag.

Eine Nacht hatte Haltmayer in der Zelle verbracht. Vier mal zwei Meter. Jetzt hatte er Angst. Schon das Gefühl, für eine Nacht nicht aus diesen acht Quadratmetern herauszukommen, hatte ihn in Panik versetzt. Wenn sie ihn wegen Mordes verurteilten, würde er vielleicht den Rest seines Lebens in einer Zelle verbringen. Der Gedanke schnürte ihm den Atem ab. Konnten sie ihm wirklich einen Mord nachweisen? Vielleicht nicht. Aber auch dann würde er möglicherweise Jahre in Untersuchungshaft sitzen.

Sebastian Haltmayer zitterte, als er die Kaffeetasse zum Mund führte.

»Ich hoffe, es war nicht allzu unbequem bei uns«, begann Lukas die Vernehmung. Er saß Sebastian Haltmayer am Vernehmungstisch gegenüber. Der blieb stumm und setzte die Kaffeetasse klappernd auf den Unterteller. »Wie ich schon sagte, sieht es nicht gut für Sie aus. Uwe Beck hat Sie offensichtlich erpresst, und Sie haben ihm deswegen gedroht. Und die Geschichte vom Mai fünfundvierzig spitzt sich langsam zu für Sie.«

Haltmayer sah Lukas irritiert an. Lukas gab Höhn, der gerade ins Zimmer kam, ein Zeichen, sich dazuzusetzen.

»Wir haben inzwischen herausgefunden, wer der SS-Mann war, der Ihnen damals den Befehl gegeben hat, Frieda Jonas zu suchen.« Höhn ließ eine kleine Pause folgen. »Es war Albert Kieling. Kennen Sie den?«

Haltmayer überlegte einen Moment, ob er die Bekanntschaft mit Kieling leugnen sollte, sah aber ein, dass das unsinnig war. »Ja. Natürlich. Er wohnt ja in Dürnbach.«

»Stimmt. Sie sitzen mit ihm am Stammtisch«, ergänzte Wallner, der hinter ihm stand. Haltmayer starrte die Tischplatte an.

»Schon a bissl komisch, wenn Sie uns hier erzählen, Sie wüssten nimmer, wer Ihnen damals den Befehl gegeben hat.«

»Des ... des is so lange her. Ich hab nimmer gewusst, dass des der Kieling war. Jetzt, wo Sie's sagen, fällt's mir natürlich wieder ein.«

»Sie, Obacht!« Höhn stieß wütend Rauchwolken aus. »Wenn Sie meinen, Sie müssten uns net ernst nehmen, dann können mir auch ganz anders.«

»Ja, ich gib's zu, ich ... ich hab natürlich gewusst, dass das damals der Kieling war. Ich wollt ihn einfach raushalten aus der G'schicht. Des müssen S' mir glauben.« Sebastian Haltmayer war den Tränen nahe.

»Wie kommen Sie dazu, Herrn Kieling da rauszuhalten?«, fragte Lukas und stützte sich auf seine Ellbogen. »Mei, mir sind befreundet. Und die G'schicht is ja auch schon lang vorbei. Des bringt doch nix mehr.«

»Seltsame Rechtsauffassung. Die vom Gesetz in keinster Weise geteilt wird. Mord verjährt nämlich nicht.«

Haltmayer schwieg.

»Wissen S', was ich glaub?« Höhn lehnte sich in seinem Stuhl zurück und musterte Haltmayer mit sichtbarem Widerwillen. »Sie wollten Albert Kieling da raushalten, damit er uns net erzählt, wer Frieda Jonas erschossen hat. Das waren nämlich Sie.«

»Nein! Ich hab die Frau net erschossen! Hat er das gesagt?«

»Das hat er nicht.« Lukas war ruhig und emotionslos. »Noch nicht. Ihm ist allerdings klar, dass seine Situation nicht die beste ist. Warum sollte er sich also selbst in Gefahr bringen, wenn er stattdessen auch den Hauptbelastungszeugen geben kann?«

»Der wird net gegen mich aussagen. Ich war's nicht.«

»Ob Sie es waren, lassen wir mal dahingestellt. Und ob das für Herrn Kieling wichtig ist – keine Ahnung. Ich denke, als SS-Mann hat er noch ganz andere Schweinereien begangen.«

In Haltmayers Kopf arbeitete es. Er schwitzte und dachte anscheinend über seine Optionen nach. Das strengte ihn an, und er schwitzte noch mehr.

Lukas sah ihm väterlich in die Augen. »Wenn Sie gesehen haben, dass Albert Kieling die Frau erschossen hat, dann gibt es keinen Grund, den Mann zu schützen. Wenn Kieling als Erster gegen Sie aussagt, dann sieht es schlecht aus für Sie. Denn wenn Sie anschließend sagen, er war es, dann riecht das natürlich nach Schutzbehauptung.«

Haltmayer atmete schwer. Er war ein einfacher Mann, aber nicht dumm.

»Sagen Sie uns ehrlich und wahrheitsgemäß, was Sie wissen. Wenn Sie selbst Frieda Jonas getötet haben – ein Geständnis zum jetzigen Zeitpunkt könnte Ihnen viele Jahre Gefängnis ersparen.«

Haltmayer schüttelte den Kopf und sah Lukas verzweifelt an.

»Wir lassen Sie mal kurz alleine«, entschied Lukas. »Denken Sie nach über das, was wir Ihnen gesagt haben.«

Im Gang vor dem Vernehmungsraum gruppierten sich die drei Kommissare um einen Aschenbecher. »Sie haben Haltmayer ganz schön unter Druck gesetzt«, sagte Wallner.

»Wir haben nichts gesagt, was so nicht in einem Vernehmungsprotokoll stehen könnte«, entgegnete Lukas. »Wir haben ihm die möglichen Szenarien vor Augen geführt. Und ihn aufgefordert, die Wahrheit zu sagen. Wie immer sie lautet.«

»Sie haben ihm nahegelegt, gegen Kieling auszusagen.«

»Nur, wenn es Kieling war. Das ist ja selbstverständlich. Mal ganz ehrlich – was glauben Sie, wer die Frau erschossen hat?«

Wallner zuckte mit den Schultern. In diesem Augenblick wurde die Tür zum Vernehmungsraum geöffnet, und ein Wachbeamter schaute heraus. »Sie sollen bitte reinkommen.«

Haltmayer wirkte gefasst, als die Kommissare den Raum betraten.

»Und? Haben Sie uns was zu sagen?«, fragte Lukas, bevor sie sich setzten.

Haltmayer nickte, und die Ermittler setzten sich ihm gegenüber an den großen Tisch.

42

2. Mai 1945

Ägidius Haltmayer saß auf der Bank vor seinem Hof, sein Neffe, Sebastian Haltmayer, stand in SA-Uniform vor ihm. Hinter ihm hatten sich die Leute vom Volkssturm aufgebaut sowie die SSler Kieling und Lohmeier.

»Wo ist sie?« Sebastian Haltmayer versuchte, mit militärisch aufrechter Haltung Eindruck auf seinen Onkel zu machen.

»Habt's es immer noch net begriffen? Es is aus. Zwölf Jahre Gottlosigkeit. Jetzt kommt endlich das Gericht über euch. Traust dich ja was, immer noch mit der Uniform rumzulaufen.«

»Noch hab ich sie an. Also noch mal: Wo ist sie?«

»Hier nicht.«

»Wo dann?«

»Sucht sie doch. Aber ich tät mich beeilen. Das Tausendjährige Reich is bald vorbei.«

SS-Hauptscharführer Kieling trat nach vorn, packte Ägidius Haltmayer am Kragen und zog ihn von der Bank hoch. »Hör zu, alter Mann: Du sagst uns jetzt, wo sie ist, oder du fängst dir in letzter Minute noch eine Kugel, verstanden?«

Ägidius Haltmayer schnaufte schwer. Kielings Pistolenlauf, der vor seinem Gesicht auftauchte, machte ihm Angst. Gleichzeitig stieg Hass in ihm auf. Gegen den Mann, dem er einst vertraut und den er fast zu seinem Sohn gemacht hatte. Gegen den Mann, der Frieda umbringen wollte, die ihm das Schicksal vor zwei Stunden so unverhofft zurückgebracht hatte.

»Schieß doch, du Hund«, sagte Ägidius Haltmayer. Aus den Augenwinkeln sah er, wie sein Neffe Sebastian unruhig wurde. Offenbar traute er es Kieling zu.

Aber Kieling war nicht dumm. Und zu diesem Zeitpunkt und vor vielen Zeugen einen künftig wieder angesehenen Bürger der Gemeinde zu erschießen wäre mehr als dumm gewesen. Selbst der verstockteste Fanatiker dachte in diesen Tagen daran, wie es nach dem Krieg weitergehen würde. Kieling stieß den alten Bauern auf die Bank zurück und wandte sich an den jungen Haltmayer.

»Rottenführer, Sie suchen mit zwei Mann die unmittelbare Umgebung ab. Ich würde mir vor allem den Kreuzhof vornehmen.« Kieling deutete auf das dreihundert Meter entfernte Anwesen. »Steht der immer noch leer?«

»Jawoll, Hauptscharführer. Alles wie damals. Schätze, die zum Hof gehörende Kapelle wär ein gutes Versteck.«

Kieling gab Sebastian Haltmayer ein knappes Zeichen mit dem Kopf, dass er abrücken solle. »Der Rest durchsucht mit mir diesen Hof.« Kieling, Lohmeier und die Volkssturmleute begannen auszuschwärmen.

Sebastian Haltmayer und zwei der Burschen vom Volkssturm marschierten mit zackigem Schritt auf den leerstehenden Hof des Kreuzbauern zu. Sie machten sich über Wohnhaus, Scheune und die Kapelle her und versammelten sich nach einer halben Stunde wieder vor dem Haus. Die beiden jungen Männer schüttelten die Köpfe.

»Bluatssauerei!«, schrie Haltmayer in die Frühlingsluft, und seine Buben zuckten erschrocken zusammen. »Schreien hilft net«, sagte eine Stimme, die vom Zufahrtsweg kam. Dort stand ein mittelalter, rotblonder Mann mit dem Gesicht eines Vogels und einer Kamera um den Hals. Gerhard Beck.

»Was ist denn? Musst dich wieder wichtigmachen?«, sagte Haltmayer, der, wie jeder im Dorf, Beck und seine detektivischen Ambitionen kannte.

»Ich dräng mich net auf. Interessiert dich wahrscheinlich auch net, dass dein Onkel heut Morgen schon an Motorradausflug gemacht hat.« Beck wandte sich ab und watschelte zur Dorfstraße zurück.

»He, he, he! Wart mal!«

Beck blieb zögerlich stehen und drehte sich sehr langsam um. »Hast vielleicht doch eine Frage?«

»Hör auf mit dem Getue. Was war des? Mein Onkel hat heut Morgen was gemacht?«

»Mit seinem Motorrad ist er weggefahren. Und nach zwanzig Minuten wiedergekommen.«

»Und?«

»Wie er gefahren is, hat er a Frau im Beiwagen gehabt. Die war aber nimmer dabei, wie er zurückgekommen is.«

Sebastian Haltmayer ging auf Beck zu und verschränkte die Arme vor der Brust. »Wissen mir vielleicht auch, wo mein ehrenwerter Onkel Ägidius hingefahren ist?« »Dein ehrenwerter Onkel Ägidius hat was gesagt, wie sie weggefahren sind. Klang wie Sakerer Gütl«, sagte Beck und nickte still in sich hinein.

Haltmayer machte sich ohne ein Wort des Dankes mit seiner Entourage auf den Weg. Beck witterte lohnende Fotomotive und folgte den dreien.

43

Frieda hatte Blut und Wasser geschwitzt, als der SA-Mann mit seinen Volkssturmleuten vor dem Sakerer Gütl Schießübungen veranstaltete. Doch schließlich waren sie abgezogen, und nur der eine Junge war dageblieben, den sie in den Keller gesperrt hatten. Irgendwann würden sie wiederkommen und ihn holen. Aber dann wäre der Krieg vorbei, wie einer seiner Kameraden gesagt hatte.

Frieda saß auf einem verstaubten Stuhl und sah auf ihre dürren Waden, die hervortretenden Knöchel und ihre Füße, die in viel zu breiten Schuhen steckten, dann wieder nach draußen durch das kleine Fenster mit den zwei senkrechten Gitterstäben, die vor den Fenstern der meisten alten Höfe waren. Sie behielt den Feldweg im Auge, der aus dem Wald kam und zum Hof führte. Jede Minute, die verging, ohne dass jemand dort auftauchte, brachte sie dem Überleben näher.

Was wohl mit Albert Kieling geschehen war? Hatten ihn die Amerikaner gefangen? War er geflohen? Oder war er ihr tatsächlich gefolgt? Dann musste er längst in Dürnbach sein.

Sie hoffte inständig, das erste Fahrzeug, das aus dem Wald käme, würde ein amerikanischer Panzer sein. Wie lange musste sie noch aushalten? Eine Stunde? Zwei? Vielleicht war der Krieg schon vorbei, und sie wusste es nicht.

Frieda überlegte, ob sie den Jungen im Keller aus seinem Gefängnis befreien sollte. Wenn der SA-Mann ihn eingesperrt hatte, war der Junge wahrscheinlich kein schlechter Mensch. Und sie sehnte sich nach Gesellschaft. Nach jemandem, mit dem sie auf den Frieden warten konnte.

Draußen rührte sich nichts. Sie schlich die hölzernen Stufen hinunter ins Erdgeschoss. Doch das Holz knarrte. Sie zuckte zusammen. Dann fiel ihr ein, dass der Einzige, der sie hören konnte, eingesperrt war. Trotzdem war die Angst allgegenwärtig. Vorsichtig trat Frieda vor die Haustür und spähte zum Wald. Immer noch war alles ruhig. Nur ein kalter Wind blies von Westen, und sie knöpfte ihre Strickjacke zu. Auf dem Kopf trug sie eine graue Wollmütze.

»Hallo! Wie geht's dir da drin?« Frieda hatte sich vor das Kellerfenster gekniet. Ein schmales Gesicht tauchte auf.

»Wer bist du?«

»Ich heiße Frieda. Und du?«

»Ich bin der Thomas.«

»Soll ich dich rauslassen?«

»Ich weiß net. Die haben gesagt, ich muss hier drinbleiben. Wenn ich einfach rausgeh, dann ... dann werd ich bestimmt bestraft.«

»Wenn die wiederkommen, ist der Krieg vorbei. Dann hat der SA-Mann nichts mehr zu sagen.«

»Sicher?«

Frieda nickte. Das Gesicht des blonden Jungen war lang und grob mit einem enormen Kinn, doch seine Augen waren sanft, kindlich. In diesen Augen sah Frieda Unsicherheit und Verwirrung; er schien nicht der Klügste zu sein. »Ich lass dich jetzt raus.«

Der eiserne Riegel, der die Tür verschloss, war rostig und groß. Als Frieda ihn zurückziehen wollte, bewegte er sich nicht. Sie versuchte es mit beiden Händen und lehnte sich mit ihrem ganzen Gewicht gegen das Eisen. Aber sie wog wenig und war schwach. »Thomas, der Riegel geht nicht auf. Ich schau mal, ob ich im Stall einen Hammer finde oder eine Eisenstange.«

Im Erdgeschoss ging sie zunächst zur Haustür, die sie zuvor vorsorglich geschlossen hatte. Es würde auffallen, wenn sie offen stand. Sehr vorsichtig zog sie die Tür auf, nur ein paar Zentimeter. Ihr Bauch verkrampfte sich.

Auf dem Weg war Bewegung. Menschen kamen auf den Hof zu. Sie überlegte, was zu tun war. Das Haus auf der Rückseite verlassen und über die Wiesen weglaufen? Sie war schwach und konnte nicht schnell rennen. Wer immer die Leute waren – sie hätten sie bald eingeholt.

Aus dem Flurfenster im ersten Stock hatte Frieda einen besseren Blick auf den Weg. Von hier aus konnte sie erkennen, dass es drei Männer waren, die mit schnellen Schritten den Weg entlangkamen. Es war der SA-Mann von vorhin mit zwei Jungen, in etwa so alt wie Thomas im Keller. Die drei waren keine hundert Meter mehr vom Haus entfernt.

Es gab zwei Möglichkeiten: Entweder war der Krieg vorbei und sie kamen, um Thomas aus dem Keller zu befreien. Oder sie kamen wegen ihr. Im Obergeschoss des Hauses saß sie in der Falle.

Frieda ging ins Erdgeschoss und von da in den Stall, der eine Tür auf der Rückseite des Hofes hatte. Sie war nicht abgesperrt und ließ sich öffnen, doch quietschte sie erbärmlich. Im Stall vor der Tür stand ein landwirtschaftliches Gerät, das Frieda noch nie gesehen hatte und das ihr Deckung bot. Sie ließ die Tür einen Spaltbreit offen stehen, gerade so weit, dass sie hindurchpasste. Das würde bei einem verlassenen Hof niemanden wundern. Notfalls konnte sie durch den Spalt nach hinten hinaus fliehen.

Vor dem Kellerfenster erschienen dreckige schwarze Stiefel. »He, Nissl, du Pfeife! Geh her!«

Thomas Nissls Gesicht erschien am vergitterten Kellerfenster. Sebastian Haltmayer kniete sich vor das Fenster, um leise mit Nissl zu reden, und legte seinen Zeigefinger auf den Mund.

»Is hier im Haus a Frau?!«, flüsterte er.

Nissl schüttelte den Kopf, doch das schlechte Gewissen stand ihm ins Gesicht geschrieben.

»Du lügst mich an, du verdammter Hund.« Haltmayer blieb auch hierbei sehr leise. »Wo ist die Frau?«

»Weiß net«, sagte Nissl ohne Überzeugung.

»Doch, du weißt es. Und wennst es mir net sofort sagst, lass ich dich erschießen.« Haltmayer blickte zu einem seiner Buben. Der schluckte und zögerte, doch dann lud er seinen Karabiner durch.

»Die is weg.«

»Wie – weg?«

»Weggelaufen.«

»Ah ja? Wohin denn?«

»Weiß net. Hab's net gesehen.«

»Warum weißt dann, dass sie überhaupt weg is?«

Auf diese Frage war Nissl nicht vorbereitet. Er war auf gar nichts vorbereitet. Lügen war sehr anstrengend, weil man so viel bedenken musste. Da er nicht wusste, was er sagen sollte, ließ er Haltmayers Frage unbeantwortet.

»Sie is noch im Haus, stimmt's?«

Nissl kaute auf seiner Unterlippe.

»Wo?« Haltmayer blickte zu dem Jungen mit dem Karabiner, als Nissl weiterhin nichts sagte. Er nickte dem Jungen zu und sagte: »Erschieß ihn!«

»Nein! Bitte nicht!« Nissl liefen Tränen die Wangen hinab. Haltmayer beugte sich zu ihm hinunter, so dass sein Ohr nur wenige Zentimeter von Nissls Mund entfernt war. »Sie hat gesagt, sie will in den Stall, um an Hammer zu holen«, flüsterte Nissl und fing an zu weinen.

44

Frieda saß hinter dem verrosteten Gerät neben der leicht geöffneten Stalltür und wartete. Der SA-Mann hatte den Jungen im Keller angesprochen. Danach hatte sie nichts mehr gehört. Waren sie wieder weg? Oder durchsuchten sie das Haus? Wohl nicht, die Stiefel auf den Holzböden hätten Geräusche gemacht.

Frieda bewegte den Kopf an dem rostigen Gerät vorbei, bis sie die Verbindungstür zum Wohntrakt sehen konnte. Der hölzerne Riegel bewegte sich vorsichtig nach oben. Dann ging die Tür fast geräuschlos auf. Ein Gewehrlauf wurde sichtbar, schließlich ein braunes Hemd. Der SA-Mann kam herein, hinter ihm einer seiner Jungen, ebenfalls mit einem Gewehr bewaffnet. Sie schlichen vorsichtig durch den Stall und spähten umher. Der SA-Mann gab ein Zeichen, die beiden pirschten weiter voran und kamen Frieda näher.

Sie warf einen Blick durch den Türspalt. Draußen war alles ruhig. Es waren sicher hundert Meter bis zum Waldrand. Doch auf dem Weg dahin standen Büsche, von denen einige schon grün waren und Sichtschutz boten. Etwa zwanzig Meter von der Tür entfernt war ein altes Bienenhaus mit Anflugbrettern in verschiedenen Farben. Das müsste sie erreichen, dann war sie in Deckung und konnte sich ihr nächstes Ziel suchen. Sehr langsam streckte sie eines ihrer dürren Beine durch den Türspalt, sorgsam darauf bedacht, kein Geräusch zu verursachen. Der Stoff ihres

Kleides blieb unter der Tür hängen und rutschte an ihrem Bein hoch. Frieda hielt den Atem an, zog den Stoff vorsichtig unter der Tür weg und stützte sich mit der anderen Hand gegen die Stallmauer, um das Gleichgewicht nicht zu verlieren.

Haltmayer sah sich im Stall um. Ein rostiger alter Häcksler stand an der Stalltür, die nach hinten hinausging. Die Tür stand einen Spaltbreit offen. Er hörte ein Rascheln, legte sein Gewehr an und zielte in die Richtung, aus der das Geräusch kam. Dort lag ein wenig Heu, und das bewegte sich. Mäuse. Haltmayer ging leise weiter und bedeutete dem Jungen, ihm zu folgen. Als er auf Höhe des Häckslers war und um die Ecke spähte, war da nichts. Der Wind blies Weidensamen durch den Türspalt. Es sah ein bisschen aus wie Schnee. Haltmayer ging zur Tür und machte sie auf. Draußen schien alles ruhig zu sein. Er lauschte und hörte den Wind rauschen, sonst nichts. Ein altes Bienenhaus stand im Wind und wurde von der Weidenwolle umweht.

Haltmayer stutzte, ging zum Bienenhaus und riss die Tür auf, die nur noch an einer Angel hin. Im Bienenhaus war niemand.

Frieda spürte die Erschütterung, denn sie drückte sich auf der Rückseite an das alte Bienenhaus. Ihr Herz klopfte heftig. Endlich entfernten sich die Schritte des Mannes. Frieda atmete durch. Sie war fürs Erste gerettet.

Noch einmal zwanzig Meter weiter Richtung Wald stand eine Linde, hinter deren Stamm sie in Deckung gehen konnte. Frieda tastete sich vorsichtig bis zur Ecke des Bienenhauses und blickte zum Stall. Durch eines der schmutzigen Fenster konnte sie sehen, dass der SA-Mann und der

Junge in den Wohntrakt zurückgingen. Die Chance musste sie nutzen. Sie rannte, so schnell sie konnte, zu der Linde. Kurz bevor sie sie erreichte, bemerkte sie einen Schatten hinter dem Baum. Die Sonne war ein wenig durch die Wolkendecke gekommen.

Sie blieb stehen, sah zum Haus zurück, überlegte, ob sie in eine andere Richtung laufen sollte. Im selben Moment trat jemand hinter der Linde hervor. Es war der andere Volkssturmjunge. Auch er hatte ein Gewehr in der Hand, mit dem er jetzt auf Frieda zielte. Frieda schlug das Herz bis zum Hals. Sie wollte nicht sterben. Fünf Minuten bevor dieser verfluchte Krieg zu Ende war.

»Lass mich gehen«, sagte sie. »Der Krieg ist gleich vorbei. Euer SA-Mann erschießt mich.«

Der Junge sah sie unsicher an. Es arbeitete in seinem Kopf. Wollte er wirklich, dass die Frau, die vor ihm stand, erschossen wurde?

In diesem Augenblick ertönte das Krachen eines Granateinschlags. Es war nicht weit weg. Ein paar Kilometer noch. Der Junge starrte Frieda an, atmete flach und schnell, schluckte, Schweiß lief ihm trotz des kalten Windes an den Schläfen herab. Er ließ sein Gewehr sinken. Frieda wusste nicht genau, was das zu bedeuten hatte. Aber sie sagte: »Danke!« Tränen stiegen ihr in die Augen.

In dem Moment, als sie loslaufen wollte, rief jemand von hinten. »Sehr gut. Unser Kleiner hat einen Fang gemacht!« Haltmayer und der andere Junge waren aus dem Bauernhaus gekommen und standen wenige Meter hinter Frieda.

Sie saß auf der morschen Bank vor dem Haus. Sebastian Haltmayer und seine Buben mit den Gewehren vor ihr. Der

SA-Mann musterte Frieda. »Ist kein Zuckerschlecken im KZ, wie?«

»Willst du mich erschießen? Die Amerikaner sind gleich da.«

»Ich erschieße dich gar nicht. Wir holen erst mal den Hauptscharführer. Albert Kieling. Ist bekannt?«

Frieda schwieg.

»Los!«, blaffte Haltmayer den Jungen an, der mit ihm im Stall gewesen war. »Lauf nach Dürnbach und sag dem Hauptscharführer Bescheid. Und zwar a bissl flott!«

Der Junge ließ die Beine fliegen, und Sebastian Haltmayer sah wieder zu Frieda. Sie saß kreidebleich auf der Bank und zog die Mütze ins Gesicht, die wollene Strickjacke hielt sie dicht an ihren Körper gedrückt. Der kalte Westwind blies wieder.

»Weißt Frieda, du hättst einfach net herkommen sollen, nach allem, was war.«

45

Herbst 1992

Sebastian Haltmayer gab den Kommissaren gegenüber die Ereignisse am Sakerer Gütl unter Auslassung einiger Details, die kein gutes Licht auf ihn warfen, im Wesentlichen korrekt wieder.

»Was passierte, nachdem Sie den Burschen weggeschickt hatten?«, fragte Höhn.

»Erst mal nichts. Ich hab zusammen mit dem anderen auf die Frau aufgepasst. Irgendwann später war der Kieling da. Also er und sein Kamerad von der SS.« Haltmayer hielt inne und überlegte.

Den Kommissaren war nicht klar, ob er überlegte, was damals geschehen war oder ob er damit herausrücken sollte.

»Also, auf geht's«, ermunterte ihn Höhn. »Albert Kieling ist eingetroffen, und die Frau ist noch auf der Bank gesessen.«

»Richtig.« Haltmayer starrte auf seine Hände. »Dann ... hat der Kieling gesagt, wir sollen gehen. Also die Buben und ich. Das hamma dann auch gemacht. Wir sind zurück Richtung Wald gegangen. Und da hab ich mich noch einmal umgedreht.«

Haltmayer atmete schwer, die Erinnerung schien ihm die Luft abzuschnüren. Doch niemand sagte etwas, niemand drängte ihn. Man wollte sich nicht dem Vorwurf aussetzen, dem Zeugen etwas in den Mund gelegt zu haben. Haltmayer kaute lange auf den nächsten Worten herum, bevor er sie ausspuckte.

»In dem Moment, wo ich mich umgedreht hab, hat er auf die Frau angelegt. Und dann hab ich erst die Blutspritzer an der Wand gesehen, und kurz danach kam der Knall.«

»Wie weit waren sie weg von dem Haus?«, fragte Wallner.

»Vielleicht hundert Meter.«

»Wer hat geschossen?«, fragte Lukas.

»Der Kieling.« Haltmayer zögerte diesmal nicht.

»Sind Sie sicher? Ich meine, Sie waren hundert Meter entfernt. Es waren zwei SS-Leute in Uniform. Die sind ja schwer auseinanderzuhalten.«

»Der Kieling hatte keinen Helm mehr auf. Der andere schon.« Haltmayer nickte, und sein Gesichtsausdruck wirkte jetzt sehr entschlossen. »Ich bin mir sicher.«

»Was passierte dann?«

»Ich hab geschaut, dass ich wegkomm. Der hätt mich am End auch noch erschossen.«

»Gut«, sagte Höhn und zündete sich genüsslich eine Zigarette an. Auf dem Tisch stand eine frische Tasse Kaffee. Man hatte das Protokoll aufgenommen, von Haltmayer unterzeichnen lassen und sich dann in Lukas' Büro versammelt. »Ich denke, im Fall Frieda Jonas sind wir damit schon mal ziemlich weit.«

»Im Fall Beck läuft es inzwischen auch auf Kieling zu. Wir haben die Laborergebnisse.« Lukas fischte aus der oberen Schicht seiner Papierberge einen Aktendeckel heraus und öffnete ihn. »Einige der Fingerabdrücke im Haus von Beck konnten Kieling zugeordnet werden. Die DNA-Probe von

Kieling haben wir eingeschickt. Vermutlich hatte Uwe Beck Beweise für den Mord an Frieda Jonas und hat Kieling damit erpresst. Spricht insofern alles dafür, dass Kieling auch Beck umgebracht hat. Oder?«

»Nur wenn Kieling tatsächlich Frieda Jonas umgebracht hat. Sonst fehlt das Motiv für den Mord an Beck.« Wallner malte geometrische Muster auf seinen Notizblock. »Ich glaube ja nicht, dass es so war, wie Haltmayer erzählt hat.«

»Warum?«

»Nach allem, was wir wissen, hatte Frieda Jonas eine Wollmütze auf, die die Kugel gebremst hat. Sie ist im Kopf stecken geblieben. Ob da so viel Blut gespritzt ist, dass man das aus hundert Metern sehen konnte?« »Aber das wissen S' doch, Herr Wallner – Zeugenaussagen stimmen nie zu hundert Prozent«, wandte Höhn ein. »Schon gar nicht, wenn das so lang her ist. Da erinnern sich die Leute an Details, die hat's nie gegeben. Die werden vom Gedächtnis, mei ... erfunden. Das erlebt man immer wieder.«

»Fragt sich nur, was Haltmayers Gedächtnis noch alles erfunden hat.«

»Wir schicken erst mal einen Streifenwagen zu Kieling«, entschied Lukas. »Die sollen ihn herbringen. Und dann hören wir mal, wie er die Geschichte erzählt. Und Sie ...«, er sah Wallner an, »bringen meine Tochter auf den neuesten Stand und fragen, was sie von einem Haftbefehl gegen Kieling hält.«

»Gerne.«

»Denk ich mir.«

Wallner konnte nicht verhindern, dass er ein bisschen rot wurde.

46

Wallner rief Claudia in München an und schilderte ihr die Lage – vor allem, dass Kieling nach der Aussage von Haltmayer der Hauptverdächtige war und sie einen Haftbefehl benötigten. Claudia gelang es, noch vor dem Mittagessen den Haftbefehl zu erwirken, und sie brachte ihn persönlich nach Miesbach, von wo aus sich Kommissar Höhn mit zwei uniformierten Beamten auf den Weg machte, um Kieling abzuholen.

Claudia hatte ihre zwölfjährige Tochter Simone mitgebracht, da zwei Schulstunden ausgefallen waren und sich sonst niemand um sie kümmern konnte. Simone war ein schlacksiges Mädchen mit dünnem blondem Haar, großen, etwas traurigen Augen und zuckerwürfelgroßen Zähnen. Außer dem großen Mund hatte sie wenig von ihrer Mutter.

»Ich hab viel von dir gehört«, sagte Simone zu Wallner, als sie zu dritt auf dem Weg in die Polizeikantine waren.

»Was denn?«

»Na ja – von Sankt Moritz und so.«

»Oh! Von Sankt Moritz.« Wallner schielte zu Claudia. »Ich hab erzählt, dass wir uns da zufällig getroffen haben.«

»Was für ein witziger Zufall!«, sagte Simone, betonte jedes Wort dabei und sah Wallner schelmisch an.

»Heute gibt es Schnitzel alla Milanese mit Spaghetti«, versuchte Wallner die Situation zu retten.

»Klingt ekelig.«

»Schmeckt auch so. Halt dich an die Beilagen, da kannst du nichts falsch machen.«

Simone nahm Pommes, Reis, einen Kartoffelknödel und viel Bratensoße. Im Moment probiere sie gerade aus, ob sie sich nicht vegetarisch ernähren könne, sagte sie.

»Hattest du heute nicht Wurstbrot zum Frühstück?«, wandte Claudia ein.

»Ich fang doch heute Mittag erst an.«

»Ah so. Wusste ich nicht.«

»Ist da was zwischen euch?«, fragte Simone schließlich.

Claudia war etwas überrascht von der Frage und räusperte sich. »Nein. Wir ... wir sind Kollegen. Wieso fragst du?«

»Weiß auch nicht.« Simone bugsierte ein langes Pommesstück Richtung Mund und sah ihre Mutter mit breitem Kinderlächeln von der Seite an. »Du siehst immer so glücklich aus, wenn du von Clemens redest.«

»He, hör auf, solche Geschichten zu erzählen. Du bringst mich in Verlegenheit.«

»Weil du ja nie peinlich bist.« Simone biss von dem Pommesstäbchen ab. »Tut mir leid. Ich will doch nur wissen, was da in Sankt Moritz war.«

»Na gut«, sagte Claudia, legte ihr Besteck zur Seite und umfasste eine Hand ihrer Tochter. »Also ich mag den Clemens sehr gern, und ich hoffe, er mag mich auch. Und ... nun ja, wenn sich zwei Menschen mögen ...«

»Mama – du musst nicht mit mir reden, als wäre ich fünf, okay?«

Claudia sah ihrer Tochter tief in die Augen. »Willst du Einzelheiten wissen?«

»Nein. Um Gottes willen! Ich will nur wissen, woran ich bin.«

»Okay. Faires Anliegen. Aber ich mach mir langsam Sorgen, dass du dich so gar nicht für Sex interessierst. Ich hab mich in deinem Alter rasend dafür interessiert.«

Simone rutschte vor Unbehagen auf ihrem Stuhl herum. »Ich bin eben noch nicht so weit. Und wenn man nicht so weit ist, dann ist Sex ekelig, okay? Kannst du nicht einfach meine Frage beantworten?«

»Ja, Spatz, Clemens und ich haben miteinander geschlafen. Zufrieden?«

In diesem Moment kam eine Frau mit Tablett vorbei und schaute einen Augenblick recht irritiert.

»Kennt die dich?«, fragte Claudia leise.

»Die kennen mich alle hier«, sagte Wallner. »Vielleicht wechseln wir mal das Thema.«

Als Claudia auf der Toilette war, stocherte Simone in den Resten ihres Knödels herum und sagte schließlich: »Clemens, kann ich dich was Privates fragen?«

»Noch privater? Was willst du denn wissen?«

»Ist das was Tieferes zwischen euch oder nur ... körperlich?«

»Weißt du, ich mag deine Mutter verdammt gern. Ich bin nur ein bisschen verunsichert. Schließlich ist sie noch mit deinem Vater verheiratet.«

»Da mach dir mal keine Sorgen. Der hat eine andere. Die ist Heilpraktikerin und hat letzt versucht, mit mir ein Gespräch über Tantrasex zu führen. Das war vielleicht widerlich.«

»Das heißt?«

»Meine Eltern lassen sich sowieso scheiden. Sehr rücksichtsvoll übrigens, wo ich demnächst in die schwierigste Entwicklungsphase meines Leben komme. Aber so sind Erwachsene. Denken nur an sich.«

»Willst du lieber, dass sie zusammenbleiben und dir heile Familie vorspielen?«

»Nein. Natürlich nicht. Guter Punkt.« Simone dachte mit ernstem Blick über Wallners Worte nach. »Okay. Jetzt weiß ich aber immer noch nicht, ob du ernsthafte Absichten hast.«

»Ich habe immer ernsthafte Absichten. Ich bin kein Mann für halbe Sachen. Wie das deine Mutter sieht, weiß ich natürlich nicht.«

»Bleiben wir mal bei dem Punkt *Mann.*«

»Wieso? Gibt's da Zweifel?«

»Halt mich bitte nicht für spießig. Aber bist du nicht sehr viel jünger als meine Mutter?«

»Zehn Jahre, um präzise zu sein. Aber Reife ist nicht nur eine Frage des Alters.«

»Da hast du recht. Ich komme mir auch manchmal vor, als wäre ich die ältere Schwester meiner Mutter. Soll ich dir was verraten?«

»Was denn?«

»Meine Mama ist nicht so tough, wie sie tut. Sie ist sehr sensibel und verletzlich. Gerade jetzt, wo die Scheidung bevorsteht. Deswegen möchte ich, dass du sie gut behandelst und ihr nicht weh tust. Haben wir uns verstanden?«

»Ich werde mir Mühe geben. Versprochen.«

»Ich hab ein gutes Gefühl bei dir. Ich denke, gemeinsam kriegen wir das hin.« Sie zwinkerte Wallner zu und machte sich wieder über ihre Beilagen her.

Kurz darauf kam Claudia und vermeldete, dass Kieling eingetroffen sei und auf seine Vernehmung warte.

47

Eine Stunde vorher hatte Höhn in Begleitung zweier uniformierter Polizisten bei Albert Kieling in Dürnbach geklingelt und ihm den Haftbefehl präsentiert. Kielings Bitte, einige persönliche Dinge mitnehmen zu dürfen, wurde ihm gewährt. Er verabschiedete sich von seiner Frau und bat sie, Max zu verständigen. Die Polizisten hatten den Eindruck, als sei Kieling auf seine Verhaftung vorbereitet gewesen.

Um dreizehn Uhr wurde er in den Vernehmungsraum der Miesbacher Polizeistation geführt. Dort warteten die drei Kommissare Höhn, Wallner und Lukas bereits auf ihn. Ebenso Staatsanwältin Claudia Lukas. Kieling bat, einen Anwalt in München anrufen zu dürfen, und kündigte an, dass er sich zu den gegen ihn erhobenen Vorwürfen ohne Anwalt nicht äußern werde. Ob er es mit Anwalt tun würde, sei ebenfalls fraglich. Zu seinen Personalien gab er bereitwillig Auskunft.

»Bevor Sie sich mit Ihrem Anwalt besprechen, kann ich Ihnen schon mal sagen, was wir Ihnen vorwerfen.« Höhn setzte seine Lesebrille auf und blickte in eine Akte.

»Sie werfen mir die Morde an Frieda Jonas und Uwe Beck vor. Das hatten Sie schon bei der Verhaftung gesagt.«

»Jawohl. In der Sache Frieda Jonas gibt es einen Zeugen, der die Tat beobachtet hat ...«

»Und von Ihnen wahrscheinlich unter Druck gesetzt wurde.«

»Wir setzen niemanden unter Druck«, sagte Höhn und

suchte nach einem Dokument in der Akte. Dann sah er über den oberen Rand der Lesebrille Kieling an. »Jedenfalls nicht in unzulässiger Weise.«

Kieling nickte mit einem Ausdruck verächtlicher Ironie.

»Im Fall Beck gibt es Fingerabdrücke am Tatort und eine DNA-Spur auf der Leiche, die eindeutig von Ihnen stammt. Die DNA-Analyse ist eine neue Methode, bei der genetisches Material untersucht wird. Haben Sie vielleicht schon von gehört.«

»Interessant«, sagte Kieling und lachte kopfschüttelnd. »Wollen Sie vielleicht doch etwas dazu sagen?«, versuchte es Höhn.

Kieling wandte sich an Lukas, der bislang nicht gesprochen hatte. »Mir ist schon klar, worauf das Ganze rausläuft. Sie haben den Haltmayer unter Druck gesetzt. Und jetzt sagt er, ich hab die Frau erschossen, weil er seinen eigenen Arsch retten will. Der Mann weiß gar nichts. So viel steht schon mal fest.«

»Woher wissen Sie denn, dass er nichts weiß?«, sagte Wallner. »Das kann ja nur heißen, dass Sie bei der Tat dabei waren und somit wissen, dass Haltmayer nicht dabei war.«

»Junger Mann, Sie können gern nach Herzenslust spekulieren. Ich werde mich daran nicht beteiligen. Ihr Chef«, er deutete auf Lukas, »will mir die Geschichte ganz offensichtlich anhängen. Er ist der Ansicht, dass ich ein schlechter Mensch bin und bestraft werden muss.«

»Vielleicht weil Sie bei der SS waren?« Wallner missfiel Kieling. Wohl gerade, weil er in dieser kritischen Situation sachlich und souverän blieb.

»Hunderttausende waren bei der SS. Und Millionen bei

der Wehrmacht. Fast alle haben im Krieg getötet. Wollen Sie, der Sie nicht dabei waren, sich anmaßen, Millionen Menschen in diesem Land zu Mördern zu erklären?«

»Lassen wir das Thema, bevor mir die Tränen kommen«, sagte Lukas. »Im Übrigen – Mord bleibt Mord. Auch wenn man zwölf Jahre lang ungestraft morden durfte. Aber das Leben ist wie ein Supermarkt, nicht wahr? Am Ende kommt die Kasse.«

»Ich habe nichts zu bezahlen. Wenn Sie wegen Ihres Vaters mit der SS eine Rechnung offen haben, dann ziehen Sie die richtigen Leute zur Verantwortung.«

Wallner sah fragend zu Lukas, der aber vermied den Blickkontakt.

»Diese Ermittlungen hier haben nichts mit meinem Vater, sondern ausschließlich mit der aktuellen Beweislage zu tun. Aber gut: Wenn Sie es nicht waren, dann sagen Sie uns, wer es war. Sie scheinen es ja zu wissen.«

»Beweisen Sie mir, dass ich es war, oder lassen Sie mich gehen.« Kieling verschränkte die Arme vor seiner Brust und schwieg fortan.

Kurz darauf traf Kielings Anwalt ein. Dr. Ewald Kulka, Sozius einer bekannten Münchner Kanzlei, die schon mehrere ehemalige Mitglieder der SS verteidigt hatte. Dank der Kontakte ihres Gründers, eines ehemaligen Oberführers der Waffen-SS, beriet sie zahlreiche größere Unternehmen in wirtschaftsrechtlichen Angelegenheiten. Dr. Kulka erklärte die Vernehmung in höflichem Ton für beendet. Bevor Angaben zur Sache gemacht würden, müsse er sich erst mit seinem Mandanten beraten. Außerdem brauche er Akteneinsicht.

»Was war das für eine Sache mit Ihrem Vater?«, wollte Wallner von Lukas wissen, nachdem Kieling weg war. »Nichts. Das bildet er sich ein. Mein Vater war einige Jahre in Dachau.«

»Kieling glaubt, dass Sie ihn dafür haftbar machen?«

»Glauben Sie, ich würde zulassen, dass der wahre Mörder frei herumläuft? Es geht ja auch um den Mord an Beck.«

»Um Gottes willen. Das würde ich Ihnen im Leben nicht unterstellen. Allerdings ...«

»Allerdings?«

»Ich denke mir, es ist schwer, sich von diesen Dingen ganz frei zu machen. Dass es vielleicht irgendwo im Unterbewusstsein ...«, Wallner suchte nach Worten, »... eine etwas größere Bereitschaft gibt, in Kieling den Täter zu sehen.«

»Das will ich gar nicht bestreiten. Ich bin auch nur ein Mensch. Aber deswegen bearbeite ich die Sache ja nicht alleine.«

Wallner nickte. Ein Anflug von Skepsis blieb in seinem Gesicht haften.

48

Wallner stocherte in seinem Käsekuchen herum, um die Rosinen herauszupopeln, die sie unsinnigerweise da hineingetan hatten.

»Worüber denkst du nach?«, fragte Claudia. Sie waren in das Café gegenüber dem Polizeigebäude gegangen, um Ruhe zu haben und zu reden.

»Nichts Bestimmtes«, sagte Wallner und schob die Rosinen zu einem kleinen Haufen zusammen. »Was war das mit seinem Vater in Dachau?«

»Mein Großvater war vor dem Krieg Rechtsanwalt und Mitglied der SPD. Ich weiß nur, dass er sich nicht gleichschalten lassen wollte und einige jüdische Mandanten hatte und Leute, gegen die der Staat vorging. Irgendwann haben sie ihn abgeholt. Nach dem Krieg ist er wieder nach Hause gekommen. Er hat das KZ überlebt. Ich glaube, mein Vater hing sehr an ihm.«

Sie schwiegen eine Weile, sahen sich in die Augen, dann wieder auf den Tisch, dann nahm sie seine Hand. »Glaub mir, mein Vater kann Dienstliches von seinen Rachegefühlen trennen«, sagte sie und küsste Wallners Hand.

Wallner sah aus dem Fenster, ob man sie vom Büro aus sehen konnte. Ein Schauer ging durch ihn hindurch.

»Was ist?«

»Nichts. Es zieht irgendwo.«

Claudia blickte sich um, konnte aber die Quelle der Zugluft nicht entdecken. »Immer kalt. Wie kommt das?«

Wallner umfasste seinen Teebecher mit beiden Händen, um sie zu wärmen. »Warst du schon mal im Tegernsee baden?«

»Ja, als Kind.«

»Meistens ist der See selbst im Sommer nicht wärmer als zwanzig Grad. Nur die oberste Wasserschicht wird ein bisschen wärmer. Wenn die Füße beim Schwimmen ein bisschen nach unten hängen, kannst du spüren, dass es da viele Grad kälter ist. Der See ist sehr tief, und das Ufer fällt schnell ab. Kennst du in Seeglas das Floß? Das ist nur ein paar Meter vom Steg weg, und du glaubst, da kann man noch stehen. Aber unter dem Floß ist es schon zehn Meter tief. Ich war als Kind oft in Seeglas. Im Sommer. Mein Vater hat in der Nähe gewohnt. Ich wusste, dass meine Mutter im Tegernsee ertrunken war. Deswegen hatte der See immer etwas Gruseliges für mich. Du weißt, wie das ist: Du schwimmst an einem schönen Sommertag auf dem glatten See, und alles ist ruhig. Du hörst nur dein eigenes Plätschern und von fern den Kinderlärm vom Strandbad. Aber du weißt nicht, was unter der Wasseroberfläche ist. Ein Seeungeheuer könnte aus der Tiefe auf dich zuschwimmen – du würdest es nicht merken. Eine Leiche könnte vor dir aus dem Wasser auftauchen. Und du bist mitten auf dem See.«

»An so was hast du gedacht beim Schwimmen?«

»Ja. Immer. Mir war klar, dass das Unsinn ist. Dass es keine Ungeheuer gibt. Aber meine Mutter war immer noch da unten.«

»Sie ist nie wieder aufgetaucht?«

»Nein. Der See hat sie nicht hergegeben. Es sind Taucher runtergegangen. Aber sie hätte überall sein können. Sie ist in einem Gewittersturm umgekommen.«

Claudia rieb sich die Oberarme. »Mich fröstelt es auch bei dem Gedanken, am Grund des Tegernsees zu liegen.«

»Das allein war es aber nicht. Es gab ein ganz besonderes Erlebnis, und ich denke, seitdem friere ich.« Claudia sah ihn gespannt an. »Es war an einem schönen Sommertag im Strandbad. In Seeglas. Ich saß auf dem Floß und schaute in das tiefgrüne Wasser. Da unten war natürlich nichts zu sehen. Außer Sonnenstrahlen, die von Schwebstoffen reflektiert wurden. Und wie ich so ins Wasser starre, sehe ich etwas. Etwas Helles – ganz tief unten. Es kam mir vor, als sei es ein Gesicht und um das Gesicht herum wallten lange Haare.«

»Das Gesicht einer Frau?«

»Das habe ich mir jedenfalls eingeredet. Ich habe keine Ahnung, was ich da gesehen habe. Aber es hat in mir so eine Sehnsucht ausgelöst. Ich kannte meine Mutter ja nur von Fotos. Und da hatte sie immer lange Haare, wie man sie Anfang der siebziger Jahre eben trug. Ich wollte da runter zu dem Gesicht. Es war gar nicht so sehr, dass ich das Gesicht oder den Menschen dahinter treffen wollte. Ich wollte nur wissen, wie es sich anfühlt, da unten zu sein. Ich hab also tief Luft geholt und bin ins Wasser gesprungen. Damals konnte ich sehr lange die Luft anhalten. Das hatte ich mit einer Stoppuhr immer wieder geübt, wenn mir langweilig war. Ich tauche also immer weiter nach unten. Schon nach dem ersten Meter wird es kalt, und der Druck auf die Ohren nimmt zu. Man muss ständig den Druck ausgleichen. Meter um Meter bin ich nach unten getaucht, und es wurde immer kälter. Da unten hat es nur noch ein paar Grad. Und plötzlich berührt meine Hand etwas – eine Wasserpflanze. Da waren noch mehr davon. Ein ganzer Wald. Langsam ging mir die Luft aus. Aber ich dachte: Nur noch einen Meter, vielleicht ist etwas zwischen den Pflanzen. Natürlich hatte ich Angst. Aber irgendetwas hat mich nach unten gezogen. Schließlich ging es nicht mehr mit der Luft, und ich wollte auftauchen. Da verfängt sich mein Fuß in diesen Schlingpflanzen, und ich komme nicht mehr hoch. Hundertmal hat man es uns in der Schule gesagt: Vorsicht vor den bösen Schlingpflanzen im See. Und dann passiert es. Ich hab nach oben geschaut. Da war es hell, und man konnte die Sonnenstrahlen sehen, die durch das Wasser stachen. Aber bei mir unten war es eiskalt, und ich kam nicht ans Licht, in die Wärme. Ich war in der Kälte gefangen.«

»Aber anscheinend hast du es überlebt.«

»Wahrscheinlich hat es nur ein paar Sekunden gedauert. Aber für mich war es eine Ewigkeit. Ich glaube, mein ganzer Körper bestand nur aus Adrenalin. Irgendwann dachte ich, so ist das also, wenn man unten bleibt. Und dass ich jetzt bei meiner Mutter bin. Wie ich mich losgemacht habe, weiß ich nicht mehr. Ich weiß nur, dass ich kurz vor der Ohnmacht stand, als ich aufgetaucht bin. Das war wirklich mit der allerletzten Luft. Vom Floß gab es anerkennende Kommentare. He, war ja ganz schön lang und solche Bemerkungen. Ich hab nicht darauf geachtet und bin zum Steg geschwommen. Dann hab mich in die Sonne gelegt, um mich aufzuwärmen. Da ist es mir das erste Mal aufgefallen: Ich bin sicher drei Stunden in der prallen Sonnen gelegen. Aber ich hatte das Gefühl, meine Eingeweide sind aus Eis. Innen wurde mir einfach nicht warm. Und das ist mir bis heute geblieben.« »Du hast immer das Gefühl, du hättest einen Eisklumpen im Bauch?«

»Nicht immer. Aber oft. Vor allem wenn von irgendwoher kalte Luft kommt.«

Claudia schwieg und schien darüber nachzudenken, was sie von all dem halten sollte.

»Tja«, sagte Wallner, »so hat eben jeder seine Macken.« Die Bedienung kam an den Tisch und meldete einen Anruf für Herrn Wallner. Er hatte im Büro hinterlassen, wo er war, und man kannte ihn in dem Café.

Es war ein von Rosenheim abgesandter Mitarbeiter der Soko. »Sie wollten doch, dass ich Bescheid sage, wenn wir irgendwas über die Negative herausfinden. Wir haben hier was. Es ist ein bissl rätselhaft. Vielleicht schauen S' selber mal.«

49

Das Papier war im Ordner des Jahres 1988 aufgetaucht. Es handelte sich um eine Aufzählung der Sicherungsmaßnahmen, die Uwe Beck getroffen hatte, damit Unbefugte sich nicht in den Besitz seiner Informationen bringen konnten. Er hatte das Haus mit etlichen Kameras, dem elektrischen Schiebetor, Glassplittern auf der Mauer, Schlössern der neuesten Machart und anderen Schutzeinrichtungen versehen. Dazu hatte Beck vermerkt:

> *Die Sicherheitslage wird immer kritischer. Die Informationen, die mir über verschiedene Personen in Dürnbach und Umgebung vorliegen, sind hochsensibel. Es hat sich herumgesprochen, dass ich einiges weiß, was ich nicht wissen dürfte. Da gibt es Leute, die es auf meine Aufzeichnungen abgesehen haben. Das Archiv ist jetzt feuerfest und mit Sicherheitsschloss versehen, Panzertür. Da kommt keiner rein. Alle wichtigen Unterlagen kopiert und zusammen mit Negativen bei HL eingelagert.*

»Na?«, fragte Kreuthner, der hinzugekommen war und Zivilkleidung trug. »Is des a Fund?«

»Was meinst du genau?« Wallner war von Kreuthners Anwesenheit irritiert.

»Ja, die Negative. Da sind mit Sicherheit die Fotos von fünfundvierzig dabei.«

»Vielleicht.« Wallner sah zwischen dem Soko-Mann und Kreuthner hin und her. »Was hast du damit zu tun?«

»Ich berate die Kollegen von der Soko. Weil ich bin ja in Dürnbach aufgewachsen. Ich kenn die Zusammenhänge, wo die oft gar net draufkommen. Die zeigen mir zum Beispiel ein Foto und sagen: Des schaut ziemlich brutal aus. Und ich sag: Des Foto is harmlos. Der schlagt net sei Frau, des is sei Tochter. Oder so in der Art halt.«

»Schön. Aber für die Sache hier brauchen wir deine Expertise ja nicht, oder?«

»Willst mich wieder loswerden?«

»Wieso läufst du hier überhaupt noch rum. Ich dachte, es ist ein Disziplinarverfahren gegen dich am Laufen wegen der Geschichte am Hirschberg?«

»Richtig. Ich bin suspendiert.« Er deutete auf seine Kleidung. »Deswegen Zivil.« Kreuthner trug Karottenjeans, eine Lederjacke mit vielen Fransen und gepolsterten Schultern sowie Cowboystiefel.

»Okay. Ich wünsch dir viel Glück. Aber dann darfst du dich hier eigentlich gar nicht aufhalten.«

Kreuthner nickte. Ein bisschen Bitterkeit steckte in diesem Nicken. »Wie du meinst. Macht's gut. Ihr wisst ja offenbar, was HL bedeutet.« Kreuthner zog ab, beleidigt, wie es schien. Wallner und Claudia sahen sich an. »Und?«, wandte sich Claudia an Wallner. »Weißt du, was HL bedeutet?«

Wallner drehte sich um und ging Kreuthner hinterher. »Leo! Wart mal.«

Kreuthner hielt an und schenkte Wallner einen ausnehmend indignierten Blick. »Tut mir leid. Ich weiß natürlich nicht, was HL heißt. Aber du darfst trotzdem nicht hier drin sein. Lass uns rausgehen.«

Auf dem Parkplatz wehte ein warmer Wind. Föhn war über Mittag hereingebrochen und wirbelte die trockenen Blätter vom Boden auf.

»Du weißt also, was HL heißt?«, begann Wallner das Gespräch.

»Ich vermute, dass ich's weiß.«

»Was vermutest du?«

»Johann Lintinger.«

»Das wäre JL.«

»Hans halt. Der Beck hat ja keine wirklichen Freunde gehabt. Der Lintinger hat an Schrottplatz und war halbwegs so was wie a Freund. Von dem hat er sich viel Zeug für seine Sicherheitsanlagen besorgen lassen. Billig halt. Vom Laster gefallen. Und mit dem Lintinger hat er das Zeug zusammengebastelt.«

»Hat dieser Lintinger eine Werkstatt?«

»Ich zeig's euch.« Kreuthner wollte den Dienstwagen besteigen.

»Nein, nein. Wir besorgen einen Durchsuchungsbeschluss und machen das ganz offiziell.« Wallner sah fragend zu Claudia.

»Gegen Lintinger liegt ja wohl nichts vor. Und nur weil da HL auf dem Blatt steht, kriegen wir noch lange keinen Beschluss.«

Wallner seufzte.

»Könnt auch sein«, gab Kreuthner zu bedenken, »dass der Lintinger die Sachen inzwischen weggeschafft hat. Dann kannst dich totsuchen. Ich mein, auf dem seinem Schrottplatz findst du eh nix. Mit oder ohne Beschluss.«

»Und was dann?«

Kreuthner klopfte Wallner auf die Schulter. »Lass mich das machen. Jetzt fahren wir erst mal hin.«

Als der Dienstwagen den Parkplatz der Polizeistation verließ, setzte sich auch ein anderer Wagen in Bewegung, der auf der Straßenseite gegenüber geparkt hatte. Es handelte sich um einen metallicgrünen Mercedes 190, in dem zwei Männer um die dreißig in Anzügen und mit Sonnenbrillen saßen.

50

Das schmale Sträßlein mäanderte durch das Mangfalltal, teils durch Wald, teils durch offene Wiesen. Nach einer Kurve kam in einiger Entfernung eine Mauer in Sicht, die den Schrottplatz umgab. Sie war aus Betonsteinen errichtet, dahinter sah man Berge von Autowracks und anderem Metallschrott sowie einen Kran, der sich bewegte.

Als sie durch das Tor fuhren, hatte der Kran einen ramponierten Ford Fiesta am Magneten, schwenkte ihn über die Schrottpresse und ließ den Wagen fallen. Seltsamerweise war kein Kranführer zu sehen. Wallner stand neben dem Dienstwagen und betrachtete das Schauspiel.

Auf den fehlenden Kranführer aufmerksam gemacht, sagte Kreuthner: »Da sitzt wahrscheinlich der Harry drin. Der ist ziemlich klein.«

»Zwergwüchsig?«

»Kann man erst sagen, wenn er ausgewachsen ist. Im Augenblick ist er neun.«

»Da sitzt ein Kind in dem Kran? Ich meine, da braucht man doch sicher einen Führerschein.«

Kreuthner zuckte mit den Schultern.

Auch Claudia war ausgestiegen und hatte sich eine Zigarette angezündet. Der Föhn wehte über den Platz und wirbelte Staub auf, die Autoberge warfen harte Schatten in der Herbstsonne, niemand war zu sehen.

Fünfzig Meter entfernt stand eine Baracke mit der Aufschrift *Hauptverwaltung*. Die Tür war offen.

Johann Lintinger mochte um die vierzig sein, die Haare halblang und schütter am Hinterkopf. Er trug Jeans und ein kariertes Hemd, beides voller schwarzer Ölflecken, desgleichen die Hände. Als Wallner, Kreuthner und Claudia die Baracke betraten, war Lintinger dabei, etwas in ein Formular einzutragen. Unter normalen Umständen ein Anzeichen dafür, dass die Dinge hier geordnet und nach Recht und guten kaufmännischen Gepflogenheiten liefen. Lintinger steckte das Formular jedoch hastig unter einen Stapel anderer Papiere, als sein Besuch eintrat.

»Womit kann ich dienen?«, fragte er, spießte eine eingelegte Knoblauchzehe mit einem Taschenmesser auf und steckte sie in den Mund.

»Wir suchen einen ganzen Haufen Fotonegative.« Wallner hielt seinen Polizeiausweis hoch. »Wir haben uns gefragt, ob Sie etwas über deren Verbleib wissen.« »Was soll ich denn wissen? Ich hab an Schrotthandel, kein Fotogeschäft.«

Kreuthner drängte sich vor. »Wir hätten von dir gern die Negative vom B eck.«

»Wieso kommt's ihr da zu mir?«

»Weil du sie hast. Erzähl uns keinen Scheiß. Des is a Mordfall. Und da möchst ja wohl net drin verwickelt sein. Das kann ganz schnell unangenehm werden.«

»Is des a Drohung?«

»Drohung? *Des* is a Drohung!« Kreuthner hatte mit einem Mal eine Pistole in der Hand und hielt sie Lintinger unter die Nase. »Komm! Spuck's aus. Wir wissen, dass du das Zeug hast.«

»Zefix! Tu die Knarre weg. Wenn die losgeht! Ich hab a Kind.« Lintinger deutete nach draußen. »Willst den Buben zur Waisen machen?«

»Apropos Kind.« Claudia deutete aus dem Fenster. »Kann das sein, dass unser Wagen an dem Kran hängt?« In der Tat hatte sich der Elektromagnet des Krans am Dach des Dienstwagens festgesaugt, und das Fahrzeug schwebte einen halben Meter über dem Boden, Tendenz steigend.

Lintinger stürzte fluchend aus der Baracke und schrie auf den Kran ein, den Wagen herunterzulassen. Da sich Magnet und Wagen dennoch weiter Richtung Schrottpresse bewegten, blieb Lintinger nichts anderes übrig, als ins Führerhaus zu klettern.

Wallner betrachtete angespannt die Szene. »Der haftet doch für Schäden am Wagen, oder?« Die Frage galt Claudia.

»Wenn er ein neunjähriges Kind den Kran bedienen lässt, mit Sicherheit.«

Aus den Augenwinkeln bemerkte Wallner, dass Kreuthner sich an dem Aktenregal hinter dem Schreibtisch zu schaffen machte. »Was bitte machst du da?«

Kreuthner hielt kurz inne. »Ich schau, ob ich Beweismaterial find.«

»Haben wir einen Durchsuchungsbeschluss?«

»Brauch ich net. Ich weiß, wo ich suchen muss«, sagte Kreuthner und zog einen weiteren Aktenordner heraus.

»Hör sofort auf. Die Claudia denkt sonst noch, wir machen das immer so.« Claudia war zu Kreuthner getreten und betrachtete interessiert das Regal. Von draußen hörte man ein mehrfaches Klatschen, gefolgt von Kinderwimmern und den Worten »Hundskrüppel elendiger«.

»Hören Sie auf, das Kind zu schlagen. Das war allein Ihre Schuld!«, rief Wallner nach draußen.

Kreuthner machte sich derweil wieder über das Regal her.

»Hab ich nicht was gesagt?!« Wallner eilte zu Kreuthner und nahm ihm einen Aktenordner aus der Hand. Genau genommen war es ein Karton, dessen Rücken einem Aktenordner zum Verwechseln ähnlich sah.

»He! Da hammas doch schon!« Kreuthner nahm den Karton wieder an sich und verteilte den Inhalt auf dem Schreibtisch. Es handelte sich um eine Haschischpfeife, Zigarettenpapier, ein Feuerzeug sowie eine durchsichtige Plastiktüte, die etwa hundert Gramm Marihuana enthielt, oben in der Tüte ein fertig gedrehter Joint. »Ich weiß doch, wo der Bursch sein Dope bunkert.« Kreuthner deutete mit triumphaler Geste auf die Fundstücke.

»Drehst jetzt völlig durch? Erstens hat das nichts mit den Negativen zu tun. Zweitens«, Wallner stopfte alles hastig in den Karton zurück, »dürfen wir das gar nicht finden, weil wir keine Handhabe haben, danach zu suchen.«

»Aber jetzt wissen mir doch, dass der Lintinger Rauschgift in seinem Büro hat.«

Wallner stellte den Karton ins Regal zurück. »Nein, wissen wir nicht.«

»Was meinst du?« Kreuthner sah Claudia an.

»Was Clemens sagt, stimmt schon. Wir haben kein Recht, hier irgendetwas zu durchsuchen. Wenn wir natürlich zufällig auf was stoßen würden – das wäre was anderes.«

»Jetzt red ihm nichts ein«, sagte Wallner. »Ihr beide habt euch in letzter Zeit genug geleistet. Ich an eurer Stelle wäre ein bisschen vorsichtiger.«

In diesem Moment betrat Lintinger das Büro. »Der Rotzlöffel, der greisliche. Is aber nix passiert.« Er machte eine wegwerfende Handbewegung.

»Das werden wir untersuchen lassen«, sagte Wallner. »Zurück zu den Negativen. Es wäre gut für Sie, wenn Sie mit uns zusammenarbeiten. Ich will's nicht beschreien, aber vielleicht geraten Sie mal wieder in Schwierigkeiten. Und dann wird es nicht schaden, wenn Sie sich in der Vergangenheit kooperativ verhalten haben.«

»Schade. Ich tät ja gern ein paar Pluspunkte sammeln. Aber leider weiß ich nichts über diese vermaledeiten Negative.«

»Wirklich sehr schade.« Wallner sah, dass Kreuthner an dem Marihuanakarton herumnestelte. »Gehst du mal bitte von dem Regal weg?«

Kreuthner machte ein bedauerndes Gesicht und ging zu Wallner. Bleiläufig zog er dabei mit einem Finger den Karton aus dem Regal. Der plumpste auf den staubigen Holzdielenboden, und sein Inhalt verteilte sich zu Kreuthners Füßen.

»Oh, das tut mir leid.« Kreuthner bückte sich und hob die Marihuanatüte auf. »Was is denn das?« Er hielt die Tüte in Lintingers Richtung. »Tabak zum Selberdrehen?« Rasch hatte Kreuthner den Beutel geöffnet und hielt seine Nase hinein. »Riecht komisch. Ist des gar kein Tabak?«

Lintinger murmelte ein gepresstes »Arschloch« in Kreuthners Richtung.

»Ich schlage vor, du räumst alles wieder in das Regal, und wir vergessen, was wir gesehen haben.«

»Das kann ich nicht vergessen«, sagte Kreuthner. »Des is quasi a *Zufallsfund.*« Er blickte Zustimmung heischend zu Claudia, die eine unbestimmte Geste machte. »Ich bin ja verpflichtet, dass ich so was zur Anzeige bring. Soweit ich sehe, ist das Rauschgift, und zwar in erheblichen Mengen.«

»Der hat von dem Zeug übrigens auch schon was geraucht«, sagte Lintinger zu Wallner, indem er auf Kreuthner deutete. »Der braucht gar net so scheinheilig tun.«

»Ich? Zeug geraucht? Du pass fei auf, was du sagst. Des grenzt ja an Beamtenverleumdung. Nennt man das so?« Kreuthner warf Claudia einen fragenden Blick zu.

»Verleumdung reicht.«

Wallner stellte sich dicht neben Kreuthner und raunte ihm ins Ohr. »Es wäre mir aus Gründen, die du kennst, lieber, du würdest das jetzt nicht durchziehen.«

»Auf deine Art kommt aber nix raus«, raunte Kreuthner zurück. »Jetzt machen wir's auf meine.«

Er schob Wallner zur Seite und stellte sich direkt vor Lintinger. »Also pass auf, Hans: Das Gras müssen mir beschlagnahmen. Das siehst ja wohl ein. Wie schaut's eigentlich mit deiner Bewährung aus?«

»Jetzt mach keinen Scheiß. Ich hab a Kind.«

»Vielleicht wäre es für den Buben nicht schlecht, wenn sein Vater mal eine Zeitlang auf Urlaub geht«, mischte sich Wallner ein.

Lintinger fing an zu schwitzen. Die Stirn wurde feucht und rot. »Das ... das Zeug hat mir wer untergeschoben. Das gehört mir net!«

»Jetzt mach net so an Aufstand. Erzähl uns lieber was, damit mir in der G'schicht hier«, Kreuthner hob die Tüte vor Lintingers Gesicht, »irgendwas zu deinen Gunsten finden.«

Wallner drehte sich weg, offenbar in dem Bemühen, Kreuthners Unsinn nicht mitverantworten zu müssen.

Lintingers Blick flackerte, die Aussicht auf einen Aufenthalt in der JVA Bernau machte ihm Angst. Hundert Gramm Marihuana konnten ihm in Anbetracht seiner noch laufenden Bewährung den Hals brechen. »Ich krieg die Negative aber zurück, wenn ihr sie angeschaut habts.«

»Was willst denn damit?«

»Des san ... Erinnerungen.«

Wallner und Claudia sahen sich etwas ratlos an.

Kreuthner nahm Lintinger zur Seite und flüsterte: »Meinst, da san Fotos dabei, wo man noch a Geld rausholen kann?«

»Keine Ahnung«, flüsterte Lintinger zurück. »Irgendan Seitensprung wird er schon fotografiert haben. Kriegst zwanzig Prozent.«

»Hälfte.«

»Spinnst jetzt? Dreißig.«

Bevor Kreuthner weiterfeilschen konnte, fiel ihm Wallner ins Wort. »Die Negative haben Herrn Beck gehört. Die fallen in die Erbmasse. Sie werden sie also nicht zurückbekommen. Ist das klar?«

Lintinger nickte resigniert.

»Vierzig«, flüsterte Kreuthner. »Des kriegen mir schon irgendwie hin.«

51

Johann Lintinger hatte für Geld und andere Wertgegenstände ein sicheres Versteck unter einem Gullydeckel im Asphalt des Schrottplatzes. Über dem Gullydeckel lagen zahlreiche Autowracks. Harry Lintinger wurde wieder in den Kran gesetzt und hievte Wrack für Wrack von dem Stapel. Schließlich kam der Gullydeckel zum Vorschein. Im Schacht darunter hing an einem Haken ein blauer Plastiksack, der wiederum mehrere andere Plastiktüten enthielt. Eine davon entnahm Lintinger dem Versteck, prüfte kurz den Inhalt, der aus mehreren Dutzend Filmdosen bestand, und gab sie Wallner.

Man ging zurück in die Baracke, quittierte den Empfang und verabschiedete sich. Kreuthner gab Lintinger beim Hinausgehen noch zu verstehen, dass er die Sache mit den Fotos weiterverfolgen und man sicherlich ins Geschäft kommen werde.

»Ich bin gespannt«, sagte Wallner, als sie zum Wagen zurückgingen. »Da ist jede Dose beschriftet. Schön, mit zwei Daten, von wann bis wann die Aufnahmen reichen.«

»Wenn mir dem Lintinger die Negative schon net zurückgeben, könnten mir ihn doch wenigstens die Bilder anschauen lassen. Dass er sich von dem einen oder anderen an Abzug machen lässt.« Nachdem er keine Antwort auf den Vorschlag bekam, beschloss Kreuthner, die Angelegenheit ruhen zu lassen und einen günstigen Moment abzuwarten.

Wallner untersuchte den Lack auf dem Wagendach. Der Kranmagnet hatte einige böse Schrammen hinterlassen.

Zehn Meter weiter zerspritzte eine Glühbirne mit einem dünnen Klirren. Harry Lintinger, seines Kranführeramtes enthoben, hatte jetzt eine Schleuder in der Hand und zerschoss alte Glühbirnen, die auf dem Dach eines Altwagens aufgereiht waren, mit Stahlkugeln, die vermutlich aus einem alten Kugellager stammten. Sein Vater stand mit verschränkten Armen in der Tür der Verwaltungsbaracke und behielt die Polizisten im Auge.

»Wegen dem Lackschaden«, rief Wallner zu ihm hinüber, »da hören Sie noch von uns! Und wenn Sie den Buben noch einmal an den Kran lassen, kriegen Sie Ärger. Ich werde veranlassen, dass das Jugendamt regelmäßig jemand vorbeischickt.«

In diesem Moment zertrümmerte eine Stahlkugel die linke hintere Seitenscheibe des Dienstwagens.

»Und nehmen Sie ihm die Schleuder weg. So was hat in der Hand eines Neunjährigen nichts zu suchen!«

»Ich rühr den Buben nimmer an!«, sagte Lintinger und hielt die Innenseiten seiner ölverschmierten Hände hoch.

Ein weiteres Stahlgeschoss schlug neben Wallner im Türblech ein. Die drei machten, dass sie ins Auto kamen.

Der Dienstwagen fegte vom Schrottplatz, dahinter eine Staubfahne, vom Föhn verwirbelt. Ein exzellenter Schuss des jungen Lintinger verpasste dem Rückspiegel auf der Fahrerseite ein Spinnennetz.

»Das zahlt er. Jeden Pfennig!« Wallner schlug den Weg ein, den sie gekommen waren.

Claudia, die auf der Rückbank saß, hatte die Plastiktüte

mit den Filmdosen auf dem Schoß und durchforstete den Inhalt. »Da haben wir was«, sagte sie und gab Kreuthner eine Dose nach vorn.

»Zwölfter April bis dritter Mai fünfundvierzig.« Kreuthner öffnete die Dose, holte den Film heraus und hielt ihn gegen das Licht. »Wackel net so. Ich kann nichts erkennen.«

»Tut mir leid«, sagte Wallner. »Aber da musst du dich bei der Gemeinde beschweren. Die sind, glaube ich, für die Löcher in der Straße zuständig. Außerdem bist du vom Dienst suspendiert und solltest keine Beweismittel sichten.«

»Ich hab die Beweismittel besorgt, wenn ich da mal dran erinnern darf.«

»Ist mir bekannt. Gib den Film trotzdem zurück.«

Kreuthner reichte Dose und Negativfilm an Claudia auf der Rückbank. »Vielleicht kannst du was erkennen. Ist halt alles negativ.«

»Jaja«, sagte Claudia. »Das ist wohl die Krux bei Negativen.« Sie hielt den Film vors Fenster. »Ich glaube, da ist jemand mit einem Gewehr drauf.«

»Kannst du erkennen, wer es ist?«, fragte Wallner.

»Keine Chance. Das ist, wie gesagt, negativ. Und selbst bei einem richtigen Foto wär's schwierig. Wer immer das mit dem Gewehr ist – er ist jetzt siebenundvierzig Jahre älter.«

In einiger Entfernung vom Schrottplatz parkte ein metallicgrüner Mercedes 190 an der Straße, die durchs Mangfalltal führte. Neben dem Wagen stand ein Mann von etwa dreißig Jahren in Anzug und Krawatte. Er war einen Meter achtundsiebzig groß und von drahtiger Statur, hatte sehr hellblonde Haare und ein schön geschnittenes Gesicht mit markanter Nase. Durch ein Fernglas beobachtete er, wie der Dienstwagen mit Wallner, Claudia und Kreuthner den Schrottplatz verließ.

»Und? Kannst was erkennen?«, fragte ein Mann aus dem Auto heraus. Er trug ebenfalls Anzug, war aber von bulligem Körperbau und passte nicht so recht in seine bürgerliche Kleidung.

»Der Wagen ist ziemlich ramponiert.«

»Wieso? Was haben die da drin getrieben?«

»Keine Ahnung. Schießerei hätten wir gehört.«

Der Dienstwagen fuhr auf einem kurvigen Schotterweg bis zur Einmündung in die Teerstraße und kam jetzt auf den Mercedes zu.

Als Wallner auf die Straße abbog, ließ Kreuthner ein Feuerzeug aufflammen.

»Mann! Muss das jetzt sein?«

»Dein Problem ist ...«, Kreuthner zündete etwas an, das bei flüchtigem Hinsehen wie eine Zigarette aussah, »... du kannst net richtig relaxen.«

»Was bist du für ein Sternzeichen?«, fragte Claudia von hinten.

»Oh Gott, Sternzeichen! Glaubst du da dran?«

»Ich finde, es macht Spaß, und oft stimmt's auch. Also?«

Wallner machte ein leicht widerwilliges Gesicht, wollte Claudia den Spaß aber nicht verderben. »Ich glaube Jungfrau. Das ist wahrscheinlich ganz furchtbar.«

»Nein, ich liebe Jungfrauen.« Claudia streichelte seine Wange. »Sie sind intelligent, ehrlich und zuverlässig.«

»Aber auch a bissl pedantisch, neigen zum Nörgeln«, gab Kreuthner zu bedenken. »Und rechthaberisch. Ganz schlimm rechthaberisch.«

»Du hast Ahnung von Astrologie?«

»Ich interessier mich für viele Dinge«, sagte Kreuthner und gab die Zigarette nach hinten an Claudia weiter. »Ich bin ja eher Wassermann.«

»Was erzählst du für einen Käse? Du bist im Sommer geboren. Du kannst nicht Wassermann sein.«

»Doch. Da gibt's noch was anderes. So ähnlich wie Akzent.«

»Aszendent«, half Claudia aus und gab ihm die Zigarette zurück.

»Genau. Des war's. Wassermann is supercool. Die Hippies zum Beispiel, die waren alle Wassermann.«

Wallner schnupperte, und seine Gesichtszüge entgleisten. »Sag mal: Was raucht ihr da eigentlich?«

Kreuthner sagte nichts und drückte sich einen ordentlichen Zug tief in die Lunge, bis er husten musste. Anschließend kicherte er vor sich hin.

»Das glaub ich jetzt nicht. Mach sofort den Joint aus. Ist das der aus der beschlagnahmten Tüte?«

Kreuthner kicherte weiter.

»Ja habt ihr sie noch alle?!«

»Komm, Alter! Relax. Es ist kein Mensch hier, der dich deswegen verhaftet.«

»Wieso mich? Ich rauch das Zeug ja nicht. Ach, übrigens: Vom Betäubungsmittelgesetz mal abgesehen ist das vorsätzliche Vernichtung von Beweismaterial. Strafvereitelung im Amt oder irgend so was. Kann dir Claudia besser erklären.

Ich müsste dich eigentlich verhaften. Und ich überlege ernsthaft, ob ich's nicht mache.«

Kreuthner reichte Claudia den Joint nach hinten. »Glaubst du, der macht das? Ich trau's ihm ja zu.«

»Nein, das macht er nicht«, sagte Claudia, inhalierte tief und streichelte Wallner übers Haar. »Komm, Clemens, mach dich mal ein bisschen locker.« Sie hielt Wallner den Joint hin.

»Tu's weg! Ich rauche nicht. Außerdem ist der Wagen inzwischen so verqualmt, dass ich kaum raussehe.« Wallner musste husten.

Kreuthner klopfte ihm auf den Rücken. »So ist's gut. Wehr dich net dagegen. Einfach tief einatmen.«

Wallner hustete weiter und wedelte den Rauch mit der Hand von seinem Gesicht. »Ihr seid solche Idioten«, hustete er und verfiel mit einem Mal in amüsiertes Gekicher.

»Es wirkt schon!« Kreuthner zwinkerte Claudia zu. »Er entspannt sich.«

Der junge Mann blickte durch sein Fernglas und meldete dem Mann im Wagen: »Die kommen auf uns zu.« »Und – wie sieht's aus? Das sind zwei Bullen im Auto, oder? Ich meine, da gibt's wahrscheinlich günstigere Gelegenheiten.«

Der Mann, der am Wagen stand, fokussierte hektisch das Fernglas. »Das gibt's nicht! Die rauchen einen Joint.«

»Was? Sicher?«

»Hundertpro. Die sind scheint's ziemlich gut drauf. Los. Mach dich fertig. Besser kriegen wir's nicht.«

Wallner war mittlerweile in gehobener Laune und kicherte ohne Unterlass. »Das muss man sich mal reinziehen! Wir drei zugedröhnten Clowns wollen einen Mord aufklären! Ich pack's nicht!« Bei dieser Vorstellung lachte Wallner so exaltiert, dass Kreuthner beim Lenken mithelfen musste.

»Das Zeug ist doch gar nicht so stark«, wunderte sich Claudia.

»Wenn er's net gewöhnt is ...« Kreuthner musste kräftig ins Lenkrad greifen. »He, pass auf, oder willst die Kiste schrotten?«

»Das hat doch der kleine Harry vom Schrottplatz schon erledigt.« Wallner gab prustende Geräusche von sich und gackerte wie eine Zehnjährige.

Unvermittelt stieg er auf die Bremse. Er schien schlagartig nüchtern zu sein und starrte mit offenem Mund durch die Windschutzscheibe. Zwanzig Meter entfernt stand ein Mercedes. Daneben zwei Männer in Anzügen. Auf dem Dach des Mercedes blinkte ein blaues Licht.

52

Rauch drang aus dem Wageninneren, als sich die Fensterscheibe senkte.

»Servus!«, sagte Wallner, um einen jovialen Ton bemüht.

»Grüß Gott«, sagte der jüngere der beiden Männer und hielt einen Ausweis hoch. »Drogenfahndung, LKA.«

»Oh«, sagte Wallner und schluckte.

»Sie sollten lüften, wenn Sie im Wagen rauchen«, sagte der bulligere Mann.

»Ich bin etwas zugempfindlich.«

»Aha«, sagte der jüngere Mann. Eine kleine Rauchschwade erreichte seine Nase, er atmete etwas tiefer ein, zog die Augenbrauen hoch und trat einen Schritt zurück. »Steigen S' mal aus dem Wagen.«

Wallner hielt dem Beamten seinen Kripoausweis entgegen. »Ich bin ein Kollege von der Kripo Miesbach. Wir sind gerade im Einsatz. Wegen eines Mordfalles.« »Ach – Kollegen!« Der Mann sah ins Wageninnere. »Bei Ihren Einsätzen geht's ja lustig zu. Aussteigen!«

Wallner tat, wie ihm geheißen. Auch Kreuthner und Claudia verließen den Wagen. Kreuthner nutzte die Gelegenheit, den Joint in der Wiese zu entsorgen.

Der bullige Mann betrachtete die zerborstene Seitenscheibe und legte einen Finger auf die Delle, die der kleine Lintinger mit seiner Stahlkugelschleuder ins Türblech geschossen hatte. »Wie schaut denn der Wagen aus? Sind Sie in eine Schießerei geraten?«

»Das ist kompliziert zu erklären«, sagte Wallner.

»Ist mir, ehrlich gesagt, auch wurscht. Ich tät mir gern mal den Wagen von innen ansehen.«

»Was soll das? Wir sind Kollegen. Sie können uns nicht wie Verbrecher behandeln.«

»Wieso? Gelten für Sie keine Gesetze? Marihuanarauchen – das ist kein Einsatz, das ist strafbar. Gehen Sie auf die Seite.« Wallner trat einen Schritt nach links, der Mann verschwand im Dienstwagen. Kurz darauf erschien er wieder und schwenkte die Marihuanatüte in der Hand, um allen zu zeigen, was er gefunden hatte. »Was ist das?«

»Marihuana.«

»Wie kommt das in Ihren Wagen?«

»Das ... das haben wir beschlagnahmt.«

»Ah so? Sind Sie bei der Drogenfahndung? Ich dachte, Sie ermitteln in einem Mordfall.«

»Wir haben das bei einem Zeugen beschlagnahmt, um ...« Wallner überlegte, ob er wirklich sagen sollte, dass sie Lintinger damit erpresst hatten, die Negative herauszugeben. »Das würde jetzt zu weit führen.«

»Also, Sie haben das Gras beschlagnahmt und gleich mal getestet, ob's auch schmeckt?«

Wallner schwieg. Claudia kam auf die andere Seite des Wagens. »Er hat das nicht geraucht. Ich war das.«

»Wer sind Sie?«

»Claudia Lukas. Ich bin Staatsanwältin am Landgericht München II.«

Der Bullige lachte. »Das wird ja immer besser.«

Er winkte Kreuthner heran, der erklärte, er sei bei der Schutzpolizei, aber im Augenblick außer Dienst. Alle drei machten einen äußerst schuldbewussten Eindruck, wie sie an ihrem ramponierten Dienstwagen standen.

»Was sagst du dazu?« Der jüngere Mann blickte seinen Kollegen an.

»Circa hundert Gramm Marihuana. Scheint mir ein bisschen viel für Eigenbedarf«, gab der zurück. »Also möglicherweise Drogenhandel. Das ist kein Spaß.«

»Frau Lukas, meine Herren – Sie sind vorläufig festgenommen. Den Tatvorwurf haben Sie gehört. Hände auf den Rücken.«

»Jetzt beruhigen wir uns erst mal alle«, versuchte Wallner, die Wogen zu glätten. »Ich kann das alles erklären.«

»Erklären Sie's dem Staatsanwalt.« Der bullige Mann hatte auf einmal mehrere Handschellen in der Hand und legte jedem ein Paar um die Handgelenke. »Sie setzen sich bitte auf die Rückbank Ihres Dienstwagens«, sagte er zu Kreuthner und Wallner. »Und Sie kommen bitte mit zu unserem Wagen.«

»Hast du wieder super hingekriegt. Hier ist kein Mensch, der dich verhaftet«, äffte Wallner Kreuthner nach.

»Ja wer hat denn das ahnen können, dass da heraußen zwei Typen vom LKA rumlungern!«

»Was tun die hier überhaupt?«

»Keine Ahnung. Irgendwen observieren.«

»Und was wollen die von der Claudia?«

Kreuthner zuckte mit den Schultern. Sie beobachteten, wie die beiden Anzugträger den Fond des Mercedes öffneten und Claudia einsteigen musste. Dann wurde die Tür geschlossen, und die beiden Männer stiegen ebenfalls in den Wagen.

»Das kommt mir langsam komisch vor«, sagte Wallner und sah besorgt zu Kreuthner.

»Personalienfeststellung, schätz ich mal.«

»Und wieso nur bei ihr?«

In diesem Moment wurde der Mercedes angelassen und fuhr davon.

»Weißt du, was ich glaube?«, sagte Wallner.

»Was?«

»Dass wir die größten Idioten auf diesem Planeten sind. Scheiße!!«

53

Sein Gesicht lief rot an, als ihm Wallner erklärte, was vorgefallen war. Aber er wurde nicht laut. Erich Lukas sagte nichts – lange Zeit. Seine Zigarette verglühte auf dem Rand des Aschenbechers, und er starrte ins Leere, an Wallner vorbei. Er fragte nicht nach, war nur erstarrt. Ihm war offenbar klarer als Wallner, was passiert war. Lukas schien nachzudenken, Optionen abzuwägen, während Wallner auf seinem Bürostuhl herumrutschte. Er hätte gerne gewusst, was Lukas wusste, denn die Sorge um Claudia fraß ihm die Eingeweide auf.

Nachdem sie es unter vielen Verrenkungen geschafft hatten, mit auf den Rücken gefesselten Händen in den vorderen Teil des Wagens zu gelangen und über Polizeifunk Hilfe anzufordern, hatte Wallner als Erstes beim LKA angerufen und gefragt, ob Drogenfahnder im Landkreis Miesbach unterwegs seien. Es waren keine Fahnder unterwegs, und schon gar nicht in einem matallicgrünen Mercedes 190. So einen Wagen gab es beim LKA nicht. Da sich Claudia nicht mehr gemeldet hatte, musste Wallner sich und seinen Vorgesetzten eingestehen: Claudia war entführt worden. Warum, war Wallner vollkommen rätselhaft. War es ein Zufall? Oder wollte jemand von ihrem vermögenden Noch-Ehemann Geld erpressen?

»Es tut mir wahnsinnig leid«, sprach Wallner den geistesabwesenden Lukas an. »Ich war der Situation nicht gewachsen. Aber ich schwöre Ihnen, ich bringe Ihnen Claudia zurück.«

Lukas sah Wallner mehr müde als vorwurfsvoll an. »Wie wollen Sie das machen?«

»Das weiß ich noch nicht. Man müsste zunächst herausfinden, wer die Entführer sind. Oder zumindest, was sie wollen. Bis jetzt hat sich ja noch niemand gemeldet.«

Lukas wischte sich den Schweiß aus dem Gesicht. Er sah aus, als wäre er den Tränen nahe. Plötzlich ging ein Ruck durch ihn, und er räumte einige Papiere zur Seite. Eine Rollkartei kam zum Vorschein. Nach kurzem Suchen hatte er die Nummer, die er brauchte, und griff zum Telefon.

»Lukas, Kripo Miesbach. Ich würde gerne mit dem Häftling Albert Kieling sprechen. Geht das? ... Danke.« »Sie rufen in Stadelheim an?«

Lukas nickte.

»Kieling steckt hinter der Entführung?«

»Entführer, die nur auf das Geld ihres Mannes aus sind, schlagen nicht zu, wenn zwei Polizisten mit im Wagen sitzen.«

»Vielleicht wussten die Entführer das nicht.«

»Natürlich wussten die das. Die haben Claudia wahrscheinlich von München bis Miesbach verfolgt und dann vor dem Büro gewartet, bis sie mit Ihnen und Kreuthner wieder rauskam. Die mussten davon ausgehen, dass Sie Kriminalbeamte sind.«

Am anderen Ende der Leitung meldete sich jemand.

»Ja, dann stellen Sie bitte durch. Danke.« Es dauerte ein paar Sekunden, dann war Kieling am Apparat. »Herr Kieling – hier spricht Lukas. Ich habe mich gefragt, ob Sie mir etwas sagen möchten ... In einer Stunde könnte ich da sein.« Lukas blickte auf seine Uhr. »Gut. Gegen halb vier.« Er legte auf.

»Was hat er gesagt?«

»Wenn ich über seinen Fall reden möchte, könnte ich gern vorbeikommen. Er hätte mit meinem Anruf gerechnet. Mehr wollte er am Telefon nicht sagen.«

»Also Kieling?«

»Er muss jemanden beauftragt haben.«

»Hat Kieling Kontakte ins kriminelle Milieu? Ich bin mir sicher, das waren Profis. Die haben nicht das erste Mal ein Verbrechen begangen. Dafür waren die zu abgebrüht.«

»Ich habe keine Ahnung. Finden Sie es raus.«

54

Die Justizvollzugsanstalt München, im Volksmund kurz *Stadelheim* genannt, lag in Giesing, einem südlichen Stadtteil, nur einen Kilometer Luftlinie vom Trainingsgelände des FC Bayern München entfernt. Es war ein festungsähnlicher Bau mit Wachtürmen und Stacheldraht auf den hohen Mauern und eine der größten Haftanstalten der Republik. Die Liste der prominenten Häftlinge reichte von Ludwig Thoma über Adolf Hitler, Ernst Röhm und die Mitglieder der Weißen Rose bis hin zu Konstantin Wecker. Wer in den umliegenden Landkreisen inhaftiert wurde, kam hier in Untersuchungshaft.

Kielings Anwalt Dr. Kulka war im Gesprächsraum, als Lukas eintraf. Nach kurzer Begrüßung setzte sich Lukas zu Kieling an den Tisch, Kulka nahm sich einen Stuhl und setzte sich neben seinen Mandanten.

»Ich bin ein bisschen erstaunt«, begann Lukas das Gespräch und wandte sich an Kieling. »Sind Sie sicher, dass wir das zu dritt besprechen wollen?«

»Herr Dr. Kulka wird uns später verlassen. Ich möchte, dass er am Anfang erklärt, was mein Anliegen ist. Er kann das besser.«

»Bitte«, sagte Lukas in Richtung Kulka.

Kulka hatte einen ledergebundenen Notizblock vor sich liegen, auf dem er aber nichts notierte. »Mein Mandant sagte mir, Sie seien möglicherweise gesprächsbereit. So, wie die Sache aussieht, ist es wohl zu – ich sag mal: versehentlichen – Fehlern bei der Beweiserhebung gekommen, durch die Herr Kieling fälschlich belastet wurde.«

»Wo sollen Fehler vorgekommen sein?«

»Mein Mandant kann sich beim besten Willen nicht erklären, wie etwa ein Haar von ihm auf den Leichnam von Uwe Beck geraten ist. Auch Fingerabdrücke meines Mandanten im Haus des Opfers sind ... eigentlich nicht möglich. Hinzu kommt, dass sich der Zeuge Haltmayer irren muss. Herr Kieling hat Frieda Jonas nicht getötet. Also kann der Zeuge das auch nicht beobachtet haben.«

»Der Zeuge war sich sehr sicher. Ich meine – was soll ich machen, wenn er sagt, er hat es gesehen?«

»Sie sind ein erfahrener Kriminalbeamter. Gehen Sie mal in sich und prüfen Sie, ob der Zeuge nicht unter zu großem Druck gestanden hat. Unter Umständen wäre er ja selbst belangt worden, wenn er nicht gegen meinen Mandanten ausgesagt hätte. Im Übrigen: Der Vorfall ist siebenundvierzig Jahre her. Da schleichen sich Fehler ins Gedächtnis ein. Ich bin sicher, dass Sie das herausfinden, wenn es so war.«

Lukas schwieg und betrachtete Kulka, der den teuren Notizblock in seinem Anwaltskoffer verschwinden ließ. Offenbar war sein Part beendet. Kielings Unterarme ruhten auf der Resopalplatte des Tisches, die Hände waren wie zum Gebet gefaltet. Er machte einen sehr gesammelten Eindruck.

Lukas fragte sich, ob der Anwalt von der Entführung wusste. Vermutlich nicht. Kulka verteidigte zwar alte Nazis. Aber das waren in der Regel keine Kriminellen aus der Unterwelt, sondern angepasste Bürger, die seit dem Ende des Krieges ehrbare Berufe ausübten. Wahrscheinlich hatte ihm Kieling lediglich erzählt, dass er unschuldig sei und der Leiter der Kripo Beweise gefälscht habe, um ihn für andere, unbewiesene Verbrechen zu bestrafen.

»Ich weiß, Sie gehen davon aus, dass Herr Kieling während des Krieges andere Straftaten begangen hat. Ich bitte Sie, unseren Rechtsstaat nicht zu korrumpieren, nur weil Sie meinen, jemand für unbewiesene Taten zur Rechenschaft ziehen zu müssen.«

Lukas trommelte mit den Fingern auf die Tischplatte und sah zu Kieling. Der verstand das Zeichen und sagte: »Vielen Dank, Dr. Kulka. Ich würde mich jetzt gern mit Herrn Lukas unter vier Augen unterhalten.«

»Sind Sie sicher, dass Sie das möchten?«

»Ja.«

Kulka nahm mit zweifelndem Gesichtsausdruck Abschied. Als er die Tür hinter sich geschlossen hatte, herrschte eine Weile Stille im Raum. Lukas zündete sich eine Zigarette an.

»Geben Sie mir auch eine?«, sagte Kieling.

Lukas schob ihm die Packung samt Feuerzeug über den Tisch. »Ich dachte, Sie rauchen nicht.«

»Seit dreizehn Jahren nicht mehr. Aber heute hab ich mal Lust auf eine.« Kieling zündete sich die Zigarette an, sog den Rauch tief und bewusst ein und blies ihn zur Neonlampe an der Decke. »Wie geht es Ihrer Tochter? Der Staatsanwältin?«, fragte er schließlich.

»Sie wurde entführt.«

»Das tut mir leid. Weiß man, wer es war?«

»Nein.«

»Es muss einem das Herz herausreißen, wenn das eigene Kind ...«

Lukas sah seinem Gegenüber in die Augen. Sie waren undurchsichtig, das Gesicht verriet keine Emotion. Lukas versuchte, mit ähnlichem Gleichmut aufzutreten. Aber es wollte nicht gelingen. Die Wut kochte in ihm, der Magen krampfte, und sein Mund war trocken.

»Was genau soll ich tun?«, fragte er nach einer Weile. »Das, was Sie als gewissenhafter Polizist tun müssen.« Kieling drückte seine halbgerauchte Zigarette im Aschenbecher aus. »Schmeckt doch nicht so gut. Sie werden alle gefälschten Beweise gegen mich – wie sagt man – entwerten? Jedenfalls an höherer Stelle klarstellen, dass Sie sie manipuliert haben, und das glaubhaft belegen. Mein Anwalt wird sich ansehen, wie Sie das gemacht haben, und mir berichten.«

»Dann kommt meine Tochter frei?«

Kieling zuckte erstaunt mit dem Kopf. »Was für ein merkwürdiger Gedanke, Herr Lukas. Ich habe nicht die leiseste Ahnung, wer Ihre Tochter entführt hat. Allerdings wäre ich Ihnen sehr verbunden, wenn Sie Ihren Job möglichst schnell erledigen würden. Ich finde acht Quadratmeter auf Dauer sehr einengend. Es wäre schön, wenn ich bis morgen um, sagen wir, achtzehn Uhr dieses Gebäude verlassen könnte.«

Lukas stand auf und ging zur Tür. Dann drehte er sich noch einmal um. »Ich denk drüber nach. Auf Wiedersehen.«

»Auf Wiedersehen. Und viel Glück bei der Geschichte mit Ihrer Tochter. Ich hoffe, es ist nicht die Art von Entführern, die ihren Opfern Finger abschneiden oder so was.«

Lukas atmete tief durch, presste die Kiefer aufeinander und kämpfte gegen das Verlangen an, Kieling die Zähne einzuschlagen.

»Also – morgen, achtzehn Uhr.« Kieling lächelte zum ersten Mal in diesem Gespräch.

55

Zwei Minuten nachdem sie losgefahren waren, hatten die beiden Herren im Anzug den metallicgrünen Mercedes angehalten, Claudia aus dem Wagen gezerrt und in den Kofferraum gesteckt. Anschließend hatten sie ihr ein Tape über den Mund geklebt, einen schwarzen Stoffsack über den Kopf gestülpt und sie aufgefordert, sich ruhig zu verhalten.

Die Fahrt hatte eine halbe Stunde gedauert. Claudia lag in der Dunkelheit und versuchte, in den Kurven nicht allzu sehr im Kofferraum herumzurutschen und sich nicht den Kopf anzuschlagen.

In dem Augenblick, als die Männer den Wagen angelassen hatten, hatte Claudia gewusst, dass sie das Opfer einer Entführung geworden war. Ihr Herz hatte angefangen zu rasen. Wie viele Entführungsopfer kamen mit dem Leben davon? Erschreckend wenige. Tausend Überlegungen schossen gleichzeitig in Claudias Kopf umher. Wollte jemand Lösegeld von ihrem Mann? Oder wollte jemand ihren Vater erpressen? Wegen der Mordermittlungen, die sie gemeinsam führten? Kieling? Wer immer es war, er würde sie mit einer gewissen Wahrscheinlichkeit umbringen lassen. Claudia brach der Schweiß aus, und ihr wurde schlecht.

Der letzte Teil der Strecke war kurvenreich und führte bergauf.

Claudia schlug mehrfach mit dem Kopf gegen ein Metallteil und musste sich beinahe übergeben. Schließlich hielt der Wagen, sie hörte Türenschlagen, Schritte, dann spürte sie einen kalten Hauch. Sie hatten den Kofferraum geöffnet.

Einer der Männer zog sie an den Füßen zur Ladekante. Dann hoben sie Claudia aus dem Kofferraum, führten sie einen unebenen Weg entlang und sagten »Vorsicht Stufen«. Sie tastete sich in ihren Pumps eine verschneite Treppe hinab. Der Föhn war mittlerweile zusammengebrochen, es war kälter geworden und hatte angefangen zu schneien. Der Schnee auf den Stufen war schwer und nass. Ein eisiger Wind blies Claudia in ihre Bluse und unter den Rock. Sie hatte den Eindruck, hoch oben auf einem Berg zu sein.

Die Hütte war kalt, und es roch nach Holz und Staub. Einer der Männer zündete ein Feuer an. Der andere führte Claudia zu einer Bank. Dann wurde ein starkes Licht eingeschaltet, und jemand nahm Claudia den Sack vom Kopf. Eine grelle Lampe war auf ihren Kopf gerichtet, so dass sie nicht erkennen konnte, was hinter der Lampe vor sich ging. Es war relativ dunkel in der Hütte.

Claudia trug immer noch die Handschellen, die ihre Hände auf dem Rücken fixierten. »Ich muss aufs Klo. Und kann mir mal jemand die Handschellen abnehmen?«

Einer der Männer kam zu Claudia und schloss ihr die Handschellen auf. Er hatte jetzt eine schwarze Mütze mit Löchern für Augen und Mund über dem Kopf. Claudia fragte sich, wozu diese Vorsichtsmaßnahme dienen sollte. Sie hatte ihre Entführer doch schon gesehen. Andererseits waren das ziemlich sicher nicht die echten Gesichter der Männer gewesen. Falsche Bärte, falsche Haare, vielleicht hatten sie sogar an ihren Nasen und sonst wo herummodelliert. Vermutlich hatten sie ihre Maskerade aus Gründen der Bequemlichkeit abgelegt.

»Halten Sie die Hände vor die Brust. Finger spreizen.«

»Wozu das denn?«

Statt einer Antwort schlug der Mann ihr mit den Fingerknöcheln heftig gegen den Kopf. »Noch eine dumme Frage, und ich schlag dir die Zähne ein.«

56

Es war bereits dunkel, als Lukas aus München zurückkam. Er rief Wallner und Höhn zu sich ins Büro. Wallner schlug vor, Kreuthner dazuzubitten. Der sei bei dem Überfall dabei gewesen, und wenn es um Berufskriminelle ging, dann könne er vielleicht etwas beisteuern. Zunächst berichtete Lukas über sein Treffen mit Kieling in Stadelheim.

»Was genau will er von Ihnen?«, fragte Wallner ungläubig nach.

»Dass ich die Indizien, die wir gegen ihn haben, als Fälschung hinstelle und Haltmayer dazu bringe, seine Aussage zu widerrufen.«

»Aber Kieling ist nicht dumm. Es muss ihm doch klar sein, dass Sie Ihre Aussagen widerrufen, sobald Claudia wieder frei ist.«

»Vielleicht geht es ihm nur darum, aus dem Gefängnis zu kommen, um sich dann abzusetzen«, sagte Höhn.

»Nein.« Lukas schüttelte den Kopf. »Der Mann ist über siebzig. Der will nicht den Rest seiner Tage auf der Flucht sein. Der will die Sache vom Hals haben.«

»Aber wie? Was immer Sie tun – Sie können es anschließend rückgängig machen.«

»Das ist die Frage. Wenn ich zum Beispiel Haltmayer dazu bringe, seine Aussage zu widerrufen, dann wird es schwierig, das noch mal als Beweis vorzulegen. *Er* ist ja nicht erpresst worden.«

»Warum sollte er seine Aussage zurückziehen?«

»Das würde ich hinkriegen, glauben Sie mir.« Lukas fingerte die letzte Zigarette aus der Packung, zerknüllte die Schachtel und warf sie auf die Papiere auf seinem Schreibtisch. »Damit sollten Sie sich aber gar nicht beschäftigen. Die wichtigste Frage ist: Wie kriegen wir Claudia frei?«

»Dazu müssten wir wissen, wo sie ist. Oder wer sie entführt hat.« Höhn zog eine Liste aus einem Aktenordner. »Wir haben Kielings Telefonate in den letzten Tagen überprüft. Da ist nichts dabei, was irgendwie verdächtig wäre. Fast alles Telefonate mit seinem Sohn oder mit Bekannten im Tegernseer Tal. Zwei Gespräche mit der Gemeinde und eins mit dem Landratsamt. Wahrscheinlich eine Bausache.«

»Wen immer er angerufen hat, damit er meine Tochter entführt – das hat Kieling natürlich nicht von zu Hause aus gemacht. Hat er ein Handy?«

Wallner schüttelte den Kopf.

»Dann wahrscheinlich aus einer Telefonzelle.«

»Ich habe noch mal mit Elisabeth Muhrtaler gesprochen. Das ist die ehemalige Wirtin vom Semmelwein in Dürnbach.«

»Die mit Alzheimer?«

»Sagen wir, sie hat Gedächtnisprobleme. Aber solche Leute erinnern sich oft erstaunlich gut an Dinge, die lange zurückliegen. Die Frau war offenbar unglücklich in Kieling verliebt und hat deswegen großen Anteil an seinem Leben genommen. Sie konnte sich erinnern, dass Kieling einen alten Freund aus den Kriegsjahren hatte, der ziemlich unsolide war und schon in den fünfziger Jahren mit dickem

Auto, Sonnenbrille und zwei leichtbekleideten Mädchen in Dürnbach auftauchte. Später habe Kieling mal erwähnt, dass dieser Max, so hat er geheißen, einen Nachtclub in München hätte.«

»Das ist unsere heiße Spur? Die Aussage einer dementen alten Dame?« Höhn schüttelte ungläubig den Kopf. »Haben Sie eine bessere Spur?«

»Na, meinetwegen«, lenkte Höhn ein. »Dann überprüfen wir halt sämtliche Nachtclubs in München. Wenn einer der Inhaber Max heißt ...«

»Die Frage ist nur, wie? In München gibt's um die Zeit nur die Kollegen von der Bereitschaft«, wandte Lukas ein. »Und die haben für so aufwendige Recherchen nicht die Kapazitäten. Anderer Vorschlag?«

Kreuthner meldete sich. »Ich kenn Leut in München. Im Bahnhofsviertel. Die sind mir was schuldig. Wenn der Mann seit dem Krieg in München is, dann kennt man den. Selbst wenn er jetzt keinen Club mehr hat.« »Gut«, sagte Lukas. »Versuchen Sie's! Wallner, haben Sie heute Abend schon was vor?«

»Ich fahr mit.«

Lukas wollte die Runde gerade auflösen, da klopfte es an der Bürotür. Eine Beamtin vom Empfang kam herein und überreichte Lukas einen Briefumschlag, auf dem sein Name stand. »Wurde gerade abgegeben.«

»Von wem?«

»Von einem Taxifahrer. Der hat den Auftrag von jemandem bekommen, den er in der Dunkelheit kaum gesehen hat. Sollen wir es erst überprüfen?«

Lukas betastete den braunen Umschlag. Er war sehr dünn.

Viel konnte er nicht enthalten. »Ist in Ordnung. Eine Bombe kann's nicht sein.«

Die Beamtin ging wieder auf ihren Posten, und Lukas öffnete das Kuvert. Es enthielt mehrere Polaroidfotos. Lukas wurde blass beim Anblick der Bilder und musste sich setzen.

57

Die Bilder zeigten Claudia mit einem großen Hämatom um ihr linkes Auge. Sie hielt die Hände mit gespreizten Fingern vor ihre Brust. Seitlich hielt jemand eine Astschere ins Bild.

Aus dem Kuvert ragte ein weißes Blatt Papier. Wallner nahm es heraus. Lukas sah ihn fragend an, aber Wallner brachte kein Wort heraus. Schließlich sprang Kreuthner ein, nahm den Zettel und las vor: »Wenn Sie Ihren Job nicht rechtzeitig erledigen, fehlt auf dem nächsten Foto ein Finger.«

Es herrschte langes Schweigen. »Bringen Sie mir meine Tochter wieder«, sagte Lukas schließlich.

»Des is a Holzwand im Hintergrund.« Kreuthner deutete auf das Foto.

Wallner nahm ihm das Bild aus der Hand. »Ja. Könnte eine Berghütte sein. Da am Rand ist rotkarierter Stoff. Wahrscheinlich ein Vorhang am Fenster.« Wallner wandte sich an Lukas. »Können wir das Foto mitnehmen?«

Fünf Minuten später saßen Wallner und Kreuthner in einem Dienstwagen der Polizei und fuhren Richtung Autobahnauffahrt Weyarn.

»Jetzt kannst amal a bissl Praxiserfahrung sammeln. Dinge, die wo sie dir nicht auf der Polizeischule beibringen. Du hast dich wahrscheinlich schon gefragt, wieso ich net bei der Kripo bin.«

»Weil du kein Abitur hast?«

»Des is des wenigste. Wenn ich zur Kripo hätt wollen, dann hätt ich's Gymnasium fertig gemacht. Aber das hat mich gar net interessiert. Ich bin mehr der Typ für die Straße. Ihr hockt's doch die meiste Zeit im Büro. Aber auf Streife, des is noch richtige Polizeiarbeit.«

»Mhm«, sagte Wallner. Dann wurde bis Hofolding nichts mehr gesagt. Kreuthner fuhr hundertneunzig.

»Des geht dir an die Nieren mit der Claudia, oder?«, fragte Kreuthner schließlich.

»Ja.« Wallner sah aus dem Fenster auf den nächtlichen Hofoldinger Forst, der an ihnen vorbeischoss. »Ich hab eine Scheißangst.«

»Der passiert nichts. Wir holen dein Mädel da raus, okay?«

Wallner atmete durch und versuchte, sich zu beruhigen. »Was ist eigentlich der genaue Plan?«

»Mir suchen zuerst den Dicken Pete. Den kenn ich noch von früher.«

»Möchte ich wissen, woher du ihn kennst?«

»Glaub eher net. Jedenfalls ist der seit Jahren in der Schillerstraße im Geschäft. Mit allem Möglichen. Spielhallen und auch mal an Stripclub. Wenn uns wer weiterhelfen kann, dann der.«

»Und das ist ein guter Freund von dir?«

»Du – ich war für den a Zeitlang wie a Sohn.«

»Wollen wir mal hoffen, dass das Verhältnis nicht so war wie zu deinem richtigen Vater.«

Kreuthner sagte darauf nichts und schien ein bisschen beleidigt zu sein.

Die Schillerstraße in München lief direkt auf den Bahnhofsvorplatz zu. Dort und in einigen benachbarten Straßen spielte sich ein großer Teil des Münchner Nachtlebens ab, soweit es Stripteasebars, Spielhallen und Pornokinos betraf. Ein weiterer merkantiler Schwerpunkt der Gegend waren Import- und Export-Geschäfte, in denen sich vor allem Kameras, Uhren und elektronische Waren unklarer Herkunft stapelten. Bei Nacht funkelten die Neonlichter, und zahlreiche Menschen waren auf der Straße, ohne dass sich so etwas wie Atmosphäre einstellen wollte.

Die Spielhalle war mit den neuesten Videospielen ausgestattet und um die Zeit gut besucht. Zwei Männer und drei Frauen mit grauer Haut und nachlässiger Kleidung hatten die Glücksspielautomaten okkupiert, rauchten Kette, tranken Bier und billigen Weißwein und bedienten mehrere Automaten gleichzeitig. Es klingelte und piepte aus allen Ecken des Raumes, gelegentlich klimperten auch Münzen aus einem der Automaten.

Der Dicke Pete war nicht wirklich dick. Er war kräftig, groß, um die fünfzig, hatte ondulierte blonde Haare und trug einen hellen Anzug mit Cowboystiefeln. Als Kreuthner und Wallner die Spielhalle betraten, wechselte Pete gerade einem Kunden einen Schein in Kleingeld.

»He, des gibt's ja net! Der Leo! Geh her, oider Verbrecher!« Er nahm Kreuthner in den Arm und drückte ihn, als sei der verlorene Sohn zurückgekehrt. »Mann! Wie lang is des her? Drei Jahre?«

»Könnt hinkommen. Du, Pete – mir bräuchten deine Hilfe.«

»Kommt's mit hinter. Da können mir in Ruhe reden.«

»Ich hab's dir ja gesagt: Des is praktisch der Vater, den ich nie hatte!«, flüsterte Kreuthner, während sie Pete folgten.

Im hinteren Teil der Lokalität war ein spärlich eingerichteter Raum mit Kaffeemaschine, Spülbecken, einem Tisch, mehreren Stühlen und ein paar Sportpostern an der Wand, die davon zeugten, dass derjenige, der hier in Einrichtungsfragen zu entscheiden hatte, Anhänger des TSV 1860 war. Ein junger Mann in Lederjacke und Cowboystiefeln las einen Comicstrip. Was er hier zu suchen hatte, war unklar. Pete gab ihm mit einem Kopfnicken zu verstehen, dass er hinausgehen sollte. Nachdem der junge Mann sich mit seinem Comic in die Spielhalle verabschiedet hatte, wandte sich Pete Kreuthner zu und legte seinen Arm um dessen Schulter.

»Mensch, Leo«, sagte er und drückte Kreuthner an sich. »Du hast echt Nerven.«

Kreuthner war etwas verunsichert. »Was meinst jetzt damit?«

»Ich mein, dass du hier einfach reinspazierst, wie wenn nix wär.«

Pete legte seine riesige Hand an Kreuthners Hinterkopf, packte die Haare, schlug Kreuthners Gesicht zwei Mal heftig auf die Tischplatte und schrie: »Du spinnst ja wohl!!!«

Kreuthner hielt eine Hand an sein schmerzendes Gesicht und suchte ein paar Schritte Abstand zu Pete. »He, Scheiße! Was soll das?« Seine Nase blutete.

»Tut weh, was?«

»Ja, verdammt!«

»So fühlt sich's an, wenn man seine Schulden net zahlt.« Er ging wieder bedrohlich auf Kreuthner zu.

Wallner trat dazwischen und präsentierte seinen Polizeiausweis. »Stopp! Keinen Schritt weiter. Sonst verhafte ich Sie wegen Körperverletzung!«

»Wer is'n der Komiker?« Pete suchte Kreuthners Blick. »Is okay. Des is a Kollege von der Kripo.«

»Sauber!« Pete überlegte kurz, nahm eine Zigarette aus einer angebrochenen Schachtel in seiner Jacketttasche und setzte sich auf den Tisch. »Körperverletzung, junger Freund, wird nur auf Antrag verfolgt. Stellt hier irgendwer an Antrag?« Er sah zu Kreuthner. »Geh, Schmarrn. Des war a Spaß.« Kreuthner näselte etwas, weil er ein Papiertaschentuch unter seine blutende Nase hielt.

»Na also. Und jetzt amal zu deine Schulden. Vor drei Jahren bist einfach verschwunden. Wo du noch Schulden gehabt hättst. Lasst bei dir's Gedächtnis schon nach?«

»Ach, du meinst die hundert Mark wegen dem ...«

»Genau. Wegen dem. Wollen mir deinen Kripofreund mal net in Verlegenheit bringen. Inzwischen san's fünfhundert Mark.«

»Das sind ja wohl nicht Zinsen?«, mischte sich Wallner ein.

»Zinsen, Schadensersatz, Schmerzensgeld wegen der menschlichen Enttäuschung. Nenn es, wie du magst. Jedenfalls krieg ich fünf Blaue von deinem Freund. Dann können mir uns unterhalten.«

»Pass auf.« Kreuthner zückte sein Portemonnaie und entnahm ihm sämtliche Geldscheine. »Hundertzwanzig. Als Anzahlung. Okay?«

»Nein. Bestimmt net.« Pete nahm Kreuthner die Scheine aus der Hand und steckte sie in sein Jackett. »Glaubst, ich wart noch amal drei Jahre?«

Kreuthner sah zerknirscht zu Boden, dann zu Wallner.

Der hatte den Eindruck, dass er gefordert war. »Was schaust mich so an?«

»Jetzt komm! Kriegst es morgen wieder. Spätestens nächste Woch.«

»Ich hab keine dreihundertachtzig Mark.«

»Ums Eck is a Geldautomat.«

»Dann geh doch selber hin.«

»Der gibt mir nix mehr.«

Wallner sah Kreuthner angestrengt ins Gesicht. »Ich soll dem Gangster da dreihundertachtzig Mark geben? Die ich wahrscheinlich nie wiederkrieg?«

Inzwischen hatten sich der Comic-Liebhaber und ein anderer, ziemlich breit gebauter Mann in Trainingshose und Blouson aus Fallschirmseide in der Tür aufgebaut.

»Gleiche Verzinsung wie bei Pete«, sagte Wallner und drängte sich zwischen den Türstehern nach draußen.

Pete wurde zu einem Muster an Gastfreundschaft, nachdem ihm Wallner das fehlende Geld ausgehändigt hatte. Er bot den beiden freie Getränkewahl an und war bereit, den Comic-Mann zur Pizzeria nebenan zu schicken, um etwas zu essen zu holen. Die Polizisten lehnten dankend ab. Sie stünden leider unter Zeitdruck und würden lieber gleich auf ihr Anliegen zu sprechen kommen.

»Also, Buben, was kann ich für euch tun?«

»Wir suchen jemanden, der Max heißt und hier in der Bahnhofsgegend im Geschäft ist«, sagte Wallner.

»Da gibt's einige.«

»Er hat einen Nachtclub – oder hatte mal einen. Inzwischen müsste er so um die siebzig sein.«

»Puh …« Pete dachte angestrengt nach. »Einer von der alten Garde. Mal überlegen … Gibt's noch irgendwas über den?«

»Der war im Krieg bei der SS«, sagte Kreuthner.

»Ach der!«

»Kennst du den?«

»Der Endorfer. Der heißt Max mit Vornamen. Aber alle nennen ihn nur Endorfer. Der hat mir mal seinen SS-Dolch gezeigt. Geiles Teil. Ich hab ihn gefragt, ob er den auch mal benutzt hat. Weil irgendwer hat erzählt, des wär a brutaler Hund gewesen, wie er jung war.«

»Und? Was hat er gesagt?«

»Der war fast beleidigt. Des wär was Heiliges, hat er gesagt. Des nimmst net her, um Kanaken abzustechen.«

»Klar. Verstehe«, sagte Kreuthner. »Und gibt's den noch? Den Endorfer?«

»Logisch. Er hat sich a bissl zurückgezogen. Ist noch an am Club beteiligt. Praktisch um die Ecke. Goethestraße.«

Das Cabaret Beverley war gut besucht an diesem Abend. Die Beleuchtung war spärlich, außer auf der Bühne, auf der jedoch gerade Pause war. Wallner und Kreuthner suchten sich einen freien Tisch im hinteren Teil des Lokals, von wo aus sie alles beobachten, das Etablissement aber auch schnell verlassen konnten.

Es dauerte nicht lange, und die beiden bekamen Gesellschaft. »Servus, ich bin die Jessy«, stellte sich das Mädchen vor, wobei sie ihren Namen *Tschessy* aussprach. Kreuthner lud sie ein, Platz zu nehmen, was überflüssig war, denn Jessy hatte sich bereits gesetzt und ging zu den Details der Abendgestaltung über. »Mögt's ihr auch so gern an Champagner wie ich?«

Wallner verneinte und gab sich als großer Freund von kleinen Bieren zu erkennen. Und sein Freund trinke auch lieber Bier, fügte Wallner hinzu, als sich Kreuthner beim Champagner anschließen wollte.

»Nett hier«, sagte Wallner und sah sich um.

»Ja du – ich bin fast jeden Abend da herin. Der Service is wirklich super.« Sie winkte einer leichtbekleideten Bedienung. »Du, Gabi, bringst uns an Schampus und zwei Pils. Dank dir.« Dann wandte sie sich wieder Wallner und Kreuthner zu. »Und was treibt's ihr so?« »Mei«, sagte Kreuthner, »mir schauen uns mal a bissl in der Stadt um. Wenn mir schon mal da sind.«

»Seid's auf der Messe?«

»Ist Messe?«

»Ja du. Ganz groß. Sanitär-Messe. Die Inter-Klo.« Jessy stieß einen spitzen Schrei aus, lachte gackernd drauflos und legte dabei ihre Hand auf Wallners Schulter. »War nur a Spaß. Na, na – die heißt irgendwie anders. Aber nette Leut. Handwerker. Klempner, verstehst. Die ham fei Ahnung vom Rohre verlegen.«

Erneut wieherte Jessy Wallner ins Ohr und schlug ihm auf die Schulter. Kreuthner lachte mit.

»He, du bist ja echt a Nummer!«, sagte er anerkennend. »Rohre verlegen. Wo hast denn den her?«

»Ja, sehr lustig«, sagte Wallner. »Sag mal, Jessy, ich seh die ganze Zeit diesen älteren Mann da hinten an der Bar.« Er deutete auf einen Mann, der allein am Tresen saß. »Kümmert sich niemand um den? Der scheint da ganz allein zu sitzen.«

»Des is der Endorfer. Dem gehört des Beverley. Net alles, aber ... wie sagt man?«

»Er ist beteiligt.«

»Genau.«

»Hab mir schon so was gedacht. Irgendwie kam mir das Gesicht bekannt vor. Ist der schon lang dabei?«

»Früher war er Geschäftsführer. Er hat immer noch a Büro hinten.«

Gabi kam mit den Getränken. Für Jessy eine ganze Flasche Champagner im Kühler. Sie stießen an, und Wallner bemühte sich zu lächeln. Als die Show auf der Bühne wieder begann, zog Wallner Kreuthner zu sich und raunte ihm zu: »Wieso eine ganze Flasche? Ich hab gedacht, ein Glas Champagner.«

»Gibt's hier net. Is wie im Café. Auf der Terrasse nur Kännchen.« Er boxte Wallner lachend in die Rippen.

»Was kostet das?«

»Keep cool. Zweihundert Mark oder so was in der Richtung.«

Wallner stand kurz vor der Schnappatmung. »Das heißt, ich kann wieder zum Geldautomaten gehen?!«

»Des reichst ein. Bewirtungsspesen. Bin gleich wieder da.«

Kreuthner verschwand in Richtung Toiletten. Dort war nicht viel los. Nur eine Animierdame huschte frisch geschminkt aus der Damentoilette. Jenseits der Tür zur Herrentoilette gab es eine weitere Tür mit der Aufschrift *Nur Personal.* Kreuthner sah sich um, dann drückte er die Klinke. Dahinter lag ein beleuchteter Gang mit vier Türen zu beiden Seiten. Am anderen Ende des Ganges kam man anscheinend an der Bar heraus.

Die letzte Tür links stand einen Spalt offen. Kreuthner hörte Stimmen, verstand aber nicht, was geredet wurde. Eine andere Tür trug die Aufschrift *Endorfer.* Sie war nicht verschlossen. Kreuthner ging hinein und machte Licht. Die Einrichtung des Büros war dürftig. Ein Telefon auf dem Schreibtisch und eine leere Aktenablage. Viel wurde hier nicht mehr gearbeitet.

Was das Büro allerdings reichlich enthielt, waren Fotos. An den Wänden hingen mehrere Pinnwände, an denen Fotografien aus vielen Jahren befestigt waren. Erinnerungsfotos aus den Anfangszeiten des Cabaret Beverley, wie es schien. Männer und Frauen mit Schlaghosen und seltsamen Frisuren. Silvester. Zwanzig Jahre her, dachte Kreuthner. Da war er noch gar nicht geboren. Zwischen den vielen Fotos aus dem Club befanden sich auch einige, die woanders aufgenommen waren. Meist am Strand, irgendwo im Süden. Und ein paar Fotos im Winter auf einer Berghütte mit Mädchen, die sich mit Skischuhen und Bikini im Sonnenstuhl aalten.

Von draußen waren Schritte zu hören. Kreuthner löschte das Licht und ging zur Tür. Die Schritte gingen an der Tür vorbei und verebbten. Da er die Sache nicht übertreiben wollte, öffnete Kreuthner vorsichtig die Tür und schlich auf den Gang hinaus. Wieder hörte er die Stimme aus dem vorderen Raum. Kreuthner stutzte. Er kannte die Stimme, wusste im ersten Augenblick aber nicht, woher. Als Kreuthner noch über die Stimme sinnierte, kam jemand aus dem Raum. Seiner Erscheinung nach ein Türsteher oder Rausschmeißer, ein Bulle von Kerl mit Seidenanzug und Pferdeschwanz. Er blieb stehen, als er Kreuthner bemerkte, fixierte ihn und sagte: »Kann man Ihnen helfen?«

Kreuthner setzte einen desorientierten Gesichtsausdruck auf und lallte: »Ich such die Toilette.«

»Da durch die Tür.« Kreuthner machte sich auf den Weg. »Und he!« Kreuthner drehte sich noch einmal um. »Bisschen langsam mit dem Alkohol, okay?«

Kreuthner nickte und machte, dass er wegkam. Aus dem Büro rief jemand nach dem Mann mit dem Pferdeschwanz, der offenbar Gerry hieß. Während der Mann im Büro, wie man Gerrys Antwort entnehmen konnte, auf den Namen Makis hörte. Kreuthner stutzte: Jetzt fiel es ihm wieder ein. Der Mann klang wie der kleinere der beiden Entführer.

Makis kam in diesem Moment aus dem Büro. Kreuthner sah ihn nur von schräg hinten. Große Ähnlichkeit mit dem falschen LKA-Beamten besaß der Mann nicht. Die Haare waren dunkel, und er trug keinen Bart. Aber die Statur und die Stimme passten.

Kreuthner deutete in Richtung Bar. Dort unterhielt sich der Mann, den Kreuthner von hinten gesehen hatte, mit Endorfer. »Du, Jessy, wer ist denn das, der wo da mit dem Endorfer redet?«

»Des is der Makis. Unser Geschäftsführer.«

»Ah ja. Von dem hab ich auch schon gehört. Und irgendwer hat auch erzählt, ihr habt's a Hütt'n in die Berge.«

»Der Endorfer hat eine. Da mach ma im Winter immer an Betriebsausflug hin.«

»Kann ich da mal mit?«

»Na, des is privat«, sagte Jessy, lachte und boxte Kreuthner gegen die Schulter. »Cheers!«

Als sich Jessy kurz verabschiedete, deutete Kreuthner zur Theke: »Siehst du den schwarzhaarigen Burschen da?«

»Was ist mit dem?«

»Das ist einer von den Entführern.«

»Echt? Das Gesicht ist ganz anders. Hätte ich jetzt nicht erkannt.«

»Die haben irgenda Maske gehabt. Ich war grad hinten bei den Büros. Da hab ich den Burschen reden gehört. Der war das. Und in dem Büro vom Endorfer sind Fotos von der Hütte. Mir sind hier genau richtig.«

Wallner trank sein Bier aus. »Wir sollten verschwinden, bevor uns der Kerl hinter der Theke erkennt.«

Die beiden verließen schleunigst und ohne zu bezahlen das Lokal. Allerdings begab sich Wallner sofort zum nächsten Geldautomaten, kehrte zum Cabaret Beverley zurück und drückte dem Türsteher einen Umschlag für Jessy in die Hand. Kreuthner raufte sich die Haare über so viel Unsinn.

58

Der Mann mit der Skimaske saß in einem mit Kuhfell bezogenen Sessel, die Pistole in der Hand, und sah Claudia beim Kaffeekochen zu. Er hatte ihr die Handschellen nicht wieder angelegt. An Flucht war ohnehin nicht zu denken. Sie trug Pumps, und draußen schneite es ohne Unterlass. Den Wagen hatte der kleinere Mann mitgenommen. Allerdings hatte Claudia am Schlüsselbrett neben der Eingangstür einen Schlüssel für einen Volvo gesehen.

Claudia brachte ihrem Bewacher eine Tasse Kaffee und fragte, ob er Milch und Zucker dazu haben wollte. Der Mann verneinte. Da der Kachelofen jetzt heizte, hatte der Mann seine Jacke ausgezogen. Unter seinem schwarzen T-Shirt spannten sich stramme Brustmuskeln und ein Sixpack-Bauch. »Würde mich ja interessieren, wie es unter der Skimütze aussieht«, sagte Claudia. Sie saß jetzt mit übereinandergeschlagenen Beinen auf einem Holzstuhl. »Der Rest ist ja schon mal ganz vielversprechend.«

»Tja, geht leider net. Wennst mein Gesicht siehst, muss ich dich umbringen.«

»Verstehe.« Claudia schluckte und betrachtete die Pistole in der Hand des Mannes. Sie lag lässig auf seinem Hosenschlitz. Claudia war alles andere als ruhig, auch wenn sie versuchte, Konversation zu machen. Sie hatte Angst. Dass sie ihr etwas antaten, sie vergewaltigten, verstümmelten oder ermordeten, wenn sie hatten, was sie wollten.

Im Augenblick war nur ein Bewacher da, der ihr allerdings körperlich bei weitem überlegen war und eine Waffe besaß. Der andere würde sicher bald wiederkommen, damit sie sich bei der Bewachung abwechseln konnten. Wenn sie eine Chance hatte zu fliehen, dann jetzt. Claudia ging zum Tisch und zündete sich eine Zigarette an. Ein monströser Muranoaschenbecher stand auf einem Beistelltischchen. Sie stellte ihn auf den Wohnzimmertisch.

»Und? Was machen wir jetzt?«, fragte sie.

»Warten«, sagte die Skimütze.

»Könnte ein bisschen langweilig werden.«

»Du wirst dir noch wünschen, es wär langweilig. Glaub's mir.«

Der Mann führte den Kaffeebecher zum Mund, schob die Skimaske etwas nach oben, damit sie nicht nass wurde, und trank einen Schluck. Claudias Herz pochte. Was hatten sie vor? Hing das mit der Astschere zusammen? Sie wagte nicht, den Gedanken weiterzuverfolgen.

»Warum vertreiben wir uns nicht ein bisschen die Zeit?« Sie nahm ihren Stuhl und stellte ihn neben den Mann mit der Skimütze. Der antwortete nicht. Sie setzte sich, zog ihre Schuhe aus und stellte einen Fuß auf seinen Oberschenkel. »Wir können rumsitzen und Löcher in die Luft starren. Klar. Kann man machen. Aber du bist ein Mann, ich eine Frau. Warum nicht ein bisschen Spaß haben.«

Sie schob ihren Fuß in Richtung des Revolvers. Der Mann schwieg und schien unschlüssig zu sein. Aber sein Atem ging schwerer. Sie nahm seine Hand, er ließ es geschehen. Sie legte seine Hand auf ihre Brust. Auch das ließ er geschehen und atmete hörbar schwerer unter seiner Maske. Jetzt ergriff er die Initiative, legte seine Hand auf ihren Oberschenkel und schob sie unter ihren Rock. Sie stoppte seine Hand, bevor er in allzu intime Bereiche vordrang.

»Komm!«, sagte Claudia, ging zum Tisch und setzte sich breitbeinig darauf. Der Mann steckte die Pistole hinten in den Hosenbund seiner Jeans und kam laut schnaufend auf sie zu. Als er vor ihr stand, drückte er ihre Beine auseinander und öffnete seine Hose. Die Pistole fiel auf den Boden. Er überlegte kurz, ob er sie aufheben sollte, ließ es dann aber. Claudia ergriff seine Hände.

»Wie soll das gehen mit der Maske?«

»Ich hab's dir gesagt.«

»Wir könnten das Licht ausmachen.«

Der Mann zögerte, seine blauen Augen sahen Claudia aus den Maskenschlitzen heraus an. Dann hielt er seine Hose vorn fest, ging zum Lichtschalter, und es wurde dunkel in der Hütte. Ein wenig Licht fiel von draußen herein. Sehr wenig. Es waren weder Mond noch Sterne am Himmel. Nur dunkle Schneewolken. Langsam tastete der Mann sich zurück zum Tisch, zog die Maske vom Kopf und fingerte nach Claudias Busen. Claudia hatte die Zigarette in der Hand und konnte die Augen ihres Gegenübers im Restlicht glänzen sehen.

»Willst du einen Zug?«, sagte sie.

Der Mann schüttelte den Kopf und griff in ihren BH. Sein Blick war auf Claudias Körper gerichtet. »Sieh mich an«, sagte sie. Der Mann hob sein Gesicht, sah die Glut der Zigarette auf sich zukommen, schneller, als er reagieren konnte, ein Zischen und ein Aufschrei. Der Mann torkelte nach hinten und hielt sich sein versengtes Auge.

Nur schemenhaft war die wankende Gestalt für Claudia

zu erkennen. Sie machte kurz ihr Feuerzeug an, sah den Rücken des Mannes, seinen Hinterkopf. Dann wurde es wieder dunkel. Unmittelbar darauf ein dumpfer Schlag, kurze Stille, das Geräusch des auf dem Holzboden zusammensackenden Mannes. Claudia hatte mit dem Muranoaschenbecher den Hinterkopf getroffen.

Sie machte Licht. Der Mann lag reglos auf dem Boden. Sein Gesicht war erstaunlich weich, fast kindlich. Aber vielleicht lag das daran, dass er bewusstlos war. Ein Stöhnen kam von dem Körper auf dem Boden. Claudia überlegte, ob sie noch einmal zuschlagen sollte, hatte aber Angst, dem Mann den Schädel zu zertrümmern. Sie zog hastig ihre Pumps an, fand ihren Mantel in der Garderobe, pflückte den Autoschlüssel vom Schlüsselbrett und wollte das Haus verlassen. Doch die Tür war abgeschlossen.

Sie ging zurück ins Wohnzimmer, durchsuchte die Jacke des Mannes, die nur ein Bündel Geldscheine enthielt, kniete sich dann auf den Boden und erforschte die Jeanstaschen. In der linken Vordertasche spürte sie den Schlüssel. Doch auf ebendieser Seite lag der Mann. Sie rollte den schweren, schlaffen Körper vorsichtig in eine Position, in der sie in die Tasche greifen konnte. Langsam ließ Claudia ihre Finger hineingleiten, bis sie das Metall eines Schlüsselrings spürte. Sie nahm den Schlüsselring zwischen zwei Finger und zog ihn sachte heraus. In diesem Moment klingelte ein Handy.

Der Mann gab ein undefinierbares Geräusch von sich und bewegte seinen Arm, zunächst scheinbar orientierungslos, dann griff er Claudias Hand, die dabei war, den Schlüssel aus seiner Hose zu ziehen. Claudia hielt den Atem an. Das Handy klingelte wieder. Es lag auf dem Boden, knapp außerhalb von Claudias Reichweite. Der Mann versuchte benommen, etwas zu sagen, und tastete mit seiner freien Hand nach dem Handy. Mit äußerster Mühe gelang es Claudia, ihm zuvorzukommen und es auszuschalten.

Der Mann hielt immer noch mit brutaler Kraft ihre Hand umklammert. Jetzt richtete er sich ein wenig auf und öffnete die Augen. Langsam begann er, die Situation zu erfassen. Er schüttelte seine Benommenheit ab und sah Claudia wütend an. In diesem Moment traf ihn der Aschenbecher erneut, diesmal an der Schläfe. Er sackte ohnmächtig auf den Boden zurück.

Vor der Hütte schneite es dicke, nasse Flocken, und es war fast vollkommen finster. Mit Mühe konnte Claudia ein dunkles Tor in der Hauswand erkennen. Es war das Garagentor. Neben dem Autoschlüssel befand sich an dem Schlüsselbund noch ein weiterer Schlüssel. Er passte in das Garagenschloss.

In der Garage stand ein roter Volvo 240 Kombi, der nach zwei Anläufen ansprang. Als Claudia aus der Garage fuhr, sah sie, dass im Haus das Licht wieder angegangen war, das sie beim Hinausgehen ausgemacht hatte.

Die Straße, die den Berg hinunterführte, war einen Viertelmeter hoch mit Schnee bedeckt. Claudia konnte den Schalter für das Licht nicht finden und musste im Dunkeln fahren. Anhalten kam nicht in Frage, denn sie fürchtete, der Mann könnte ihr zu Fuß hinterherlaufen.

Als eine unerwartete Kurve vor ihr auftauchte, musste Claudia bremsen, der Wagen brach aus, und wie auf Schmierseife rutschte sie dem Abhang entgegen. Nur wenige Zentimeter vor dem Abgrund brachte sie das Auto zum

Stehen. Mit zitternden Knien stieg sie aus und sah die Bergstraße, die sie gekommen war, nach oben. Alles war dunkelgrau. Ein etwas hellerer Streifen deutete an, wo die Straße durch den Wald führte. Sie war sich nicht schlüssig, was sie dort sah. Aber es bewegte sich. Nach ein paar Sekunden hatte sie keinen Zweifel mehr. Es war ein rennender Mensch. Sie stieg hastig in den Wagen zurück und fuhr ohne Licht weiter. Einen halben Kilometer ging es gut. Als sie aus einem Waldstück kam, konnte sie unten im Tal Lichter erkennen. Claudia schöpfte Hoffnung.

In diesem Augenblick huschte etwas von der Seite auf die Straße. Es war ein Reh. Claudia schlug das Lenkrad ein, der Wagen stellte sich quer, sie steuerte dagegen, es blieb ohne Wirkung, der Wagen rutschte weiter und weiter auf den Straßenrand zu. Mit geringer Geschwindigkeit, aber unaufhaltsam driftete der Volvo in Richtung Abhang – bis er seitlich abkippte und sich mehrfach überschlug.

59

Wallner telefonierte über Polizeifunk mit Lukas, der noch im Büro war und die Auswertung der Beckschen Unterlagen koordinierte. Bislang waren keine Hinweise auf Unterweltkontakte von Kieling gefunden worden. Umso erleichterter war Lukas, als ihm Wallner von Endorfer berichtete und dass sie einen der Entführer dort angetroffen hatten.

»Haben Sie nicht überlegt, den Mann zu verhaften?«

»Ja. Aber die Gefahr ist zu groß, dass dann sein Komplize gewarnt wird und sie Claudia als Zeugin ... loswerden wollen«, sagte Wallner nach kurzem Zögern. »Wahrscheinlich haben Sie recht. Wo ist diese Hütte?«

»Das Mädchen konnte sich nicht genau erinnern. Sie wusste nur, dass es irgendwo hinter Tölz war, aber noch auf der deutschen Seite. Sie hätten keinen Ausweis gebraucht. Vielleicht können Sie veranlassen, dass wir im Grundbuchamt von Tölz nachschauen, wem dort welche Hütte gehört. Das müsste eine überschaubare Zahl sein.«

»Könnte schwierig werden mitten in der Nacht. Egal. Ich lass jemanden aus dem Bett klingeln. Kommen Sie nach Wolfratshausen. Da ist das Grundbuchamt.«

Makis hatte Endorfer Bericht erstattet und wollte in zwei oder drei Stunden zur Hütte zurückfahren, damit sein Kollege Nick ein paar Stunden schlafen konnte. Dann erhielt Makis einen Anruf. Am Ende der Leitung war ein benommen wirkender Nick, der vermeldete, dass die Staatsanwältin geflohen sei. Er sei ihr nachgelaufen, aber mit dem Wagen sei sie schneller gewesen und er habe sie verloren. Makis brüllte Nick am Telefon zusammen. Als Endorfer mitbekam, worum es ging, schmetterte er sein Cocktailglas gegen die Espressomaschine.

»Mitkommen«, sagte er und verschwand durch die Tür hinter dem Tresen.

In seinem Büro genehmigte sich Endorfer einen teuren Whisky.

»Krieg ich einen?«, fragte Makis. Denn auch er war mit den Nerven am Ende.

»Du trinkst gar nichts mehr außer Kaffee. Ist das klar?!«

»Ja. Ist okay. Dieser hirnamputierte Vollidiot! Was sollen wir jetzt machen?«

»Ich hatte viel vor mit dir.« Endorfer sah Makis traurig an. Sein Gesicht war bemerkenswert glatt für einen Mann um die siebzig. Aber seine Augen waren verwaschen und mit roten Adern durchzogen. »Das wäre jetzt die Bewährungsprobe gewesen.«

»Ich krieg das wieder hin, okay? Ich versprech's dir.«

»Und wie?«

»Ich fahr da jetzt hin, und dann versuchen wir, sie zu finden. Wenn wir Glück haben, ist sie nicht bis ins Tal gekommen.«

»Ja. Wenn wir so unverschämt viel Glück haben.«

»Das kann gut sein. Wenn die unten angekommen wäre, dann würde es jetzt auf der Hütte vor Polizei nur so wimmeln. Ich meine, die Frau ist Staatsanwältin. Aber Nick sagt, da rührt sich gar nichts.«

»Und was machst du, wenn ihr sie findet?«

Makis versteifte sich. »Ich fürchte, sie hat Nicks Gesicht gesehen. Er hat so was angedeutet.«

»Dann ist eh klar, was zu tun ist. Verdammte Scheiße!« Endorfer stürzte den Rest Whisky hinunter. »Hau ab und bring das in Ordnung!«

Fünfzehn Beamte der Polizei und des Grundbuchamtes Wolfratshausen waren mit der Sichtung der Grundbücher beschäftigt. Es war mitten in der Nacht, und die Suche war mühsam. Zunächst hatte man aus dem Katasteramt in Bad Tölz präzise Karten mit Flurnummern besorgt und nach Berghütten abgesucht. Anschließend wurden die Akten mit der Flurnummer der betreffenden Objekte herausgesucht und die Eigentumsverhältnisse geprüft. Auch nach einstündiger Suche war der Name Max Endorfer noch nicht in den Akten aufgetaucht.

Wallner, Kreuthner und Lukas beteiligten sich selbst an der Suche. Jeder hatte einen Stapel Akten vor sich. Wallner hatte vorgeschlagen, die Eigentümer sämtlicher Hütten mit den verfügbaren Daten auf einer Liste zusammenzufassen. Falls Max Endorfer keines der geprüften Objekte gehörte, könnte man schauen, ob es irgendeinen Namen gab, der in Verbindung mit Endorfer gebracht werden konnte. Es war nicht ausgeschlossen, dass er einen Strohmann für den Erwerb der Hütte benutzt hatte.

Nach neunzig Minuten war der Raum rauchgeschwängert, und man hatte sämtliche Akten durchgesehen – ohne Ergebnis. Es gab nun noch die Möglichkeit, andere Gemeinden des Landkreises wie etwa Kochel zu checken. Während sich die Beamten über diese Akten hermachten, sahen sich Wallner, Kreuthner und Lukas die Liste der Bad Tölzer Hütteneigentümer an. Einer der Namen hob sich vom Rest ab. Makis Karides. Der Name kam Kreuthner bekannt vor, und es dauerte nicht lange, bis der Groschen fiel. Makis war der Mann im Cabaret Beverley, den er als einen der Entführer identifiziert hatte und von dem Jessy gesagt hatte, er sei der Geschäftsführer.

»Aber du kennst den Nachnamen nicht«, wandte Wallner ein.

»Das hamma gleich«, sagte Kreuthner und zog eine Visitenkarte des Cabaret Beverley aus seiner Jacke.

Kurz darauf hatte er den Barkeeper am Telefon. Kreuthner gab vor, dass ihm Herr Makis Karides von einem Freund empfohlen worden sei und er ihn zu sprechen wünsche. Der Barkeeper bedauerte. Aber Herr Karides habe vor einer Stunde den Club verlassen.

60

Claudia wachte auf, weil ihr kalt wurde. Sie lag auf der Seite, der Sicherheitsgurt war straff gespannt. Er hatte sie aufgefangen, aber nicht verhindert, dass sie mit dem Kopf gegen die Karosserie des Wagens geprallt und ohnmächtig geworden war. Sie fasste sich an die Stirn und ertastete einen feuchten Schorf. Es blutete aber nicht mehr.

Der Volvo lag auf der Seite, eine Tür unten – auf der lag sie. Durch das Fenster der anderen Tür sah sie die Wolken, hinter denen sich schwach der Vollmond abzeichnete.

Sie sah auf ihre Uhr. Es war halb zwei. Offenbar hatte ihr Bewacher sie nicht weiter verfolgt, sonst hätte er sie hier im Wagen entdeckt. Aber was, wenn sein Kollege zurückkam? Sie würden die Straße absuchen und die Stelle finden, an der sie mit dem Wagen den Hang hinuntergestürzt war.

Claudia machte den Sicherheitsgurt los und versuchte aufzustehen. Es war schwieriger, als sie gedacht hatte. Sie war noch benommen von dem Unfall und knickte mit einem Bein ein. Sie blickte sich um. Da der Mond durch die Wolken schimmerte, konnte sie erkennen, was sich auf der Rückbank befand. Die Rückenlehnen waren zu einer einzigen großen Ladefläche umgeklappt worden. Dort lagen auf den Seitenfenstern der Fahrerseite etliche Gerätschaften, eine Schaufel, Handschuhe, eine Packung mit Schneeketten und ein Paar Gummistiefel. Mit einigen Verrenkungen schaffte es Claudia, an die Gummistiefel zu kommen. Sie zog sie statt der Pumps an.

Die Tür auf der Beifahrerseite klemmte zwar nicht, war aber nur schwer zu öffnen, denn sie musste das gesamte Gewicht der Tür senkrecht nach oben stemmen. Beim vierten Versuch gelang es ihr, sich zwischen Tür und Karosserie nach draußen zu schieben und in den Schnee zu springen.

Weiter oben konnte man das Band der kleinen Bergstraße erahnen, von der sie abgekommen war. Inzwischen hatten die Temperaturen angezogen, und auf dem nassen Schnee hatte sich eine dünne Eisschicht gebildet, in die Claudia bei jedem Schritt einbrach. Es erschien ihr das Sicherste zu sein, zur Straße hinaufzusteigen und auf ihr bis ins Tal zu laufen. Wenn sie den verschneiten Hang nach unten lief, wusste sie nicht, wo sie herauskam. Außerdem wäre das erheblich mühsamer und langwieriger.

Claudia stapfte durch den Schnee den Hang hinauf in Richtung Straße. Es schneite immer noch, wenn auch schwächer, und man konnte ein wenig mehr erkennen als zum Zeitpunkt ihres Unfalls. Nachdem sie fünfzig Meter bergauf gelaufen war, hörte sie ein Motorengeräusch.

Claudia blieb stehen und lauschte. Ihre Stirn pochte unter der Wunde. Ein Lichtkegel flackerte durch den Wald, und das Motorengeräusch kam näher. Claudia drehte um, rannte so schnell die zu großen Stiefel es zuließen zurück zum Volvo und versteckte sich dahinter. Nach wenigen Sekunden kam ein Wagen die Bergstraße hinuntergefahren und hielt an. Zwei Männer stiegen aus. An den Stimmen hörte sie, dass es ihre Entführer waren.

»Schaut aus, wie wenn sie hier abgestürzt wär«, sagte der Kleinere.

»Da unten ist was.« Eine Taschenlampe schickte ihren

Strahl über das Schneefeld zu dem havarierten Volvo. »Da – da liegt die Kist'n. Hat sich sauber überschlagen. Glaubst, die ist noch drin?«

»Da werden wir nachschauen müssen. Hast du die Knarre griffbereit?«

»Ist in der Jacke.«

»Steck sie in den Gürtel. Du hast vielleicht nicht viel Zeit, um sie abzuknallen.«

»Okay ...«

»Fahr den Wagen in den Forstweg da vorn, sonst fällt er auf. Ich geh schon mal vor.«

Claudia hörte das Schlagen einer Autotür, dann wurde der Wagen angelassen und nach kurzer Fahrt wieder ausgeschaltet. Sie lugte hinter dem auf der Seite liegenden Wagen hervor. Von der Straße näherte sich jemand mit einer Taschenlampe. Sie zuckte zurück, als der Lichtstrahl den Wagen traf.

61

Eine Kolonne von vier Einsatzwagen fuhr die kleine Bergstraße hinauf, vorneweg zwei Allradfahrzeuge, um den schneebedeckten Weg für die anderen zu ebnen. Als die Polizisten an der Hütte anlangten, war es dort dunkel. Auch Autos gab es keine, und die Garage stand offen. Aus den Reifenspuren im Schnee vor dem Haus war zu schließen, dass hier erst vor kurzem mindestens ein Wagen weggefahren war. Im Haus befand sich augenscheinlich niemand, und die Haustür war abgeschlossen. Kreuthner erbot sich, das Problem zu beheben, und erhielt von Lukas die Erlaubnis, das Türschloss mit einem Dietrich zu öffnen, was er in kurzer Zeit bewerkstelligte.

Im Inneren des Hauses war es warm und verraucht. Außerdem recht unaufgeräumt. Offensichtlich war vor nicht allzu langer Zeit noch jemand hier gewesen. Wallner nahm außerdem den Duft von Claudias Parfüm wahr. Er haftete am Sofa. Einer der Beamten fand eine Damenhandtasche. Sie gehörte Claudia, wie Lukas und Wallner schockiert feststellten. Wo war Claudia jetzt? Hatten die Entführer das Versteck gewechselt – oder Claudia umgebracht? Wallner war es genauso schwer ums Herz wie Lukas. Doch versuchten beide, die Sache professionell anzugehen.

»Wir sind auf dem Weg nach oben an einem Geländewagen vorbeigekommen«, sagte Wallner. »Ich meine, er hätte ein Münchner Kennzeichen gehabt.«

»Wo stand der?«

»Vielleicht einen Kilometer weiter unten. In der Einfahrt zu einem Forstweg.«

»Schauen wir nach«, entschied Lukas.

Nick, der den Geländewagen geparkt hatte, besaß keine Taschenlampe, und da es wieder sehr dunkel geworden war und ein Schneesturm blies, bat er Makis, ihm den Weg zu leuchten. Diesen Moment hatte Claudia genutzt, um ihr Versteck hinter dem Wagen zu verlassen und sich etwa fünfzig Meter bergab bis zum Waldrand zu bewegen. Sie kam nur langsam voran, denn der Schnee war tief und schwer und fiel in den Schaft ihrer Stiefel.

Makis und sein Gehilfe brauchten nicht lange, um festzustellen, dass Claudia nicht mehr im Wagen war, und die Fußspuren zu finden, die sie im Schnee hinterlassen hatte.

Mit schnellen Schritten stapfte Claudia durch den verschneiten Wald. Der Schnee war hier nicht so tief wie auf dem freien Hang. Aber unter dem Schnee lauerten Löcher und zugeschneite Äste und andere Hindernisse, die man nicht erkennen konnte. Ein ums andere Mal stolperte Claudia, fiel in den Schnee, stand wieder auf, setzte sich auf einen Baumstumpf, um den Schnee aus den Stiefeln zu schütteln. Das kostete Kraft. Zu viel Kraft. Und die Taschenlampe kam näher.

Sie überlegte, wie sie es vermeiden konnte, Spuren zu hinterlassen. Sie müsste an einen Fluss oder Bach kommen oder an eine größere Fläche ohne Schnee. Aber daran war in diesem Bergwald nicht zu denken. Sie stolperte weiter, blieb erneut an etwas unter der Schneedecke hängen, fiel vornüber. Der Schnee war überall, in ihrem Gesicht, am Hals, wo er schmolz und das Schmelzwasser Bluse und Büstenhalter durchnässte. Mit einem Mal wurde sie unendlich müde, sie wollte einfach nur liegen bleiben.

Da fiel ihr die Astschere ein. Die Angst verlieh ihr neue Kraft. Sie würden ihr die Finger abschneiden oder noch Schlimmeres antun. In jedem Fall würden sie sie irgendwann umbringen. Sie hatte das Gesicht ihres Bewachers gesehen. Das waren Profis, die so etwas nicht durchgehen ließen. Die Furcht machte ihre Beine stark und ließ sie rennen wie noch nie in ihrem Leben. Das Schwarz vor ihr war nur ab und zu von einem Hauch von Licht durchbrochen, gerade genug, um Bäume anzuzeigen und ihnen auszuweichen.

Doch mit einem Mal war das Dunkel anders. Dunkler. Sie blieb stehen. Irgendetwas stimmte nicht. Als die Ahnung langsam durchsickerte, gab es ihr einen Stich ins Herz. Sie formte einen Schneeball und warf ihn in das Dunkel. Aber sie hörte ihn nicht aufkommen. Wenige Meter vor ihr tat sich ein Abgrund auf.

Am Baum neben ihr schien ein Licht auf. Der Strahl der Taschenlampe hatte ihn erleuchtet. Claudias Verfolger waren da. Das Licht traf sie mitten ins Gesicht.

Die Polizisten waren den Abhang hinuntergelaufen und hatten das Autowrack entdeckt. Wallner leuchtete mit einer Taschenlampe ins Wageninnere und sah ein Paar Pumps auf der Seitenscheibe der Fahrerseite. Er zog Kreuthner zu Rate, der bestätigte, dass es die Schuhe waren, die Claudia heute getragen hatte. Jemand entdeckte die Spuren, die zum Wald führten. Lukas sah sich die Abdrücke im Schnee genauer an.

»Ist sie barfuß durch den Schnee gelaufen?«, fragte Wallner.

»Nein. Sieht nicht so aus. Ich denke, es sind insgesamt drei Spuren. Es kann noch nicht so lange her sein.« Lukas leuchtete Richtung Wald. »Wir teilen uns auf. Sechs Mann gehen den Spuren hinterher. Und ihr ...«, Lukas deutete auf Höhn, Kreuthner und zwei weitere Beamte, »setzt euch ins Auto und fahrt nach unten. Schaut auf der Karte nach, ob man die Straße kreuzt, wenn man von hier aus auf der Direttissima ins Tal geht. Wartet dort, ob meine Tochter auftaucht.«

Claudia stand am Abgrund. Das Licht der Taschenlampe blendete sie. Sie war zunächst nicht sicher, ob ihr ein oder zwei Männer gegenüberstanden, erkannte dann aber neben dem Mann mit der Taschenlampe eine zweite Gestalt. Auch sah sie, wie in der Dunkelheit eine silberne Pistole aufblitzte. Claudias Herz pochte bis zum Hals. Ihr Atem wurde in dem Lichtkegel vom Schneesturm weggefegt, Schneeflocken kamen von der Seite und klebten an ihrem Gesicht. Es war ein unheimliches Brausen in der Luft. Der Sturm zerzauste die Wipfel der Fichten.

Damit die Männer sie verstanden, musste sie laut reden. Sie nahm ihren ganzen Mut zusammen und sagte mit belegter Stimme: »Wenn ihr mich erschießt, falle ich hundert Meter tief.«

»Und?«

»Ihr könnt mich da unten nicht liegen lassen. Wenn man meine Leiche in der Nähe der Hütte findet, kommt die Polizei sofort auf euch.«

Sie sah hinter dem Licht, wie die beiden Männer miteinander redeten, konnte aber nichts verstehen.

»Komm her!«, sagte schließlich der Kleinere.

Claudia schüttelte den Kopf.

»Komm her! Wir tun dir nichts. Wir bringen dich nur an einen anderen Ort.«

»Nein. Sobald ich nach vorne gehe, erschießt ihr mich.«

»Tun wir nicht. Wir brauchen dich lebend.«

Claudia dachte darüber nach, ob sie dem Mann trauen konnte und was ihre Optionen waren. Viele gab es nicht. Sie konnte in den Abgrund springen und hoffen, dass sie den Sturz überlebte. Aber davor hatte sie zu große Angst. Wenn sie tat, was die beiden sagten, würde sie entweder erschossen. Oder man brachte sie in ein anderes Versteck, und was da mit ihr passieren würde, war höchst ungewiss. Sie hatte ihre kalten Hände in die Manteltaschen gesteckt und stellte sich vor, wie es sein musste, wenn sie ihr mit der Astschere einen Finger abschnitten.

»Herrgott, komm endlich. Oder willst du ewig da stehen bleiben?«

Claudia rührte sich nicht und ballte die Hände in den Manteltaschen. Auch ihre Füße waren kalt, denn der Schnee in den Gummistiefeln schmolz, und das Schmelzwasser floss zur Sohle.

Mit einem Mal setzte sich die Taschenlampe in Bewegung. Sie kam näher. Jetzt konnte sie die beiden Männer erkennen. Der Größere war bereits bis auf zwei Schritte an Claudia herangekommen und streckte seine Hand nach ihr aus.

»Gib mir die Hand. Sonst fällst du da noch runter.«

Claudia ging einen halben Schritt zurück, spürte aber, wie der Boden hinter ihr nachgab.

»Mach kein Scheiß«, sagte der Mann.

Claudia überlegte fieberhaft, was sie tun sollte, aber die Angst lähmte ihren Verstand, und eh sie sich's versah, hatte der Mann sie am Arm gegriffen und zog sie zu sich. Der Kleinere packte mit an. Sie zogen Claudia ein paar Meter vom Abgrund weg und fixierten sie am Boden, indem sich der Größere der beiden auf Claudias Oberarme kniete. Er holte die silberne Pistole aus seinem Gürtel und entsicherte sie.

»Tu das nicht«, sagte Claudia und war kurz davor zu weinen. »Sie werden dich den Rest deines Lebens einsperren. Bestenfalls bist du ein alter Mann, wenn du wieder rauskommst.«

»Ist leider zu spät.« Er setzte die Pistole auf ihren Mantel, an der Stelle, wo das Herz war.

»Wenn ihr jetzt aufhört, könnt ihr straffrei aus der Sache rauskommen. Ihr könnt mir glauben. Ich bin Staatsanwältin.«

»Das würde ich an deiner Stelle auch erzählen. Leider haben wir schon zu viel Scheiße gebaut. Und was würden unsere Auftraggeber mit uns machen?«

Claudia schloss die Augen. Sie hörte, wie eine Pistole entsichert wurde. Im gleichen Augenblick fiel ihr ein, dass der Mann seine Pistole schon entsichert hatte. Und dann hörte sie eine Stimme, die sagte: »Lassen Sie die Waffe fallen – oder wollen Sie vor den Augen von sechs Polizisten einen Mord begehen?«

Es war Wallners Stimme, die gesprochen hatte. Die beiden Männer erstarrten.

Vorsichtig sahen sie sich um und erkannten, dass sie von Polizei umstellt waren. Makis stieß einen griechischen Fluch aus, dann legten die beiden Männer ihre Waffen auf den Boden und ließen sich ohne weiteren Widerstand Handschellen anlegen.

Wallner half Claudia auf die Beine, und sie schlossen sich in die Arme. Die Spannung der letzten Stunden brach aus ihr heraus und setzte eine Flut von Tränen in Gang. Wallner strich ihr übers Haar. »Es ist alles vorbei.«

»Ich bin so froh, dass du endlich gekommen bist«, heulte Claudia und schniefte. Wallner reichte ihr ein Taschentuch. »Ihr habt euch ganz schön Zeit gelassen.« »Strafe muss sein. Deine Eltern haben dir tausendmal gesagt, du sollst nicht mit fremden Männern mitgehen.«

»Stimmt«, näselte Claudia und schneuzte ins Taschentuch. »Hatte ich irgendwie vergessen.«

»Dein Vater ist auch da«, sagte Wallner.

Lukas war zu den beiden getreten, die ihre Umarmung lösten. In dem Moment, als er Claudia in den Arm nehmen wollte, rauschte plötzlich eine Ladung Nassschnee aus den Bäumen auf sie nieder, und unmittelbar darauf hörte man einen Schuss. Claudia fiel vor Schreck hintenüber in Richtung Abgrund. Wallner griff nach dem Ärmel ihres Mantels, geriet dabei selbst aus dem Gleichgewicht und fiel zusammen mit Claudia zu Boden. Lukas und zwei andere Polizisten versuchten noch zu reagieren. Indes – es war zu spät. Wallner und Claudia stürzten den Abhang hinunter.

Dreihundert Meter weiter unten stand Kreuthner an einem Streifenwagen, neben ihm Höhn mit einem Fernglas vor den

Augen. Beide blickten den finsteren Berg hinauf, dorthin, wo man jetzt Lichter von Taschenlampen sah. Kreuthner legte das Gewehr zurück in den Wagen.

»Zwei hab ich erwischt, oder?«, erkundigte er sich.

»Ich hoffe, die Richtigen.«

»Ehrlich gesagt, ich versteh's gar net. Ich hab eigentlich nur auf die Bäume geschossen.«

»War net schlecht gedacht«, sagte Höhn. »Die haben sich gleich so derschrocken, dass es sie gewaffelt hat. Jetzt müss ma da rauf und die Burschen holen. Hat jeder seine Waffe dabei? Die Kerle sind gefährlich!«

62

Als Höhn und seine Leute sich durch hohen Schnee und Dunkelheit zur Absturzstelle kämpften, kam ihnen auf halbem Weg Wallner entgegen, der Claudia stützte. Wallner war unverletzt. Der Schnee hatte seine Landung abgefedert, und auf seinem weiteren Weg nach unten, den er den Hang hinuntergerollt war, hatten sich ihm außer biegsamen Baumschößlingen keine nennenswerten Hindernisse entgegengestellt. Auch Claudia blieb unverletzt – fast bis zum Ende der rasanten Talfahrt, als sie auf einen großen Felsbrocken prallte, der aus dem Schnee herausragte und ihr den Arm brach.

»Welcher hirnverbrannte Hornochse hat da geschossen?«, fragte Wallner.

»Es war nur, damit die Burschen sehen, dass die Polizei da ist«, verteidigte sich Kreuthner.

»Die Polizei war schon da.«

»Des kannst net erkennen bei dem Licht. Ich hab ja auch nur in die Bäume geschossen. Gib halt einmal zu, dass ich euch das Leben gerettet hab.«

»Ist okay, Leo. Hast es ja gut gemeint. Vielen Dank.« Wallner hob den Blick zum Himmel. »Und auch dir vielen Dank, dass wir seinen Rettungsversuch überlebt haben.«

»Was ist mit Ihnen?«, fragte Höhn Claudia.

»Wir müssen ins Krankenhaus. Ich fürchte, der Arm ist gebrochen.«

Wallner kam mit zwei Bechern Kaffee, Zuckertüten und

Milchbecherchen zu Lukas, der auf einer Besucherbank saß. Außer ihnen war niemand auf dem neonhell erleuchteten Krankenhausgang zu sehen. Lukas nahm den Becher entgegen und bedankte sich. Eine Weile verbrachten die beiden Männer schweigend damit, Milch und Zucker in ihren Kaffee zu rühren.

»Claudia hat mir von Ihrem Vater erzählt, dem Anwalt«, sagte Wallner schließlich.

»In welchem Zusammenhang?«

»Im Zusammenhang mit Frieda Jonas und Kieling und der SS. Es muss schlimm sein, wenn der Vater im Konzentrationslager sitzt. Hatten Sie irgendwie Kontakt zu ihm?«

»Er durfte in gewissen Abständen Briefe schreiben. Die wurden natürlich alle kontrolliert. Genauso wie die Briefe, die meine Mutter an ihn geschrieben hat. Aber zumindest wusste man, dass er lebte. Was genau im KZ passiert ist, davon wusste man natürlich nichts. Darüber haben nicht mal die geredet, die wieder rausgekommen sind.«

»Da sind tatsächlich Leute rausgekommen? Ich meine – normal entlassen?«

»Ja. Die durften aber nicht über die Vorgänge im KZ sprechen. Und die meisten hätten es auch gar nicht gemacht.«

»Wann ist Ihr Vater rausgekommen?«

»Ende April fünfundvierzig. Er war auch in Dachau. Die Amerikaner haben ihn befreit. Aber das war Jahre zu spät.«

Wallner blies auf seinen Kaffee und überlegte: »Wenn er in Dachau war – vielleicht hat er Frieda Jonas gekannt.«

»Mit Sicherheit nicht. Dachau war ein reines Männerlager. Nur in den Außenlagern gab es Frauen. Soweit wir das nachvollziehen konnten, ist sie erst im März fünfundvierzig von Ravensbrück über mehrere Stationen nach Allach gekommen.«

Eine Krankenschwester ging vorbei und lächelte die beiden Männer an. »Es dauert noch ein bisschen. Läuft aber alles gut.«

Wallner und Lukas bedankten sich für die Auskunft und widmeten sich wieder ihrem Gespräch.

»Wie war das für Sie als Kind? Ich meine, diese Situation ohne Vater.«

»Ich kannte meinen Vater ja kaum. Er ist vierunddreißig verhaftet worden. Da war ich gerade mal vier Jahre alt. Er hat mir eigentlich nicht gefehlt. Zumal er ein nicht so umgänglicher Charakter war. Das Schlimme war: Mein Vater war ein Volksverräter und deswegen eingesperrt. Und das bekam ich immer wieder zu spüren.«

»Was waren das für Repressalien?«

»Mir wurde immer wieder gezeigt, dass ich nicht dazugehörte. Als ich zehn war, durfte ich zum Beispiel nicht ins Jungvolk. Das war hart für mich.«

»Wollten Sie da hin? Ich meine, dieser Staat hatte Ihnen den Vater genommen.«

»So denkt man nicht als Kind. Als Kind will man sein wie alle. Und es waren nun mal alle im Jungvolk. Und die haben die Fahrten mitgemacht und Lagerfeuer und Schießübungen und Kameradschaft und all das, worüber wir heute die Nase rümpfen. Ich habe mich danach gesehnt, weil es unerreichbar war.«

Wallner sah zum Fenster am Ende des Ganges. Dort stoben noch immer die Schneeflocken vorbei. »Dann wurde also Ihre ganze Familie in Sippenhaft genommen?«

»Nein, nicht die ganze Familie. Der Bruder meiner Mutter war in der SS und hat sich manchmal für uns eingesetzt. Dreiundvierzig durfte ich auf sein Betreiben hin dann doch zu den Pimpfen.«

»Das Verhältnis Ihres Vaters zu seinem Schwager wird nicht ganz einfach gewesen sein.«

»Der Onkel Kurti, so haben ihn alle genannt, das war das schwarze Schaf der Familie. Bevor die Nazis an die Macht kamen, hat er nur Mist gebaut. Er war so dieser Typ charmanter Taugenichts. Mein Vater musste ihn als Jugendlichen mehrfach vor Gericht raushauen für irgendeinen Blödsinn. Schmuggel, Schlägereien, Diebstähle – Kurti hat alles gemacht. Bei der SS hat er dann den richtigen Rahmen gefunden, um seine kriminelle Energie auszuleben.« Lukas fuhr sich mit den Händen über das müde Gesicht. »Mein Vater ist übrigens der einzige Mensch mit wechselndem Geburtstag.«

»Wie kommt das?«

»Er ist an einem Totensonntag gestorben. Ich habe daraufhin nachgesehen und festgestellt, dass er auch an einem Totensonntag geboren wurde. Seitdem feiere ich seinen Geburtstag jedes Jahr am Totensonntag.« Der Anflug eines Lächelns zeigte sich auf Lukas' Gesicht. »Er war ein so außergewöhnlicher Mensch. So jemand sollte keinen gewöhnlichen Geburtstag haben.«

Wallner nickte. »Verstehe.«

Ein Arzt kam schnellen Schrittes vorbei. Sie sahen ihn an. Aber er suchte keinen Blickkontakt. Er war offenbar nicht mit Claudias Operation befasst. Als der Arzt weg war, stellte Lukas seinen Kaffeebecher zur Seite und sah

Wallner etwas beklommen an. »Was ist da zwischen Ihnen und Claudia?«

Wallner lächelte. »Das kann ich Ihnen noch nicht so genau sagen. Ich mag Ihre Tochter sehr. Aber – na ja, noch ist sie verheiratet. Und ... ich weiß nicht, wie sie es sieht. Ich meine, wie ernst. Sie ist zehn Jahre älter als ich. Also ...«

»Wie ernst sehen Sie es denn?«

»Ich sehe solche Dinge immer sehr ernst. Ich kann nicht anders.«

»Das denke ich mir.« Lukas nahm seinen Becher wieder und trank einen Schluck Kaffee. »Wissen Sie – die zehn Jahre sind doch völlig egal. Wenn beide glücklich damit sind. Ich weiß natürlich auch nicht, ob Sie Claudia glücklich machen würden. Aber ich glaube, Sie würden ihr guttun. Sie sind definitiv der Erwachsenere von Ihnen beiden.«

»Ich weiß, ich bin ein bisschen reif für mein Alter.«

»Das ist kein Fehler. Sie sind nicht verpflichtet, Mist zu bauen, nur weil Sie dreiundzwanzig sind.« Lukas sah nachdenklich zur Decke. »Mein Onkel muss damals so in dem Alter gewesen sein, als er in die SS ging. Ein toller Draufgänger, der wahrscheinlich Frauen und Kinder umgebracht hat. Nein. Ungestüm sein ist kein Wert an sich.«

Wallner nickte und warf seinen leeren Kaffeebecher in einen Papierkorb. In dem Moment kam ein Arzt aus einer Tür und ging zu den beiden. »Sie können jetzt zu ihr.«

Claudia hatte den ganzen linken Arm in Gips, hing aber nicht an Schläuchen oder elektrischen Apparaten. Sie wollte zuerst wissen, wo Simone war. Bei ihrem Vater in München, sagte Lukas, und dass sie bis jetzt noch nichts von der Entführung ihrer Mutter wisse. Er empfahl Claudia, bis morgen mit dem Anruf zu warten. Wenn sie emotional stabiler sein würde.

Nachdem Lukas seine Tochter in den Arm genommen und lange an sich gedrückt hatte, ließ er Claudia mit Wallner allein. Wallner setzte sich ans Bett, auf Claudias rechter Seite mit dem gesunden Arm. Außer dem Gips hatte Claudia etliche Kratzer im Gesicht, die von Ästen herrührten, die sie in der Dunkelheit bei der Flucht durch den Wald nicht gesehen hatte. Über der Platzwunde an der Stirn, die sie sich beim Absturz des Volvo zugezogen hatte, klebte ein Pflaster.

»Ich seh furchtbar aus, stimmt's?«

»Na ja«, sagte Wallner. »Wenn ich ehrlich sein soll – vorher war's natürlich hübscher. Diese ganzen Kratzer im Gesicht, und das Pflaster erst. Aber mit so was sieht jeder ein bisschen debil aus.«

Claudia boxte ihn mit der freien Hand in die Seite. »Sag sofort, dass ich auch in diesem Zustand bezaubernd aussehe.«

Wallner nahm ihren Arm. Er war weich und ein wenig kalt, weil er auf der Decke lag. »Warum soll ich das sagen? Nimm's als Zeichen, dass ich nicht nach Äußerlichkeiten gehe. Weißt du, dass ich mir ziemlich große Sorgen gemacht habe um dich?«

»Wie große?«

»Sehr große. Es hätte ein Riesenloch in mein Leben gerissen, wenn ich dich verloren hätte. Und deshalb bin ich so froh, dass du wieder da bist. Ein bisschen beschädigt. Aber du siehst natürlich immer noch aus wie eine Göttin.« Er gab ihr einen langen Kuss. »Dein Vater findet übrigens, ich wär erwachsener als du und dass wir gut zusammenpassen.«

»Hast du bei ihm um meine Hand angehalten?«

»Er hat das Thema selbst drauf gebracht. Wir haben es wohl nicht besonders gut verheimlicht.« Er streichelte über ihr Gesicht und die kleinen Kratzer auf ihrer Haut und über ihren Liza-Minnelli-Mund. »Ist noch Platz unter der Decke?«

»Ja. Komm!«, sagte Claudia und hob die Bettdecke hoch.

»Ich bin nass und verschwitzt«, sagte Wallner. »Ich sag's lieber vorher.«

»Komm endlich!«

Wallner zog seine Schuhe aus und schlüpfte unter ihre Decke. Sie holte den schweren Gipsarm von der anderen Seite und legte ihn auf Wallners Bauch. Ihren Kopf legte sie auf seine Brust und schloss die Augen. Nach ein paar Sekunden ging ihr Atem ruhig und entspannt. Kurz danach schlief auch Wallner ein.

63

Ziemlich früh am Morgen wurde Wallner aus Claudias Bett gescheucht. Der Pflegedienst musste seinen Geschäften nachgehen. Wallner verabschiedete sich mit einem langen Kuss und dem Versprechen, Claudia hier rauszuholen.

Als Wallner, nachdem er zu Hause geduscht und sich umgezogen hatte, ins Büro kam, waren nur wenige Kollegen da. Es war Samstag, und einige Kollegen, die wegen der Entführung bis spät in die Nacht gearbeitet hatten, schliefen ein paar Stunden länger. Lukas war bereits da und informierte Wallner über den Stand der Dinge.

Beide Entführer waren vorbestraft. Niklas Wagner mehrfach wegen schwerer Körperverletzung, Makis Karides nur wegen einer länger zurückliegenden Drogengeschichte. Nichts Schwerwiegendes. Offenbar war Karides schlauer als andere und hatte sich nicht erwischen lassen. Er war bei Endorfer als Geschäftsführer angestellt. Es war klar, dass die beiden in Endorfers Auftrag gehandelt hatten. Allerdings verweigerten sie bislang die Aussage. Endorfer selbst war untergetaucht. Er hatte wohl den Braten gerochen und kurz nach Makis Karides das Cabaret Beverley verlassen. Seitdem hatte ihn keiner mehr gesehen.

Lukas bezweifelte, dass Karides und sein Mittäter wussten, warum sie Claudia entführt hatten. Endorfer war Profi genug, um seine Leute nicht mit solchen Informationen zu belasten. Mit anderen Worten: Man würde Kieling nichts nachweisen können. Außer, Endorfer würde gefasst. Zu diesem Zweck hatte Lukas heute einen Termin mit Zielfahndern des LKA in München.

Zwei Beamte waren in Bad Tölz, um den dortigen Kollegen bei der Spurensicherung zu helfen, zwei weitere Kollegen waren in München, um sich über den Stand der Ermittlungen zu informieren. Höhn hatte mit der Staatsanwaltschaft in München telefoniert und sie darüber in Kenntnis gesetzt, dass Claudia verletzt war. Ein anderer Staatsanwalt würde den Fall übernehmen. Es galt jetzt nur noch, die Anklage gegen Kieling wasserdicht zu machen und möglichst ein Geständnis von ihm zu bekommen. Er hatte zwar nicht den Eindruck vermittelt, als wäre er dazu bereit, aber nun, nachdem die Entführung gescheitert war, würde er vielleicht zusammenbrechen.

Bei leichtem Schneetreiben fuhr Lukas vom Parkplatz der Polizeistation. Wallner stand am Fenster und sah dem Wagen hinterher. Er dachte wieder und wieder über Claudias Entführung nach, über Kieling und die Morde an Frieda Jonas und Uwe Beck und darüber, wie das alles zusammenhing. Es gab nur ein Szenario, bei dem alles einen Sinn ergab. Doch dieses Szenario hatte einen Schwachpunkt – es gefiel Wallner ganz und gar nicht.

Kurz nach zehn stand Kreuthner neben Wallner und warf ihm einen weißen Briefumschlag auf den Tisch. »Und? Wie geht's ihr?«, fragte er.

»Gut. Sie wird bald rauskommen. Was hast du da für mich?«

»Fotos.«

»Oh, hatte ich ganz vergessen.« Wallner öffnete den Umschlag und zog die Fotos heraus. Um Zeit zu sparen und weil das Wochenende bevorstand, hatte Kreuthner Becks Negative von einem Spezl mit Fotolabor entwickeln lassen. Die Bilder waren, ihrer Entstehungszeit entsprechend, alle schwarzweiß. Sie zeigten Dürnbach im April und Mai 1945, am Anfang viele deutsche Uniformen, später amerikanische.

Wallner sah die Fotos einzeln durch und wollte das Bild in seiner Hand schon auf den Stapel legen. Es war wie die meisten mit Teleobjektiv aufgenommen und zeigte einen sehr jungen Mann mit Gewehr, der zufällig in die Kamera blickte.

»Schau dir mal genau den Hintergrund an.«

Im Hintergrund war die weiße Wand eines Hauses, den kleinen Fenstern nach ein altes Bauernhaus. Dort saß jemand – halb verdeckt durch den jungen Mann – auf einer Bank. Eine Frau in einem dunkel gemusterten Kleid, mit kurzer Strickjacke und einer Mütze auf dem Kopf.

»Das Gesicht von der Frau – fällt dir da was auf? Und die Beine?« Kreuthner deutete auf die entsprechenden Stellen. Wallner nahm eine Lupe zu Hilfe. Die Beine der Frau, die unter dem Rock hervorragten, waren dünn wie Besenstiele. Die Arme ebenfalls.

»Du meinst, die Frau ist ein KZ-Opfer?«, fragte Wallner.

»Schaut so aus, oder?«

Wallner sah sich das Gesicht der Frau an. Das, was er für eine Haarsträhne gehalten hatte, die unter der Mütze hervorschaute, war bei näherem Hinsehen etwas anderes. Es war Blut, das in einem dünnen Rinnsal die Stirn hinunterfloss. »Das ist Frieda Jonas?«

Kreuthner zeigte auf die nächsten Fotos, die das Geschehen

von weitem zeigten. »Denk schon. Und das ist das Sakerer Gütl. Ich kenn das noch. Als Kinder hamma da immer gespielt. Bevor's abgerissen worden ist.«

Wallner legte das Foto vor sich auf den Tisch und bedeutete Kreuthner mit einer Geste, sich zu setzen. »Ich hab gerade über die Entführung nachgedacht.«

»Was gibt's da nachzudenken?«

»Jemand entführt die Staatsanwältin und glaubt, er kommt dadurch frei.« Wallner verschränkte seine Arme hinter dem Kopf und lehnte sich zurück. »Macht Kieling den Eindruck, dass er so naiv ist?«

»Ich tät sagen, der ist sogar ziemlich ausgekocht.«

»So! Und trotzdem müssen wir davon ausgehen, dass Kieling dahintersteckt. Was wollte er mit der Entführung? Dass Lukas unter Druck behauptet, er hätte Beweise gefälscht? Das lässt sich doch hinterher wieder rückgängig machen. Es sei denn ...« Wallner sah sich das Foto noch einmal an, dann steckte er es in eine Klarsichthülle.

»Es sei denn?«

»Tja, es gibt eigentlich nur eine sinnvolle Erklärung. Und die ist leider ziemlich unangenehm. Ich möchte, dass das erst mal unter uns bleibt, okay?«

»Eh klar. Also? Was für eine Erklärung?«

»Die einzige Erklärung für das Ganze, die irgendwie Sinn ergibt, ist: Lukas hat die Beweise wirklich gefälscht und Kielings Fingerabdrücke und DNA bei Beck platziert. Deswegen konnte Kieling davon ausgehen, dass Lukas die Fälschung auch beweisen kann. Und wenn er sie beweist, kann er nichts mehr rückgängig machen.«

»Das heißt, Kieling war's gar nicht?«

Wallner deutete auf das Foto. »Das ist jedenfalls nicht Kieling. Aber vermutlich der Mörder von Frieda Jonas.«

»Schaut so aus.« Kreuthner steckte sich zufrieden eine Zigarette an. »Und? Was machst jetzt damit?«

»Erst mal rauskriegen, wer das auf dem Bild ist.« Wallner steckte das Foto ein und zog seine Daunenjacke an. »Sagst du bitte dem Höhn, dass ich in München bin, wenn er kommt?«

64

Die zuständigen Beamten in Stadelheim wunderten sich ein wenig, dass der junge Kommissar den Untersuchungshäftling allein besuchte. Und auch Kieling war überrascht, als er und Wallner sich im Gesprächsraum gegenübersaßen.

»Wie geht es Ihnen?«, begann Wallner das Gespräch recht konventionell.

»Den Umständen entsprechend. Ich hoffe, dass ich bald wieder nach Hause kann.«

»Möglicherweise hängt das von dem Ergebnis unseres Gesprächs heute ab.«

»Warum ist Herr Lukas nicht gekommen?«

»Er hat anderweitig zu tun. Ein Termin mit Zielfahndern beim LKA. Die Person, die gesucht wird, heißt Max Endorfer. Bekannt?«

Kieling wich die Farbe aus dem Gesicht. Die Erwähnung Endorfers versetzte ihn in Aufregung, auch wenn es ihm halbwegs gelang, es nicht zu zeigen. »Flüchtig. Wir haben uns sicher zehn Jahre nicht mehr gesehen.«

»Interessiert es Sie trotzdem, weshalb wir ihn suchen?«

Kieling zuckte mit den Schultern.

»Er wird verdächtigt, hinter der Entführung der Staatsanwältin Claudia Lukas zu stehen. Es wird Sie freuen, zu erfahren, dass sie befreit werden konnte.«

»Sicher eine große Erleichterung für Ihren Chef.«

»Oh ja. Insbesondere ist jetzt auch ein bestimmter Druck

weg, der – wie soll ich sagen – hinderlich war bei den Ermittlungen.«

»Ich weiß zwar nicht, was Sie meinen. Aber Sie haben sicher recht. Hat er Sie geschickt, um mir das zu sagen?«

»Nein. Herr Lukas weiß nichts von meinem Besuch hier.«

Kielings Augenbrauen wanderten nach oben. Es wurde an die Tür geklopft, und ein Gefängnisbediensteter kam herein, um ein Tablett mit Kaffee zu bringen.

»Ah, vielen Dank. Den brauch ich jetzt. Die Nacht war verdammt lang – oder kurz, wie man's nimmt. Trinken Sie eine Tasse mit?«

Kieling hob verneinend die Hand.

»Die Sachen stehen ja da. Wenn Sie nachher noch Lust bekommen …« Wallner schenkte sich aus der Thermoskanne eine Tasse ein und gab Milch und Zucker dazu. »Der Kaffee ist gar nicht so schlecht hier. Ich weiß ja nicht, was Sie sonst gewöhnt sind. Aber der Kaffee bei mir zu Hause – das macht keinen Spaß. Mein Großvater ist da eigen.« Wallner genoss den ersten Schluck. Er wärmte ihm den Magen, und er bildete sich ein, ein Stück wacher zu werden. »Also, wie gesagt, Herr Lukas weiß nichts von diesem Besuch. Sie haben sich zu den konkreten Vorwürfen ja noch nicht geäußert, soweit ich weiß. Aber Sie werfen meinem Chef vor, nicht korrekt ermittelt, ja sogar Beweise gefälscht zu haben. Ist das richtig?«

»Glauben Sie, ich rede jetzt mit Ihnen?«

»Ja. Ich sehe eine gewisse Chance, dass wir ins Gespräch kommen.«

»Warum sollte ich mit Ihnen reden? Nehmen Sie es nicht persönlich. Aber Sie machen nicht den Eindruck, als hätten Sie bei der Kripo Miesbach irgendetwas zu entscheiden.«

»Erstens bin ich in Ihren Augen vielleicht weniger voreingenommen als mein Chef. Und zweitens erwäge ich im Augenblick ernsthaft die Möglichkeit, dass Sie keinen der beiden Morde begangen haben. Nur fehlen mir da noch Informationen.«

»Mein Anwalt reißt mir den Kopf ab, wenn ich mit Ihnen rede.«

»Ihr Anwalt kann gerne dazukommen. Wir können allerdings auch ganz privat und unverbindlich reden. Ich lege keinen Wert darauf, dass ein Protokoll gemacht wird. Deswegen bin ich auch alleine hier. Ich hör mir an, was Sie zu sagen haben. Dann sage ich, was ich mit dieser Information zu tun gedenke. Und dann können Sie immer noch entscheiden, ob wir es offiziell machen.«

»Sie halten mich für unschuldig?«

»Nein. Ich ziehe die Möglichkeit aber in Betracht.«

»Gut. Stellen Sie eine Frage. Wir sehen dann, ob ich antworte.«

»Ich gehe davon aus, dass Sie dabei waren, als Frieda Jonas erschossen wurde. Nehmen wir weiter an, Sie waren es nicht. Warum sagen Sie uns nicht, wer es war? Wir müssten dem doch nachgehen.«

Kieling blickte auf seine Hände, als prüfe er den Zustand seiner Fingernägel. Dann sah er Wallner unvermittelt an. »Ich würde vielleicht doch gerne einen Kaffee ...«

»Bedienen Sie sich!«

Kieling schenkte sich sorgsam eine Tasse ein und dachte über Wallners Angebot nach.

Der Bursche, der ihm gegenübersaß, war zwar jung. Aber er wirkte aufgeweckt. Wenn er zurückdachte an die Zeit, in der er selbst in dem Alter gewesen war war … Auch er war sehr erwachsen gewesen. Jedenfalls waren es die Dinge, die er damals tat. Gut, die Zeiten waren andere.

»Nun, das kann ich Ihnen erklären, Herr Wallner«, sagte er schließlich.

»Schön. Dann sind wir im Geschäft.« Wallner trank mit einer gewissen Befriedigung seine Tasse aus.

»Nehmen wir an, ich sage, es war jemand, dessen Namen ich nicht weiß, an dessen Gesicht ich mich nicht erinnere, den ich nur ein paar Minuten gesehen habe und dann nie wieder in meinem Leben. Was würde Ihr Chef von so einer Geschichte halten?«

»Man könnte vermuten, Sie wollten die Tat auf den großen Unbekannten abwälzen.«

»Richtig. Also bringt es auch nichts. Und so habe ich immer noch die Option Sebastian Haltmayer.«

»Was ist eigentlich mit Sebastian Haltmayer? Der war doch dabei. Der könnte es doch bezeugen.«

»Erstens hat er sich ja auf mich als Täter festgelegt. Das hat Ihr Chef nicht schlecht hingekriegt. Der hat Ahnung von Verhörmethoden, das muss man ihm lassen. Und zweitens war der Haltmayer längst weg, als es passiert ist.«

»Erzählen Sie mir einfach, was passiert ist.«

Kieling zerbröselte einen Zuckerwürfel und dachte nach. »Ein junger Bursche vom Volkssturm hatte uns verständigt. Haltmayer hatte ihn geschickt. Als wir ankamen, saß Frieda Jonas auf einer Bank vor dem Haus und wurde von Sebastian Haltmayer und einem anderen Burschen bewacht.«

»Sie kannten die beiden jungen Männer nicht?«

»Nein. Aber Kurt Lohmeier, der Oberscharführer, der mit mir gekommen war, der kannte einen von ihnen.« Wallner wurde für einen Moment nachdenklich, dann legte er das Foto, das der alte Beck gemacht hatte, vor Kieling auf den Tisch. »Ist das einer von den Burschen?«

Kieling betrachtete das Foto und versuchte, sich zu erinnern. »Ich glaube, ja. Aber das ist natürlich Jahrzehnte her.« Kieling nahm das Foto in die Hand. »Der Mund kommt mir irgendwie bekannt vor. Wer ist das?« »Wissen wir noch nicht. Was passierte, nachdem Sie am Sakerer Gütl angekommen waren?«

65

Erich Lukas war nach seinem Termin mit den Zielfahndern des LKA in die JVA München Stadelheim gefahren, um mit Kieling zu sprechen und ihm mitzuteilen, dass Claudias Entführung beendet wurde und man die Entführer gefasst hatte.

Zu seinem Erstaunen schien Kieling bereits davon zu wissen, gab sich aber wortkarg und war nicht bereit, mit Lukas zu reden. Auf seinem Weg nach draußen erfuhr Lukas, dass Kieling heute Besuch von Wallner bekommen hatte.

Am Nachmittag kehrte Lukas nach Miesbach zurück und fragte nach Wallner. Der sei schon gegangen, wurde ihm gesagt. Schließlich sei Samstag.

Als Lukas gegen neunzehn Uhr nach Hause kam, brannte Licht, und er fand seine Wohnungstür unverschlossen vor. Im Wohnzimmer saß Wallner – mit einem Aktenordner auf den Knien.

»Guten Abend, Herr Lukas«, sagte er. »Entschuldigen Sie, dass ich hier eingedrungen bin. Ist sonst nicht meine Art. Unser Freund Kreuthner hat mir die Tür aufgemacht.«

»Ich nehme an, Sie hatten Gründe«, sagte Lukas und starrte auf den Aktenordner.

»Ja. Es gibt Erkenntnisse in den beiden Mordfällen, die ich zuerst mit Ihnen alleine besprechen wollte.«

Lukas setzte sich auf das Sofa, lehnte sich zurück und gab Wallner mit einer Handbewegung zu verstehen, dass er reden solle. Wallner hob den Aktenordner hoch, so dass man den Rücken erkennen konnte. Er trug die Beschriftung *1945*.

»Wie kommt dieser Ordner in Ihren Besitz?«, fragte Wallner.

»So, wie Sie vermuten. Ich habe ihn bei Beck mitgenommen.«

»Nachdem Sie ihn in die Kühltruhe gelegt hatten.«

»Ja.« Lukas stand auf und ging in die Küche. »Auch ein Bier?«

»Ist ja Samstagabend. Okay.« Wallner folgte Lukas in die Küche. »Warum haben Sie ihn getötet?«

Lukas öffnete den Kühlschrank und nahm zwei Bierflaschen heraus. »Sie kennen den Obduktionsbericht. Ich hab's nicht mit Absicht getan. Ich hab ihn, glaub ich, nicht mal berührt. Ich ... ja, okay, ich bin auf ihn zugegangen und war wütend. Er hatte Angst und ist zurückgewichen und beim Rückwärtsgehen über irgendwas gestolpert, das da rumlag. Ein Drucker oder was weiß ich. Und dabei ist er mit dem Hinterkopf auf dem Wohnzimmertisch aufgeschlagen.«

»Die Geschichte kann Ihnen keiner widerlegen. Ich meine – die Fakten sprechen dafür.«

»Sie glauben mir nicht?« Lukas öffnete die Bierflaschen und reichte eine davon Wallner. »Brauchen Sie ein Glas?«

»Flasche ist in Ordnung.« Sie stießen an und tranken ein paar Schlucke. Wallner wischte sich das Bier vom Mund.

»Wissen Sie was – ich glaube Ihnen die Geschichte. Was ich mich frage, ist, warum Sie nicht die Polizei gerufen haben. Sie waren dabei, als Uwe Beck unglücklich gestolpert ist. Na und? Kann passieren. Sie sind zu ihm gefahren, weil er bei Ihnen im Büro war und sich bedroht fühlte, wollten der Sache noch mal nachgehen. Das Ganze wird als Unfall abgehakt und fertig. Aber nein, Sie rufen nicht die Polizei.«

»Was vermuten Sie, warum?«

»Hier beginnt der Teil, in dem Sie sehr kaltblütig werden. Beck liegt also tot in seinem Haus, und Sie stecken die Leiche in die Gefriertruhe in der Hoffnung, dass sie da eines nicht allzu fernen Tages gefunden wird. Was ja geschehen ist. Die Spuren am Tatort – wenn ich ihn so nennen darf – führen uns aber interessanterweise nicht zu Ihnen, sondern zu Albert Kieling. Es gibt ein Haar von Kieling auf der Leiche, es gibt die Kaffeetasse mit den Fingerabdrücken, Kieling war scheinbar als Letzter bei Uwe Beck – jedenfalls wurde sein Wagen dort gesehen.«

»Er war da.«

»Nachdem ihn jemand aus einer Telefonzelle angerufen hatte. Kieling behauptet, er sei zu Becks Haus gelockt worden.«

»Denkbar.«

»Wie haben Sie das mit dem Haar und der Kaffeetasse gemacht?«

»Ich wusste ja von Ihnen, dass er im Semmelwein seinen Stammtisch hat. Ich bin also abends hin, hab geschaut, welchen Mantel er an die Garderobe hängt, und hab mir ein paar Haare vom Kragen gepickt. Das mit der Kaffeetasse hat sich zufällig ergeben. Die Bedienung hatte sie gerade bei Kieling abgeräumt und auf den Tresen gestellt. Es ist nicht schwer, eine Kaffeetasse zu stehlen.«

»Sie haben also Becks unglückliches Ableben dazu benutzt, um Kieling einen Mord anzuhängen.«

»Sieht so aus.«

Wallner musste erst mal durchschnaufen. »Sie bringen mich ziemlich in Schwierigkeiten.«

»Das tut mir leid. Aber ich hab's nicht zum Vergnügen gemacht.«

Wallner zog das Foto von Frieda Jonas' Todesschützen aus der Tasche und reichte es Lukas. »Hat Beck Sie damit erpresst?«

Lukas blickte kurz auf das Bild und gab es Wallner zurück. »Wo haben Sie das her? Ja wohl nicht aus dem Ordner.«

»Nein. Wir haben die Negative gefunden.«

»Wieso weiß ich davon nichts?«

»Das ist, offen gesagt, in der Hektik um Claudias Entführung untergegangen. Die beiden Ereignisse haben sich gewissermaßen überschnitten. Und als die Fotos aus dem Labor kamen, waren Sie in München bei den Zielfahndern.«

»Verstehe.«

»Wer ist das?« Wallner hielt Lukas das Foto vor die Augen.

»Das wissen Sie doch. Gegenfrage: Wie sind Sie dahintergekommen?«

Wallner steckte das Foto wieder in eine Klarsichthülle. »Kieling hat erwähnt, dass ein SS-Mann namens Kurt Lohmeier damals am Sakerer Gütl dabei war. Da hat es bei mir geklingelt. Ich musste an Ihren Onkel Kurti bei der SS denken. Dann hab ich in Ihre Personalakte gesehen: Voilà! Ihre Mutter war eine geborene Lohmeier.«

Lukas nickte. »Und jetzt?«

»Sagen Sie mir, was passiert ist?«

66

2. Mai 1945

Sebastian Haltmayer saß auf einem alten Stuhl, den er aus dem Haus geholt hatte, und rauchte eine dünne Zigarre, als der Volkssturmjunge mit den beiden SS-Männern zurückkam. Der andere bewachte mit nervösem Blick die Frau, die auf der Hausbank saß. Als die SS-Leute näher kamen, stand Haltmayer auf und begrüßte sie mit einem zackigen Heil Hitler.

»He, wen hamma denn da!«, sagte Oberscharführer Lohmeier, als er Erich Lukas sah, seinen fünfzehnjährigen Neffen.

»Heil Hitler!«, grüßte der junge Erich und ließ vor lauter Eifer sein Gewehr auf den Boden fallen, als er den Arm nach oben riss.

»Was ist das denn für eine Pfeife?«, murrte Hauptscharführer Kieling. Der Satz traf Erich Lukas ins Mark, und das Blut schoss ihm in den Kopf. In diesem einen Moment lösten sich alle seine hochfliegenden Träume in eine Staubwolke auf, und die schiere Verzweiflung legte sich um seinen Hals. Er hatte seinen Onkel vor dessen Vorgesetztem blamiert, und das in einem Augenblick, der sein größter Triumph hätte werden sollen. Als der SS-Mann Kieling dem SA-Mann Haltmayer Anweisungen gegeben hatte, hatte Erich Lukas sehr wohl gesehen, dass auch sein Onkel Kurt dabei war. Aber er hatte sich Kurt gegenüber nicht zu erkennen gegeben. Denn er hatte gehofft, sich bei dem Auftrag zu bewähren und als strahlender Held vor seinen Onkel zu treten. Und tatsächlich waren seine kühnsten Hoffnungen in Erfüllung gegangen: Er hatte die Flüchtige verhaftet, er ganz allein, als sie versuchte, aus ihrem Versteck zu fliehen. Und dann hatte er sie nicht mehr aus den Augen gelassen und sich die ganze Zeit, in der sie auf die Rückkehr der SS-Männer warteten, ausgemalt, wie der SA-Mann Haltmayer ihn, Erich, vor seinem Onkel in den schillerndsten Farben loben und als Musterbeispiel deutscher Soldatentugend preisen würde. Er hatte ein wenig gebangt, ob Haltmayer die passend hehren Worte finden würde, um seine Tat ins gebührende Licht zu rücken. Etwa in der Art, dass er, Haltmayer, in seinem langen Soldatenleben noch nie einen derart ausgekochten, unerschrockenen Fünfzehnjährigen gesehen habe und dass jedermann stolz darauf sein könne, mit so einem Prachtkerl verwandt zu sein. Und Onkel Kurt hätte ihm gegen die Brust geboxt und gesagt, dass er schon immer gewusst habe, dass er ein mit allen Wassern gewaschener Hund sei, und dass er gar nicht sagen könne, wie stolz er auf seinen Neffen sei. Und dann hätte er Erich seinem Vorgesetzten vorgestellt, und der hätte soldatisch trocken, aber voll innerer Bewunderung gesagt, das sei eben gutes Blut, oder vielleicht wäre ein Wort wie *Teufelskerl* gefallen.

All das hatte der fünfzehnjährige Volksstürmer Erich Lukas immer wieder in den unterschiedlichsten Versionen im Kopf durchgespielt. Und jetzt fällt ihm beim Gruß das Gewehr runter.

Onkel Kurt flüsterte ihm hastig zu: »Komm, heb die Knarre auf!« Es war offensichtlich, dass er sich für seinen

Neffen schämte. Er schämte sich so sehr für diesen Tölpel, dass er ihn seinem Vorgesetzten nicht einmal als Verwandten vorzustellen wagte. Erich dachte einen Moment ernsthaft daran, sich vor den Augen seines Onkels eine Kugel in den Kopf zu schießen. Allerdings wusste er nicht, wie man das mit einem Gewehr anstellen sollte, und fürchtete, sich am Ende noch mehr zum Gespött des Hauptscharführers zu machen.

Kieling trat an die Bank heran, auf der Frieda Jonas saß. Sie sah zu ihm auf. »Das Kleid steht dir.«

»Danke«, sagte Frieda. »Warum bist du hier?«

»Du bist auf der Flucht.«

»Ich weiß. Und die Amerikaner sind bald da.«

»Da muss man sich beeilen, wenn man noch eine Rechnung offen hat.«

Frieda schluckte und zog ihre Strickjacke enger um den Körper.

»Jetzt sind wir wieder zu Hause.« Kieling stellte ein Bein auf die Bank und stützte sich mit dem Unterarm darauf.

»In ein paar Stunden könnten wir wieder von vorne anfangen.«

»Nein«, sagte Kieling. »Das können wir nicht. Glaubst du, ich werd wieder den Knecht machen?«

Haltmayer trat an Kieling heran. »Werden wir noch gebraucht? Ich meine nur, mir müssen ja eigentlich zum Kampfeinsatz.«

»Verschwinde endlich«, sagte Kieling genervt und wandte sich wieder Frieda zu.

Haltmayer zog eilig ab, und einer der Volkssturmjungen kam mit ihm. Kieling sah Frieda an, sein Blick wurde wärmer und ein wenig traurig. »Warum hast du das damals gemacht?«

Frieda zuckte die Schultern. »Ich war jung und dumm, und ich hatte Angst, dass mich der Ägidius wegschickt. Ich bin nicht stolz drauf. Aber ich hab's gebüßt.«

»Ja. Ich weiß, wie's im KZ zugeht.«

Sie schwiegen eine Weile. Frieda hielt den Blick auf den Boden gerichtet und sah ab und zu vorsichtig nach, ob Kieling irgendetwas machte. Etwa seine Pistole zog. Es geschah nichts. Beide hingen ihren Gedanken nach.

»Wann hast du mich erkannt?«, fragte Frieda schließlich.

»In dem Moment, als ich dich gesehen habe. Das Wilde in deinen Augen, das hab ich erkannt. Das hat sonst keiner mehr nach sechs Jahren Lager. Du bist immer noch schön.«

»Und jetzt?«

»Verabschieden wir uns. Wir werden uns lange nicht sehen.« Frieda blickte ängstlich auf Kielings Pistole. »Keine Angst«, sagte Kieling. »Weißt du, warum ich dir hinterher bin?«

»Um dich zu rächen?«

»Ich wollte dich noch einmal in einem Kleid sehen.« Frieda sah an ihrem Kleid hinab, das ihr lose um den dürren Körper hing. »Es steht dir.« Kieling lächelte sie an und dachte offenbar an eine schönere Zeit. »Mach's gut.«

»Es tut mir leid«, sagte sie leise.

Kieling kam zurück zu Kurt Lohmeier und Erich Lukas. »Wird langsam Zeit, dass wir gehen«, sagte Kieling.

»Kann er mitkommen?« Lohmeier deutete auf seinen Neffen. »Er will kämpfen.«

»Bist du nicht mehr ganz dicht? Was sollen wir mit dem Milchbubi? Der soll nach Hause gehen und sich von der Mama einen Kakao machen lassen.«

»Bitte«, sagte Erich Lukas weinerlich. »Ich werde Sie nicht enttäuschen. Ich bin bereit, mein Leben zu geben.«

»Hör zu, du Rotzlöffel: Du hast nicht die leiseste Ahnung, was Krieg bedeutet. Hast du schon mal jemanden erschossen?«

Erich Lukas schüttelte mit gesenktem Blick den Kopf.

»Da«, sagte Kieling und deutete auf die Frau, die immer noch auf der Bank vor dem Haus saß. »Erschieß sie. Sie ist ein flüchtiger Häftling.«

Erich Lukas schlug das Herz bis zum Hals, und er machte sich fast in die Hose.

»He, was soll denn das?«, sagte Kurt Lohmeier zu Kieling.

»Der macht doch nichts.« Kieling packte Kurt Lohmeier an der Uniformjacke und setzte sich in Bewegung. »Jetzt komm endlich!«

Unmittelbar darauf zerriss ein Schuss die Frühlingsstille. Die SS-Männer drehten sich verwundert um. Der fünfzehnjährige Junge mit der Volkssturmbinde stand zitternd auf der Wiese, das Gewehr in beiden Händen, und starrte sie mit großen Augen an. Am Haus saß Frieda Jonas immer noch auf der Bank. Sie sah nahezu aus wie vorher, mit dem Unterschied, dass ihr Kopf ein wenig zur Seite geneigt war und unter ihrer Wollmütze ein dunkelrotes Rinnsal hervorkam und ihr die Stirn hinablief.

67

Herbst 1992

Lukas saß am Küchentisch, die Bierflasche vor sich, und starrte auf das Tischtuch. Wallner setzte sich dazu.

»Sie waren fünfzehn und von der Naziideologie indoktriniert. Es war nicht Ihre Schuld.«

»Es war letzten Endes ... Feigheit. Die Angst, nicht gemocht zu werden.« Lukas schob seine Bierflasche von sich. »Als die beiden weggingen, da wusste ich: Es bleiben dir nur ein paar Sekunden, um alles wiedergutzumachen.«

»Haben Sie damals nicht an Ihren Vater gedacht? Und dass Leute wie Ihr Onkel ihn eingesperrt und gequält haben?«

»Ich habe meinen Vater damals gehasst. Dafür, dass er mich zum Aussätzigen gemacht hat. Mein Vater war an allem schuld, was schlecht war in meinem Leben. Mein Onkel hingegen – der war bei denen und in meinen Augen ganz weit oben. Der hatte erreicht, dass ich zum Jungvolk durfte. Onkel Kurt war alles in meinem jämmerlichen Leben.«

»Verfolgt Sie die tote Frau?«

»Jede Nacht.« Er dachte kurz nach. »Es hatte schon mal nachgelassen. Aber dann stehe ich plötzlich an ihrem Sarg unter dieser Kapelle. Sie können sich nicht vorstellen, wie ich mich gefühlt habe.«

Wallner ging zum Fenster und blickte in die Novembernacht hinaus. »Wenn Sie dafür sühnen, wird es Ihnen vermutlich helfen. Ich bin kein Psychologe. Aber das erzählen sie auf der Polizeischule.«

»Möglich.«

»Es wird ohnehin nicht viel passieren. Man wird Sie nach Jugendstrafrecht verurteilen.«

»Ich habe keine Angst vor der Strafe.«

»Sondern?«

Lukas erhob sich und ging zu Wallner. Seine Schritte waren müde. Er stand an der Schwelle zum Greis. »Sie wissen, worum es mir geht. Es sind zwei Dinge. Erstens: Ich will nicht, dass Claudia davon erfährt.«

»Dann haben Sie seit damals keine großen Fortschritte gemacht.«

Lukas war irritiert.

»Offenbar treibt Sie immer noch die Angst, nicht gemocht zu werden.«

Lukas setzte sich wieder an den Tisch. Noch müder, wie es Wallner schien, als vorher. »Da mögen Sie recht haben. Aber es ist nicht mein Hauptgrund. Der Hauptgrund ist Kieling.«

»Sie hassen ihn, weil er Sie dazu gebracht hat zu schießen?«

»Mir geht es um Gerechtigkeit. Mein Onkel hat mir viel von Kieling erzählt. Sie waren während des Krieges lange Zeit zusammen.«

»Er hat vermutlich getan, was alle SS-Leute getan haben.«

»Wie? Wenn es alle getan haben, kann's nicht so schlimm gewesen sein? Oder was meinen Sie?«

»War eine dumme Bemerkung. Erzählen Sie weiter.«

»Kieling hat viele Häftlinge umgebracht und gequält. Nach Angaben meines Onkels hat er seine Opfer immer irgendwohin geführt, wo man ihn nicht sehen konnte. Diese Diskretion haben die wenigsten gepflegt.«

»Vielleicht war er einfach weitsichtiger als seine Kameraden.«

»Ich glaube nicht. Von denen hat keiner daran geglaubt, dass er je zur Verantwortung gezogen wird. Vielleicht in der Endphase des Krieges, als langsam klarwurde, dass das nicht gutgeht. Warum auch immer: Kieling hat vermutlich nie jemand bei einem seiner Morde gesehen.«

»Woher wusste Ihr Onkel dann davon?«

»Kieling hat damit geprahlt. Außerdem hat man hinterher natürlich die Leichen gefunden.«

»Gut. Was wollen Sie mir damit sagen?«

»Ich will Ihnen damit sagen ...« Lukas überlegte seine Worte sehr genau. »Ich will Ihnen sagen, dass dieser Mord, den ich begangen habe, noch einen Sinn haben kann – nämlich einen anderen Mörder für seine Verbrechen zu bestrafen. Sie werden jetzt sagen: Da kommt halt einer ungeschoren davon. Aber ...«

»Ist schon klar«, fiel ihm Wallner ins Wort. »Was Kieling getan hat, ist mit Ihrer Tat in keiner Weise zu vergleichen.«

»Aber?«

»Wissen Sie, der Unterschied zu damals ist, dass wir heute Gesetze haben, die beachtet werden. Und nach diesen Gesetzen kann Albert Kieling in Ermangelung von Beweisen nicht für seine Taten verurteilt werden. Und ich sehe meine Aufgabe als Polizist darin, die Gesetze zu befolgen. Wenn nicht wir, wer dann?«

Sie schwiegen eine Weile, und Lukas hatte wohl die Hoffnung, dass Wallner über seinen Vorschlag nachdachte.

»Wie ist Beck dahintergekommen?«, fragte Wallner schließlich. »Durch das Foto?«

»Ja. Wie Sie gesehen haben, ist es in dem Aktenordner für das Jahr 1945.«

»Aber der alte Beck wusste nicht, wer das auf dem Foto war. Das stand nicht dabei.«

»Richtig. Aber es existieren noch andere Fotos von mir in den Akten. 1948 gab es ein Jugendfußballspiel in Dürnbach, das ich als Schiedsrichter gepfiffen habe. Die Dürnbacher haben acht zu null verloren. Deswegen hat mich der alte Beck mehrfach fotografiert. Der war davon überzeugt, dass man mich bestochen hatte. Und da stand natürlich groß mein Name unter den Bildern.«

»Diese Fotos hat Uwe Beck zufällig entdeckt?«

»Nicht zufällig. Der hat die Unterlagen systematisch durchsucht, ob es noch weitere Fotos von dem Todesschützen gibt.«

»Sagen Sie – das Foto von Haltmayer als SA-Mann mit dem Volkssturmtrupp, das war nicht im falschen Ordner, oder?«

»Nein. Das war natürlich in dem Ordner von fünfundvierzig. Ich dachte mir, damit könnte man Haltmayer unter Druck setzen.«

»Hat gut funktioniert.« Wallner stellte seine Flasche ab und verschränkte die Arme. »Wie viel wollte Beck von Ihnen?«

»Eine halbe Million. Er hatte völlig irre Vorstellungen von meinen finanziellen Verhältnissen. Ich hätte nicht mal fünfzigtausend gehabt.«

»Was haben Sie dazu gesagt?«

»Ich wollte das nicht im Büro besprechen. Wir haben uns für den Abend bei ihm zu Hause verabredet. Ich habe versucht, ihn zur Vernunft zu bringen, er ist stur geblieben, wir haben gestritten – und den Rest kennen Sie.«

Wallner stellte seine Flasche auf die Arbeitsfläche der Küche. »Danke fürs Bier.«

»Was werden Sie jetzt tun?«

»Was ich tun muss.«

Lukas nickte, als sehe er ein, dass Wallner recht hatte. »Versprechen Sie mir eins?«

»Was?«

»Dass Sie noch eine Nacht drüber schlafen und morgen früh zu mir kommen.«

»Morgen ist Totensonntag, stimmt's?«

Lukas lachte gequält. »Ja. Morgen hat mein Vater Geburtstag.«

Lukas geleitete Wallner zur Tür. Als Wallner schon draußen vor der Wohnung stand, hielt ihn Lukas noch einmal zurück. »Ich habe noch eine andere Bitte – die mag Ihnen ein bisschen seltsam vorkommen.«

»Nur zu. Mir kommt gar nichts mehr seltsam vor.«

»Sie werden mal hier das Sagen haben, da bin ich mir sicher. Es sei denn, Sie gehen ins Ministerium. Aber das glaube ich nicht. Da gibt es zu viele Leute, die Ihnen reinreden.«

»Danke für die freundliche Prognose. Was ist die Bitte?«

»Passen Sie auf Kreuthner auf. Ich habe ihn aus der Sache am Hirschberg rausgehauen. Aber er wird wieder Mist bauen. Kümmern Sie sich um ihn, wenn's mich nicht mehr gibt.«

»Ich dachte, Kreuthner geht Ihnen auf die Nerven.«

»Natürlich geht er mir auf die Nerven. Der Mann ist Anarchist. Mit so jemandem kann man nicht arbeiten. Andererseits ...« Lukas zuckte mit den Schultern, als sei er sich nicht sicher, ob das, was er sagen würde, Sinn machte. »Wissen Sie – mit Typen wie Kreuthner funktioniert keine Diktatur auf der Welt. Passen Sie auf sich auf.«

Er gab Wallner einen Klaps auf die Schulter und schloss die Tür. Wallner stand noch eine Weile im Treppenhaus und spürte dem Gefühl nach, das ihm im Genick saß. Es war das Gefühl, das er hatte, wenn ihm die Dinge aus der Hand glitten. Aber was war es, das ihm gerade aus der Hand glitt?

Als das Licht im Treppenhaus ausging, machte Wallner sich auf den Weg nach Hause.

68

Mai 1945

Thomas Nissl hatte sich im hintersten Winkel des Kellers versteckt. Er fürchtete die SS-Leute. Der Rottenführer hatte nur gedroht, ihn erschießen zu lassen. Denen von der SS traute er es zu. Und so hockte er neben einem verrosteten Eisenregal und hoffte, die da draußen hätten Wichtigeres zu tun, als ihn umzubringen. Irgendwann hörte er einen Schuss, dann schrie einer der SS-Männer. Es klang wütend.

Nissl schlich vorsichtig zu dem vergitterten Fenster und spähte hinaus. Vor dem Sakerer Gütl brüllte der SS-Mann auf den Jungen vom Volkssturm ein und verabreichte ihm eine Ohrfeige, dass der Junge zu Boden ging. Der andere SS-Mann zerrte seinen Kameraden weg, versuchte, ihn zu beschwichtigen, und drängte zum Aufbruch, sonst laufe man den amerikanischen Truppen in die Arme. Der Wütende ließ sich nur mit Mühe beruhigen, und erst nachdem er dem Jungen noch einmal ins Gesicht geschlagen hatte, war er bereit zu gehen. Der Junge vom Volkssturm stand eine Weile regungslos mit offenem Mund in der Wiese und glotzte zum Haus. Dann ließ er sein Gewehr fallen und rannte weg.

Nissl rief ihm hinterher. »Hallo! Warte! Ihr müsst mich rausholen.« Doch der Junge schien Nissl nicht zu hören und rannte weiter.

»Sag den anderen Bescheid!«, schrie Nissl. »Die sollen mich rausholen, wenn der Krieg vorbei ist.«

Nissl war wieder allein. Er umklammerte die Gitterstäbe des Fensters und sah sehnsüchtig zu dem Weg, der aus dem Wald kam. Da musste irgendwann jemand kommen. So lange konnte der Krieg doch nicht mehr dauern. Außerdem hatte er Hunger. Alle waren weg, dachte Nissl. Was wohl mit der Frau war? Hatten sie sie gefunden? Er meinte, ab und zu eine weibliche Stimme gehört zu haben. Vorhin. Neben dem Kellerfenster. Möglicherweise von der Bank vor dem Haus. Aber die konnte er nicht sehen, selbst wenn er den Kopf fest gegen die Gitterstäbe presste.

»Hallo!«, rief Nissl aus dem Fenster. Dann fiel ihm wieder ein, wie sie hieß. »Frieda?!« Nissl schämte sich, dass er die Frau verraten hatte.

Endlich rührte sich etwas auf dem Weg, der aus dem Wald kam. Ein Motorrad.

Gott sei Dank!, dachte Nissl. Sie lassen mich raus. Es ist Frieden, und ich kann nach Hause.

Der Fahrer war ein etwa sechzigjähriger Mann mit verzweifeltem Gesicht. Er stellte das Motorrad ein paar Meter von Nissl entfernt ab, sprang hastig vom Sattel und lief zum Haus. Der Mann schien so in Eile zu sein, dass Nissl nicht wagte, ihn anzusprechen. Einige Sekunden vergingen, dann hörte Nissl lautes Schluchzen. Der Mann weinte. Er weinte lange. Dann tauchte er wieder vor dem Kellerfenster auf. Er hatte etwas auf den Armen, das Nissl nicht sofort erkennen konnte. Erst als der Mann auf die Knie ging, sah Nissl, dass es die Frau war. Der Mann legte sie auf die Wiese und weinte noch lange Zeit weiter, dann hob er die Frau auf und setzte sie in den Beiwagen seines Motorrads. Nissl überlegte, ob er den Mann bitten sollte, ihn rauszulassen. Aber dann hätte der womöglich gefragt, wie die Frau gestorben war, und dann wäre herausgekommen, dass Nissl sie verraten hatte. Er schlich in seine Ecke neben dem verrosteten Regal, und das Motorrad fuhr weg. Nissl wartete wieder auf seine Kameraden. Aber niemand kam. Achtzehn Tage lang.

Ägidius Haltmayer verfiel an diesem Tag für den Rest seines Lebens in Trauer und Schwermut. Sie hatten ihn nicht fortgelassen, als die SS-Leute zum Sakerer Gütl aufbrachen, hatten den alten Lehrer und einen sechzehnjährigen Jungen dagelassen, die mit Sturmgewehren vor ihm standen. Der Lehrer hatte Haltmayer angefleht, keinen Unsinn zu machen, es sei doch alles bald vorbei. Da hatte ihm Haltmayer das Gewehr aus der Hand geschlagen, ihn aus dem Weg geschoben und wollte Kieling hinterher, um ihn aufzuhalten. Aber der junge Bursche hatte geschossen und nachgeladen und auf ihn angehalten, und in seinen dummen Augen hatte Haltmayer gesehen, dass er noch einmal schießen würde.

Eine Stunde später rollten die Panzer in Richtung Miesbach, an den Straßen jubelten die Kinder und balgten sich um Kaugummis, die von schwarzen Soldaten unters Volk geworfen wurden. Der Junge warf sein Gewehr fort und rannte, dass er auch was von den Süßigkeiten bekam. Ägidius Haltmayer eilte mit pochendem Herzen zu seinem Motorrad. Aber es war zu spät.

Ägidius bewahrte Friedas Leichnam die ersten Tage im Keller seines Bauernhofs auf und traf seine Vorbereitungen für die Beerdigung. Auf dem Friedhof würde er sie keinesfalls beisetzen lassen. Das ganze Dorf hatte sie verraten. Da war sich Ägidius sicher. Sollten die alle auf den Friedhof kommen und hinterher zum Leichenschmaus und sich das Maul zerreißen über die Schlampe aus Düsseldorf? Nein. Das Geschmeiß wollte er nicht dabeihaben. Und auch den Pfarrer nicht. Zwölf Jahre hatte Ägidius aufrecht zu seinem Gott gestanden und viel Demütigung erlitten. Und für was? Dass der Herr ihm zum Dank dafür das Herz herausriss. Mit diesem Gott war Ägidius fertig. Er würde Frieda ganz allein begraben, an einem Ort, den nur er kannte.

Ägidius mietete den leerstehenden Hof des Kreuzbauern mit der Kapelle, der ganz in der Nachbarschaft lag, und machte sich daran, unter dem Kirchlein ein geheimes Grab auszuheben. Manch einer wunderte sich über den alten Bauern, wenn man ihn des Nachts über den Hof schleichen sah mit einer Schaufel in der Hand, und dass er tagsüber oft müde war und schlief. Viele Monate dauerten die Grabungs- und Maurerarbeiten. Ägidius baute alles alleine und ließ niemanden auch nur in die Nähe der Kapelle. Schließlich war die Gruft vollendet, und Frieda Jonas fand ihre letzte Ruhestätte.

Doch war das erst der Anfang. In den nächsten Jahren schmückte Ägidius Haltmayer das Mausoleum mit künstlichem Gold und Edelsteinen aus Glas und Plastik, bis es einem Pharaonengrab glich – jedenfalls in der Vorstellung des alten Bauern. Jeden Tag verbrachte Ägidius viele Stunden unter der Erde und hielt Zwiesprache mit der Toten. Am liebsten hätte er den Kreuzhof gekauft. Aber die Besitzer wollten nur vermieten. Als Bauer gab man sein Land nicht für immer her.

Als Ägidius Haltmayer Mitte der sechziger Jahre spürte,

dass seine Kräfte zur Neige gingen, musste er noch einmal bauen. Niemand sollte je das Grab von Frieda entweihen. Wenn er tot wäre, fiele die Kapelle wieder in andere Hände. Also mauerte er das Grab zu und konnte zu seinem großen Kummer die letzten Monate seines Lebens nicht mehr mit seinem Kind zusammen sein.

Und Nissl? Das Leben ist ungerecht. Aber manchmal bekommt man auch unverhofft etwas geschenkt. Der Krieg war vorbei, und alle waren damit beschäftigt, ihre Wunden zu lecken, Pläne zu schmieden oder Kaugummis von der Straße aufzusammeln. Dem einen oder anderen, der am zweiten Mai im Volkssturmtrupp in Dürnbach dabei gewesen war, mag zwischendurch eingefallen sein, dass sie den langen Kerl eingesperrt hatten. Aber, so musste jeder denken, den haben sie sicher am gleichen Tag wieder rausgelassen.

Und da alle das dachten, blieb Nissl Tag um Tag in seinem Kellerverlies und hungerte. Wenn es draußen regnete, was in diesem Mai oft vorkam, konnte er das Wasser in seinen Händen sammeln. So musste er wenigstens nicht verdursten. Seine Eltern hatten Nissl zuletzt gesehen, als er in Hausham in einen Laster gestiegen war, der ihn mit anderen zum Einsatz nach Miesbach brachte. Keiner konnte den Eltern sagen, wo ihr Sohn hingeraten war. Einer meinte, er sei vielleicht nach Gmund gekommen und da habe es noch Kämpfe gegeben. Die Eltern meldeten ihren Sohn als vermisst und hofften, er würde irgendwann lebend wieder auftauchen.

Am zwanzigsten Mai betrachtete Ägidius Haltmayer wie jeden Tag Friedas Leichnam, der trotz kühler Temperaturen unter der Kapelle langsam zu verwesen begann. Ihm fiel an diesem Tag zum ersten Mal auf, dass sie ihr Medaillon nicht um den Hals trug. Friedas Mutter hatte es ihrer Tochter einst geschenkt, und Agidius Haltmayer hatte es während Friedas Zeit im KZ aufgehoben und es ihr zusammen mit dem Kleid und der Mütze hingelegt, als sie sich nach ihrer Flucht gewaschen hatte. Das hieß, Frieda hatte es am zweiten Mai getragen.

Haltmayer bestieg sein Motorrad und fuhr zum Sakerer Gütl, denn sie konnte es nur dort verloren haben. Nach kurzer Suche fand er das Medaillon, und als er sein Motorrad wieder besteigen wollte, hörte er eine dünne, vertrocknete Stimme. Er drehte sich um und sah eine knochige Hand zwischen den Gitterstäben des Kellerfensters hervorragen. So rettete Frieda Jonas am Ende dem Jungen das Leben, der sie verraten hatte. Und noch einmal sollte Nissl in seinem Leben Glück widerfahren: Der Lehrer, dem Nissl bei der Schießübung vor dem Sakerer Gütl fast ins Bein geschossen hätte, wurde von Schuldgefühlen gequält, als er später von Nissls Schicksal erfuhr. Da er etliche Häuser in der Miesbacher Innenstadt geerbt und selbst keine Kinder hatte, machte er seinerseits Thomas Nissl zu seinem Erben, der Ende der sechziger Jahre in den Genuss der Immobilien kam und es so immerhin ein paar Jahre lang krachen lassen konnte.

69

Herbst 1992

Die Luft war klar und kalt und frisch, als Wallner nach Hause ging. Man konnte die Milchstraße sehen. Und doch konnte Wallner nicht frei atmen. Es lag ihm die Frage auf der Brust, ob Lukas nicht doch recht hatte und man Kieling zur Rechenschaft ziehen sollte, auch wenn es nicht legal war.

Manfred hatte Kegelabend. Deshalb saß Wallner nur mit seiner Großmutter vor einer aufgewärmten Kohlroulade, die ihm nicht so recht schmecken wollte.

»Schmeckt's net?«, fragte Karin.

»Doch. Wunderbar. Mir gehen nur ein paar Dinge im Kopf um.«

»Magst drüber reden?«

»Ich muss das mit mir selber klären. Aber danke.«

Wallner stocherte weiter schweigend in der Roulade und dem selbstgemachten Kartoffelpüree, und es tat ihm leid um das Essen.

»Wie findest du unsere Ehe?«, fragte Karin.

Wallner bremste die Gabel mit dem Kartoffelpüree in der Luft und sah seine Großmutter erstaunt an. »Warum fragst du?«

»Ich denk mir, man sieht von außen manchmal mehr.«

»Manchmal, ja.« Wallner dachte an Manfred und Resi Höbermann und schämte sich, dass er davon wusste und seine Großmutter nicht. »Aber ich denke, es kommt drauf an, wie du dich selbst fühlst. Findest du eure Ehe gut?«

Karin seufzte und legte ihr Besteck weg. »Dein Großvater ist ein netter Mann, er ist lustig. Er bringt mich immer noch zum Lachen. Wir reden nicht mehr so viel wie früher. Ja gut, so viel haben wir auch früher nicht geredet. Aber jetzt ist es halt noch weniger. Manchmal denke ich, er sieht mich gar nimmer.«

»Das glaube ich nicht«, sagte Wallner halbherzig.

»Vielleicht hat er eine andere.«

Wallner rutschte auf dem Küchenstuhl herum. »Wie kommst du darauf?«

»Er hat mich schon immer betrogen. Und wahrscheinlich tut er's im Augenblick wieder.« Sie zuckte die Achseln und wandte sich ihrer Roulade zu.

»Du weißt das?«

»Ganz dumm bin ich nicht.«

»Das wollte ich damit nicht sagen.«

»Sondern?«

»Ist das nicht schlimm für dich?«

»Nein. Das nicht.«

»Was dann?«

Karin sah ihn traurig an. »Dass es mir egal ist.«

Am nächsten Morgen, es war Sonntag, wachte Wallner um sieben auf und konnte nicht mehr einschlafen. Wieder und wieder ging ihm durch den Kopf, dass er nicht wusste, was er tun sollte. Es war nicht allein die Loyalität gegenüber Lukas und das Verständnis für seine Beweggründe. Es ging auch um Claudia. Er würde ihren Vater zum Mörder machen. Wollte er das?

Als Wallner um halb neun vor Lukas' Wohnungstür stand, wusste er immer noch nicht, was er tun sollte. Er musste noch einmal mit ihm reden. Vielleicht erfuhr er etwas, das ihm die Entscheidung leichter machte. Wallner klingelte zwei Mal, drei Mal. Lukas öffnete nicht. Er drückte die Klinke. Zu seinem Erstaunen war die Wohnungstür nicht abgeschlossen. Als er über die Schwelle trat, war ihm, als legte sich ein zentnerschwerer Stein auf seine Brust. Er wusste jetzt, warum Lukas ihn gebeten hatte, am nächsten Tag zu kommen.

Die Deckenlampe im Wohnzimmer lag auf dem Couchtisch. An ihrem Haken in der Decke hatte Lukas das Seil befestigt. Der Dübel hatte gehalten. Schlaff und regungslos hing der Körper des toten Mannes von der Wohnzimmerdecke, unter den Füßen lag der umgekippte Hocker, auf den er sich gestellt hatte. Wallner berührte die Hand des Toten. Sie war kalt. Er konnte nichts mehr für Lukas tun.

Nachdem er die Kollegen von der Todesermittlung angerufen hatte, sah er auf dem Couchtisch einen Briefumschlag. Darauf ein einziges Wort: WALLNER. Lange hielt er den Brief in der Hand, ohne ihn zu öffnen. Als die Sirene des Polizeiwagens näher kam, nahm er das Blatt aus dem Umschlag.

Lieber Herr Wallner,
ich bedaure sehr, dass es so endet mit uns. Mein Leben ist vorbei, Ihres fängt gerade an. Mit einer schweren Entscheidung, leider. Vielleicht hilft Ihnen mein Tod, der Gerechtigkeit nachzuhelfen. Es gibt jetzt keinen Täter mehr, der

davonkommt, wenn Kieling ins Gefängnis geht. Was immer Sie tun – Sie werden es sich nicht leichtmachen.
Das weiß ich. Machen Sie Claudia glücklich und sorgen Sie dafür, dass im Büro diese verdammte Raucherei aufhört.

Ihr Erich Lukas

70

Erich Lukas war wie sein Vater an einem Totensonntag gestorben. Am Freitag vor dem ersten Advent fand die Beerdigung auf dem Miesbacher Waldfriedhof statt. Noch am Sonntagvormittag war Wallner zu Claudia ins Krankenhaus gefahren und hatte ihr die Nachricht vom Tod ihres Vaters überbracht. Claudia traf es völlig unvorbereitet. Nach einer Phase stummer Fassungslosigkeit hörte sie lange nicht auf zu weinen. Eine Erklärung für den Selbstmord ihres Vaters konnte ihr Wallner nicht geben. Noch nicht.

Die nächsten Tage verbrachte Claudia mit der Vorbereitung der Beisetzung, Wallner organisierte die notwendigen Dinge bei der Miesbacher Polizei. Währenddessen blieb Albert Kieling in Untersuchungshaft, was Wallner nur wenig Kopfzerbrechen bereitete. Ein paar Tage Gefängnis würden ihn nicht umbringen.

Der Tag war sonnig und kalt, in der Nacht hatte es geschneit. Ein evangelischer Pfarrer sprach einige angemessene Worte über den Verstorbenen, und Claudia wirkte gefasst, bis zu dem Moment, als sie eine Rose ins Grab warf. Simone musste die Hand ihrer Mutter halten, bis alles vorbei war.

Wallner hatte lange darüber nachgedacht, wann der richtige Moment wäre, um Claudia die ganze Wahrheit zu sagen. Er war das Warten leid. Gegen Ende des Leichenschmauses nahm er sie zur Seite, und sie setzten sich in ein leeres Nebenzimmer des Lokals.

»Es tut mir leid, dass ich mich die letzten Tage nicht um

dich gekümmert habe«, begann Claudia das Gespräch. Sie sah in dem schwarzen Kleid und mit den schwarzen Haaren aus wie die schöne Witwe eines Mafiaopfers in Sizilien. Der Gipsarm suggerierte überdies, dass sie den Anschlag auf wundersame Weise überlebt hatte. Auch heute war Claudia stark geschminkt, als Lippenstiftfarbe hatte sie Drachenblut gewählt. Es passte zu ihrer ungewöhnlichen Blässe.

»Das ist in Ordnung«, sagte Wallner. »Du hast weiß Gott anderes zu tun gehabt. Das ist auch nicht der Grund, weshalb ich mit dir reden will. Ich bin dir eine Erklärung schuldig.«

»Wofür?«

»Für den Tod deines Vaters.« Er gab ihr den Brief, den Lukas ihm hinterlassen hatte. Sie las die Worte, die ihr Vater an Wallner gerichtet hatte, dann noch einmal und schließlich ein drittes Mal.

»Was hat das zu bedeuten?«

Wallner sagte es ihr.

Sie gingen ein Stück in der kalten Sonne vor dem Gasthof, und Wallner reichte Claudia ein Papiertaschentuch. Nachdem sie die Tränen getrocknet und die Nase geputzt hatte, sagte er: »Er war ein Kind, als er es getan hat. Und ich bin mir sicher, du wirst ihn deswegen nicht weniger lieben.«

»Nein. Natürlich nicht.« Sie nahm Wallners Hand und sah ihm in die Augen. »Was ist mit Kieling? Wird der Tod meines Vaters einen Sinn haben?«

»Ich bin, wie ich bin«, sagte Wallner.

»Ich weiß.« Claudia drückte Wallners Hand und biss sich auf die Unterlippe. Dann holte sie tief Luft und ging zurück in den Gasthof.

71

Am darauffolgenden Montag wurde Albert Kieling aus der Untersuchungshaft entlassen. Vor der JVA Stadelheim warteten seine Frau und sein Sohn auf ihn. Der Tag war grau, feucht und kalt. Aber Kieling sah in den Himmel, als scheine dort die Frühlingssonne.

»Grüß Gott, Herr Kieling«, sagte Wallner, der sich unerwartet zu dieser Familienzusammenkunft einfand.

»Grüß Gott, Herr Wallner.« Kieling machte die Anwesenden miteinander bekannt. »Herrn Wallners Courage habe ich es zu verdanken, dass ich wieder ein freier Mann bin. Ganz herzlichen Dank noch mal. Vielleicht möchten Sie uns einmal besuchen. Meine Frau backt Zimtsterne, so was haben Sie noch nicht gegessen.«

»Sehr freundlich. Aber ich fürchte, daraus wird nichts werden. Darf ich Ihren Mann noch einmal entführen?« Sie begaben sich außer Hörweite, und Wallner zog ein Foto aus seiner Daunenjacke.

Es zeigte Frieda Jonas im Sommer 1939 mit Agidius Haltmayer und Albert Kieling vor dem Bauernhof. Es war das Foto, das Wallner von Friedas Bruder Dietmar in der Schweiz bekommen hatte. »Kennen Sie das Bild?«

Kieling betrachtete das Foto, und seine Gesichtszüge wurden milder.

»Das ist Frieda Jonas?« Wallner deutete auf das Mädchen. Kieling nickte. »Und das sind Sie als junger Bursche?«

»Ja«, sagte Kieling und wischte sich eine Träne aus dem Auge. »Ich habe das Bild nie gesehen. Kann ich einen Abzug haben?«

»Mal sehen, was sich machen lässt.«

»Danke. Und kommen Sie uns mal besuchen. Es war ernst gemeint. Ich muss zu meiner Familie.«

»Warten Sie, Herr Kieling. Ich fürchte, Ihre Familie wird ohne Sie zurückfahren.«

Kieling sah Wallner verständnislos an. Der zog ein Dokument aus seiner Jacke und gab es Kieling, der es überflog. Es war ein Haftbefehl. »Wer bitte ist Sarah Jarowicz?«

»Vermutlich war sie der letzte Mensch, den Sie umgebracht haben. In Finsterwald bei Gmund. Zweiter Mai 1945.«

»Tut mir leid. Ich weiß nicht, wovon Sie sprechen.«

»Ich erklär's Ihnen: Sie wollten sich damals gerade mit Kurt Lohmeier auf die Suche nach der geflüchteten Frieda Jonas machen, als eine Frau unter den Häftlingen Ihre Aufmerksamkeit erregte. Es war Greta Jarowicz, die Mutter des Opfers. Sie befahlen Mutter und Tochter, Sie hinter eine Scheune zu begleiten. Dort schossen Sie zuerst der Mutter in die Brust, dann der Tochter in den Kopf.«

»Wer behauptet das?«

»Greta Jarowicz. Wir haben vor einiger Zeit eine Anfrage nach Israel geschickt und gebeten, nach Überlebenden des Todesmarsches von Dachau zu suchen, die Hauptscharführer Albert Kieling kannten. Mit Erfolg. Greta Jarowicz hatte die Ereignisse jahrzehntelang verdrängt. Als man ihr das Foto zeigte, kam die Erinnerung zurück. Die Frau hat Sie anhand dieses Fotos als den Mörder ihrer Tochter identifiziert. Sie konnte sich auch noch an Ihren Namen und Dienstgrad erinnern.«

Kieling schüttelte den Kopf und lachte fassungslos. »Die Frau ist eine Betrügerin. Ich weiß jetzt, wen Sie meinen. Aber Greta Jarowicz ist tot. Ich habe ihre Leiche mit eigenen Augen gesehen. Und ich habe weder mit ihrem Tod etwas zu tun noch mit dem ihrer Tochter.«

»Ja. Eigenartig. Einen Schuss ins Herz überlebt man ja nicht, und Sie hatten es schon zu oft getan, um es falsch zu machen.«

Kieling schwieg.

»Sagt Ihnen der Begriff Dextrokardie etwas?«

»Nein.«

»Bei einem von etwa zehntausend Menschen tritt ein sogenannter Situs inversus auf. Das bedeutet, dass die Organe spiegelverkehrt im Körper sitzen. Das Herz befindet sich bei solchen Menschen auf der rechten Seite. Das wiederum nennt sich Dextrokardie. Greta Jarowicz ist so ein Mensch. Sie hat den Schuss, den Sie links unterhalb ihres Rippenbogens angesetzt hatten, überlebt und musste zusehen, wie Sie ihre Tochter erschossen.«

Kieling schüttelte nochmals den Kopf und murmelte: »Unsinn.«

Auf ein Zeichen Wallners kamen zwei uniformierte Beamte und führten Kieling zurück in das Untersuchungsgefängnis. Frau Kieling und ihr Sohn blickten ihm fassungslos nach, dann zu Wallner. Doch Wallner hatte keine Lust auf Erklärungen. Er zog den Reißverschluss seiner Daunenjacke hoch und ging zu seinem Wagen.

Als Wallner nach Miesbach zurückkam, war es dunkel. In

den Straßen der Innenstadt verbreiteten die Weihnachtsbeleuchtung und der Geruch nach gebrannten Mandeln und Glühwein eine seltsam behagliche Stimmung. Nieselregen durchnässte Wallners Daunenjacke und seine Wollmütze, und Tropfen setzten sich auf seinen Brillengläsern ab. Es war ihm gleich. Er ging durch die nächtliche Kleinstadt und hing seinen Gedanken nach. Seit der Beerdigung hatte er zweimal mit Claudia telefoniert. Es waren vorsichtige Gespräche gewesen, und es schien, als würde einer den anderen abtasten und als wären sie beide sich ihrer Gefühle nicht sicher. Wallner wünschte sich sehr, dass Claudia ihm seine Korrektheit verzieh. Aber sie steckte im Augenblick in einem Gewirr von Gefühlen, und noch dazu stand die Scheidung von ihrem Mann bevor.

Manfred saß vor einer Flasche Bier in der dunklen Küche, als Wallner hereinkam.

»Warum machst du kein Licht?«, fragte Wallner, beließ es aber bei der Dunkelheit.

»Keine Lust.« Manfreds Stimme klang belegt.

Wallner setzte sich zu seinem Großvater an den Küchentisch. Als sich seine Augen an die Dunkelheit gewöhnt hatten, sah er, dass Manfred weinte. »Was ist passiert?«

»Ich hab's verbockt«, sagte Manfred und nahm einen langen Schluck Bier. »Sie ist weg.«

»Wer? Die Oma?« Wallner war alarmiert.

Manfred schob ihm einen Brief über den Tisch. Wallner nahm ihn und stand auf.

»Lass das Licht aus. Ich sag dir, was drinsteht.«

Wallner setzte sich wieder.

»Sie schreibt, sie mag mich noch, aber sie liebt mich nicht mehr. Seit vielen Jahren schon nimmer. Und dass sie glaubt, dass das bei mir auch so ist.«

»Wo ist sie?«

»Auf Lanzarote. Herr Lendtrock hat da ein Haus. Und da sind sie jetzt. Oder fliegen gerade hin. Ich weiß es nicht.«

Wallner holte sich auch ein Bier. Beide sagten lange nichts. Dann fragte Manfred: »Glaubst, sie kommt zurück?«

»Bestimmt«, sagte Wallner und wusste, dass es nicht stimmte. Manfred atmete hörbar tief und schluckte. Wallner legte ihm den Arm auf die Schulter. »Das wird schon wieder.«

Eine Woche vor Weihnachten rief Wallner Claudia auf dem Handy an, das sie seit neuestem besaß. Sie hatte sich länger nicht gemeldet, schien aber in aufgeräumter Laune zu sein. »Wenn man mit den Dingern angerufen wird, muss man immer fragen, wo der andere gerade ist«, sagte Wallner.

»In einem Café gegenüber dem Amtsgericht. Mit Simone. Jeder von uns hat zwei Stück Torte vor sich, und die essen wir jetzt. Und vielleicht noch ein drittes.«

»Gibt's was zu feiern?«

»Ich hatte gerade den Scheidungstermin.«

»Oh – wie ist es gelaufen?«

»Super. Er kriegt das Haus, ich Simone.«

»Da kann man nicht meckern, oder?«

»Es war großes Kino. Die Richterin wollte das Sorgerecht eigentlich auf uns beide gleich aufteilen. Und dann sagt Simone mit großen Augen: Ich will nicht mit Papis Freundin über Tantrasex reden müssen. Hähä! Und jetzt:

Umgang einmal im Monat und nur in meiner Gegenwart. Jujujujuh!!!«

Wallner nahm den Hörer ein wenig vom Ohr und war froh, nicht neben Claudia in dem Café zu sitzen.

»Was glaubst du, wie viel Mühe der sich gibt, wenn er mich nur einmal im Monat sieht!«, meldete sich Simone aus dem Hintergrund.

Wallner drängte sich der Gedanke auf, dass es Claudias Ex-Mann vermutlich nicht leicht gehabt hatte mit der Frauenfront zu Hause. Aber das war nicht sein Problem.

»Was macht ihr Weihnachten?«

»Weiß noch nicht. Wir haben ja kein Zuhause mehr.«

»Wie wär's, wenn ihr Mädels mit zwei netten Jungs in Miesbach feiert? Einer davon ungewöhnlich charmant, der andere jung und gutaussehend.«

»Hm, also ich hab ja keine Lust. Aber ich glaube, Simone will unbedingt.« Ein Schmerzenslaut ließ vermuten, dass Simone ihre Mutter sehr kräftig in die Seite geboxt hatte. »Ja, schon okay. Ich find das Angebot sehr süß von dir, und wir würden rasend gern mit euch feiern. Vorausgesetzt, es gibt keine Heiratsanträge, Ringe oder Ähnliches.«

»Red keinen Unsinn. So was würde ich nie machen an Weihnachten.«

»Nein?«

»Nein. Ihr bleibt doch über Silvester, oder?«

Danksagung

Mein Dank gilt dem Ersten Kriminalhauptkommissar Johann Schweiger und Kriminalhauptkommissar Konrad Paulus von der Kripo Miesbach. Beide haben sich einmal mehr viel Zeit für mich genommen, mir äußerst interessante und teils amüsante Einblicke in die Polizeiarbeit von vor zwanzig Jahren gewährt und mich mit Informationen zur Ermittlungsweise in einem Fall wie »Totensonntag« versorgt. Außerdem ist es an der Zeit, mich endlich bei den Erfindern von Internet und Wikipedia zu bedanken. Ich bitte hiermit alle Autorenkollegen, sich bei Spendenaufrufen von Wikipedia großzügig zu zeigen – es hat unser aller Arbeit revolutioniert. Ganz herzlich möchte ich auch den Mitarbeitern des Verlags Droemer Knaur danken, die so viel zum Erfolg der »Wallner«-Krimis beigetragen haben: Maria Hochsieder, die dem Text den letzten Schliff gegeben hat, und vor allem meiner Lektorin Andrea Hartmann, durch deren kluge Anmerkungen auch dieses Buch wieder so viel besser geworden ist.